中國語言文字研究輯刊

五　編
許　鈸　輝　主編

第 3 冊
白話文運動的危機（下）

李　春　陽　著

花木蘭文化出版社

國家圖書館出版品預行編目資料

白話文運動的危機（下）／李春陽 著 -- 初版 -- 新北市：花
木蘭文化出版社，2013〔民 102〕
目 2+256 面；21×29.7 公分
（中國語言文字研究輯刊　五編；第 3 冊）
ISBN：978-986-322-524-9（精裝）
1. 白話文運動
802.08　　　　　　　　　　　　　　　　102017937

中國語言文字研究輯刊
五　編　　第三冊　　　　　　ISBN：978-986-322-524-9

白話文運動的危機（下）

作　　者　李春陽
主　　編　許錟輝
總 編 輯　杜潔祥
出　　版　花木蘭文化出版社
發 行 所　花木蘭文化出版社
發 行 人　高小娟
聯絡地址　235 新北市中和區中安街七二號十三樓
　　　　　電話：02-2923-1455／傳真：02-2923-1452
網　　址　http://www.huamulan.tw 信箱 sut81518@gmil.com
印　　刷　普羅文化出版廣告事業
初　　版　2013 年 9 月
定　　價　五編 25 冊（精裝）新台幣 58,000 元

版權所有·請勿翻印

白話文運動的危機（下）

李春陽　著

目
次

第六章　言文一致問題

第一節　言文一致的由來

一

為漢字而犧牲我們，還是為我們而犧牲漢字呢？這是只要還沒有喪心病狂的人，都能夠馬上回答的。〔註1〕

這句話，出自魯迅先生一九三四年題為《漢字和拉丁化》的文章，署名仲度，初刊於八月二十五日的《中華日報·動向》，後編入《花邊文學》。上引文字未加引號，試圖突顯這兩句話在今時語境下的荒誕感——「我們」與「漢字」，只能「犧牲」一端才得留存另一端麼？

七十七年前，是哪一種勢力迫使魯迅寫出這樣的話，「如果大家還要活下去，我想：是只好請漢字來做我們的犧牲了。」此等決絕的念頭並不始於一九三四年。一九一九年魯迅致許壽裳信說，「漢文終當廢去，蓋人存則文必廢，文存則人當亡，在此時代，已無幸存之道。」〔註2〕這不是魯迅一人的想法，而是五四新文化一代人的共識。

〔註1〕　《魯迅全集》第五卷，人民文學出版社 1981 年版，第 557 頁。

〔註2〕　《魯迅全集》第十一卷，人民文學出版社 1981 年版，第 357 頁。

　　一九三五年十二月，上海中文拉丁化研究會發起，蔡元培、魯迅、郭沫若、茅盾、陳望道、陶行知等六百八十八位知名人士，共同發表宣言《我們對於推行新文字的意見》，文章說，「中國已經到了生死關頭，我們必須教育大眾，組織起來解決困難。但這教育大眾的工作，開始就遇著一個絕大難關。這個難關就是方塊漢字，方塊漢字難認、難識、難學……中國大眾所需要的新文字是拼音的新文字。這種新文字，現在已經出現了。當初是在海參崴的華僑，製造了拉丁化新文字，實驗結果很好。他們的經驗學理的結晶，便是北方話新文字方案……我們覺得這種新文字值得向全國介紹。我們深望大家一齊來研究它，推行它，使它成爲推進大眾和民族解放運動的重要工具。」〔註3〕

　　與其說是新文字運動，不如說是某種隱藏其本來面目的政治運動。所謂新文字，這裏指拉丁化的拼音文字，相對於國語羅馬字，兩派在主張上大同小異，卻弄到勢不兩立。唐蘭在一九四九年出版的《中國文字學》中認爲，「民國二十三年跟著大眾語運動而來的拉丁化新文字，是一種簡單的粗糙的拼音文字，沒有四聲，所以應用時很不方便（孔子可以讀成空子），他們雖然用來寫方言，卻不能和任何一種方言符合，雖然曾經熱鬧過一陣，現在似乎已無人提起了。」〔註4〕

　　白話文運動在三十年代暫時停歇，繼之於大眾語運動的興起，兩者的遞進與終極目標，都是言文一致。文言作爲「文言一致」的障礙而被白話替代之後，第二障礙即指向漢字。大眾語運動的歸宿是拼音化，只有拼音化，才能眞正實現「言文一致」。魯迅在《中國語文的新生》中有句醒目的話，「待到拉丁化的提議出現，這才抓住了解決問題的緊要關鍵。」〔註5〕後來拼音化終未實行，非不欲也，是不能也。

　　國語運動有兩個口號，一是「統一國語」，一爲「言文一致」。「言文一致」第一步是書面語去文言、用白話；第二步是廢除漢字、拼音化。「統一國語」即定北京話爲全國通用的國語。在言文一致上，國羅派和拉丁派是一致的，而言及「統一國語」，分歧就大了。一九四九年後推廣普通話，實際是國語統一的全盤實現，只不過把國語稱做普通話罷了。拼音化在此後的三十年裏，

〔註3〕 蔡元培等《我們對於推行新文字的意見》，倪海曙編《中國語文的新生》，時代書報出版社1949年版，第120～125頁。

〔註4〕 唐蘭《中國文字學》，上海古籍出版社2005年版，第152頁。

〔註5〕 《魯迅全集》第六卷，人民文學出版社1981年版，第115頁。

箭在弦上，始終未發。批評漢字落後不易掌握，盲目嚮往拼音文字的所謂簡便和一勞永逸那套理論，並不複雜高深，但發表的文章數量之眾，輿論之強，反對的聲音始終不能也未敢發出來，事關民族文化之未來，沒有充分地討論，卻如大批判一般，已爲最高權力機構的明令做出了準備。

想知道超越審時度勢之上的學術研究者的意見，不得不到民國著述中去尋找。一九三九年出版的《文字學概論》中，汪國鎮的看法是：「中國言文分途之利益：東西學者謂外國言文一致，便於啓迪民智；中國言文分途，不便於普及教育；此就教育工具上言之，固有一部分之理由，但細察之，則不然。章太炎於此解釋頗合；其大意謂西方文字以衍聲爲主，誠便於教育；然彼以國土偏小，言語單純，故衍聲較易。我國自黃帝以來，領域日擴，當倉頡作書之始，若開衍聲之例，則各地不免以方音造字，勢必方音不同，文字亦因之而變，惟自古即今，各地均用同一之文字，是以語言方音，雖有楚夏之殊，而紙上所書，究無南北之別。故雖北極大漠，南抵儋耳（即今瓊州），方音雖異，而文字則同；團結民族，全賴乎此。彼印度版圖不下於我國，雖其文字以梵文爲主，而各地依方音造出之文字，不下三十餘種，語言不下百數十種；豈若吾國上下數千年，縱橫數萬里，至今猶得觀同文之盛者乎？固知造成吾國國家之統一，民族之團結者，正言文分途之功也。」〔註6〕

二

郭錫良認爲，口語和書面語是一種語言的兩種變體，各有其特點，差異產生的原因在於，口語通過口耳相傳，往往隨口而出；書面語是讓人閱讀的，經過認眞思考才寫出。具體來講，口語大抵交際雙方共處特定的時空間的直接交際活動，有著豐富的語調語氣，聲音有高低輕重，還可借助手勢、面部表情等多種輔助方式，邊想邊說，因此可能有較多的省略，又可能出現一些重複或雜沓的句子。書面語以文字作媒介，用於傳遠傳久的交際工具，沒有口語的輔助手段，但可以反覆思考，仔細推敲，因此句子一般更加完整，結構更爲嚴密，行文更加簡潔。「總體來看，兩者的關係只是加工和未加工的區別，就語言系統來說，應該是一致的。其差異主要是修辭表達、言語風格方

〔註6〕　汪國鎮《文字學概論》，商務印書館 1939 年版，第 13 頁。

面的，是屬於語言系統之外的東西。所謂『言文不一致』，不應該是指這種差異，而應該是指語言系統上的不同。」〔註7〕這些話從語言學意義上，闡述了「言文不一致」的合理性。

就漢語的發展史而言，在郭錫良看來，書面語同口語自殷商至西漢是一致的。從東漢到唐末，是漢語書面語同口語相分離的一段時期。處於文學語言正統地位的是駢文、古文這種仿古的書面語；而不被當時重視的譯經、變文、語錄等文體，用的則是一種文白夾雜的書面語。「宋代以後，漢語書面語存在三種情況：一是仿古的文言文，二是在當時口語基礎上進行加工的古白話，三是繼承唐代以前文白夾雜的混合語。」

這一結論得自不同時代的語料基礎，或可商榷，但若持異議，需研究正反兩面的史料據以申說。宋以後的三種狀況，第二種指言文一致，胡適爲白話文尋找歷史根據，正在於此，五四白話文運動不過是擴大古代言文一致的份額，並非二十世紀的新設想和新要求。「宋元以後整個語法系統已經同現代漢語相差不遠，只有少數語法成分或句式衰亡了，五四以後新產生的語法成分或句式很少。所以王力先生用《紅樓夢》作爲撰寫《中國現代語法》的資料，基本上已經夠用。詞彙方面差距較大，主要是五四前後新產生的詞多，消亡的詞是少數。」

本書討論言文一致，主要圍繞語言學上的是非而展開，但意識到這一問題自始就捲入了政治和意識形態的糾纏之中，因此亦不應以語言學範圍爲限，超出部分的論述，歷史已經賦予——二十世紀中國語文運動的總目標，實際上是擴大了言文一致的範圍與內涵。語言學上的界定固然是學理上的依據，但卻未能對社會運動有更多的約束力，這也是持續不斷地有廢除漢字要求的原因。

曲解、誇大言文一致的內涵，有兩種方式，一是強求書面語和口語絕對一致，這在實行上固然做不到，亦且不可能也無必要；但「我手寫我口」，「明白如話」，包括全民作詩，皆屬於「文言一致」想當然的強行實踐，晚清白話－五四白話－大眾語－工農兵語言，是其形態的演變與極端化過程，一如白話越白越好成爲白話文運動的邏輯推進，五十年代之後大量出現農民詩人、工人理論大批判小組即當作如是觀。

〔註7〕 郭錫良《漢語史論集》，商務印書館 2005 年版，第 606～618 頁。

　　另一方式是以口語強求文字與其一致。切音字－羅馬字、拉丁化新文字－拼音化，是其基本思路，概括說來，就是去漢字化。然而真正做到文言一致，方言亦須拼音，其後果是語言文字的分裂。語言文字既告分裂，國將不國，這在歐洲是有前例的，而五四英雄不以言文一致為滿足，還進一步要求西式的「言文一致」，拼音化於是成了唯一的出路。

　　為何第一種擴大仍嫌不足，還要推行第二種呢？這是一筆舊賬。辜正坤認為，文字一旦產生，會反作用於語言，使原有的語音模式發生偏離變化，導致音變，起首輔音、複輔音、塞音韻尾相繼失落，造成音隨字變，義隨字生的格局。愈往後，文字的作用力愈強。他說，「文字本身的獨立性要求語音的相應單一化，歷經數千年的演化之後，這個過程終於完成，漢語的抗拼合或曰抗拼音體系終於完美無缺地建構起來。漢字之演變為拼音文字的可能性也就被徹底地粉碎了。漢語的演變也就從遠古的語音制約漢字走到其反面：漢字制約語音。在一定意義上，可以說這是視覺語言征服了聽覺語言。」〔註8〕如今，語言的聽覺功能試圖顛倒主從關係，甚至要廢除漢字。數千年來，漢語每一語音均被漢字塑造並規約著，目不識丁者開口說話，漢字的規約性同步趨隨。魯迅在《中國語文的新生》中說「我們倒應該以最大多數為根據，說中國現在等於並沒有文字」，表達的是道德義憤，而非科學判斷。即便拼音強行取代漢字，語音中已然滲透的漢字的影響，也不可能消除。

　　簡化漢字本應屬於第一種思路的一個環節，簡省漢字的筆畫，目的在於文字的普及與大眾化，間接地擴大書面語的流通範圍，但倉促簡化漢字卻出於第二種考慮：既然改革終點是拼音化，漢字只是過渡性臨時性的語言，不合理據似乎也無關緊要，以至未經周詳考慮，條件欠完備時就倉促實行，釀成無可挽回的後果。

　　要之，「言文一致問題」不僅是一個知識命題，也是一個權力命題，表面上是書面語和口語之間的關係，實際對應的恰是知識分子和工農大眾，深層涌動著民粹主義思潮，或曰大眾崇拜。且看一九四九年之後歷次運動，被整治清肅者無不是教授與文人，知識分子與民眾結合，是唯一正當的出路，適可對應「言文一致」運動，換句話說，被語言革命所吞沒者，正是早期語言革命的倡導者，

────────────

〔註8〕　辜正坤《互構語言文化學原理》，清華大學出版社 2004 年版，第 126 頁。

知識分子在這場革命運動中，不僅要廢除漢字，甚至還要消滅自我。

三

最早提出言文一致者，是黃遵憲，他在一八八七年完成的《日本國志》中寫道：「余聞羅馬古時，僅用臘丁語，各國以語言殊異，病其難用。自法國易以法音，英國易以英音，而英法諸國文學始盛。耶穌教之盛，亦在療《舊約》《新約》就各國文辭普譯其書，故行之彌廣。蓋語言與文字離，則通文者少；語言與文字合，則通文者多，其勢然也。」〔註9〕

將歐洲中世紀早期由拉丁語演成各民族語言的歷史經驗介紹給國人，此文為最早，後亦成為胡適發起白話文運動的參照：

> 泰西論者，謂五部洲中以中國文字為最古，學中國文字為最難，亦謂語言文字之不相合也。然中國自蟲魚雲鳥，屢變其體，而後為隸書，為草書。余烏知夫他日者不又變一字體，為愈趨於簡、愈趨於便者乎？自《凡將》《訓纂》逮夫《廣韻》《集韻》，增益之字，積世愈多，則文字出於後人創造者多矣。余又烏知夫他日者不有孳生之字，為古所未見、今所未聞者乎？周秦以下，文體屢變，逮夫近世，章疏移檄，告諭批判，明白曉暢，務期達意，其文體絕為古人所無。若小說家言，更有直用方言以筆之於書者，則語言文字幾幾乎復合矣。余又烏知夫他日者不更變一文體，為適用於今、通行於俗者乎？嗟夫！欲令天下之農工商賈、婦女幼稚皆能通文字之用，其不得不於此求一簡易之法哉？〔註10〕

現代中國語文革新運動——國語運動、白話文運動、大眾語運動，都與這段文字關係密切。十九世紀的最後十年延至二十世紀初，以言文一致為旨歸的文字改革開始了。

《馬氏文通》嘗試從文言文範圍增加讀寫的便易，並未觸及言文不一致

〔註9〕 黃遵憲《日本國志》，《黃遵憲全集》下卷，中華書局 2009 年版，第 1420 頁。

〔註10〕 同上。孫民樂認為這段文字至少包含了五項信息：跨文化視域，言文分離意識，借他者眼光而看到的母語的語言文字狀況，對於語言和社會教育文化發展之關係的認識，潛在的對於語言改革的期待。參見孫民樂博士論文《二十世紀中國文學中的語言問題》（未版）。

的問題。馬建忠說，「因西文已有之規矩，於經籍中求其所同所不同，曲證繁引，以確知華文義例之所在。」《馬氏文通》於一八九八年出版，轟動一時，對後來的漢語研究，尤其是語法研究發生決定性作用，陳望道說被人「憶了萬萬千，恨了萬萬千」，但馬氏方案當時並未有助於漢語文言的讀寫問題。孫中山在一九一八年的看法能說明問題：

> 中國向無文法之學……以無文法之學，故不能率由直徑，以達速成。此猶渡水之無津梁舟楫，必當饒百十倍之道路也。中國之文人，亦良苦矣！自《馬氏文通》出後，中國學者，乃始知有是學。馬氏自稱積十餘年勤求探討之功而後成此書。然審其為用，不過證明中國古人之文章，無不暗合於文法，而文法之學，為中國學者求速成圖進步不可少者而已；雖足為通文者之參考印證，而不能為初學者之津梁也。繼馬氏之後所出之文法書，雖為初學而作，惜作者於此多未窺三昧，訛誤不免，切全引古人文章為證，而不及今時通用語言，仍非通曉作文者不能領略……所望吾國好學深思之士，廣搜各國最近文法之書，擇取精義，為一中國文法，以演明今日通用之言語，而改良之也。夫有文法以規正言語，使全國習為普通知識，則由言語以知文法，由文法而進窺古人之文章，則升堂入室，易如反掌，而言文一致，亦可由此而恢復也。〔註11〕

孫中山以馬建忠未竟之業而寄望於後來者，但他唯矚目於語法的發明，在文字改革的大問題上還是保守的，不過他最後的幾句話，將言文一致作為改良文法的目標，明確提了出來。持此目標，激進主張隨即跟進，最早的登場者是「切音文字運動」倡導者王炳耀等人。〔註12〕他們主張用「切音文字」取代漢字，以利語言統一。一九〇三年直隸大學堂學生何鳳華上書袁世凱：「中國語言一事，文字一事，已一離而不可復合矣。更兼漢字四萬餘，無字母以

〔註11〕 孫中山《建國方略・以作文為證》，《孫中山選集》上卷，人民出版社 1956 年版。

〔註12〕 王炳耀，廣東東莞人，著《拼音字譜》；蔡錫勇，福建龍溪人，著《傳音快字》；盧戇章，福建同安人，著《一目了然初階》《中國切音新字》《中國新字》《中華新字》等；沈學，江蘇吳縣人，著《盛世元音》；勞乃宣，浙江桐鄉人，著《等韻一得》《寧音譜》《吳音譜》等；王照，河北寧河人，著《官話合聲字母》等。

統之，學之甚難，非家計富厚、天資聰穎之人，無從問津，此億萬眾婦女與貧苦下等之人所由屏於教育之外，而國步所由愈趨愈下也。」他主張「以語言代文字，以字母記語言」。《一目了然初階》的作者盧戇章曾經說，「竊謂國之富強，基於格致，格致之興，基於男婦老幼好學識理，其所以能好學識理者，基於切音文字。……基於字話一律，則讀於口則達於心。又基於字畫簡易，則易於習認，亦即易於提筆。省費十餘載之光陰，將此光陰專攻於算學、格致、化學以及種種之實學，何患國之不富強也哉！」〔註13〕這些晚清書生的主張，正與後來的五四精英相一致。梁啓超也認為，「語言與文字離，則通文者少，語言與文字合，則通文者多。中國文字多，有一字而兼數音，則審音也難；有一音而兼數字，則擇字也難；有一字而數十筆畫，則識字也難。」「文與言合，則讀書識字之智民可以日多矣」。梁氏不會想到，後來的白話要來說清他這段話，字詞不知要多出幾倍，而且說得不清順。

　　蔡元培一九二〇年論及統一漢語的重要性：「為什麼要有國語？一是對於國外的防禦；一是求國內的統一。現在世界主義日盛，似無國外防禦的必要，但我們是弱國，且有強鄰，不能不注意。國內的不統一，如省界，如南北的界，都受方言的影響……言文不一致的流弊很多。」〔註14〕這段話，或可視為「犧牲漢字還是犧牲我們」的溫和版了。

　　一九二八年，中華民國大學院（原教育部）正式公佈由趙元任、錢玄同、黎錦熙等制定的《國語羅馬字拼音法式》。一九三一年，瞿秋白、吳玉章等在蘇聯設計的「拉丁化新文字」，可視作晚清切音文字運動的延續。一九五八年二月十一日，全國人民代表大會批准公佈拉丁字母式的《漢語拼音方案》〔註15〕，是這版本的副產品，正如煉丹術的副產品是為豆腐，自切音字運動始，其目標始終是代替漢字，而不是為漢字注音。

〔註13〕倪海曙《清末漢語拼音運動編年史》，上海人民出版社 1959 年版，第 18 頁。

〔註14〕蔡元培《在國語講習所演講詞》，高平叔《蔡元培語言及文學論著》，河北人民出版社 1985 年版，第 426 頁。

〔註15〕1977 年聯合國地名標準化會議決定，採取漢語拼音字母作為中國地名羅馬字母（即拉丁字母）拼寫法國際標準。1982 年國際標準化組織（ISO）決定，採用《漢語拼音方案》作為文獻工作中拼寫漢語的國際標準。

四

切音字母尚未結果，一些留學生開始呼籲廢除漢語，改用「萬國新語」，即世界語。為首者吳稚暉，其刊物曰《新世紀》。反對者章太炎即於一九〇八年作《駁中國用萬國新語說》，劉師培亦作《論中土文字有益於世》，二文均刊於《國粹學報》。

章太炎早年從俞樾治小學和經學，於清代樸學大有造詣。中國的文字、音韻、訓詁之學，至乾嘉學派得以光大。章太炎的自信流露於致友人信中，「若乃究極語言，審定國音，整齊文字，僕於今世有一日之長，一飯之先焉。」〔註16〕對「巴黎留學生相集作《新世紀》，謂中國當廢漢文而用萬國新語」，他有專文駁詰。章太炎認為，漢語言文字屬於象形字的表意文字系統，歐陸各國的語言文字屬於合音字的表音文字系統，「象形、合音之別，優劣所在，未可質言。」俄國使用的也是合音文字，其識字率卻少於中國。日本使用混合文字，雜有漢字，日本人的識讀並不怎樣困難。開啟民智，提高國人識字率，關鍵在於「強迫教育之有無」，「草木形類而難分，文字形殊而易別，然諸農圃，識草木必數百種，尋常雜字，足以明民共財者，亦不逾數百字耳。」〔註17〕道理說得扼要而淺明。

劉師培曰，「今人不察，於中土文字，欲妄造音母，以冀行遠。不知中土文字之貴，惟在字形，至於字音一端，則有音無字者幾占其半。及西籍輸入，每於人名地號，迻寫漢名，則所譯之音，扞格不相合，恒在疑似之間。又數字一音，數見不鮮，恒賴字形為區別。若捨形存音，則數字一音之字，均昧其所指，較之日人創羅馬音者，其識尤謬。知中國字音之不克行遠，則知中國文字之足以行遠者，惟恃字形。而字形足以行遠之由，則以顧形思義，可以窮原始社會之形，足備社會學家所擷摘，非東方所克私。」〔註18〕其中「知中國字音之不克行遠，則知中國文字之足以行遠者」，已將「中土文字有益於世」的道理說盡了。陳寅恪更將每一漢字視為一部文化史，徐通鏘則斷言「認知語言學」的大

〔註16〕湯志鈞《章太炎年譜長編》，中華書局 1979 年版，第 498 頁。

〔註17〕章太炎《駁中國用萬國新語說》，陳平原編《中國現代學術經典·章太炎卷》，河北教育出版社 1996 年版，第 594 頁。

〔註18〕劉師培《論中土文字有益於世》，張枬、王忍之《辛亥革命十年間時論選集》第三卷，生活·讀者·新知三聯書店 1977 年版，第 35 頁。

本營是在中國，依據亦同。〔註19〕

章太炎於切音文字也有致命的批評。他說切音文字只能是注音符號，不能是一種文字。中國方言眾多，若以某一方言作標準語，依其韻、紐製成「切音字母」而拼寫漢語，大量方言勢必消失。而漢語方言是中國文化的活化石，是大量古語、古訓的堅實存證，文獻的考證與闡釋基於其上。有漢字樞紐在，方言始得雜而不亂，「故非獨他方字母不可用於域中，雖自取其韻、紐之文，省減點畫，以相拼切，其道猶困而難施。」〔註20〕

章太炎以上意見當時未遭遇反駁，甚至沒有引起討論，然而來自歐洲的一位語言學家，生前默默無聞，身後著作的影響卻非太炎先生所可比擬──太炎先生東京講學之時，索緒爾在巴黎授課。

一九〇七至一九一二年，瑞士語言學家索緒爾（Ferdinand de saussure，一八五七～一九一三年）在巴黎講授普通語言學，由學生筆記整理而成《普通語言學教程》，一九一六年出版。這是西方語言學劃時代的著作，索氏因此被譽為「結構主義語言學之父」。此書於一九六三年由高名凱譯為漢語，遲至一九八〇年由商務印書館出版，但早在二十世紀初，索緒爾的結論，對中國語言學發生了巨大影響。索緒爾認為：「語言和文字是兩種不同的符號系統，後者唯一的存在理由是在於表現前者。語言學的對象不是書寫的詞和口說的詞的結合，而是由後者單獨構成的。」他明確表述自己的理論「只限於表音體系，特別是只限於使用以希臘字母為原型的體系」，然而不幸的是，這一理論成為漢語語言學尊奉的信條。「一個多世紀來，我們遵循口語至上的途徑研究語言，將漢字和它所提供的信息完全排除出語言研究的範圍，強使以視覺的文字為中心的研究傳統轉入『視覺依附於聽覺』的軌道。」〔註21〕

一九〇六年六月章太炎出獄後在東京公開講學，內容三項：中國語言文字之原，典章制度所以設施之旨趣，古來人物事迹之可為法式者。聽講弟子中，

〔註19〕陳寅恪曾稱讚沈兼士《鬼字原始意義之試探》一書：「依照今日訓詁學之標準，凡解釋一字，即是做一部文化史。」徐通鏘語出氏著《漢語結構的基本原理──字本位和語言研究》，中國海洋大學出版社 2005 年版，第 265 頁。

〔註20〕章太炎《駁中國用萬國新語說》，陳平原編《中國現代學術經典章太炎卷》，河北教育出版社 1996 年版，第 594 頁。

〔註21〕徐通鏘《語言學是什麼》，北京大學出版社 2007 年版，第 148 頁。

錢玄同、黃侃、朱希祖等為文字學家史學家。但太炎先生的語言文字觀卻未能發生索緒爾式的影響，這固然與學問傳播方式的差異有關。章太炎的方式是私人授徒傳統，學問思想也被視為傳統，雖有報章著述，然未能產生應有的影響。而偏信西方是當時國人的普遍心態，即使語言文字學，洋人的學說也被視為楷模。現代知識生產基本來自大學，而大學模仿西方的樣子，普遍開設語言學課程，而將中國的小學束之高閣。

尤為可歎者，乃章太炎的主張正與晚清時勢相悖，新興知識群體的口語至上和民眾崇拜喧囂聲起，言文一致的深層語法與政治走向一拍即合，一九四九年唐蘭出版《中國文字學》一書，結尾感慨道，「我們也明知道，合理的未必行得通，通行的未必合理。」﹝註22﹞這一傾向在其書問世之後的數十年裏愈演愈烈。

當年章太炎亦曾慨歎：「以冠帶之民，拔棄雅素，舉文史學術之章章者，悉委而從他族，皮之不存，毛將焉附？……語言文字亡，而性情節族滅，九服崩離，長為臧獲，何遠之有？」﹝註23﹞另一位國粹派人物鄧實，說得更為分明，「故一國有一國之語言文字，其語文亡者，則其國亡；其語文存者，則其國存。語言文字者，國界種界之鴻溝，而保國保種之金城湯池也。」﹝註24﹞在知識和潮流的蒙蔽之下，五四一代愛國者及其後繼者，竟然自毀長城而不自知。

第二節　言文關係簡論

一

康有為《廣藝舟雙楫》有言：

中國自有文字以來，皆以形為主，即假借形草，亦形也，惟諧聲略有聲耳，故中國所重在形。外國文字皆以聲為主，即分篆、隸、行、草，亦聲也，惟字母略有形耳。中國之字無義不備，故極繁而條理不可及；外國之字無聲不備，故極簡而意義亦可得。蓋中國用目，外國貴耳。然聲則地球皆同，義則風俗各異，致遠之道，以聲

﹝註22﹞ 唐蘭《中國文字學》，上海古籍出版社 2005 年版，第 155 頁。

﹝註23﹞ 章太炎《規新世紀》，《民報》第 24 號。

﹝註24﹞ 鄧實《雞鳴風雨樓獨立書：語言文字獨立》，王玉華《多元視野與傳統的合理化——章太炎思想的闡釋》，中國社會科學出版社 2004 年版，第 256 頁。

為便。然合音為字，其音不備，牽強為多，不如中國文字之美備矣。
黃紹箕《廣藝舟雙楫評語》作出進一步辨析：

> 外國以聲為主，而形從之；中國以形為主，而聲從之。惟其主
> 形也，故文日繁而聲日少。然字母一變，即渺不知為何語。若中國
> 今日上讀二千餘年前之鐘鼎文，尚可得十之六七，此猶可曰古篆隸
> 真遷流迭嬗也。至埃及古文，其流失絕矣，然西人亦尚能推見梗概，
> 非主形何由得此？故行遠以聲為便，垂久以形為便。其實諧聲一例，
> 與字母配合，體異而用同。且古書兩字合音者，不可枚舉，但積久
> 而不能不偏形耳。〔註25〕

且說漢語和漢字的複雜關係，乃因歐陸拼音文字與其語言之對應，相形簡便，
近乎「言文一致」。上引康有為關於中西文字的比較之說，心態尚稱平實，省
察也頗公允，結句稍有自詡之嫌，無傷大雅，他在專論書法的論著中略涉此
議（貢布里希曾比擬書法在中國文化中的地位，相當於音樂在西方文化中的
地位）。

漢語的言文不一致，不僅在文言文與口語的相異，周祖謨認為，漢字與
漢語相聯繫有五種情況，分別是：第一，字和詞不能完全相應。一個漢字代
表或一音節，但有些不代表同一意思，也即並非獨立的詞。比如「崎嶇、嘮
叨、徘徊、葡萄、薔薇、窟窿、逍遙」等等。第二，漢字本身不能正確表示
讀音。除象形字、表意字外，形聲字中也有相當數量不能正確地由讀音顯示，
有的是造字之初聲符近似，有的後來發生演變，還有一些字，非得靠文字學
的專門知識才能辨讀形聲，比如「年」從禾千聲，「康」從米庚聲，「成」從
戊丁聲，「釜」從金父聲，「賣」從貝束聲，「產」從生彥聲等等。第三，口語
詞未必有相應的字。方言土語的不少詞句，往往說得出而無從寫，比如四川
有一種 biang biang 麵，口說無礙，查無此字，以漢字記錄口語，時常犯難。
第四，同一詞，古今字有不同，成了廢字，詞有定而字無定，音同字不同，
漢字簡化後而成多餘的「繁體廢字」，為數不少。第五，大量的同音字在應用
時，必須隨不同詞語而變更。「榆樹」、「娛樂」、「愉快」、「剩餘」、「愚昧」的
「榆、娛、愉、餘、愚」，同音字，但應用時不可代替。說漢字就是漢語的書

〔註25〕崔爾平《廣藝舟雙楫注》，上海書畫出版社 1981 年版，第 27〜28 頁。

面化，是對錯並存的粗略說法。「漢字是一種表意系統的文字，它雖然很早就走向表音的道路，想盡量跟語音結合，可是沒有完全脫離表意的範疇，在形體上既要表音，又要表意，這就是漢字特有的一種性質。」〔註26〕漢字的字形、字音、字義相矛盾，不是一種「錯」，而是漢字的本來形態。

康有爲認爲，漢字重形輕聲，是平實的歸納。漢語音節單純，總音節數量少。二十一個聲母，三十八個韻母，四個聲調，聲韻母構成有音有字的音節計六百九十八個（聲調不同的不在內）。少量語音的變化不敷區別大量語義的應用，論及文字的三要素，字音與字義的數量之差，有字形變化加以彌補，求得平衡——在此關口，漢語選擇了「目視」。

二

高本漢在《中國語與中國文》中認爲「中國語是單音綴的」，唐蘭不同意。他說，「這種錯誤是由於沒有把『字』（Character）和『語』（Word）分析清楚的緣故。」他認爲，「『字』是書寫的，一個中國字，是一個方塊字，也只代表一個音節。而『語』是語言的，在語言裏是一個不可分析的單位，寫成文字時，有時可以只是一個字，但碰上雙音節語或三音節語，就必須寫兩個或三個字。」〔註27〕與西方文字相比，漢語當然音節短，但這是漢語之錯、漢語之短麼？趙元任分析得透徹：

> 一個語言是單音節還是多音節，實際上是一個語言的詞單位是單音節還是多音節的簡略說法。由於漢語中沒有詞但有不同類型的詞概念，所以我們可以說漢語既不是單音節的，也不是多音節的。
>
> 音節詞（即我們所說的「字」）的單音節性好像會妨礙表達的伸縮性，但實際上在某些方面倒提供了更多的伸縮餘地。我甚至猜想，媒介的這種可伸縮性已經影響到了中國人的思維方式。語言中有意義的單位的簡練和整齊有助於把結構詞和詞組做成兩個、三個、四個、五個乃至更多音節的方便好用的模式。我還斗膽設想，如果漢語的詞像英語的詞那樣節奏不一，如 male 跟 female（陽／

〔註26〕周祖謨《漢字和漢語的關係》，魯允中等編《現代漢語資料選編》，甘肅人民出版社1981年版，第131～134頁。

〔註27〕唐蘭《中國文字學》，上海古籍出版社2005年版，第20頁。

陰），heaven 跟 earth（天／地），rational 跟 surd（有理數／無理數），漢語就不會有「陰陽」「乾坤」之類影響深遠的概念。兩個以上的音節雖然不像表對立兩端的兩個音節那樣扮演無所不包的角色，但它們也形成一種易於抓住在一個思維跨度中的方便的單位。我確確實實相信，「金木水火土」這些概念在漢人思維中所起的作用之所以要比西方相應的「火、氣、水、土」（fire air water earth）或（pur aer hydro ge）大得多，主要就是 jin-mu-shui-huo-tu 構成了一個更好用的節奏單位，因此也就更容易掌握——這就好比英語中代替點數用的 eeny-meeny-miney-moy 一樣。

節奏整齊的一個特例是數字的名稱。我曾注意到中國小孩比其他國家同年齡的孩子更容易學會乘法表。漢語乘至八十一的九九歌可以既快又清楚地在三十秒內說完。用漢語，真的是只需說 impenertrability 這一個詞的時間就能表達一整段話的內容。〔註28〕

為照顧漢字形、音、義的三重分隔，漢語的累積過程於是不斷創造形聲字，漢字的數量，因此越來越多。《說文解字》九千三百五十三字，據朱駿聲統計，形聲字八千零五十七，約占百分之八十，今時漢字有百分之九十以上屬於形聲字，但多數形聲字並不能據其聲符而確定讀音，上文周祖謨所說第二項便是。形聲字的構造方式是形（義）符加聲符，理論上講，形聲字造字的最大數量＝聲符數×形（義）符數。漢語普通話約四百個音節，漢字常用部首約二百個，如若一個音節只選用一個漢字做聲符，可造八萬漢字。今日的漢字究竟多少？《康熙字典》四萬，《中華大字典》四萬八千。之所以未再增多，是造詞多而造字少。兩個或兩個以上漢字構成一個新詞，詞彙量於是增之無窮，今後恐怕還會不斷增加，但未必需要造新字。

漢字數量的增多過程，歷數千年。漢代應用文字一萬餘，唐宋時期，韻書所收字數增一倍，明清增至四萬以上，常用漢字六七千。勞乃宣所謂「中國文字奧博，字多至於數萬，通儒不能偏識」，誇大了識字的困難。〔註29〕漢語新詞

〔註28〕趙元任《中國現代語言學的開拓和發展》，清華大學出版社 1992 年版，第 246～247 頁。

〔註29〕光緒三十四年（1908），勞乃宣向西太后上《普行簡字以廣教育折》：「中國文字奧博，字多至數萬，通儒不能遍識。即目前日用所需，亦非數千字不足應用。」

雖增之不已，其實是常用字的組合，詞新而字舊。電腦通行之後，方便了漢語新詞的流佈，拼音文字卻並無此利。美國人統計，英語新詞年增量近一千，多爲科技詞彙，於學習使用是大負擔，詞典增補速度雖快，仍不敷應用。漢字總數龐大，但以六七千常用字新造詞彙，應對裕如，遠較英語便利。徐通鏘序潘文國《字本位與漢語研究》一書，作出以下分析：

> 印歐語言的文字體系只有錯字，沒有別字。……字的形音義三位一體，其實質就是用形義結合的理據襯托和凸顯「百姓日稱而不知其所以之意」的音義結合的理據；別字抽掉了這種理據，使形、音、義三位分離，破壞了漢字作爲「第二語言」的身份，因而爲漢語社團所拒絕。

> 「別字」作爲漢人視漢字爲「第二語言」「的一種見證，我想是不容置疑的。我們不允許或糾正學生寫別字，實際上就是對他們進行嚴格的「第二語言」訓練，要求他們「文」與「言」一致。〔註30〕

據上下文正確用字，是漢語書寫的常態。漢語多見音同字不同，消滅別字固然便於規範化，但由此卻形成漢語修辭的手段和趣味──「雙關」與「諧聲」，「東邊日出西邊雨，道是無晴卻有晴」即爲佳例。西人誤解國人缺乏幽默感，其實同音異義的漢字中蘊嵌無數詼諧之語（《笑林廣記》專事輯錄這類幽默），文字既經翻譯，就在外語中漏失了，此爲翻譯永恒的困境。

徐通鏘所說「言文一致」，與上文討論的「言文一致」並非一個意思。漢字從來不隨語音，不便記錄成爲口語，劉師培說「有音無字者幾占其半」也許誇大了，但在方言土語中，情況的確如此，拼音化主張即據此而展開論證。

三

倪海曙在《舊文字的根本缺點》一文中說，「舊文字是以圖畫爲基礎的，不像拼音文字那樣離不開說話和容易記錄說話，因此它和說話的關係就不密切。話是這麼說，文章可以那麼寫。它造成了文章和說話的分家，使民族的書面語言離開人民語言，使人民難於學習書面語言。」〔註31〕中國文字在近

〔註30〕潘文國《字本位與漢語研究·序》，華東師範大學出版社 2002 年版。
〔註31〕倪海曙《舊文字的根本缺點》，《語文知識》，1954 年第 10 期。

古以後，幾乎完全是形聲字。「圖畫爲基礎」云云，實爲欺人之談。和西語相較，漢字的確不直接記錄口語，但只能說漢語書面語和口語的關係更爲複雜，卻不能說它沒有關係。《說郛》卷七《軒渠錄》載，北宋開封「有營婦，其夫出戍」，其子名窟賴兒，她「託一教學秀才寫書寄夫云：窟賴兒娘傳語窟賴兒爺，窟賴兒自爺去後，直是忔憎兒，每日根特特地笑，勃騰騰地跳。天色汪囊，不要吃溫吞蠖託底物事」。那秀才無法下筆成書，只好把已收下的費用退還給她。〔註32〕《軒渠錄》還說到一位陳姓婦女寓居嚴州，幾個兒子宦遊未歸，一天她的族侄陳大琮過嚴州，於是陳氏叫他代作書寄給兒子，口授云：「孩兒要劣你子，又閱閱霍霍地。且買一柄小剪子來，要剪腳上骨茁兒、胳胝兒也。」大琮遲疑不能下筆，這位婦女譏笑說，「原來這廝兒也不識字。」在這兩則故事中，營婦和陳氏的口語，畢竟還是通過漢字記錄了下來，只是一般秀才所識之字不敷應付罷。記錄口語，從來不是書面語的方向，它有自己的表達習慣和傳統。《紅樓夢》將北京口語寫得惟妙惟肖，但切不可認爲那是作者聽到的他人對話的記錄。

在結構主義語言學看來，文字的功能是記錄語言，屬於符號的符號，自身沒有獨立價值。即使是西方語言，其口語與文字也並不能完全一致。盧梭（J・J・Rousseau）認爲，「人們指望文字使語言固定（具有穩定性），但文字恰恰閹割了語言。文字不僅改變了語言的詞語，而且改變了語言的靈魂。文字以精確性取代了表現力。言語傳達情意，文字傳達觀念。在文字中，每一個詞必須合乎最普通的用法，但是，一個言說者可以通過音質的變化，隨心所欲地賦予言辭以豐富的含義。因爲受清晰性的限制愈少，表達則愈有說服力；一種書寫的語言無法像那種僅僅用來言說的語言那樣，始終保持活力。寫下來的是語詞，不是聲音；而在一種抑揚頓挫的語言中，是聲音、重音及其豐富的變化，構成了語言之靈氣中的核心部分，正是由於這些東西，在別的情形下亦可使用的通行的表述，成爲此處唯一恰當的一句。爲了對口語的這種特質進行補償，各種方式大大擴充了書面語言，並使其泛濫，當它們從書本再度進入口語時，口語則被削弱了。當說就像寫一樣時，聽就是讀。」〔註33〕

〔註32〕 參見徐時儀《漢語白話發展史》，北京大學出版社 2007 年版，第 12～13 頁。

〔註33〕 〔法〕盧梭《論語言的起源》，洪濤譯，上海人民出版社 2003 年版，第 32 頁。

盧梭的見解日後啓發了法國哲學家雅克・德里達（Jacques Derrida），他在《論文字學》中激烈批判西方語音中心主義。《劍橋語言百科全書》的編者，英國語言學家戴維・克里斯特爾（D.Crystal）說，「從科學的角度看，我們對書面語的認識比對口語的認識要少得多，這主要是因爲二十世紀語言學偏向於話語分析的結果——這種偏向如今剛開始得以糾正。」〔註34〕

對索緒爾文字觀持最激烈的批評者是德里達和保羅・利科（Paul Ricoeur）。利科認爲：

> 西方文化中拼音文字的勝利及所呈現的文字附屬於言語傾向來源於文字對聲音的依賴性，然而我們不要忘了文字還有諸多其他的可能性：它們呈現爲對思想意義的直接描述，它們在不同的語言中讀法不一，這些文字展示了書寫的一種普遍特徵，這一特徵在拼音文字裏也存在，但由於依附於讀音而往往被掩蓋了。這一特徵就是：不僅是記載體，而且是各種記號本身，其形體、位置、彼此間的距離、順序、線性的安排等等。從聽到讀的轉移從根本上來説，是與從聲音的時間特徵到文字的空間特徵相聯繫的。印刷術的出現使語言的普遍空間化得以最終完成。〔註35〕

四

一九四四年，呂叔湘寫成《文言與白話》，確認文字爲一種獨立形象符號，因此「文字的起源大致和語言無關」，他同時又承認「就現在世界上的語文而論，無一不是聲音代表意義而文字代表聲音。語言是直接的達意工具，而文字是間接的；語言是符號，文字是符號的符號。語言是主，文字是從」〔註36〕。前面的結論，是由漢語漢字的具體情況而得出的，後邊的話卻是重複索緒爾的觀點，西方拼音文字的特殊規律被說成是人類語言的普遍規律，《普通語言學教程》給中國語言學家的壓力是巨大的。

考察書面語和口語的關係，可分爲兩面：中國文言文產生甚早，延綿久

〔註34〕〔英〕戴維・克里斯特爾《劍橋語言學百科全書》，方晶等譯，中國社會科學出版社1995年版，第282頁。

〔註35〕轉引自潘文國《字本位與漢語研究》，華東師範大學出版社2002年版，第87頁。

〔註36〕《呂叔湘文集》第四卷，商務印書館2004年版，第73頁。

長，晚在唐朝以降，白話文開始發育，而口語不可能自外於書面語影響，連西方人也注意到這種關係。利瑪竇（Matteo Ricci）的看法是：「說起來很奇怪，儘管在寫作時所用的文言和日常生活中的白話很不相同，但所用的字詞卻是兩者通用的。因此兩種形式的區別，完全是個風格和結構的問題。」〔註37〕

徐時儀認為，東漢後的文言作品中已收入部分當時的口語，雖然刻意仿求古雅，但在或多或少吸納當時口語的細微過程中，由先秦至唐宋的語言訊息得以透露，成為研究「古白話」形成的珍貴文本。呂叔湘在《近代漢語讀本》序中說，「事實是，語言總是漸變的，言文分歧是逐漸形成的，此其一；另一方面，言文開始分歧之後，書面語也不是鐵板一塊，在不同時期，用於不同場合，有完全用古代漢語的，有不同程度地攙和進去當時的口語的。」〔註38〕《史記》與《尚書》的差別，一讀而知，唐宋八大家與《史記》的不同，則稍費辨別之功。周作人出語醒人耳目，具體而平實，他曾指出白話與文言的差別，尚不如八大家與《尚書》的差別。

呂叔湘序江藍生《魏晉南北朝小說詞語彙釋》一書道，「以語法和詞彙而論，秦漢以前的是古代漢語，宋元以後的是近代漢語，這是沒有問題的。從三國到唐末，這七百年該怎麼劃分？這個時期的口語肯定是跟秦漢以前有很大差別，但是由於書面語的保守性，口語成分只能在這裏那裏露個一鱗半爪，要到晚唐五代才在傳統文字之外另有口語成分佔上風的文字出現。」「長時期的言文分離，給漢語史的分期造成一定的困難。因此，是不是可以設想，把漢語史分成三個部分：語音史，文言史，白話史？這樣也許比較容易論述。文言由盛而衰，白話由微而顯，二者在時間上有重疊，但是起訖不相同，分期自然也不能一致。」〔註39〕這是端正的科學態度。《漢語白話發展史》認為，文言與白話之分始於漢，漢至清兩千年，漢語書面語有文有白，文白並存，初以文為主，後以白為主，直至五四白話文運動。這種劃分與本章開頭所引郭錫良的意見，有相當的差距。

在《文言與白話》一文中呂叔湘這樣分析：

〔註37〕〔意〕利瑪竇《利瑪竇中國札記》，何濟高、王遵仲、李申譯，廣西師範大學出版社2001年版，第22頁。

〔註38〕《呂叔湘文集》第四卷，商務印書館2004年版，第452頁。

〔註39〕江藍生《魏晉南北朝小說詞語彙釋・序》，語文出版社1988年版，第1～2頁。

　　每個時代的筆語都可以有多種，有和口語大體符合的，有和口語距離很近的，也有和口語相去甚遠的。這些形形色色的筆語……當中也未嘗不可劃出一道界限：聽得懂和聽不懂……我們可以用這個標準把一個時代的筆語（文字）分成兩類，凡是讀了出來其中所含的非口語成分不妨害當代的人聽懂他的意思的，可以成爲「語體文」，越出這個界限的爲「超語體文」。

　　白話是唐宋以來的語體文。此外都是文言文；其中有在唐以前可稱之爲語體文的，也有含有近代以至現代還通用的成分的，但這些都不足以改變它的地位。白話是現代人可以用聽覺去瞭解的，較早的白話也許需要一點特殊的學習；文言是現代人必須用視覺去瞭解的。〔註40〕

語體文與超語體文，比文言與白話的界定更爲準確、嚴格，但後者更爲流行，使用範圍更大。事實上，在對文言與白話進行區分之際，「言文一致」的強大律令已經響徹其間。漢字和文言是天然的一對兒，廢文言，一定導致廢漢字，肯定漢字，也必然肯定文言。只要追求「言文一致」，就同時既否定了文言也否定了漢字，那麼就只有一條出路──拼音化。推廣普通話是實現拼音化的第一步，沒有統一語音在先，不可能有統一的拼音文字。

　　一九五五年十月二十六日《人民日報》社論《爲促進漢字改革、推廣普通話實現漢語規範化而努力》，談及漢語言文關係，有如下權威表述，對於漢語言文關係的判斷，早已超出了學術的範圍，成爲了一種國家的語言文字政策：

　　漢語發展的過程是非常曲折複雜的。我們曾經長期用「文言」作爲統一的書面語，留下了豐富的文獻。這種書面語原來是建立在口語的基礎上的，但是後來同口語的距離越來越遠，學習起來非常困難，能夠使用的人只占全民中的極少數，因此另外一種和口語直接相聯繫的書面語不得不起來同「文言」分庭抗禮。這就是後來所說的「白話」，也就是我們現在的民族共同語書面形式的主要源頭。

　　宋、元以來，用「白話」寫的各種體裁的作品層出不窮，產生了許許多多的文學巨著。這些作品的語言雖然都或多或少地帶有地

〔註40〕《呂叔湘文集》第四卷，商務印書館 2004 年版，第 76 頁。

方色彩，但是總起來說，它們的方言基礎大多數是長時期在漢語中占優勢地位的北方話。這些作品也流傳到非北方話的區域裏去，非北方話區域的作者也有用這種「白話」來創作的，這就為北方話的推廣提供了優越的條件。至於口語方面，大約同這些「白話」文學作品的廣泛流傳同時，以北京話為代表的北方話也逐漸取得方言區之間的交際工具的地位，被稱為「官話」，但是它的發展速度是落在白話文學的後面的。

到本世紀初，隨著民族民主革命運動的高漲，我們的民族共同語的長期形成過程開始加快，社會改革家提出了「言文一致」的主張。「五四」運動反對文言文，提倡白話文，動搖了文言的統治地位。「國語運動」和「注音字母」曾經以政令來推行，拉丁化新文字的提倡在推行北方話方面也起過一定作用。這接二連三的運動反映了漢民族共同語以書面語和口語的統一形式在加速形成的事實，「普通話」這名稱逐漸代替了「官話」，也正是由這種事實決定的。〔註41〕

在這段白話書面語中，關鍵詞是「民族共同語」的「加速形成」，背後起推動作用的則是「革命運動」。數千年來，漢民族的語言文字狀況，主要是文言加方言，既有超地域超時代的真正統一的書面語，又有生動活潑各具特色差別極大的方言，「言文不一致」是理所當然，官話和白話出現得很早，但發展緩慢，明清之後，明顯加速，但其進程仍是自然的演變。

「言文一致」的提出，乃是與西方語言接觸之後所產生的震盪效應。近代以來，由鴉片戰爭開啟的系列失敗，導致讀書人從盲目自大到盲目自貶，五四運動以否定傳統文化為旨趣，白話文運動於文言的否定和於漢字的否定是不可分割的。

今時的中國語言文字狀況就這樣造就了，失去了真正的書面語——文言，真正的口語——方言也在以快的速度消亡，我們通行的是乾巴巴的白話和南腔北調的普通話。然而即便如此，這二流的白話文和三流的普通話也並不一致。

〔註41〕魯允中等編《現代漢語資料選編》，甘肅人民出版社 1981 年版，第 17～18 頁。

五

不談「言文一致」，就口語和筆語而言，即使在文言時代，也決不是毫不相關的。以司馬遷班固揚雄王充那樣的文筆，平時講話一定精彩，只是無緣聽到。他們在文章裏援引了多少當時的口語精華，不好辨別卻是可以肯定的。文言文中，通常看不到方言色彩，而詞彙句式古今細微的變化，似乎在表明口語對於文言的某種滲透。書面語本身又可以認爲是一種最大的方言——統一的讀書人的方言。書面語和口語之間的融合，始終存在自然的過程。韓愈作文有意識地復古，但細察其文句，又與司馬遷明顯不同，這個差別不是他的追求，而是時風改換口語變化帶來的，他在寫作的時候不可能把這些因素排除掉。所以文言文的古今一致中，還暗含著諸多細微的差異，且沒有人規定文言文只能依照古人那樣寫，亦步亦趨。當初魯迅批評《學衡》和章士釗的古文不地道，正說明了他們在古文上不是完全守舊的路子。魯迅靠近章太炎，古文喜用生僻字，追求古奧晦澀，明顯有別於八大家和桐城派，相比之下，半文半白的梁啓超，影響更大一些。

白話文固然方便口語的吸取，但口語經過提煉才能成爲合格的、優秀的文章語，這是漢語的常態，創作擬口語風格的文體，與放棄書面語、標榜「寫話」，是兩種完全不同的路子。梁宗岱說，「言文截然分離底壞結果固足以促醒我們要把文學底工具淺易化，現代化，以恢復它底新鮮和活力；同時卻逼我們不能不承認所謂現代語，也許可以綽有餘裕地描畫某種題材，或惟妙惟肖地摹寫某種口吻，如果要完全勝任文學表現底工具，要充分應付那包羅了變幻多端的人生，紛紜萬象的宇宙的文學底意境和情緒，非經過一番探檢，洗練，補充和改善不可。」〔註 42〕這番淘洗錘鍊的工作，或可審慎稱之爲白話文的「文言化傾向」，與寫作的所謂「明白如話」相反，它追求精確、凝練、藝術化，精通並調動一切修辭手段，創造文體。此不獨漢語爲然，世界各國的文學佳構無不追求這共同的書寫境界：偏離規範的原則（deviation from the norm），若以文學寫作爲旨歸，這種境界才是眞正的「言文一致」。

與西方不同，中國文字超出語言的那部分修辭手段，精深優美，爲「言文一致」的提倡者所故意忽視，但文章家則從來深味此道。汪曾祺說，「其次

〔註42〕梁宗岱《文壇往哪裏去——「用什麼話」問題》，《宗岱的世界：詩文》，廣東人民出版社 2003 年版，第 131 頁。

還有字的顏色、形象、聲音。中國字原來是象形文字，它包含形、音、義三個部分。形、音，是會對義產生影響的。中國人習慣於望『文』生義。『浩瀚』必非小水，『涓涓』定是細流。木玄虛的《海賦》裏用了許多三點水的字，許多模擬水的聲音的詞，這有點近於魔道。但中國字有這些特點，是不能不注意的。」〔註43〕此實乃經驗之談與識者之言，視覺性語言並非「無聲」，精於寫作和閱讀的人，自會「看」出字裏行間的聲響來，這是漢語漢字的藝術。

字與音的關聯，蘊藏著豐富的理論價值。「字本位」理論的提倡者徐通鏘在習焉不察的語言常態中，揭示了字與言當下的真實狀態：

> 什麼是字？一般都認為寫出來供人們看的才叫字。其實，這是一種很大的誤解。「字」首先是說的，書寫形體只是把說的字寫下來而已，現在經常說的「萬言書」、「洋洋數十萬言」的「言」也可以為此提供一個佐證，因為這裏的「言」等於「字」。我們如果要人家講話講得慢一點，只能是「你一個字一個字慢慢說」，絕不會是「一個詞一個詞慢慢說」；「你敢說一個『不』字」，這句話裏的「字」，也不能換成「詞」。所以我們應該改變「寫出來的才叫字」的錯覺。〔註44〕

這裏的「言」和「字」兩字的換位使用，並不是要混淆口語和筆語的界限。「什麼是字」需要辨析的問題，並不因這個字的特殊用法而取消。看起來漢語寫作者不能迴避的書面語和口語的糾纏，在語言學家那裏，也不是可以輕易解決的。

「言文一致」的努力，在寫作上迄今收效甚微。「怎樣說就怎樣寫」，從未在書寫中實現過。朱德熙在為《中國大百科全書》所寫「漢語」辭條總結道：「書面語和口語的差別一直相當大。五四以前實際上是古今語的區別。」他認為「現代書面語是包含許多不同層次的語言成分的混合體」。又說，「白話文學作品的語言並不是真正的口語，而是拿北方官話做底子，同時又受到明清白話小說相當大的影響，還帶著不同程度的方言成分，以及不少新興詞彙和歐化句法的混合的文體。魯迅是其代表。」「總起來看，漢語的書面語和口語之間的差別是相當大的。對於外族人說，學會了口語不等於學會了書面語。對於本族人來說，

〔註43〕汪曾祺《汪曾祺文集：文論卷》，江蘇文藝出版社1993年版，第10頁。

〔註44〕徐通鏘《漢語結構的基本原理：字本位和語言研究》，中國海洋大學出版社 2005年版，第80頁。

學會書面語寫作也不是一件輕而易舉的事情。」〔註45〕

六

思維，指大腦對概念以及概念之間聯繫的符號系統的處理過程。西方思維通常基於語言符號（語言符號與文字符號基本同一），中國不然（語言符號與文字符號相異）。劉曉明據此提出了中國文學的三種思維——單文思維、合文思維和語文思維（下圖據《「語」「文」的離合與中國文學思維特徵的演進》主要觀點繪製，未經原作者過目）：

春秋戰國	漢魏晉南北朝	唐宋元至現代
單文思維	合文思維	語文思維
單音詞占絕對優勢	雙音、多音詞大量出現	白話逐步成長起來
刻寫困難、材料爲竹帛等	毛筆、紙張的發明	佛經翻譯、傳教
四言詩、文言文	五七言詩、漢賦、駢文	變文、俗講、禪宗語錄
這一時期言文是分離的	文字追蹤語言，相互適應	元曲、明清小說；雅化口語

該文認爲，「從文體的演進看，一代有一代之所勝：由先秦的詩經楚辭，而漢賦，而魏晉六朝的駢文，而唐詩宋詞，而元曲，而明清小說，這是一個眾所周知的遞進序列。這個演進的序列能否被打亂？如果不能，決定這個序列的因素是什麼？顯然，應該是多種因素綜合作用的結果。但我以爲，在諸多因素中有一個最基本的因素，就是文學思維進化，而這一進化又是由思維材料的演變導致的。單個文字爲主體的時代，必然會對詩句的言數有所限制，四言詩遂應運而生；而需運用大量組合文字的五言詩、七言詩、賦駢只能產生於合文思維時代；當口語大量進入並能被文字描述時，方有元曲、明清小說。從這個意義上說，文體演變的序列早已被思維的演進預先設定了。」〔註46〕

以此三種思維的劃分並闡述文學史與文體的演變，允稱新穎，如若以「單文」「合文」對應思維，似可存疑。思維與語言，思維與文字，密不可分，但漢語的詞語彈性很大，指稱某一事物，既可以單音詞也可用雙音詞、多音詞，比

〔註45〕《中國大百科全書・語言文字卷》，中國大百科全書出版社 1991 年版，第 132 頁。
〔註46〕劉曉明《「語」「文」的離合與中國文學思維特徵的演進》，《新華文摘》2002 年第 4 期。

如「日」－「太陽」－「陽婆婆」等，這些詞音節不同，語體色彩亦各有差別，擇用時取決於上下文，同時構成修辭活動本身。思維狀態不可能受制於「單文思維」與「合文思維」，即便擅長文言寫作，怕也不是「單文思維」發達──將三種思維合稱「修辭思維」，並在具體的寫作過程中，隨意調整和變換，才能實現充分達意的目標。寫作活動如此，思維活動恐也如是。

饒宗頤認爲，「古代漢語民族圈內，文字的社會功能，不是口頭語言而是書面語言，在這種情形下文字與語言是游離的。」〔註47〕因此有人提出「漢字思維」，以區分所謂語言主導的西方思維，究其實，並不準確。呂叔湘說，「一部分文言根本不是『語』，自古以來沒有和它相應的口語。」〔註48〕文言的一部分確實不是語，但大部分可以是語。唐的文章有意模古，其實作者不可能不受當時的口語和方言的濡染，在直接當下的語言狀態中，不可能盡是「漢字思維」。思維當中的「言」「文」狀況，又是一個更加複雜的問題。識字與不識字者，思維的差別可能是巨大的，用筆思考，與用嘴思考，不可能完全一致，但也不可能截然兩分，說話、寫作、口語、筆語，終有差別，但根本上具有同一性。「修辭思維」正是在這一既差異又同一的綜合實踐中，利用語言和文字的各種有效資源來達意的積極的創造性的活動，它包括漢字思維，但決不會以此爲限。

胡蘭成在《中國文學史話》中認爲，「文字與言語是二，文句與口語有密切關係，但二者有關係，非即二者是一體。而此亦是中國文字的特色。西洋的文字只是符號，符號是代表事物的，符號自身不是事物，所以西洋的文字只是記錄其言語的工具。中國文字可是造形的，其自身是事物，所以雖與言語相關，而兩者各自發展。」〔註49〕與言語相關，而有各自發展，雖然他說得並不細緻，但這確是中國筆語和口語關係最重要的兩端。須有這樣的識見，才適宜從事筆語的創作。近代白話修辭的成功與萎敗，在胡蘭成手中，就語言而言，「不惜蕙草晚，所悲道里寒」，這實是需要專文另議的。

耿占春認爲，「口語是在現實世界以內說話。文字一開始就超出了這個世界。可寫的比可說的遠爲豐富、更深入語言的內在性。寫的誘惑並非說的誘惑，

〔註47〕饒宗頤《符號・初文與字母──漢字樹》，上海書店出版社 2000 年版，第 183 頁。
〔註48〕呂叔湘《呂叔湘文集》第四卷，商務印書館 2004 年版，第 67 頁。
〔註49〕胡蘭成《中國文學史話》，上海社會科學院出版社 2004 年版，第 131 頁。

而是沉默的誘惑。寫作的誘惑是文字的可寫性的誘惑。是對文字的深不可測的暗處的探測。說話是意識與情感的表達、交流。寫更爲晦暗。它成了文字魔力的誘惑者。」〔註50〕

　　中國的歷史長，傳世文本眾，成語典故，通行既久，口語之中亦經常使用。口語模仿書面語，是國人自古以來的集體習性，我們讚美某人口才好，曰「出口成章」。語言、繪畫甚至工藝，「自然模仿人工」是傳統文化的特質。立象以盡意，立字以盡言，自然被感受，是材料，而不是模仿的對象。美國語言學家愛德華・薩丕爾（Edward Sapir）認爲，「語言是我們所知的最碩大、最廣博的藝術，是世世代代無意識地創造出來的、無名氏的作品，像山嶽一樣偉大。……每一個語言本身都是一種集體的表達藝術。其中隱藏著一些審美因素——語音的、節奏的、象徵、形態——是不能和任何別的語言全部共有的……藝術家必須利用自己本土語言的美的資源。」〔註51〕國人思維的特性，藝術感受的獨特方式，於世界和價值的認識、態度等等，隱藏在漢語和漢字當中，數千年來自然而然地透過自己的文字和語言細細申述與交道，拼音化取代漢字的運動雖然失敗了，白話文運動似乎爲現代中國創造出某種可以稱之爲「拼音文字的靈魂」的事物，在使用漢語的時候，彷彿它不是我們的母語，普通話加新白話文，使我們的生存漂浮於歷史之外，唐蘭一九四九年出版《中國文字學》中的一些話，如今讀來比六十年前更爲痛切：

　　　　中國文字果眞能屛棄行用了幾千年的形聲文字而變爲直截了當的拼音文字嗎？一個民族的文字，應當和它的語言相適應，近代中國語言雖則漸漸是多音節的，究竟還是最簡短的單音節雙音節爲主體，同音的語言又特別地多，聲調的變化又如此地重要，在通俗作品裏含糊些，也許還不要緊，用拼音文字所傳達不出來的意思，只要讀者多思索一會，或者簡直馬虎過去就完了。但是要寫歷史，要傳播艱深的思想，高度的文化，我們立刻會覺得拼音文字是怎樣的不適於我們的語言。〔註52〕

〔註50〕耿占春《中魔的鏡子》，學林出版社 2002 年版，第 275 頁。

〔註51〕〔美〕愛德華・薩丕爾《語言論》，陸卓元譯，商務印書館 1985 年版，第 197～202頁。

〔註52〕唐蘭《中國文字學》，上海古籍出版社 2005 年版，第 89 頁。

按理說倡導言文一致，強調口語的價值和語音的重要性，應使今天的國人能言善辯至少能說會道，但是事實卻是對於漢語語音的普遍遲鈍和缺少辨析力，讀者通常能區分四聲，但不懂平仄韻律，專業文字工作者，也鮮有能在寫作中自覺運用聲律手段增加文章的節奏感，提高文章的可讀性。五七言詩與四六文，及它們對於形音義的講究，與現代漢語不相關似的，深刻的思想，高度的文化以及深厚的歷史，大家在寫作與說話中，讓它馬虎過去。

七

「言文一致」的口號，來源於日本，其近代以來有脫亞入歐國策和去漢字化運動。但日本的言文不一致與中國的情況有別。日本自古沒有自己的文字，從公元一世紀輸入漢字至九世紀僧空海創假名文字之前，日本朝野概用漢文。說的是日語，寫的卻是漢文，其言文不一致可以想見。「日本之習漢學，萌於魏，盛於唐，中衰於宋元，復起於明季，迄乎近日幾廢而又將興。」（黃遵憲語）一八八五年結束的中法戰爭，中國以「不敗之敗」，敗給了普法戰爭的敗者法國，使日本有更大的決心廢棄「野蠻原始的」「象形文字」，全盤西化。本來漢字在日本屬於少數上層人士攻習的專利，於民眾而言，難學難認超過中國本土，教育的普及要求以及「言文一致」的口號明確提出，從「國字」中驅逐漢字運動於是興起，英國語言學家遷伯倫（Basil Hall Chamberlain，一八五〇～一九三五）一八八七年在日本的一次演講，題目就是《言文一致》，他說，「為了改善人民的教育現狀，提高人民的知識水平，廢除從前的晦澀文體，是第一良策。」〔註53〕一種新式的被認為是「歐文直譯體」的「漢字假名混合文體」，迅速成為日本報刊雜誌的流行文體。在實踐言文一致的過程中，日本有了一種速記法來記錄口語，事後再整理成文，「一時間甚至所有的速記者都曾染指速記相聲和速記談話。」然而，漢字到底也無法驅淨，特別是翻譯文本，因為其中的許多譯名，只有使用漢字雙音詞才能表達。高調提倡言文一致和去漢字化，帶給日本的不過是「一種多元的自我殖民化情形」〔註54〕。

〔註53〕轉引自〔日〕小森陽一《日本近代國語批判》，陳多友譯，吉林人民出版社 2003年版，第 107 頁。

〔註54〕〔日〕小森陽一《日本近代國語批判》，陳多友譯，吉林人民出版社 2003 年版，第 108 頁。

　　黃遵憲「言文一致」的提法，也許受到日本這一流行甚廣口號的啓發，但他的語言觀和文化觀與明治時代的日本卻有較大的差別。他認爲日本的去漢字化，無異於自暴自棄。中國文化深植日本千年，「既如布帛菽粟之不可一日離」，「即使深惡痛絕，固萬萬無廢理」。〔註55〕黃遵憲是近代中國最早明確提出改革文體和文字的第一人，一九○二年給嚴復的信中，他提出了自己對於文體和文字改革的具體設想：「第一爲造新字，次則假借，次則附會，次則還音，又次則兩合。第二爲變文體。一日跳行，一日括弧，一日最數，一日夾注，一日倒裝語，一日自問自答，一日附表附圖。此皆公所已知已能也。公以爲文界無革命，弟以爲無革命而有維新。如《四十二章經》，舊體也，自鳩摩羅什輩出，而內典別成文體，佛教亦行矣。本朝之文書，元明以後之演義，皆舊體所無也，而人人遵用之而樂觀之。文字一道，至於人人遵用之樂觀之，足矣。凡僕所言，皆公所優爲，但未知公肯降心以從、降格以求之否？」〔註56〕這些話的內容實質，與胡適一九一六年首次提出八不主義的《寄陳獨秀》一信，有驚人的相似處。大不相同的是兩信得到的反響。嚴復的回信，本人尚未讀到，但他於文體改革的態度則是明確的。黃文提及「文界無革命」之說，出自於一九○二年三月嚴復寫給梁啓超的信，刊於同年同月出版的《新民叢報》上，嚴復在信中說，「竊以謂文辭者，載理想之羽翼，而以達情感之音聲也。是故理之精者不能載以粗獷之詞，而情之正者不可達以鄙倍之氣。」「聲之眇者不可同於眾人之耳，形之美者不可混於世俗之目，辭之衍者不可回於庸夫之聽。非不欲其喻諸人人也，勢不可耳。」「且不佞之所從事者，學理邃賾之書也，非以餉學童而望其受益也，吾譯正以待多讀中國古書之人。」〔註57〕正是他這種傲慢的精英主義態度，黃遵憲才有「降心以從、降格以求」的建議，他知道，嚴復是決不肯降的。

　　黃遵憲一九○五年病逝，年五十七歲。其時十四歲的胡適從徽州進入上海，考入澄衷學堂，在這裏他首次讀到《天演論》和《新民叢報》，時代風潮變幻莫測，十餘年後，白話文運動從這個徽州少年的手上開創出來。

〔註55〕轉引自鄭海麟《黃遵憲傳》，中華書局 2006 年版，第 305 頁。

〔註56〕陳錚編《黃遵憲全集》上卷，中華書局 2005 年版，第 436 頁。

〔註57〕嚴復《與梁啓超書》，盧雲崑編選《社會劇變與規範重建：嚴復文選》，上海遠東出版社 1996 年版，第 524 頁。

詩人黃遵憲在日本做外交官時，當地文人曾以詩文向他請教。據《筆談遺稿》載，黃遵憲直言不諱，褒貶鮮明：「大約日本之文，爲遊記、畫跋、詩序則工，求其博大昌明之文，不可多得也。」「日本人之弊，一曰不讀書，一曰器小，一曰氣弱，一曰字冗，是皆通患，悉除之，則善矣。」〔註 58〕假若以當代詩文請黃先生過目，比之當年日本書人的缺點，「通患」之程度又會是怎樣。

一九○二年，黃遵憲在給梁啓超的信中，談及他於傳統文化和西方文化的態度說，「公謂養成國民，當以保國粹爲主義，當取舊學磨洗而光大之。至哉斯言！恃此足以立國矣。雖然，持中國與日本較，規模稍有不同。日本無日本學，中古之慕隋唐，舉國趨而東；近世之拜歐美，舉國又趨而西。當其東奔西逐，神影並馳，如醉如夢。及立足稍穩，乃自覺己身在亡何有之鄉，於是乎國粹之說起。若中國舊習，病在尊大，病在固蔽，非病在不能保守也。今且大開門戶，容納新學。俟新學盛行，以中國固有之學，互相比較，互相競爭，而舊學之眞精神乃愈出，眞道理乃益明，屆時而發揮之。使新學者或棄或取，或招或距，或調和，或並行，固在我不在人也。國力之弱，至於此極，吾非不慮他人之擾而奪之也。吾有所恃，恃四千年之歷史，恃四百兆人之語言風俗，恃一聖人及十數明達之學識也。」〔註 59〕

黃遵憲大概不會料到「中國固有之學」失傳得這麼快，如今誰還能夠坦然地說「吾有所恃」？

第三節　方言和方言寫作

一

怎樣區分不同的語言和同一種語言裏的不同方言？

一般的說法是，完全不能通話的是兩種語言，基本上能夠通話的是一種語言的兩種方言。如果依照這個標準，福建話、廣東話、上海話就屬不同的語言。我們認爲這三種彼此幾乎完全不能通話的語言，是漢語的不同方言，因爲他們有共同承認的標準語——官話，且這一標準語有統一的書面形式——文言，而官話和文言都是在漫長的歷史中逐漸形成的。這種狀況，不僅漢語當中有，西

〔註 58〕陳錚編《黃遵憲全集》上卷，中華書局 2005 年版，第 690～691 頁。

〔註 59〕同上，第 433 頁。

方語言中也有。呂叔湘舉過兩個歐洲的例子，在德國和荷蘭交界的地方，兩邊的居民基本上可以通話，但他們說的話一個是德語方言，一個算荷蘭語方言；北德意志方言和南德意志的高地方言之間，通話相當困難，但卻都是德語方言。

中國的面積比整個歐洲要大些，方言的複雜程度遠超德荷，由於官話和文言的緣故，這些方言始終認同漢語的標準語。趙元任認為，語言分化後分到什麼程度算是不同的語言，往往是由政治因素決定，不是純語言問題。「在中國，全國方言都是同源的語言的分支，雖然有時候分歧很利害，我們認為是一個語言的不同方言。」〔註60〕

趙元任的英文著作 *Mandarin Primer*（《國語入門》），一九四八年由哈佛大學出版社出版，一九五二年開明書店出版了李榮翻譯的中文版，題名《北京口語語法》，一九五四年由中國青年出版社再版時去掉了著者姓名和《譯者序言》，只署「李榮編譯」，不知與趙元任這一年加入美籍是否相關，朝鮮戰爭剛剛結束，國內的反美情緒十分飽滿。該書的第一篇，專門探討漢語與漢字的關係，作者得出兩個結論，「第一，咱們可以通過任何一個主要漢語方言，掌握全部漢語文學。第二，精通一個漢語方言，是瞭解全部漢語的準備。」〔註61〕

通過方言，掌握文學；而且要首先精通方言，才能瞭解全部漢語。這樣的見識與今天流行的看法相左。或說這一學習語言的途徑，被國內當下的語言教育完全忽視了。從小說普通話的孩子越來越多，許多人失去了接觸方言的機會，不利於將來成為語言學家，或者文學寫作上的特異之才。人類所有的自然語言皆為方言，普通話是一種人造的語言，在官話的基礎上規定了標準讀音，對許多人來說，說普通話幾乎等於說書面語，孩子們的普通話，實際上跟電視和廣播學的，幼兒園和小學教師的普通話，在絕大部分地區從未過關，但卻不使用方言。如果家長再不有意地教授孩子方言，他們將失去重要的母語財富。現今有很多家庭，父母之間說方言，父母與孩子說普通話，豐富多彩的口語方言正在流失。

人自出生之始，就生活在方言區，我們周圍的世界，從來是方言的世界。普通話和方言各有所長，正確的語言學習策略，應是先學會方言，再學普通話，能夠雙語交流。普通話是國家標準語，通行範圍廣，適應性強，與別的方言區的人

〔註60〕趙元任《語言問題》，商務印書館 1980 年版，第 101 頁。

〔註61〕李榮編譯《北京口語語法》，中國青年出版社 1954 年版，第 9 頁。

交流便捷，有利於小學語文的正音正字與朗讀。方言生動、豐富、細膩，別有韻味兒，氣息濃鬱，地方色彩鮮明，凡是口語中最生動幽默、藝術性高的話，皆出自於方言。表達多種感受和自然需求，人與人之間的充分交流，是以口語爲主的。有人執意要說書面語，也能夠懂得，但聽上去不舒服。普通話是工具，方言是藝術。交流、達意是普通話的主要功能，卻成爲方言的餘事，方言是方言者的自我表達，甚或是一種盡興的表演。甜言蜜語，幽情密意，吵架的話，有味道的話，讓人聽了一輩子忘不掉的話，只有方言說得出。大凡嬉笑怒罵，也只能以方言脫口而出，方言是國人眞正的母語。不能自由地隨心所欲地使用自己的方言，在生活中是一件令人不快的事情。用普通話與外鄉人交談，爲溝通的便利，不得不部分放棄情感的色彩、微妙的語氣、語調的抑揚，表達的藝術效果大打折扣。鄉下人對於外鄉口音極其敏感，返鄉的人若帶出外地口音，被叫做撇腔，哪怕撇的是京腔也被瞧不起，鄉巴佬的自負實際上是語音上的唯我主義，一個成年人舌尖上失去了鄉音，還能到哪裏把故鄉找回來呢？所有的民間故事、民間歌謠皆是以方言說出唱出，地方戲的對白若改成普通話，還怎麼聽呢？

　　過去的中國，是文言加方言，地道的書面語和地道的口語。今天的新白話加普通話，蹩腳的筆語和同樣蹩腳的口語，卻言文並不一致。在中國到各地旅行，重要的樂趣之一是傾聽各地的方言，有的聽得懂一些，有些則幾乎完全不明白，但同樣好聽。如今會幾句外語算是特長，而精通多種方言，卻能使你在各地的旅行中充分體味漢語口語無盡的魅力。

二

　　漢人云：「輕土多利，重土多遲；清水音小，濁水音大。」一方水土養一方人，中國地域廣，歷史久，方言多。

　　漢代有一部比較方言詞彙的著作《方言》（全名《輶軒使者絕代語釋別國方言》）問世。此書是否爲揚雄所作，今天發現的材料還不足以作出明確的判斷，《四庫全書總目提要》認爲其「反覆推求，其眞僞皆無顯據。姑從舊本，仍題雄名」。可以肯定，是兩千年前的著作。許愼在《說文解字》中以方言解釋字義，和今本《方言》詞句相同的例子有很多，說明它成書於《說文解字》之前。今本《方言》係晉郭璞的注本，凡十三卷，記載的方式，是先舉出些詞語來，然後說明「某地謂之某」，或「某地某地之間謂之某」。這些方言的

語詞是作者問詢以後記下的，其所記的語言，包括古方言、今方言和一般流行的普通語。《方言》最大的特徵是重視詞彙，忽略語音。對於所錄詞彙，大抵說明其通行之區域，讀者可以從中大體瞭解漢代方言分佈的輪廓。

周祖謨在《方言校釋序》中說，「方言所記漢代的語言有普通語和特殊語。其中以秦晉語為最多，而且在語義的說明上也最細，有些甚至於用秦晉語作中心來講四方的方語。由此可以看出秦晉語在漢代的政治文化上所處的地位了。進一步來說，漢代的普通語恐怕是以秦晉語為主的。」〔註62〕官話與方言並存互補的語言格局，自古而然，一如文言之於白話。

章太炎一九〇六至一九〇八年在日本寫了一部《新方言》，十一卷，釋詞、釋言、釋親屬、釋形體、釋宮、解器、釋天、釋地、釋植物、釋動物、音表；收錄方言詞語八百條。與同期的索緒爾的共時性研究不同，章氏的重點在於歷時性的比較分析和梳理。《新方言》連載於《國粹學報》，致力於考本字，求語根，「推見本始」，意在使人看到漢語古語今詞之間的聯繫和可尋之理，屬於方言考古範疇，以太炎先生的小學功底和博學，自然可以勝任，有些字、音之考辨，做得有理有據。但硬要證明「今之殊言不違姬漢」，以「夏聲」去正所謂「夷音」，將反清排滿的政治意圖貫徹於學術研究當中，其附會之處和武斷之見在所不免。章氏對此書頗為自負，稱「文理密察，知言之選，自謂懸諸日月不刊之書矣！自子雲之後，未有如余者也」〔註63〕。黃侃評價說，「已陳之語，絕而復蘇，難諭之詞，視而可識。」〔註64〕

但方言的存在，更多地是一種共時性的語言現象，不同地域之間的方音差異才是其關鍵所在。一九二八年作為清華學校研究院叢書第四種出版的《現代吳語的研究》，是中國第一部以現代語言學方法描寫和研究方言的著作。著者趙元任是第一個在大學裏開設《方音學》和《中國現代方言》課程的人，在他的主持下，中央研究院歷史語言研究所在一九二八至一九三八十年間進行了六次方言調查，他還設計了兩種標調方法——五度制標調法和半

〔註62〕周祖謨《問學集》下冊，中華書局1988年版，第700頁。

〔註63〕章太炎《漢字統一會之荒陋》，轉引自孫畢《章太炎〈新方言〉研究》序一，華東師範大學出版社2006年版，第2頁。

〔註64〕轉引自《中國大百科全書·語言文字卷》，中國大百科全書出版社1988年版，第428頁。

圓形標調法，至今仍是記錄聲調的理想工具。調查內容列為六種表格，通過這些精心挑選的字詞的方言發音，在聲母、韻母和聲調上對於方音進行客觀的描寫。後來的方言調查，使用的就是這個方法。趙元任、丁聲樹、羅常培等人主持的調查工作，培養了一批方言學的專業人才。

語言學家趙元任是語言天才，憑耳朵能辨別各種細微的語音差別，他擅長模仿各地方言，調查哪兒學哪兒的話，學哪兒的話像哪兒的話。一九二〇年羅素來華訪問，在北京、上海、杭州、長沙等地發表演講，趙元任擔任口譯，他把羅素在長沙的演講，直譯為湖南話，使當地人誤以為他是湖南人，實際上他第一次來長沙，時間未逾一周。趙元任是宋代宗室後裔，他的六世祖趙翼是清代著名詩人和史學家，受家學薰陶，從小熟稔典籍，一九一〇年以第二名成績考取第二期庚款留學生，與胡適同批赴美，在康奈爾大學本科讀的是數學專業，哈佛取得哲學博士學位之後，找的第一份工作是回母校康奈爾大學教授物理，後來以語言學家立名，擔任過美國語言學會主席。他不僅會說中國的八大方言，還精通英、法、德、俄、西班牙、拉丁文、古希臘文、梵文和日文。

三

毛澤東既沒有接受過現代語言學的任何訓練，也沒有做過社會學、人類學的田野工作經驗，卻走上了一條特殊的調查研究的路子。早年開始，在長沙第一師範讀書的時候，暑假和同學結伴到鄉下進行社會調查，他對於湖南農民運動的考察及其報告非常有名，改變了中國革命的進程。毛澤東個人持續時間最長的調查活動在一九三〇年五月，一九二九年他曾大病一場，甚至有傳聞說已病故，一九三〇年，遠在莫斯科的共產國際還發表了篇千餘字的訃告。在閩粵贛三省交界處的尋烏縣，他有了一次非常深入的調查，寫了份長達五章三十九節八萬餘字的《尋烏調查》，除了關注當地的經濟政治狀況之外，對於風俗民情和方言土語，毛澤東也給予了詳盡的記載。從事方言調查的人，也會以漢字記錄方言中一些特殊的讀音，下面是毛澤東記錄的當地方言民歌《禾頭根下毛飯吃》：

月光光，

光灼灼。

埃跌苦，

你快樂。

食也毛好食，

著也毛好著。

年年項起做，

總住爛屋殼。

暗婧女子毛錢討，

害埃窮人樣得老。

暗好學堂埃毛份，

有眼當個瞎眼棍。

天呀天，

越思越想越可憐。

事業毛錢做，

年年總耕田，

六月割也就，

田東做賊頭。

袋子一大捆，

擎把過街溜。

嗎個都唔問，

問穀曾曬就？

窮人一話毛，

放出下馬頭。

句句講惡話，

儼然稅戶頭。

唔奈何，

量了一籮又一籮，

量了田租量利穀，

一年耕到又阿呵！

又阿呵，

會傷心，

　　窮兄窮弟愛同心，

　　窮姊窮妹愛團結，

　　團結起來當紅軍，

　　當到紅軍殺敵人！〔註65〕

記錄下來之後，對於歌中所用的方言詞語，他逐一給出了注釋：埃：我；毛：沒有；項起做：繼續做；暗婧女子：再漂亮女子；樣得老：怎樣得老；暗好學堂：再好學堂；割也就：剛割完；做賊頭：很惡之意，如賊頭一樣惡；袋子一大捆：用去收租的；過街溜：洋傘；嗎個都唔問：什麼都不問；放出下馬頭：打官腔；稅戶頭：大地主；阿呵：沒有了之意；愛同心：要同心。

　　這體現了毛澤東自己所說的「我平生精密考察事情，嚴正督促工作」〔註66〕，而這種態度正是五四運動之後科學態度有成效的體現。在整理《尋烏調查》的同月，他寫了一篇理論總結的短文《調查工作》，明確提出「沒有調查，沒有發言權」的觀點，並有一個生動的比喻——調查就像「十月懷胎」，解決問題正如「一朝分娩」。此文後更名為《反對本本主義》，膾炙人口。毛澤東認為，「實際政策的決定，一定要根據具體情況，坐在房子裏想像的東西，和看到的粗枝大葉的書面報告上寫著的東西，決不是具體的情況。倘若根據『想當然』或不合實際的報告來決定政策，那是危險的。過去紅色區域弄出了許多錯誤，都是黨的指導與實際情況不符合的緣故。所以詳細的科學的實際調查，乃非常之必需。」〔註67〕

四

　　章太炎的《檢論‧方言》主要依據歷史文化分全國方言為九種，黎錦熙以江湖水域為界分十二系，趙元任起初也分為九區：北方官話區、上江官話區、下江官話區、吳方言、皖方言、閩方言、潮汕方言、客家方言、粵方言，後加之湘語和贛語區，成為十一區。王力分為五大音系：官話音系、吳音系、閩音系、粵音系、客家話。五十年代中期以後，國內流行的是漢語八大方言區的劃分：北方方言、吳方言、湘方言、贛方言、客家方言、粵方言、閩南方言和閩

〔註65〕《毛澤東文集》第一卷，人民出版社1993年版，第204～205頁。

〔註66〕金沖及主編《毛澤東傳》（1893～1949），中央文獻出版社1996年版，第204頁。

〔註67〕《毛澤東農村調查文集》，人民出版社1982年版，第182～183頁。

北方言，後據方言調查的實際，將閩南閩北合爲一區，即七大方言區。《中國大百科全書・語言文字卷》採用的是七大方言的區分法。

西方語言學家劃分地域方言是以同言線（isogloss）爲基礎的，它是對於某一單一因素的分析和比較，由同一條同言線圈定的地域具有某種相同的方言特徵。但造成方言差異的因素是綜合的，所以用單一同言線劃分方言區域在中國往往不能符合實際。漢語的方言及文化背景與西方迥異，所以很有必要爲漢語方言尋求新的分區方法。

其中一個可行的新方法，周振鶴和游汝傑稱之爲「歷史地理分析法」。「這個方法的出發點是：方言是歷史的產物，歷史上的行政地理對方言區的形成有十分重要的作用，特別是二級行政單位——府（或州、郡）內部政治、經濟、文化、交通各方面的一體化自然會促使方言的一體化。因此有可能將舊府作爲劃分方言片的基本單位，經過調整和合併之後，組成一個個方言片。這個方法對於二級政區長期穩定地區是很有效的。」〔註68〕

現代漢語方言之間的差異，主要表現在語音上，詞彙方面的差別較小，語法上的差別更小。

現代漢語研究中，最發達和有成就的，是方言調查和方言研究了，但他們的研究成果卻局限於非常小的圈子裏，各類學校只在推廣普通話上用力，從不在教授方言上作爲，這當然是國家語言文字政策導致的結果。對於教育者和受教育者雙方來說，方言似乎一直被視作一種消極的力量，聽任其自生自滅。當年的國語運動有兩個口號，「統一國語」和「言文一致」，它的進步是那麼的明顯，反而掩蓋了問題的複雜性。

普通話的學習，對於一些非北方方言區的人來說，離開書本或文字的幫助，會遇到較大的困難，而普通話的普及，與學校裏的語文教育、識字教學是分不開的。但方言，卻完全是在生活中自然習得，我們從小到大，從未得到過方言教材或方言讀本的幫助，也沒有老師和課程對普通民眾的方言學習，做出輔導，這不能不說是一種缺憾。

幾乎人人都使用方言，但卻沒有任何學校教授方言，這不能不說是一件奇事。似乎方言只是少數研究語言學甚至方言學的人，才需要理會的事情。各種

〔註68〕周振鶴、游汝傑《方言與中國文化》（第二版），上海人民出版社 2006 年版，第 56 頁。

規模的《方言詞典》被編纂出來，似乎只是給專業語言學工作者使用，普通民眾，幾乎不知還有這樣的工具書。那些對語言和文學感興趣的人，多不能把其文脈紮根於方言之中，同樣也不能在文言之上，僅僅依靠閱讀翻譯的外國文學名著，與時下文學語言的貧血狀況，不無關係。

假如一個作家，既不能從方言口語裏習得生動的自然語言，又未能從古籍中得到涵養，只從當代人的白話文中去模仿，重複再生那些本已索然無味的書面語，又怎麼可能創造無愧於古人的當代名著呢？在今天通行的幾乎所有的書面語裏，普遍存在的缺陷，就是既不夠文，又不夠白，既無文化底蘊，又不生動感人。

二十世紀八十年代以來，民間文學的搜集工作有大的進展，全國性的民間文學三套集成（民間故事、歌謠、諺語），普查和記錄整理工作，共有二百萬人參與其事，這一活動是歷史上從未有過的，從道理上講，應促進方言的文字化進程，對於形成地方文化特色，是不可或缺的。從業者如若能得到民俗學或方言學專業的初步培訓，其工作成果會有大的改善，這筆資料的科學價值和藝術價值會有很大的提高。從本人目前所閱各類資料本來看，接受過培訓的搜集人和記錄人極少，在記錄過程中能使用方言詞典的人幾乎沒有。

被記錄下來的民間故事，在多大程度上與口述者的講述一致，是一個無法弄清楚的問題。這與記錄者採取的方式關係密切，取決於記錄人的工作態度和觀念。一位著名的民間故事採集者孫劍冰曾經說過，「我的做法是盡量使這些故事保存原述者講述的面貌。」

他於一九五四年秋天在內蒙烏拉特前旗六個村莊採風，發現了著名女故事家秦地女，下面的片段，由秦地女講述，他記錄的一則流傳於內蒙古的故事《有個討吃的，有個鞭杆子》：

> 有個討吃的，有個鞭杆子，鞭杆子是個討吃的，討吃的也是個鞭杆子。
>
> 天晚啦，兩人下到一個店裏，討吃的不痛快，叫鞭杆子給他扎針，扎好了，兩人就結拜了。討吃的是大的，鞭杆子是二的。
>
> 兩人打算上山砍柴。那天他們正在山上捆柴，迎頭刮來一股通天的旋風，風中有個妖怪背著個穿紅的女子。二人耍開大斧向風中

劈去，討吃的劈下來一隻繡鞋，鞭杆子劈得妖孽流出一股腥血。

天又晚啦，兩個就回呀。

皇帝的閨女叫大風刮跑了。皇帝張榜説，誰能找回他女子，要金給金，要銀給銀，想做官做官，要尋他閨女就尋他閨女。

討吃的和鞭杆子把榜扯了。皇帝就問他倆：「你們能找到我閨女？」「能哩！討吃的説。」

……〔註 69〕

他記錄的另一則秦地女的故事《張打鵪鶉李釣魚》，下面是故事的結尾：

「你還我的襖，還我的襖！」閨女直嚷嚷，也不給他做飯了，坐在竈柴上哭去啦。

「嗨，」張打鵪鶉説，「好人嘞，哭甚？爲啥你人不當當狗呀？！」

張打鵪鶉把飯做熟了，叫閨女吃，閨女搖搖頭不吃。

哎，不吃不喝也當不得眞，閨女小子終究要變成老婆漢子麼。

……〔註 70〕

以當代十位著名的故事搜集家和記錄人爲例，他們的記錄方式差異很大，孫劍冰和董均倫的不同，就很典型。董均倫搜集的故事，是事後記下的，文字寫定的時候一般都有適當的加工，「但加工的情形不一，而又未作具體説明，也沒有保存關於這些故事講述和流傳的情況的有關資料，因此把它們作爲科學材料來使用時，便有著一定的局限性。」〔註 71〕因此，董均倫筆下的民間故事的方言色彩和口語色彩，比孫劍冰的要少得多，差別不在故事的講述人，而在記錄者。

學習方言，比學習文言還不容易。自己家鄉的方言講不好，説不地道，欲在書面語上有所創造，不是很難的事情嗎？「寫起文章來，特別是寫起文藝作品來，就容易犯這個毛病：自己的俚語不敢用，北方的俚語又不懂，於是自己的文章只好讓它乾癟起來。」〔註 72〕

白話眞正的基礎是方言，官話實際上不過是一種強勢方言罷了。林紓當初

〔註 69〕孫劍冰《有個討吃的，有個鞭杆子》，《民間文學》1956 年第 10 期，第 43～51 頁。

〔註 70〕孫劍冰《張打鵪鶉李釣魚》，《民間文學》1955 年創刊號。

〔註 71〕劉守華《故事學綱要》，華中師範大學出版社 1988 年版，第 224 頁。

〔註 72〕王力《論漢語標準語》，《王力語言學論文集》，商務印書館 2003 年版，第 557 頁。

認為直隸人寫白話比江浙人天然具有優勢，是很確切的先見。奇怪的是懂得利用這一天然優勢的當代作家並不多，北京作家王朔是其中的一位。不過王朔也不能做到「我手寫我口」，他這樣看口語寫作：

> 就包括這個語言上，因為實際上從口語到文字本身已經有一個
> 篩選過程了，這種過程做得太多。你看北京作家其實寫作的人很多，
> 我覺得有些人遣詞造句就過分，就過分地修飾了，過分地修飾以後
> 書面語是工整了，但是很多語言的那種粗糙勁兒，那種只有殘缺的
> 才有一種生勁兒，他那生勁兒沒了，都做得特別熟。
>
> 我真是想以後完全用口語，純用口語，但我得考慮那可能寫
> 不出來。大家都受了語文訓練以後，它其實有一種規則已經在起
> 作用了，其實你說我，這個規則也在起作用，要徹底沒這規則可
> 能難以成文。因為你看別人書的時候，你不知不覺也接受他的句
> 式啊。〔註73〕

這段話的囉嗦、重複、不精練，皆因口語，錄完之後再請人整理和記錄，幾乎一字未改。王朔的小說語言卻不是這樣說出，而是認真寫出來的，他自稱「碼字」，說的是實話。《我的千歲寒》，文言化色彩比從前突出，這大概得益於北京話當中固有的文言傾向。

四

濫兮抃草濫予昌枑澤予昌州州餽州焉乎秦胥胥縵予乎昭澶秦逾
滲惿隨河湖

上面這段沒有標點的文字，是中國歷史上最早的方言文學作品《越人歌》。時鄂君子晳在一條船上，越人為其擁楫而歌，他說，「吾不知越歌，子試為我楚說之。」於是乃召越譯，譯為楚語，就是下面這首優美的歌謠了，梁啓超稱之為中國古書中最早的翻譯文學，這是說錯了，應當稱做最早的方言文學：

> 今夕何夕兮搴舟中洲流。今日何日兮得與王子同舟，蒙羞被好
> 兮不訾詬恥，心幾頑而不絕兮得知王子。山有木兮木有枝，心說君
> 兮君不知。

楚辭可能是我們今時能夠讀到的第一部帶有方言色彩的文學作品，以楚語楚調

〔註73〕王朔《王朔最新作品集》，灕江出版社 2000 年版，第 58～59 頁。

描摹楚地風俗。未敢徑直說它是方言作品，是因爲傳世的楚辭不經翻譯，我們亦能心領神會，不像上面那首《越人歌》。《詩經》中的十五《國風》，似乎是用比較統一的雅言寫成的，鄭衛之風與秦風之間的差異，表現在風格上，而不是在語言的地方色彩上。

《顏氏家訓‧音辭篇》云，「南方水土和柔，其音清舉而切詣，失在浮淺，其辭多鄙俗。北方山川深厚，其音沉濁而鈋鈍，得其質直，其辭多古語。」〔註74〕

文言與方言無涉，白話文在宋元開始出現，正是北方官話形成的時期，其中自然夾雜不少方言。《金瓶梅》裏有山東方言，《儒林外史》中有南京話，《紅樓夢》裏，則是北京口語。曹雪芹寫景狀物，擅長白描，敘事傳情，多用口語，結合自然，竟能天衣無縫。有人以《紅樓夢》爲語料，研究北京話形成的歷史淵源，作出一項推測，十八世紀以前的北京話，與京東話相近，《紅樓夢》裏的北京話，正好體現了北京方言演化過程中的這一階段。作者列舉了三十個口語詞，分成四類，第一類，《紅樓夢》與現代京東話、現代北京話都使用的口語詞五個；第二類，《紅樓夢》和京東話常用而北京話鮮少聽到的口語詞七個；第三類，《紅樓夢》與京東話常用而北京話罕見的詞語十三個；第四類，出現在《紅樓夢》，但今天北京話和京東話都不再用的詞四個。〔註75〕

百年後《海上花列傳》作者韓邦慶說，「曹雪芹撰《石頭記》皆操京語，我書安見不可以操吳語？」

《海上花列傳》例言中有言，「蘇州土白，彈詞中所載多係俗字，但通行已久，人所共知，故仍用之，蓋演義小說不必沾沾於考據也。惟有有音而無字者，如說勿要二字，蘇人每急呼之，並爲一音，若仍作勿要二字，便不合當時神理，又無他字可以替代，故將勿要二字並寫一格。閱者須知本無此字，乃合二字作一音讀也。他者若音眼，嘎音賈，耐即你，俚即伊之類，閱者自能會意，茲不多贅。」〔註76〕

魯迅認爲，「其實，只要下一番工夫，是無論用什麼土話寫，都可以懂得的。據我個人的經驗，我們那裏的土話，和蘇州很不同，但一部《海上花列

〔註74〕程小銘《顏氏家訓譯注》，貴州人民出版社 1993 年版，第 318 頁。

〔註75〕參見李思敬《北京話和京東話的歷史淵源再議》，《漢語現狀與歷史的研究》，中國社會科學出版社 1999 年版。

〔註76〕韓邦慶《海上花列傳‧例言》，齊魯書社 1993 年版。

傳》，卻教我『足不出戶』的懂了蘇白。先是不懂，硬著頭皮看下去，參照記事，比較對話，後來就都懂了。自然，很困難。這困難的根，我以為就在漢字。每一個方塊漢字，是都有它的意義的，現在用它來照樣的寫土話，有些是仍用本義的，有些卻不過借音，於是我們看下去的時候，就得分析它那幾個是用義，那幾個是借音，慣了不打緊，開手卻非常吃力了。」〔註77〕

張愛玲說，「《海上花》其實是舊小說發展到極端，最典型的一部。作者最自負的結構，倒是與西方小說共同的。特點是極度經濟，讀著像劇本，只有對白與少量動作。暗寫、白描，又都輕描淡寫不落痕迹，織成一般人的生活的質地，粗疏、灰撲撲的，許多事『當時渾不覺』。所以題材雖然是八十年前的上海妓家，並無艷異之感，在我所有看過的書裏最有日常生活的況味。」〔註78〕

張愛玲視《海上花列傳》為接續《紅樓夢》文脈的重要作品，她譯此吳語為國語，分為兩部，名曰《海上花開》與《海上花落》。她說，「百廿回『紅樓』對小說的影響大到無法估計。等到十九世紀末《海上花》出版的時候，閱讀趣味早已形成了。惟一的標準是傳奇化的情節，寫實的細節。中國文化古老而且有連續性，沒中斷過，所以滲透得特別深遠，連見聞最不廣的中國人也都不太天真，獨有小說的薪傳中斷過不止一次。」〔註79〕她指的大約是《紅樓夢》在一七一九年的付印。一百零一年之後，《海上花》才分期出版。

我們對照《海上花列傳》原文與張譯，來看這差別，以下是第十八回中的一段對話：

> 素芬道：「我說要搭客人脾氣對末好，脾氣對仔，就窮點，只要有口飯吃吃好哉。要是差仿勿多客人，故末寧可揀個有銅錢點總好點。」藹人笑道：「耐要揀個有銅錢點，像倪是挨勿著個哉。」素芬也笑道：「噢唷！客氣得來！耐算無銅錢，耐來裏騙啥人嗄？」藹人笑道：「我就有仔銅錢，脾氣勿對，耐也看勿中哇。」素芬道：「耐說說末就說勿連牽哉。」

〔註77〕魯迅《漢字和拉丁化》，《魯迅全集》第五卷，人民文學出版社 1981 年版，第 555~556 頁。

〔註78〕張愛玲《張愛玲典藏全集・散文卷四》第六卷，哈爾濱出版社 2003 年版，第 57 頁。

〔註79〕張愛玲《國語本海上花譯・後記》，《張愛玲典藏全集・海上花落》，哈爾濱出版社 2003 年版。

　　素芬道：「我說要跟客人脾氣對嚜好，脾氣對了，就窮點，只要有口飯吃吃好了。要是差不多客人，那麼寧可揀個有錢點總好點。」

　　藹人笑道：「你要揀個有錢點，像我是挨不著的了！」素芬也笑道：「噢唷！好客氣哦！你算沒錢！你在騙誰呀？」藹人笑道：「我就有錢，脾氣不對，你也看不中嚜。」素芬道：「你說說就說不連牽了！」〔註80〕

另一部方言名著，是以松江方言雜以蘇南、浙北方言寫就的《何典》，作者張南莊。魯迅說他「談鬼物正像人間，用新典一如古典，三家村的達人穿了赤膊大衫向大成至聖先師拱手，甚而至於翻筋斗，嚇得『子曰店』的老闆昏厥過去；但到站直之後，究竟都還是長衫朋友」〔註81〕。

　　方言寫作的價值，大概限於其文學性。我們經常會遇到擅長說話的人，能把方言說到藝術的化境，這種魅力只在口語中，多難以書寫，即使勉強用字音標識記錄，也失去語音的靈動熨帖。國語運動之初，一位語言學家講過，談戀愛宜找同鄉，不同方言的人彼此只得說藍青官話，多沒意思。文學的那點意思與談戀愛的意思，也許相若。倡文學而斥方言，沒法子成功的。歐洲民族語言從拉丁文獨立出來，也是某種方言化的結果。因為是拼音文字，文字跟著語音走，各國的文學於是弄成了今天的樣子。

　　胡適早在一九二五年，就有這樣的看法，「老實說吧，國語不過是最優勝的一種方言；今日的國語文學在多少年前都不過是方言的文學。正因為當時的人用方言作文學，敢用方言作文學，所以一千多年之中積下了不少的活文學，其中那最有普遍性的部分逐漸被公認為國語文學的基礎。我們自然不應該僅僅抱著這一點歷史上遺傳下來的基礎就滿足了。國語的文學從方言的文學裏出來，仍要向方言的文學裏去尋他的新材料，新血液，新生命。」又道，「假如魯迅先生的《阿Q正傳》是用紹興土話做的，那篇小說要添多少生氣啊！可惜近年來的作者都不敢向這條大路上走，連蘇州的文人如葉聖陶先生也只肯學歐化的白話而不肯用他本鄉的方言。」〔註82〕這一次，胡適倒是沒有

〔註80〕 張愛玲《張愛玲典藏全集·海上花開》第十一卷，哈爾濱出版社2003年版，第175頁。

〔註81〕 魯迅《〈何典〉題記》，《魯迅全集》第七卷，人民文學出版社1981年版，第296頁。

〔註82〕 胡適《吳歌甲集序》，《胡適學術文集·新文學運動》，中華書局1993年版，第497頁。

帶頭嘗試，比如說以他的安徽績溪方言，寫《文學改良芻議》之類，但鼓勵作家使用方言，在他卻是態度一貫的。白話文運動的主將多爲南人，不擅流利的京白，但下筆皆從北方官話，即所謂「國語」。

　　胡適認爲，在中國各地的方言之中，有三種方言已產生了比較成熟的文學。第一是北京話，第二是蘇州話（吳語），第三是廣州話（粵語）。但無論怎樣，官話文學到底是主流，方言終究無法抗衡，這原因還得到漢字和漢語的關係中去尋。

　　漢字只要依然被使用，方言的勢力就將始終被限制於口語之中，書面語對於方言成分的接納，幅度很小，而且速度很慢。此即漢語的特有的「言文關係」。中國作家學習書面語的主要途徑，還是前人留下的文學作品，而不是口語。這並非輕視口語，任何方言都是獨特生動的，許多還是未被筆墨開發的詞語資源，但迄今爲止，漢語的這座富礦，被利用的部分非常有限。錢玄同說，「配得上稱爲國語的只有兩種：一種是民眾底巧妙而圓熟的活語言，一種是天才底自由的生動的白話文；而後者又必須以前者爲基礎。所以我們認爲建立國語必須研究活語言。」〔註83〕方言和口語的優長，並不能直接轉化爲生動有力的書面文字，在日常生活中，我們會經常遇到一些能說會道的人，但述諸筆墨卻是另一回事。

　　與其他地方的作家比起來，北京作家似乎具有天然的語言優勢。在方言的書面化上，因爲前人的積纍而受益良多。吳語和粵語，這方面的積纍相差很遠，其他方言就更爲困難，有的甚至完全寫不出來。湖南作家韓少功分析其中的原因，「我們說老舍、鄧友梅、林斤瀾、陳建功、王朔的北方話很『地道』，又說廣東、福建、湖南等地作家寫的北方話『不地道』，爲什麼？因爲前者寫的實際上是方言，或者是作爲方言的北方話；而後者寫的是普通話，是作爲普通話的北方話。兩個『北方話』不是一回事。前者文化性更強，所以更豐富，更鮮活，更多形象和氛圍，更有創新的能量——這都是文化的應有之義。而後者只剩下工具性，文通字順，意思明白，但是少了很多『味』，也缺乏更新的動力。」〔註84〕

〔註83〕錢玄同《通信》，《國語周刊》，1924 年 7 月 5 日，第 4 期。

〔註84〕朱競編《漢語的危機》，文化藝術出版社 2005 年版，第 253 頁。

　　方言天然是有味兒的，與乾巴巴的普通話比起來相去何止千里。下面這段話，是網友戲仿王朔的文風，以京話俚語寫成，雖然粗鄙，但如改爲普通話說出來，意思就沒了。

　　　　王朔是什麼人丫自己最清楚。丫屬於做買賣掙不著錢，做演員沒人願意看的那種，怎麼辦啊，碼字吧！北京人説的話全讓丫記住了，丫也好意思，把北京人説的話全署上自己名字，不就是把北京土語整理的比較順嗎？有什麼立意，語言，故事框架上的創意可言？丫利用了民衆中間同情弱者，嫉妒有錢有勢的人的普遍心理。丫假裝和人打起來了，中國人又愛看熱鬧，一看打起來了全往上湊，呼啦一下聚了一堆。丫的書就是爲了看打群架收的門票。丫打完了回家數錢，偷偷摸摸地樂，心想這架打得值，丫上酒吧喝酒去了。這些看客傻乎乎站那兒，手裏拿著瓶兒啤等著再打呢，再看人都沒了，散吧，等下一次吧。〔註85〕

五

　　劉半農曾以江陰方言寫過一部白話詩集《瓦釜集》，在自序中他說，「我們做文做詩，能夠運用到最高等最眞摯的一步的，便是我們抱在我們母親膝上時所學的語言，同時能使我們受深切的感動，覺得比一切別種語言分外的親密有味的，也就是我們的母親說過的語言。這種語言因爲傳布的區域很小，而又不能獨立，我們叫它方言。從這上面看，可見一種語言傳布區域的大小，和它感動力的大小恰恰成了一個反比例，這是文藝上無可奈何的事。」〔註86〕

　　不知是否因爲這「反比例」的困境，使人望而卻步，在他之後，嘗試以方言寫白話詩的人，幾乎沒有產生什麼影響。詩人王老九，未必能說得好普通話，但他的詩，卻也幾乎沒有什麼方言色彩，這是值得思考的現象。李季的《王貴與李香香》，一九四六年在延安發表後曾經流行一時，但無論當時還是後來的評論，均沒有將它當作方言詩看待。當代詩壇上，所謂民間派和學院派，或許對立得厲害，但在使用普通話寫詩這點上，還是相當的一致。如果說方言在小說裏有時想傳達人物獨特的風貌或者特色的話，詩卻似乎沒有這樣的需求，再土

〔註85〕王朔《王朔最新作品集》，灕江出版社 2000 年版，第 285 頁。

〔註86〕轉引自鍾叔河編《周作人文類編》第三卷，湖南文藝出版社 1998 年版，第 746 頁。

的詩人，也拽普通話抒情。

一九五一年《文藝報》有過一場「關於方言問題」的辯論，激烈異常。周立波是贊成使用方言的，他說，「我以爲我們在創作中應該繼續的大量的採用各地的方言，繼續的大量的使用地方性的土話。要是不採用在人民的口頭上天天反覆使用的生動活潑的，適宜於表現實際生活的地方性的圖畫，我們的創作就不會精彩，而統一的民族語也將不過是空談，更不會有什麼『發展』。」〔註87〕他還舉了生動的例子，「我在東北鄉下工作的時候，發現農民的談話裏，有一些單字，照著發音寫出它的本字來，知識分子不查字典，還不認得。比方『薅草』的『薅』字，粗粗一看，好像是個古奧的僻字，但是在除草的季節裏，農民的嘴裏天天使用這個字。我們的先人創造這個字眼的時候，本是用來描摹用手拔草的這個生產動作的，長久的脫離生產，或是從來沒有參加生產的人，不大熟悉這動作，因此也就不大熟悉這個字。它在我們的眼睛裏，就成了古字和僻字，其實它是農村之中最活躍的字眼。〔註88〕」

周定一對於採用方言的看法與周立波不同：「假若方言和普通話之間的關係完全是平行的，方言有個什麼說法，在普通話裏也一定有個意思相等的說法，問題就簡單得很，只要一對一地把方言『翻譯』成普通話就行了。可是事實上語言與語言之間，方言與方言之間在詞義上的關係總是錯綜複雜的。」「然而，我們認爲，正是因爲有這種方言間的錯綜複雜現象，所以在文藝作品裏應當盡量控制方言土語的運用。」「誰都會承認方言之間詞義錯綜複雜的事實，可是從方言本身去考慮，就會得出要盡量採用方言土語來表達的結論；從普通話來考慮，就認爲應當要多從普通話裏去找辦法。我們和立波同志等人的分歧點就在這裏。」〔註89〕

周定一還舉出周立波《山鄉巨變》中的例子，「『我是一個撐了石頭打浮湫的人，還是看年把子著。』『這段姻緣，當初我就打過破。』我看這樣的方言語法，很容易改成普通話的說法，而且一點也不會因此失去『傳神』的效果。」

〔註87〕周立波《談方言問題》，胡裕樹主編《現代漢語參考資料》上冊，上海教育出版社1980年版，第147頁。

〔註88〕同上，第149頁。

〔註89〕周定一《論文藝作品中的方言土語》，胡裕樹主編《現代漢語參考資料》上冊，上海教育出版社1980年版，第157～158頁。

　　周立波的小說的確使用了大量方言土語，但在一些研究者看來，與其說出於修辭上的需要，不如說是政治上的需要。「《暴風驟雨》中充斥大量東北方言，但這部描繪土改的長篇小說完全主題先行。作者在前言中毫不諱言他的寫作動機來自二十年前毛澤東的《湖南農民運動考察報告》。其中對農民語言的剝離從第一段即露端倪。由於追求『氣息』、『色彩』，農民語言成為裝飾性符號，而且是不斷意識到其自身的附補性、裝飾性符號；農民語言所設定、所依賴的敘述方式、想像邏輯和生活經驗，被作者取消、過濾了。」〔註90〕

　　沈從文是個特別的例子。他的小說以濃鬱的湘西風味和特色見長，但在小說裏於方言土語的採用，是非常謹慎和克制的。有論者認為「他的作品中保留了一定數量的方言土語，主要是習焉不察的習慣未能過濾乾淨所致，而絕非是一種主動的修辭追求。」〔註91〕沈從文晚年，有湘西的讀者問他，為什麼既強調湘西的文化特色，又反對使用湘西的方言土語，他舉出《海上繁華夢》做例子，指出使用純粹的方言寫作具有「致命的危害」。〔註92〕沈從文並沒有完全擯棄方言，他在何種意義、何種敏感程度上調理方言，耐人尋味。這是作家的義務，是藝術家的責任，閱讀沈從文的作品，讀者可以產生這種難以言傳的美妙的細微體會。

　　老舍的態度，早期和後來有很大的變化，最終是站在限制方言這一邊的。他說，「從前寫作，我愛用北京土話。我總以為土話有勁兒。近二三年來，我改了主張，少用土話，多用普通話。」說這話是在一九五九年。他認為，「是不是減少了土話，言語就不那麼有勁兒了呢？不是的。語言的有力無力，決定於思想是否精闢，感情是否深厚，字句的安排是否得當，而並不專靠一些土話給打氣撐腰。北京的土話可能到天津就不大吃得開，更不用說到更遠的地方了。這樣，貪用土話本為增加表現力，反而適得其反，別處的人看不懂，還有什麼表現力可言呢？」話說到這裏，倒與沈從文的意思很接近了，但北京話的情況特殊一些，吃得開的範圍不僅大，且似乎還在擴展，隨著文學的開拓，得普通話之助，有強勁的勢頭。所以作家也不必害怕有一兩個詞部分讀者不懂，即使不

〔註90〕唐小兵《暴力的辯證法：重讀暴風驟雨》，《再解讀：大眾文藝與意識形態》，北京大學出版社 2007 年版，第 118 頁。

〔註91〕格非《方言與普通話》，《文學的邀約》，清華大學出版社 2010 年版，第 257 頁。

〔註92〕參見王亞蓉編《沈從文晚年口述》，陝西師範大學出版社 2003 年版，第 75～77 頁。

懂，也不影響理解作品，如果用得恰當，生動傳神，普通話裏沒這個詞兒，也可以讓它落地生根。這正是語言藝術的過人之處，如果只敢用人人曉得的熟語濫詞，只能損害表達的效果了。

老舍最後說，「我知道，割捨搖筆即來的方言而代之以普通話是不無困難的。可是，我也體會到躲避著局限性很大的方言而代之以多數人能懂的普通話，的確是一種崇高的努力，這種努力不僅在於以牛易羊，換換詞彙，而也是要求語言負起更重大的責任。負起語言精純、語言逐漸統一、語言爲越來越多的人服務的責任。」〔註93〕

方言和普通話是一對矛盾，追求表現力和遵守規範有時候也是相悖的，普通話是民族共同語和標準語，爲它的純潔和健康而盡職盡責，的確是「崇高的努力」，但也不能忽視，普通話也需要不斷更新，它需要從方言土語中吸收有用的詞彙和有生命力的表達方式，對作家而言，首要的對於語言的責任乃是創新的責任，增加表現力，試圖表達那些從未被表達過的經驗，突破那些似乎無法突破的界限，才是盡到了對語言的責任。

書面語畢竟不同於口語，由於漢字的特殊性質，漢語文學具有雙重性，既有聽覺上雙聲疊韻帶來的和諧韻律，又有視覺上無聲的領悟和了然。並不是所有的藝術文字，都適合朗讀，也不是只有讀上去悅耳的文字，才是好文字。汪曾祺有篇演講《中國文學的語言問題》說：「我是不太贊成電臺朗誦詩和小說的，尤其是配了樂。我覺得這常常限制了甚至損傷了原作的意境。聽這種朗誦總覺得是隔著襪子撓癢癢，很不過癮，不若直接看書痛快。文學作品的語言和口語最大的不同是精鍊。高爾基說契訶夫可以用一個字說了很多意思。這在說話時很難辦到，而且也不必要。過於簡練，甚至使人聽不明白。張壽臣的單口相聲，看印出來的本子，會覺得很囉嗦，但是說相聲就得那麼說，才明白。反之，老舍的小說也不能當相聲來說」〔註94〕

漢字和漢文並非不可以聽，但它同時也是給人默讀的，這是個樸素的道理。從這個意義上來說，在述諸視覺的書面語中，並沒有什麼方言。

〔註93〕老舍《土話與普通話》，胡裕樹主編《現代漢語參考資料》上冊，上海教育出版社 1980 年版，第 165～166 頁。

〔註94〕汪曾祺《汪曾祺文集‧文論卷》，江蘇文藝出版社 1993 年版，第 10 頁。

第四節 口語和書面語的關係

一

索緒爾的語言學一再強調口語的首要地位，或說語言的口語屬性，基於這樣的一個事實。在使用文字之前，口語早已存在，一個口語社會普遍存在了上萬年之久；凡是有人生存的地方，就有語言，「歷史上數以萬計的語言中，大約只有一百零六種語言曾經不同程度地使用過文字或產生了文學，絕大多數的語言根本就沒有文字。在現存的大約三千種口語語言裏，大約只有七十八種語言有書面文獻。」〔註95〕

所有的語言，就來源而言是同樣的古，就現在的口語而言是同樣的新。人類的語言始於口頭傳承，我們總是先學會說話，然後才學會讀寫文字。而在中國五千年有文字記載的歷史中，直至清朝末年，九成以上的人終其一生不能讀寫，以方言的形式出現的口語，是其唯一的語言。口語交流隨時隨地進行著，無論就規模還是歷史而言，都要比書面交流巨大漫長得多。但能夠保存下來的「口語文獻」卻非常少。

魯迅稱民間故事講述人為「不識字的作家」。曹衍玉是河南一位有名的「故事婆」，下面是她講的一個故事《天為啥不下麵了》：

先前，天又下米，又下麵，下的跟現在下雪一樣。人們把麵收點子回去，日子過哩容易得很。

老天爺咧，怕人們糟蹋糧食，派觀音老母下來看看。觀音老母下來了，變成一個要飯的老婆兒。

有一個媳婦，看她哩小孩冷了，就把麵做成饃烙烙，墊到了小孩的屁股底下。觀音老母咧，看巧來到她門上。她一看來了一個要飯老婆兒，說，「看，你這個大娘，你來晚了，我將將烙了一個饃，放到小孩的屁股底下，墊住了。你要是早來，就給你一點啵！」

觀音老母回去了。老天爺曉得人們糟蹋糧食了，就不再給人們下米下麵了。往後，人們都得自己種糧食了。開始種糧食，也很容易，人們把鋤頭敲敲就中了。鋤頭一敲，地裏的草就鋤光淨了，沒

〔註95〕沃爾特・翁《口語文化與書面文化》，何道寬譯，北京大學出版社 2008 年版，第 3 頁。

有了，得勁哩很。老天爺見人們還不好好幹，再往後，就讓人們全
靠自己了。

人們開始一鎬一鋤地種莊稼，收糧食辛苦起來了。〔註96〕

這是中國版的失樂園。民間故事的饒有興味，在於它總是能夠拒絕承認現實，
在這個世界之「先前」，有一個不同的世界，否則怎可能有「故事」發生呢？不
一樣在哪裏？「又下米，又下麵」，——「下的跟現在下雪一樣」，曹衍玉是真
正的民間故事家，其標誌在有自己的意識形態觀念。高爾基說，「故事在我面前
展開了對另一種生活的希望之光，在那種生活裏，有一種自由的無畏的力量在
活動著，幻想著更美好的生活。」〔註97〕這自由無畏的力量，是勇於幻想的力
量。

民間故事從上一輩人那裏聽來，講述者是傳承者，但由於記憶、理解和
別的緣故，更由於語言本身的緣故，不可能忠實地一字不改地復述，這樣的
要求是文字文化當中的背誦標準，口語文化完全不存在這樣的觀念。故事在
傳承過程中，要保持自己的生動性，在背景或者道具上隨著時間的變化而調
整，它總是選擇那些日常的器物和聽者特別熟悉的環境。開頭它喜歡這樣說，
「這才不幾輩子的事。張田第一個老婆生了個閨女，叫寶英，和前莊劉和的
孩子掰了娃娃親……」〔註98〕

珍尼·約倫說，「動物的『語言』都只能涉及『此時此刻』，而無法表述過
去和未來，惟有人類創造的故事才能夠組構或改變他們生活於其中的世界。由
於故事具有組合和改變的能力，詞語具有某種掌握過去、現在與未來的魔力，
因此講故事者在世界各地的口頭文化中普遍受到尊重。」〔註99〕與太史公說的
「余所謂述故事，整齊其世傳，非所謂作也」明顯不同，民間故事雖不出自講
述者的創作，但它無疑是虛構的作品，且從來不想冒充事實和歷史。

〔註96〕曹衍玉《故事婆講的故事》，海燕出版社 2001 年版，第 1 頁。

〔註97〕《民間文學》1956 年第 5 期。

〔註98〕董均倫、江源《聊齋汉子》，中國民間文藝出版社 1982 年版，第 1 頁。

〔註99〕珍尼·約倫《世界著名民間故事大觀·前言》，上海文藝出版社 1991 年版，第 2
頁。

二

講故事，在中國各地有不同的稱謂，「講古話」、「講瞎話」、「講大頭天話」、「擺龍門陣」、「講經」、「粉白」、「說白話」等等不一而足。既然是自覺地「講瞎話」，它的娛樂功能和遊戲功能就自然突出，認識價值和教化作用是次一等的考慮，或者乾脆不予考慮。兒歌裏邊的「顛倒話」，與這類故事如出一轍。所謂「白話無本，霧露無根」，說在口中，是語言遊戲，寫在紙上，無非變成文字遊戲，但遊戲實在是語言文字的最高境界，超越於達意之上，以它自身為目的，當作是民間的「為藝術而藝術」的主張與實踐，亦不為過。

《顛倒歌》：

　　說我聊，我就聊，

　　高粱樹上結櫻桃。

　　蠓蟲下個天鵝蛋，

　　耗子叼個大狸貓。

　　說著說著官來到，

　　坐著馬，騎著轎。

　　吹銅鑼，打喇叭，

　　門樓拴在馬底下。

　　東西街，南北走，

　　出門看見人咬狗。

　　拿起狗來打磚頭，

　　又怕磚頭咬了手。

　　雖然不是繞口令，

　　馱子馱著毛驢走。〔註100〕

《百蟲造反》：

　　蜜蜂子出征喪了性命，

　　土蜂子回營來又報軍情，

　　軲轆鍋牛蜂子吹大號，

〔註100〕豐寧滿族自治縣三套集成辦公室編《中國民間文學集成・豐寧縣民間故事歌謠集》第二卷，第386頁。

屎殼郎黑旗滾進大營。

蝴蝶兒披甲也要上陣，

螢火蟲帶燈籠也要出征，

水牛兒槽頭上餵戰馬，

那蟈蟈調來了老山峰的蝎子兵。〔註101〕

口頭講述故事的傳統，在中國源遠流長，可以相信，比有文字記載的歷史長得多，這樣的故事本來是通過口頭代代相傳的，由於教育的普及、傳統意義上鄉村的消失、掃盲運動的成就而迅速面臨滅絕。當人們為文盲故事家學了文化可以自己把口述故事寫下來而歡呼進步的時候，民間口傳故事已經走到了盡頭。口頭創作必須有聽眾在場，必須說出來，由別人記錄，與自己動筆去寫它，則是兩件事。

口傳故事在被文字記錄之後才得到分類和研究，西方大體區別為神話（Myth）、民間傳說（Folklore）、民間故事（folktale）三類，在中國古代，口頭傳承的故事，被記錄下來的為數不多，浩如煙海的中國古籍當中，特別是說部文獻中，雖然保存了一些故事，但敘述的語言卻已不是當年的口吻了。只能算作轉述，而不是記錄。比如晉代《搜神後記》中的《白水素女》，唐代《酉陽雜俎》中的《葉限》。

有一個民間故事，是以文言轉述的，當初它是否出於口述已無法考訂了，故事名曰《甲乙爭妻》：

某邑甲，久客於外，十年無耗，婦及幼子貧窶實甚，乃招乙於家。乙故業成衣者，攜貨就婦居，新其屋宇，門設縫肆，儼然有妻有子。半載甲歸，見門庭改易，不敢入，訪知其故，鳴官。官傳乙對簿，彼此爭欲得婦，官不能決。密令隸臥婦於門板，覆以蘆席，詭言某婦羞忿自盡，舁至堂上，諭曰：「婦今已死，孰願領尸棺殮？」乙云：「我已豢養半年，所費不少，刻下本夫已歸，不能再埋死婦。」甲云：「久客無耗，其曲在我，婦改適非得已，今死，願領殮。」官命啟席，婦故無恙，乃斷令甲領而逐乙焉。亦巧矣哉！〔註102〕

〔註101〕豐寧滿族自治縣三套集成辦公室編《中國民間文學集成·豐寧縣民間故事歌謠集》第二卷，第 400 頁。

〔註102〕鍾敬文主編《中國近代文學大系·民間文學集》，上海書店 1995 年版，第 92 頁。

假若有某位民間故事家能讀懂文言，他會把上述故事翻譯成他擅長的方言，講給當地人聽，他能把故事需要的語氣口吻甚至當地裁縫和官員的特有作風加進去，一定講得活靈活現，像他親眼見到的事一樣。以文言重寫的民間故事，除了載入說部通過閱讀傳播外，還有它本來的口口相傳的渠道。《父子同日合巹》（《中國近代文學大系·民間文學集》和許叔平《里乘》有收錄，江蘇廣陵古籍刻印社）是另一則文言轉述的民間故事，說的是親生父子，同一天拜堂成親的故事，與近年採錄出版的湖北《武家溝村民間故事集》當中的《雙拜堂》，乃是同一個故事的不同文字版，差別在於文言和白話。

　　曩遊蜀中，聞土人言：鄉有謀生者，有聘舅氏女一妹爲妻，以中表親，素不避面。生成童從塾師讀，他日歸，過舅氏之門，見女獨自在家推磨。生入問舅妗，俱他出，戲曰：「妹役良苦，我爲效勞好否？」女曰：「甚善。」時女已及笄，兩人情竇俱開，調笑甚樂，以無人，遂私焉。生素畏舅，既記事，自念女脫有孕，舅知之奈何？別女而出，徘徊中道，遂逃亡不知所之。越日，師使人探諸其家，家固以爲在塾，彼此詰究，互相駭詫。到處使人蹤迹之，卒無徵兆，而女身果妊。久之，腹漸膨脝。母察有異，詰之，計不能隱，遂吐其實，乃使人告生父母。其父母僅此一子，以出亡，方切隱憂，聞女有孕大喜，商諸冰人，以禮迎歸，待生歸家，再爲成禮。初生出亡，乞食至漢口，質庫主人某翁，見生貌不類乞人，留使學賈。即喜其勤謹，委司會計，大爲寵任。生頻年蓄積，不下萬餘金，爰與人合夥開張布店，特歸省視。既至鄉里，見道鼓吹傖佇，車馬喧耀，詢之旁人，謂某氏子親迎。是固有母無父者，今娶妻矣。生聞驚喜，既念生平只一索，那便有子。試詳探之，果然。先是，一妹迎歸分娩，果幸得男。比長，讀書甚慧，十三歲應童子試，學使賞其文，拔冠一軍，名噪庠序。同里某富翁有愛女，遂以字之，今適于歸。生到家，見賓客滿堂，姑與爲禮。僉謂客從何來，生詭言至自楚北，爲某生作寄書郵者。其子聞有父書，喜出叩見，問父書何在，生笑撫其背曰：「兒不知耶，我即汝父是也。」問父母，以先後去世，不勝凄然。其子驚喜猶疑，生窺其意，謂曰：「兒如不信，可呼汝母出見，自能知之。」其子不得已，入請母出。生蹇前揖之曰：「卿幸別

> 來無恙？推磨推磨，不如我與汝磨。」其母聞之，喜謂其子曰：「果
> 兒父也。」蓋生所云，乃當日推磨時相謔之詞，非他人所與知也。
> 賓客聞之，交口稱賀，僉請具香燭酒醴，即於是日父子姑婦同拜祭
> 天地祖先，行廟見禮而合卺焉。〔註103〕

中國自古地域廣闊，方言複雜，地方文化特色鮮明，所以流傳於各地的同一個民間故事，往往有數不盡的版本——異文。被稱爲四大民間故事的《白蛇傳》《孟姜女》《牛郎織女》《梁山伯與祝英臺》，更是圍繞著核心情節和戲劇性展開多重變奏，令人目不暇接。僅僅把流傳於各地的同一個故事的不同版本搜集起來，就是一件艱巨複雜的工作，也是很有價值的事情。除了橫向的地域差別造成的異文外，還存在歷史演變的問題，從無到有，從簡單到複雜，其歷時性的變化，通過書面文獻的考察，有迹可尋，有據可依。民間創作的礦藏，地方戲曲不斷地從中取材，這一點超過了作家學者對他們的重視。

三

近代中國，最早倡導記錄整理和研究民間口頭文獻的是魯迅和周作人。一九一三年二月在教育部《編纂處月刊》一卷一期上，魯迅發表《擬播布美術意見書》：「當立國民文術研究會，以理各地歌謠、俚諺、傳說、童話等。詳其意誼，辨其特性，又發揮而光大之，並以輔翼教育。」〔註104〕周作人撰寫《童話研究》《童話略論》，經魯迅之手發表在一九一三年教育部《編纂處月刊》第七期和第八期上。白話文運動在那時尚未發起，但周氏兄弟已經用完全不同的眼光去看待民間文學遺產了。

北京大學一九一八年成立歌謠徵集處，刊出啓事，向全國徵集歌謠，此是中國公開面向全社會的有意識地記錄、收集和整理民間口頭文獻的開始。顧頡剛一九二四年在《歌謠周刊》第六十九號上發表《孟姜女故事的轉變》，得到劉半農的高度評價。「你用第一等史學家的眼光與手段來研究這故事；這故事是二千五百年來一個有價值的故事，你那文章也是二千五百年來一篇有價值的文章。」〔註105〕

〔註103〕鍾敬文主編《中國近代文學大系·民間文學集》，上海書店1995年版，第93～94頁。

〔註104〕轉引自常惠《魯迅與歌謠二三事》，《民間文學》1961年第9期。

〔註105〕《歌謠》1925年3月22日，第83期。

顧頡剛執筆的《〈民俗〉發刊辭》說，「我們要把幾千年埋沒著的民眾藝術，民眾信仰，民眾習慣，一層一層地發掘出來！我們要打破以聖賢爲中心的歷史，建設全民眾的歷史！」〔註106〕

一九二六年至一九三三年，上海北新書局編輯過一套署名「林蘭女士」（北新書局老闆李小峰化名）編輯的民間故事集，近四十種，每冊選錄二十至四十個故事，以江蘇、浙江、廣東一帶的故事居多，總數約有千篇，大部分是從徵集的來稿中選編而成，有些記錄得很詳盡，有些則僅僅是轉述梗概，各冊甚至每篇的文字水準和學術價值，因此而差別較大，這是中國筆錄的民間故事第一次大規模的結集出版。

一九五五年創刊的《民間文學》雜誌，以刊載民間故事和傳說以及對於這些文本的研究爲主，在一九六六年停刊前共出版了一百零七期，一九七九年復刊，此後，民間故事和傳說的發表、出版繁榮，有人做過統計，僅一九八一至一九八七年間，全國報刊發表神話傳說六千七百篇，故事一萬餘篇。

下列數據或名單，也表明了民間故事作爲一項事業的興盛，但這一領域的學術研究相比之下還不發達。

十位民間故事搜集家：董均倫、蕭崇素、蕭甘牛、孫劍冰、李星華、陳瑋君、張士傑、黎邦農、王作棟、裴永鎮。

被聯合國教科文組織和中國文聯授予「中國民間十大故事家」稱號的是：劉德培、魏顯德、靳正新、曹衍玉、張功升、王海洪、林宏、潘小蒲、羅成雙、董鳳琴。

還有一些故事家和故事村被發現。大批民間故事講述家，全國能講述五十則故事以上的九千九百餘人，河北藁城縣耿村、行唐縣杏庵村、湖北丹江口市伍家溝村、重慶巴縣走馬鄉等。劉守華的《中國民間故事史》列舉了一個七十餘人的故事家名單。

除了趙家璧主編的十卷本《中國新文學大系》（一九一七至一九二七年）沒有收錄民間文學外，後來編輯出版的此類叢書，均收民間故事和傳說、歌

〔註106〕參見《民俗》周刊創刊號，1928 年 3 月 21 日。中山大學的《民間文藝》周刊創刊於 1927 年 11 月，由董作賓、鍾敬文主編，發行 12 期之後，於 1928 年更名爲《民俗》周刊，至 1933 年 6 月 13 日停刊，共刊出 123 期。

謠。一九九○年編成的四十卷《中國近代文學大系》（一八四○至一九一九年）含一冊《民間文學卷》，鍾敬文主編，五十五萬餘字。《中國新文藝大系》（一九三七至一九四九年）含一冊《民間文學集》，劉錫誠主編，分神話、傳說、民間故事、民間詩歌和歌謠四大類，九十五萬字。《中國新文藝大系》（一九四九至一九六六年）含兩冊《民間文學集》，賈芝主編，上卷韻文，下卷散文，各約八十萬字。

二十世紀八十年代初，中國民間文藝家協會同文化部、國家民委共同發起，組織實施《中國民間故事集成》《中國歌謠集成》和《中國諺語集成》，據統計，共搜集民間故事一百八十七萬篇，歌謠三百零二萬首，諺語七百四十八萬條，編印各種資料本三千餘種，總字數超過四十億。陸續出版印行已經三十年過去了，這是一筆至今還沒有被創作和學術研究加以有效利用的巨大財富。

《中國民間故事集成》分省各卷，由中國 ISBN 中心出版，大十六開，每省不止一冊，爲編輯各省卷，各地市縣自己編輯和出版了大量的民間故事、民間歌謠、民間諺語集合而成的正式或非正式出版物。如浙江麗水市編纂的《中國民間文學集成・麗水市卷》達千餘頁，七十萬字，四川萬縣的《民間故事集》分上中下三卷，收錄了八百四十二個故事，據編者說，是從搜集到的近萬篇作品中精選而成。

對於民間口述故事的記錄，各地和不同的個人之間差別極大。雖然民間文學研究者一再重申他們的要求，「必須反對搜集整理工作中的胡亂修改現象，忠實的記錄，慎重的整理，是當前需要引起大家注意的頭等重要的事情。」但從業者未必能做到。

這是一件艱難複雜的工作，「難就難在搜集整理的是藝術創作」，「同樣一個故事，各個人有各個人的講法，除了巧拙的不同，對於那些已形成自己獨自風趣的高明的故事家說來，各個人又具有各個人的講述風格。而且，就是同一個人講同一個故事，這一次講的和另一次講的，也常常是不完全相同。這是由於，雖然許多傳統故事的基本情節以至很多細節已有了一定的說法，但具體的講述卻不像按照一定曲調逐字歌唱的民歌那樣的比較固定，而故事家也是把故事看作活的藝術而不是死的書本來講述的，因而他們甚至可以由

於當前的某些感觸給故事增加一些新的內容。而講故事者的心情，也往往影響了所講的內容。」〔註107〕

　　對於故事講述人和講述時機的選擇，實際上已經包含了記錄人的眼光、品位、判斷等等主觀因素，即便逐字逐句忠實地記錄，怎樣講就怎樣記，力求一字不錯，在錄音設備普遍使用之前，從技術上講，做到這一點非常困難，即使做到了，也未必保證故事的質量，加之寫成書面語發表時，還需或大或小的整理加工，在何處加工，如何遣辭造句，怎樣把握分寸，是民間故事修辭的大講究。

　　二十世紀五六十年代，有把勞動人民身上的所謂剝削階級意識和所謂迷信思想剔除乾淨的需要，但這類思想和意識是大量存在的，不僅存在於話語中，還潛藏於故事情節之中，剔除工作往往會損害故事的原樣，這是政治原因。

　　還有道德原因，即所謂猥褻故事。在各地的口頭流傳故事中，這類故事佔有相當的比重，但記錄下來並印成資料或正式出版物當中，這樣的故事卻不易尋見，《笑林廣記》中大量記載的那些所謂「葷故事」，在當代民間故事集中已看不到了。北大的《歌謠週刊》一九二二年曾經專門修改章程，向寄稿人明確：「歌謠性質並無限制，即語涉迷信或猥褻者亦有研究之價值，當一併錄寄，不必先由寄稿者加以甄擇。」〔註108〕周作人還在《語絲》第四十八期上以本名刊登《徵求猥褻的歌謠啓》，「無論這些文句及名稱在習慣上覺得是怎樣的粗俗，我們都極歡迎，因爲這不是在紳士淑女的交際場中，乃是一間很簡陋的編輯室，在這裏一切嘴裏說不出的話都是無妨寫在紙上的。文詞務求存眞，有音無字的俗語可用注音字母或羅馬字拼寫，或用漢字音注亦可。」〔註109〕文後給出周作人、疑古玄同、常惠三人的通信地址。

　　與五四時代的科學態度相比，六十年後的歌謠徵集和民間故事徵集，在涉及迷信、猥褻的處理上，要保守得多，這實在是一種退步。與此同時，一九五五年創刊的《民間文學》，每期把大量的篇幅用以刊登歌頌共產黨和毛主席的所謂新編故事和新編歌謠，歌頌歷代農民起義反映階級鬥爭的歌謠，這些文字在當時也許的確表達了百姓的心聲，事過境遷去閱讀，既無傳統故事和歌謠的價

〔註107〕毛星《從調查研究說起》，《民間文學》1961年4月號，第73期。

〔註108〕轉引自周作人《猥褻的歌謠》，鍾叔河編《周作人文類編》第六卷，湖南文藝出版社1998年版，第554頁。

〔註109〕鍾叔河編《周作人文類編》第六卷，湖南文藝出版社1998年版，第563頁。

值，在藝術上又相當粗糙，乏善可取。

四

民間故事中涉及字謎、對聯和古詩詞的故事各地都有，而且比較發達，往往與文人逸事緊密相連，這類故事明顯看出文字對於口語的影響，這是迴異於西方文化的。文字在口傳故事中有時被賦予某種神奇的功能，《學話得勝》的故事，《老虎怕「漏」的故事》，在許多地方可以找到。對對子，對詩，猜字謎，測字等等與漢字相關的故事，占據各地民間故事的重要地位，同一個故事，異文之多，不可勝數。對於窮秀才的挖苦、教書先生的嘲諷和迂腐讀書人的捉弄，也是數量眾多的一類。普羅普依據俄羅斯民間故事素材而劃分的故事類型，未必適合中國，尤其是上述兩類，在外國的民間故事類型當中，就找不到對應物。中國民間社會，自古以來就在方言方音的離心力和漢字文言的向心力之間，一直在尋求某種平衡，而大量的民間故事，似乎特別喜歡在這個平衡點上做文章。對於這類故事的研究，也許能夠探測到中國文化獨特的密碼。

卡爾維諾為他所編《意大利童話》中文版寫的題詞中說，「民間故事是最通俗的藝術形式，同時它也是一個國家或民族的靈魂。」在《編者序言》中，卡爾維諾有透闢的闡述，「在民間故事的汪洋大海裏，隱藏著一些與種族生存息息相關的基本因素，必須加以挖掘。」後來出版的列入《卡爾維諾文集》的《意大利童話》中譯本，不知出於什麼原因，刪掉了這篇長達二十九頁的文字。卡爾維諾在其中不僅介紹了他的編寫方法，尤其是毫不掩飾地表達了他對於民間故事的熱愛之情：

> 在著手利用手頭資料編纂民間故事的時候，我漸漸地染上了一種狂熱，想獲得越來越多的各種民間故事的版本。材料的核定、分類和比較，幾乎成了我的嗜好，我感到自己被類似昆蟲學家們的那種特有的熱情所支配。我想，這也是赫爾辛基民俗學家協會的學者們特有的熱情吧。這種激情迅速地轉化為一種狂熱的癖好，其結果是：為了換取《金驢糞》故事的新版本，我會拿出普魯斯特寫的所有小說。〔註110〕

〔註110〕〔意〕伊泰洛・卡爾維諾《意大利童話・編者序言》，上海文藝出版社1985年版，第6頁。

這位以寫小說聞名於世的意大利人，喜用托斯卡那地區的諺語「故事若要動人，就得增添色彩」來闡釋自己的寫作觀。「民間故事的價值常常取決於後人增添的新東西。代代相傳的民間故事恰如一條沒止境的長鏈，我把自己看成長鏈上的一環；這條長鏈不是消極的傳遞媒介，而是故事的真正『作者』。」〔註 111〕

　　中國面積是意大利的三十二倍，人口是意大利的二十五倍，方言眾多，地域遼闊，民間故事之富，不可勝數。本書作者有位朋友，窮十年之力，搜集各地編輯、印刷和出版的各類民間故事，卷帙浩繁，至今仍在不斷增加完善之中，那些常聽人說起老掉牙的民間故事，往往能找出幾十乃至上百種異文。卡爾維諾曾表示，對於中國的民間故事，他百讀不厭。

　　對於今天從事搜集、記錄和整理民間故事的人來說，有一個重要的原則不可不知曉。

　　　　要把勞動人民的口頭創作，作為藝術珍品，按照它的原樣把它
　　挖掘出來，並力求符合原來的面貌用文字把它寫定。因此，力求忠
　　實，就應該成為搜集和整理工作的一個最為根本的原則。特別是，
　　極為忠實的記錄，應該是這一工作的基礎。〔註 112〕

五

　　說書起源於「說話」，「說話」是唐宋人的習語，宋朝的民間藝人講故事，成為一門職業，在勾欄瓦肆之中，以「說話」謀生，所說的內容，多有所本，或歷史演義、英雄傳奇、帝王將相、才子佳人，雖為口語藝術，卻來自於（不論直接抑或間接）書本，故稱之為說書。

　　天下最有名的說書人，是明末清初的柳敬亭，他後來差不多成為了行業神，有自己的牌位。柳敬亭生於明代萬曆十五年（一五八七年），卒年不詳，據推測享年近九十歲，八十多歲的時候還在登臺獻藝。說書家地位卑微，流落市井，但柳敬亭有所不同，他出入豪門相府，做過左良玉將軍的幕僚，與東林黨人和復社的關係非同一般，他去世幾十年後孔尚任還在名劇《桃花扇》中公開對他的仰慕。黃宗羲和吳偉業曾作《柳敬亭傳》，張岱《陶庵夢憶》中有一篇《柳敬

〔註 111〕〔意〕伊泰洛‧卡爾維諾《意大利童話‧編者序言》，上海文藝出版社 1985 年版，
　　　　第 12 頁。

〔註 112〕毛星《從調查研究說起》，《民間文學》1961 年 4 月號，第 73 期。

亭說書》，說他「黧黑，滿面疤癗，悠悠忽忽，土木形骸」，人稱「柳麻子」，與他交往的士大夫多，詩詞中提及或者描摹其說書的也多，朱一是《聽柳敬亭詞話》詩云：「突兀一聲震雲霄，明珠萬斛錯落搖，似斷忽續勢縹緲，才歌轉泣氣蕭條。檐下猝聽風雨人，眼前又覿鬼神立。蕩蕩波濤瀚海迴，林林兵甲昆陽集。座客驚聞色無生，欲爲讚歎詞莫吐。」〔註113〕

說書人通常不是文人，而是藝人。柳敬亭雖喜向文人索詩，卻從未與他們唱和，杜首昌曾有《柳敬亭持筆所書，口占贈之》七絕一首：「能令千古事長新，一往從何辨假眞。天地欲存三寸舌，江湖難老八旬人。」柳敬亭能說多樣書，尤擅《西漢演義》《隋唐演義》《水滸傳》，雖然能把這些歷史故事和英雄傳奇講得頭頭是道，但他卻不通文墨，在任左良玉秘書之際，參與擘畫由司筆札的儒生記錄並潤色。柳去世之後，錢謙益著文《爲柳敬亭募葬疏》，爲他籌款安葬。

柳敬亭的弟子，揚州人居輔臣，康熙二十七年曾在通如一帶說書，以秦瓊故事聞名。連闊如《江湖叢談》載，據謝起榮的說法，犁鏵調兒是柳敬亭傳的。「當大秋豐收，農工勞頓，所操之事甚微，柳敬亭先生有耕地所用的破犁片兩塊當作板兒，一手擊案，一手敲犁，唱曲頗可動聽。農工操作，聞歌忘勞。有人問先生所歌爲何調，柳稱爲『犁鏵調兒』。時人爭而習之，自此『犁鏵調兒』泰州無人不會。敝人問謝先生，柳敬亭之犁鏵大鼓有何考證？謝答：無書可考，據我們『柳海轟兒』的老前輩所傳吧。」〔註114〕

《柳下說書》，相傳爲柳敬亭秘傳之孤本，有巾箱留珍本，原爲南社中堅劉禺生（一八七六～一九五三）家藏，後借黃侃，視作珍寶，不欲歸還，黃侃身後不知下落，胡士瑩以爲失傳。汪辟疆曾在黃侃處見過此書，並在日記裏有詳細記載，劉成禺《世載堂雜憶》，對這一孤本秘籍有專文考：

> 所述《柳下說書》，書凡百篇，共八冊，其篇目能記憶者，曰《杜、孟、米三老爭襄陽》，曰《元、白二人爭湖》，曰《宋江氣出梁山泊》，曰《程咬金第四斧頭最惡》，曰《隋煬帝往來揚州》；其與《今古奇觀》相類者，曰《蔣興哥重會珍珠衫》；其與《天雨花》相類者，曰《金銀瓶兩小姐賭法寶》；其他奇怪篇目，曰《黃

〔註113〕轉引自陳汝衡《說書藝人柳敬亭》，上海文藝出版社 1979 年版，第 77 頁。

〔註114〕連闊如《江湖叢談》，當代中國出版社 2005 年版，第 241 頁。

巢殺人八百萬》，曰《趙家留下一塊肉》，沉痛悲壯，遠及二帝北狩，後終庚申君亡國破家之狀，聞之泣下，影射崇禎亡國，弘光走死，朱明子孫，無噍類也。其不能記憶者，篇目甚多。是書刊於康熙十年前後，爲大巾箱本，如《兩般秋雨》格式，文章典雅，掌故縱橫，屬事遣詞，有突出唐宋人說部處。篇中字句，多方密之、冒辟疆、錢牧齋、吳梅村、吳次尾集中常用之口吻。……此書必經當代文人過目，潤色塗改而成，藏書家皆歎爲奇書孤本，眞孤奇可信也。〔註115〕

陳汝衡認爲《柳下說書》「雖用柳敬亭攀柳條改姓的故事作爲書名，根本上卻不是他的話本。它依然是文人表現才藻的遊戲之作，不過假用柳叟說書，穿插古典文學上和小說上著名掌故，成爲新著而已」。〔註116〕

　　柳敬亭之後的說書人，多能親事創作，他們的代表作通常出自創作或改編。比如韓圭湖的《武宗平話》，浦琳的《清風閘》，葉霜林的《宗留守交印》，鄒必顯的《飛跎傳》，石玉昆的《龍圖公案》，龔午亭的《清風閘》，馬如飛的《珍珠塔》。這些藝人，不僅能識文斷字，有的還是秀才出身，可以寫文章。蘇州彈詞名家王周士，著《書品》和《書忌》。據說浦琳「不讀書，一日過市肆，聞坐客說評話，悅之，遂日取小說家因果之書，令人誦而聽之；聽之一過，輒不忘。於是潤飾其詞，摹寫其狀，爲人復說。聽者靡不動魄驚心，至有唏噓泣下者」〔註117〕。葉霜林不僅會說書，字還寫得好，「好歐陽通書法，摹之逼肖」，焦循有《葉霜林傳》，記之甚詳。龔午亭「少居揚州讀書，好稗官小說，一見能背誦如流，嘗資以談說，風趣橫生，聞者每屏原書而喜聆午亭口述」。據《龍圖公案》改編而成的小說《三俠五義》，至今還署著石玉昆的名字。

六

　　子弟書又名子弟段、八旗子弟書、清音子弟書，是清代北京、奉天府（瀋

〔註115〕劉成禺《世載堂雜憶》，遼寧教育出版社1997年版，第254頁。

〔註116〕陳汝衡《說書藝人柳敬亭》，上海文藝出版社1979年版，第86頁。

〔註117〕金兆燕《拙子傳》，轉引自胡士瑩《話本小說概論》下冊，中華書局1980年版，第625頁。

陽）一帶流行的鼓類說唱藝術，起於乾隆時期，終於清末，綿延一百六十餘年。著名作者有羅松窗、鶴侶、韓小窗、煦園等，均爲旗人，有好的文學修養，取材於正史野史、話本小說、戲曲傳奇，文詞典雅，句式靈活，韻律和諧，彌補了自古以來漢語韻文敘事作品的不足，作品以短篇爲主，有少量中長篇。一九三五年鄭振鐸的《世界文庫》第四、五兩期，曾經分別選登了羅松窗的子弟書東調五種，西調六種。

傅惜華認爲，「子弟書的價值，不在其歌曲音節，而在其文章，詞句雖近於俚淺，婦孺易曉，然其寫情則沁人心脾，寫景則在人耳目，述事則如出其口，極其眞善美之致。其意境之妙，恐元曲而外，殊無與倫者也。」〔註118〕

長篇彈詞《再生緣》（陳端生）《天雨花》（陶貞懷）《筆生花》（丘心如），作者均爲女性，文字修養極高。《再生緣》以七言排律的形式演繹至八十餘萬言，乃人間奇迹。陳寅恪一九五四年寫就《論〈再生緣〉》認爲，「世人往往震矜於天竺、希臘及西洋史詩之名，而不知吾國亦有此體。」〔註119〕郭沫若評說，「陳端生的本領比之十八九世紀英、法的大作家們，如英國的司考特、法國的司湯達和巴爾扎克，實際上也未遑多讓。他們三位都比她要稍晚一些，都是在成熟的年齡以散文的形式來從事創作的；而陳端生則不然，她用的詩歌形式，而開始創作時只有十八九歲。這應該說是更加難能可貴的。」〔註120〕

評書名家連闊如（一九〇三～一九七一），以說《東漢演義》起家，跟師傅李傑恩學的是《西漢演義》，爲什麼自己改《東漢》了呢？連闊如說，「《西漢》那部說是墨刻的，與各書局所售者相同，聽這書的座兒很少，不懂歷史的人不能聽，懂得歷史的人花兩角錢買部《西漢》，幾天就能看完，較比聽書又短少時間，又少花錢。好在他們說書的所說的段子，與買的書內一樣，何必去聽評書？評書界的藝人說墨刻書的都不能掙大錢，就是那書拉不住座兒。」〔註121〕他有了這種覺悟，便棄了《西漢》，改學《東漢》，犧牲了半年的光陰，耗費了許多銀錢，學會了一部地道的道活。自從會說《東漢》，北平的大書館兒紛紛來約，聽書的座兒知道評書界有個說《東漢》的連闊如。

〔註118〕轉引自張壽崇主編《子弟書珍本百種·前言》，民族出版社 2000 年版，第 2 頁。

〔註119〕陳寅恪《論〈再生緣〉》，《中華文史論叢》第八輯，上海古籍出版社 1978 年版。

〔註120〕郭沫若《序〈再生緣〉前十七卷校訂本》，《光明日報》1961 年 8 月 7 日。

〔註121〕連闊如《江湖叢談》，當代中國出版社 2005 年版，第 270 頁。

　　無線電擴展了連闊如的影響，二十世紀三十年代在東交民巷伯力威電臺播講《東漢演義》，名揚京城。這個「萬子活」向師傅張誠斌學來的，吸收了田嵐雲的精華和長處。不僅如此，連闊如還是報紙的專欄作家。三十年代曾以雲遊客筆名在北平《時言報》發表長篇連載《江湖叢談》（一九三八年出版單行本），介紹北平天橋、天津三不管等地的變遷以及藝人小傳、藝人生活狀況而外，還極為詳盡地披露了清末民初江湖行當的內幕和騙術。「以我的江湖知識說呀，所知道的不過百分之一。不知道的還多著哪。等我慢慢地探討，得一事，向閱者報告一事，總以愛護多數人，揭穿少數人的黑幕，為大眾謀利除害，以表示我老雲忠於社會啊！」

　　以筆名「雲遊客」給報紙寫專欄的事是不公開的，為了撇個清楚，他在文章裏敘述「我老雲」有一天遇到了評書名家連闊如，並隨他一同去聽了場臨時性的替人說書。

　　連闊如沒有不良嗜好，不講究穿戴，說書掙來的錢，買了書刊，是琉璃廠舊書店的常客。為考證漢獻帝的「衣帶詔」一事，購買和翻閱了七八種《漢書》和《三國演義》的版本。

　　唱大鼓不論什麼調，離不開十三道大轍。連闊如列出的「海轟之十三道大轍」為：一中東轍，二人辰轍，三江陽轍，四發花轍，五梭波轍，六灰堆轍，七衣齊轍，八懷來轍，九由求轍，十苗條轍，十一言前轍，十二姑蘇轍，十三疊雪轍。

　　「鼓界所難學的為萬子活，整本大套的書，沒個幾年功夫是說不了的。萬子活教法都是口傳心授，即或有冊子，筆錄的亦都是『梁子』（江湖人管秘本的筆記書裏的結構穿插，調侃叫『梁子』），外人瞧著亦是不懂。」〔註122〕

　　「敝人曾與白雲鵬請論所唱之曲詞，是江湖秘本為佳？還是票友們編纂的為佳？據他所說，江湖的曲詞都是平俗粗劣，還是子弟票友們攢弄的活兒為美（江湖人管編纂曲詞調侃叫攢弄活兒）。今日鼓界盛行的曲詞，以早年韓小窗攢弄的為最佳。民初莊蔭堂攢弄的活兒亦頗可取。」〔註123〕

〔註122〕連闊如《江湖叢談》，當代中國出版社 2005 年版，第 389 頁。

〔註123〕同上，第 391 頁。鼓界名角白雲鵬與劉寶全齊名，劉身材魁偉，多演武段，如《華容道》《戰長沙》《長阪坡》《寧武關》《截江奪斗》等；白身小神足，文質彬彬，多演文段，如《寶玉探病》《寶玉娶親》《哭黛玉》《探晴雯》《太虛幻境》《寶公訓女》《千金全德》《罵曹訓子》等，因好學深究，開創了白派藝術。

說書藝人的學者化看來是必然的趨勢，明清兩朝已開始，從柳敬亭到石玉昆、連闊如，是這一歷程的體現。

七

與此相反的一個進程乃是當代職業作家或者文人的工農兵化，高玉寶式寫作的成功。培養工農或者下層勞動階級出身的作家，是五四新文學運動的一個理想，得民粹主義思潮之助，益發推波助瀾，從大眾語運動，到延安的為工農兵服務，越來越接近了這個寫作主體工農化的崇高理想。

一九五九年九月十三日召開的中宣部文藝座談會上提出依靠全黨全民辦文藝，要在文學、電影、戲劇、音樂、美術、理論研究等方面爭取「大躍進」，放「衛星」。十月全國文化行政會議又提出，群眾文化活動要做到：人人能讀書，人人能寫詩，人人看電影，人人能唱歌，人人能畫畫，人人能舞蹈，人人能表演，人人能創作。

農民詩人王老九，在三年時間裏種著二十四畝地的陝西臨潼縣北王村六十一歲的農民，守燈熬夜，寫出了三十多篇快板，代表作《想起了毛主席》：

> 夢中想起毛主席，
>
> 半夜三更太陽起；
>
> 種地想起毛主席，
>
> 周身上下增力氣；
>
> 走路想起毛主席，
>
> 千斤擔子不知累；
>
> 吃飯想起毛主席，
>
> 蒸饃拌湯添香味；
>
> 開會歡呼毛主席，
>
> 千萬拳頭齊舉起；
>
> 墻上掛著毛主席，
>
> 一片紅光照屋裏；
>
> 中國有了毛主席，
>
> 山南海北飄紅旗；
>
> 中國有了毛主席，

老牛要換拖拉機。

讀者要求王老九介紹自己的寫作經驗，他說，「因爲我熱愛我的生活，我就有唱不完的歌，說不盡的話。我常常想，假若誰不熱愛他的生活，對新社會的事情抱著袖手旁觀的態度，那就別想寫出好東西來。」〔註124〕

一九五五年四月，遼寧省復縣人高玉寶的自傳體小說《高玉寶》第一部出版，因爲貧窮，他只讀了一個月零幾天的書，給地主放豬，九歲隨父母流浪到大連，做了童工。一九四七年參軍後自學文化，一九四九年八月開始寫作。

他遇到的困難是，許多字不會寫，只好用別字、圖形或符號來代替；心裏雖然有許多話要講，卻找不到適當的詞句來表達，給逼得滿頭大汗；他的意志終於戰勝了困難，在一九五一年一月寫成二十萬字的小說初稿，寄給了中國人民解放軍中南軍區政治部，作家荒草被派去幫助他。荒草仔細閱讀後提出一些修改意見，高玉寶參照這些意見修改，有些段落往往改了十幾遍。全書改好後，又經荒草在文字上加以潤飾，成爲現在出版的作品，印數九十八萬五千冊。

在《我是怎樣學習文化和學習寫作的》中高玉寶說，「股長、幹事常常不在家。我爲了早點把書寫出來，就想了一個辦法，訂它一個大本子，一個小本子。首長們在家的時候，就在大本子上寫，首長們不在家的時候，就在小本子上寫，不會寫的字，我就畫一個鬼臉；蔣介石那個『蔣』字不會寫，我就畫一個漫畫上的蔣光頭；一群東西那個『群』字不會寫，我就畫一些小圓圈；殺人的『殺』字不會寫，我就畫一個小人脖子上按一把刀……。除這些外，我還有很多困難，有時，有些事情想不起來，把腦子都想疼了，這樣寫也不行，那樣寫也不好，急得滿頭大汗，在房子裏走來走去，晚上連覺都睡不著，一下子想起來了也不管是白天，是晚上，是半夜，起來就寫。」〔註125〕

「我不知道那本小說的作者是誰，我就問他，遲股長就給我講起《鋼鐵是怎樣煉成的》的故事來了。他又說那個作家是個瞎子，他怎樣努力寫書，我們一個睜眼的，雖然沒有文化，慢慢學著寫，總比瞎子好的多吧。我更下定決心，非把書寫出來不可。」

〔註124〕李默主編《新中國大博覽》，廣東旅遊出版社 1993 年版，第 127 頁。

〔註125〕高玉寶《高玉寶》，人民文學出版社 1984 年版，第 6～7 頁。

幸虧遲股長知道得不多，沒有告訴高玉寶《荷馬史詩》與《左傳》的作者也是瞎子，《唐璜》的作者是瘸子，《史記》的作者等同於太監，否則還不知激勵出什麼樣的作品來。

雖然語言是習得的，但個人的語言修養不可能自然地不經意地獲得。知識分子的工農兵化經過幾十年的提倡和社會輿論壓力，實行得很徹底，士的傳統雖然沒有被延續下來，但還是在「文革」中再次遭到預防性的清洗。五四所引進的西方觀念，被定性爲資產階級的一套所謂人性論和人道主義，始終是批判對象。封建主義和資本主義有數百年上千年的歷史，產生了文化巨匠，文學、哲學和思想文化的經典著作，與之相比，社會主義似乎只有一窮二白。在「文革」中，政治標準第一的年代裏，沒有書可以讀是必然的。

八

高爾基說，「語言是文學的第一要素」。語言修養是文學家的起碼條件，在當代的出版物中，普遍地缺少語言的修養，是一個觸目驚心的事實。程度雖有不同，大家都是高玉寶。領導出思想，群眾出生活，作家出技巧，三結合式的寫作模式的出現具有必然性，它的集中體現，是文學寫作的貧乏，與文學史上的傳世作品沒有關係，與漢語本身的特性和對於這些特性的藝術使用及其漫長修辭傳統基本上沒有關係。「文革」畢竟已經過去了，但漢語言的生態並沒有得到恢復。知識分子工農化的一個重要的標誌，是在語言修養上究竟與工農沒有多大的差別。魯迅在爲高爾基的短篇小說《一月九日》譯本寫的《小引》中說，「中國的工農，被壓榨到救死尚且不暇，怎能談到教育；文字又這麼不容易，要想從中出現高爾基似的偉大的作者，一時恐怕是很困難的。不過人的向著光明，是沒有兩樣的，無祖國的文學也並無彼此之分，我們當然可以先來借看一些輸入的先進的範本。」〔註126〕如果是從事科學工作的知識分子，這樣也無可厚非，偏偏作家和從事文字藝術工作的人，在文字上既不能通過飽讀詩書吸取前人的書面語的營養，又不能在生活中得到生動豐富口語的浸潤，搬弄一些半生不熟的句式，乾巴巴的歐化書面白話，加之比較低下的精神狀況，語言令人生厭。

〔註126〕《魯迅全集》第七卷，人民文學出版社 1981 年版，第 395 頁。

向民間學習，尤其是向民間的語言——口語學習，在民族書面語的發展過程中，實際上從未停止過。漢賦所使用的鋪采摛文的華麗辭藻，似乎距離口語很遠，但漢賦這一文體的起源，卻可以追溯到口語藝術之中。「這種講說和唱誦結合的藝術形式，在秦漢時代可能就叫做賦，是民間的文藝，也就是今天稱爲民間賦的作品。而在漢代盛極一時的文人賦，主要就是採取了民間賦的形式和技巧，也吸收了前代各種文體的特點，融合而成的一種新的文學樣式，所以它最接近於民間帶說帶唱的藝術形式。」〔註 127〕

口語的藝術，在那些說方言的民間故事家的講故事當中，體現得最爲充分。所謂寫話，應當是記錄下來他們的話，從這樣的口述故事當中，讀者不僅能學到好的故事，更能學到活的口語。民間故事搜集家董均倫舉過一個例子，山東昌南牟家莊的一位四十多歲的婦人，她的口語就生動極了，「死人也能叫她說活了。她的幾個侄兒，從小就沒有娘了，有一次，她在跟前說，『他娘死的時候，他弟兄們，跟一溜小燕樣，張口吃食的有，那有一個中用的。他娘咽了那口氣，看看五個孩子沒有一個有鞋的，天冷地凍的，腳板還跟那地拍光。有他娘別人不笑話咱，沒他娘，別人不笑話他親嬸子？我晚上懷抱那燈，做到半夜，散了頭髮也給孩子弄上雙鞋。』他那些侄兒們都有了媳婦，只有大侄還沒有媳婦，分開家以後也沒分著個住處。她又這樣說：『別人都有了人疼，不用我疼了；就是大侄，跟那沒眼的鵝一樣，東撞一頭，西撞一頭，我看著心裏不難受！』」〔註 128〕這樣的語言，不過是位婦人的平常話，以她這樣的語言能力說故事，沒法子不生動形象。她的說話被記錄下來，可以是好文章，至少是精彩的片段。在現實當中，這樣的語言天才並不多見，如果以爲隨便什麼人的話，只要寫下來就是文章，甚至是好文章，那就錯了。

主張寫話，乃是白話文運動的題中之義。黃遵憲所謂「我手寫我口，古豈能拘牽」即爲此意。口語既能入詩，用到文章裏，自然無不可。最早明確以寫話相號召的，是胡適，他那兩句「白話文歌訣」是「有什麼話說什麼話，話怎麼說就怎麼說」〔註 129〕。周作人評說，「這兩句話寥寥十六個字，明白流麗，

〔註 127〕胡士瑩《話本小說概論》上卷，中華書局 1980 年版，第 9 頁。

〔註 128〕董均倫《搜集整理民間故事的幾點體會》，《民間文學》1958 年 7、8 月號合刊，第 112 頁。

〔註 129〕胡適《建設的文學革命論》，《胡適學術文集·新文學運動》，中華書局 1993 年版，

不但讀起來順口，聽去也乾脆可喜，可是要想照樣去做，卻是有點無從下手。第一，有什麼話，這自己便很有點茫然。即使有了想說的話了，話怎麼說，這也是一個大難問題。」〔註130〕雖然他贊成「寫話」這個口號〔註131〕，但寫什麼話，怎麼寫話的問題並沒有解決。就達意而言，寫和說具有共同性，但動手和動嘴的差別，決不可以無視。話說得好壞不當緊，聽的人（人數有限）只要懂得了你的意思，說話的目的就達到了，所說的話，隨風而去，永遠不會再回來。文章卻不同，好和壞，白紙黑字留在那裏，任人評說，一個字放得不穩當，實爲寢食難安的事。寫文章講究言之有物，言之有序，後來卻終於弄出起承轉合這些名堂，而到了言之無物的境地。寫話的主張，乃是文章革新之道，對於老的套路厭煩了，想別出心裁，跳出起承轉合的窠臼，但詳略先後仍是言之有序的老問題。寫話的主張絲毫沒有降低寫文章的難度，反而提出了更高的要求。新文學運動，假如還承認自己是文學運動，就不得不直面漢語文學的一切遺產，和語言文字本身的種種手段。

郭沫若後來的寫話主張，出發點明顯不同：「在漢字採取拼音化之前，我認爲我們的文章必須先走上寫話的道路。」「在今天鼓勵以工農兵和少年爲對象而寫作，也就是鼓勵我們寫話，減少不常用的漢字的使用，使文章和語言愈見接近起來，做到言文一致，對於漢字改革無疑是會減少許多困難的。」〔註132〕這是預料之中的，因爲白話文運動原本以言文一致爲基本目標，拼音化正是實現這一目標的必由之路。既然要拼音化，寫作當中凡是依據漢字本身的優長而產生的所有的修辭手段，就以不使用爲上策，否則，拼音化之後，這一切將化爲烏有，要想寫出能夠經得起拼音化的漢語典範文章，恐怕需要另起爐竈。拼音即使勉強寫得了白話，絕對寫不了文言。白話取代文言，乃是拼音化的前提和第一步。

第 41 頁。

〔註130〕鍾叔河編《周作人文類編》第三卷，湖南文藝出版社 1998 年版，第 286 頁。

〔註131〕周作人認爲，「學校裏作文的功課，現在改叫作寫話，這是最確當也沒有的。只要有眞實的感情和思想發表出來，那麼直截說的話便是好的演說，照樣寫下來也即是好的文章。」參見鍾叔河編《周作人文類編》第三卷，湖南文藝出版社 1998 年版，第 320 頁。

〔註132〕郭沫若《愛護新鮮的生命》，《人民日報》1952 年 5 月 28 日。

一個民族真的有可能從零開始，另外創生出一套語彙和價值嗎？

以拼音化的理由取消民族傳承的藝術和文化遺產，是荒唐的。高玉寶式的寫作能夠走多遠？他或許有純正的動機，感恩的心理，述說自我的願望，宣揚時代的熱情，政治上的意識形態認同，更有樸素的感情，克服困難的勇氣，但卻沒有成為真正藝術家的訓練和積纍，語言文字上的素養，特別是表述上的天分，但時勢還是硬把他造成了一位作家。

語言文字在內容上也許還有些禁區，有些話不能說，或者不能直接說，直白地說出來，報紙雜誌不能刊發，這有點像早先的官諱，避開個別字，以其他字代之，依舊寫文章作詩唐詩宋詞，從藝術上講，損失不算太大。但說話的方式，遣詞造句的手段，語源的利用，以及就全部完整的語言文字教養來說，一切必不可少的修辭意圖和修辭技巧，決不可以有限制，否則就談不到語言文字的藝術。白話偏至論的主張和對於文言的歧視，對漢語文學所造成的損害，比政治意義上的言論不自由更為嚴重。

藝術的前提是動用一切可能性，吸收前人表達上的優長，別出心裁地去觸及當代人的生存經驗和思想、生活和情感世界，讓漢語和漢字，說出它從未說過的。

> 靜坐芸窗憶舊時，每尋閒緒寫新詞。
> 縱橫彩筆揮濃墨，點綴幽情出巧思。〔註133〕

〔註133〕陳端生《再生緣》，中州書畫社 1982 年版，第 1 頁。

第七章　漢語歐化問題

　　用詞造句須遵守語言習慣，不能隨便杜撰生造，但有些限制也並不是不能突破的。舉例來說，修飾語不宜過長，這是漢語的特點之一，毛澤東在《丟掉幻想，準備鬥爭》一文中有這樣一句話：

　　　　美國白皮書和艾奇遜信件的發表是值得慶祝的，因為它給了中國懷有舊民主主義思想亦即民主個人主義思想，而對人民民主主義，或民主集體主義，或民主集中主義，或集體英雄主義，或國際主義的愛國主義，不贊成，或不甚贊成，不滿，或有些不滿，甚至抱有反感，但是還有愛國心，並非國民黨反動派的人們，澆了一瓢冷水，丟了他們的臉。〔註1〕

朱德熙認為，「人們」前邊的修辭語長達九十餘字。從內容上說，這句話全面而準確地刻畫出所謂民主個人主義者的本質；從語言風格上說，利用長修飾語以及一連串的「或」字，創造了一種風趣的新鮮句式。〔註2〕這個句式，可以視作漢語歐化的一個成功的範例。但總感覺它成功在其修辭上，漢語的句子，修辭

〔註1〕《毛澤東選集》，人民出版社 1964 年版，第 1377 頁。

〔註2〕朱德熙《談文章的生動性和創造性》，《寫作論文選》，吉林人民出版社 1980 年版，第 282 頁。

假如精彩的話，語法上的慣例常常可以打破。

漢語是一種獨特的表意文字系統，自古以來受不成文的語法約束，其核心可以歸結爲語義型的語言結構，與歐洲的幾種主要語言表音文字系統與語形型語言結構適成對比。西學東漸最後的壁壘和最終的對峙，或許就是漢語的歐化了。

中國文化內部沒有發育出自我批判意識和徹底的反省精神，全盤西化作爲打破這一文化總體上的同一性的基本策略，已經在社會生活的方方面面引起了巨變，漢語歐化的追求也是對這總體同一性的破壞。但語言是全民性的約定俗成系統，習慣性力量之強大是難以想像的。一個世紀以來，倡導者有之，反對者有之，他們的理論根據與話語實踐爲今天的研究者留下了清晰的蹤迹，本章出入於魯迅、周作人、劉半農、傅斯年、林語堂、朱自清、王力、郭紹虞、張志公、汪曾祺等人的論述之間，透過這百年來的思考，試圖澄清與梳理漢語歐化的得失利弊。

在漢語的字、詞、句、篇四個層次上，歐化作出過哪些具體的探索，取得了什麼樣的成績？從語法、修辭、文體、風格上分別考察歐化的作爲，越往上越容易達成，延伸至思想、觀念、理論上進行的歐化，成就最大，但這已經超出本書論述的範圍。漢字的歐化最難，但當初歐化的倡導者無不以此爲設想的前提或最終的旨歸，是拼音化漢字，或曰以音取代漢字，這也曾經一直是文字改革的基本目標和方向，正是在這點上，他們遭遇到了很大的挫折。時下贊成走拼音化道路的人越來越少，政府的文字改革委員會已更名爲國家語言文字工作委員會，五四時期被貶稱爲「方塊字」的漢字，重新燃起了國人的熱情，這些現象似乎表明，漢字的歐化已不那麼時髦了。那麼在詞彙、句子、篇章諸層次，歐化策略爲漢語帶來了什麼呢？

現代漢語成文的語法由於來自對西方語法規則的借鑒，往往並不能體現漢語的特質，這樣的語法對於使用漢語言說和寫作的人有多少用處呢，而眞正從漢語事實出發總結出來的語法尚未建立。一種以漢語爲主要對象同時可以涵蓋西方語言現象的普通語言學有待成立。也許中國式的理論思維就包含在這一建構之中。

第一節　歐化問題的緣起

一

胡適在一九二九年爲《中國基督教年鑒》寫過一篇文章《中國今日的文化衝突》，明確提出「全盤西化」的主張。後來他有些讓步，「爲了免除許多無謂的文字上或名詞上的爭論，與其說『全盤西化』，不如說『充分世界化』。」但實際上他仍然主張「全盤西化」，他自己解釋道，全盤是百分之百的意思，充分雖然算不得全盤，但可以包括百分之九十九。作爲白話文運動的發起人，在提倡白話，反對文言上胡適一生不遺餘力，但於現代漢語的歐化卻始終有所保留。劉半農曾經說，在語體的保守與歐化上，各給出一個限度的話，「我以爲保守的最高限度，可以把胡適之做標準；歐化的最高限度，可以把周啓明做標準。」〔註3〕

與胡適相左，魯迅一向是贊成歐化的，他說：

歐化文法的侵入中國白話中的大原因，並非因爲好奇，乃是爲了必要。

我主張中國語法上有加些歐化的必要。這主張，是由事實而來的。〔註4〕

中國的文或話，法子實在太不精密，作文的秘訣，是在避去熟字，刪掉虛字，就是好文章，講話的時候，也時時要辭不達意，這就是話不夠用，所以教員講書，也必須借助於粉筆。這語法的不精密，就在證明思路的不精密，換一句話說，就是腦筋有些糊塗。倘若永遠用著糊塗話，即使讀的時候，滔滔而下，但歸根結蒂，所得的還是一個糊塗的影子。要醫這病，我以爲只好陸續吃一點苦，裝進異樣的句法去，古的，外省外府的，外國的，後來便可以據爲己有。這並不是空想的事情。〔註5〕

〔註3〕　劉復《中國文法通論》，中華書局1939年版，第121頁。

〔註4〕　魯迅《玩笑只當它玩笑》，《魯迅全集》第五卷，人民文學出版社1995年版，第520頁。

〔註5〕　魯迅《關於翻譯的通信》，《魯迅全集》第四卷，人民文學出版社1995年版，第382頁。

但漢語果然「話不夠用」嗎？教員授課需要借助於粉筆，是因爲漢語同音字太多，單憑口說區分不了，意義的差別離不開字形的幫助。自古便有口耳之學無根，有字才能有據。這不見得是缺點。而漢語語法的「不精密」，則是與西方的成文語法相比，我們的不成文語法尚未總結出來，西方的語言學傳統固然悠久，中國卻把文字學研究得很深，曾經跟章太炎學習過《說文解字》的魯迅，當然知道這點。

什麼是語法？劉半農在《中國文法通論》中說，「所謂某種語言的文法，就是根據了某種語言的歷史或習慣，尋出個條理來，使大家可以知道，怎樣的採用這種語言的材料，怎樣的把這種材料配合起來，使他可以說成要說的話」。這本是好的見解，但在那樣一個時代，我們卻輕易將西方語法觀，視作語言的共性。詞和句（word & sentences）是西洋的說法，漢語無此對應，據 sentences 的定義，用漢字的「字」、「句」去套那「組詞造句的規則」，除了歐化，別無良策。

徐通鏘曾重新定義語法，認爲「語法就是語言基本結構單位的構造規則」，可以涵蓋「語法是組詞造句的規則」，因而適用不同語言的語法研究。他認爲漢語的基本結構單位是「字」，在漢語傳統中，研究文字、音韻、訓詁，原是眞正的漢語「語法」，而且符合新定義下的「語法」。

《馬氏文通》模擬的「語法」，實際上屬於中國近代以來各行業崇尚歐化的「深層語法」。《馬氏文通》除了有些「不通」，在其他一切領域通行無阻。它其實只有一句話，模仿西方，或曰西化。如若漢語連語法都可能西化的話，還有什麼是不能呢？

魯迅或許對這不能西化的事實倒是看得太清楚，所以放膽地提倡歐化：

> 我於藝術界的事知道得極少，關於文字的事較爲留心些。就如白話，從中，更就世所謂「歐化語體」來說罷。有人斥道：你用這樣的語體，可惜皮膚不白，鼻梁不高呀！誠然，這教訓是嚴屬的。但是，皮膚一白，鼻梁一高，他用的大概是歐文，不是歐化語體了。正唯其皮不白，鼻不高而偏要「的呵嗎呢」，並且一句裏用許多的「的」字，這才是爲世詬病的今日的中國的我輩。〔註6〕

〔註6〕 魯迅《當陶元慶君的繪畫展覽時》，《魯迅全集》第三卷，人民文學出版社 1995 年版，第 550 頁。

二

最早提倡歐化的是傅斯年。一九一九年二月，他在《新潮》一卷二號上刊發《怎樣做白話文？》，副題：「白話散文的憑藉——一、留心說話，二、直用西洋詞法」。他明確提出，「照我回答，就是直用西洋文的款式，文法，詞法，句法，章法，詞枝，（Figure of Speech）一切修詞學上的方法，造成一種超於現在的國語，歐化的國語，因而成就一種歐化國語的文學。」〔註7〕傅斯年說：

> 直用西洋文的款式，大家尚不至於很疑惑，現在《新青年》裏的文章，都是這樣。直用西洋文的文法。詞法，句法，章法，詞枝，一切修詞學上的方法，大家便覺著不然了。這宗辦法，現在人做文章，也曾偶爾一用，可是總在出於無奈的時節，總有點不勇敢的心理，總不敢把「使國語歐化」當做不破的主義。據我看來，這層顧忌，實在錯了。要想使得我們的白話文成就了文學文，惟有應用西洋修詞學上一切質素，使得國語歐化。

文章的結論為：

> 文學家對於語言有主宰的力量，文學家能變化語言，文學家變化語言的辦法，就是造前人所未造的句調，發前人所未發的詞法。造的好了，大家不由的從他，就自然而然的把語言修正。我們現在變化語言的第一步，創造的第一步，做白話文的第一步，可正是取個外國榜樣啊！

傅斯年理想的白話文是：（一）邏輯的白話文。就是具邏輯的條理，有邏輯的次序，能表現科學思想的白話文。（二）哲學的白話文。就是層次極複，結構極密，能容納最深最精思想的白話文。（三）美術的白話文。就是運用匠心做成善於入人情感的白話文。這三層在西洋文中都做到了。我們以西文當做榜樣，去摹仿他，正是極適當，極簡便的辦法。所以這理想的白話文，竟可以說是——歐化的白話文。

> 照事實看來，中國語受歐化，本是件免不了的事情。十年以後定有歐化的國語文學。日本是我們的前例。偏有一般妄人，硬說中文受歐化，便不能通，我且不必和他打這官司，等到十年以後，自

〔註7〕傅斯年《怎樣做白話文》，胡適編《中國新文學大系·建設理論集》，良友圖書公司 1935 年版，第 217～227 頁。

　　然分明的。〔註8〕

八十年後我們重讀此文，感慨良多。傅孟眞所說的歐化，把作爲文章題旨的
思想意識、美學風格、修辭取向和構築文章的語言——當然包含語法、邏輯
混爲一談了。與其說文學家能變化語言，倒不如說他能以我們的語言討論從
未說過的內容。變化語言和以語言表述那正在變化的世界似乎不好區分，但
又必須區分。「前人未造的句調」「前人未發的詞法」到底是什麼，如果弄到
大家不懂，結果只能退回去，退到大家都懂的地方，這正是語言作爲工具的
保守性所在。即是一九一三年辭世的索緒爾所說的「集體惰性對一切語言創
新的抗拒」。他又說，「這點超出了其他的任何考慮。語言無論什麼時候都是
每個人的事情；它流行於大眾之中，爲大眾所運用，所有的人整天都在使用
著它。在這一點上，我們沒法把它跟其他制度作任何比較。法典的條款，宗
教的儀式，以及航海信號等等，在一定的時間內，每次只跟一定數目的人打
交道。相反，語言卻是每個人每時都在裏面參與其事的。因此它不停地受到
大夥兒的影響。這一首要事實已足以說明要對它進行革命是不可能的。在一
切社會制度中，語言是最不適宜於創制的。它同社會大眾的生活結成一體，
而後者在本質上是惰性的，看來首先就是一種保守的因素。」〔註9〕

三

　　傅文發表二十年後，郭紹虞一九三九年四月在《文學年報》第五期刊發長
文《新文藝運動應走的新途徑》，專論「歐化問題」、「歐化句式的利弊問題」：

　　　　新文藝有一點遠勝舊文藝之處，即在創格，也即是無定格。歐
　　化所給與新文藝的幫助有二：一是寫文的方式，又一是造句的方
　　式。寫文的方式利用了標點符號，利用了分段寫法，這是一個嶄新
　　的姿態，所以成爲創格。造句的方式，變更了向來的語法，這也是
　　一種新姿態，所以也足以爲創格的幫助。這即是新文藝成功的原因。

　　　　不過，句式的歐化，固然成爲新文藝的要素，然而過度歐化的
　　句子，終不免爲行文之累。假使說新文藝有可以遭人輕視的話，則

〔註8〕傅斯年《怎樣做白話文》，胡適編《中國新文學大系・建設理論集》，良友圖書公
　　　　司1935年版，第217～227頁。
〔註9〕索緒爾《普通語言學教程》，商務印書館1999年版，第110頁。

由形式方面言之，正應著眼在這一點了。所以由造句的方式言，可以說是有成功亦有失敗。

從前文人，不曾悟到標點符號的方法，於是只有平鋪直敘的寫，只有依照順序的寫；不曾悟到分行寫的方法，於是只有講究起伏照應諸法，只有創為起承轉合諸名。這樣一來，不敢有變化，也無從有創格，平穩有餘，奇警不足，這是舊文藝所以日趨貧乏的原因。

論到句式的歐化，我以為也是新文藝所以能成為創格的一種原因。大凡一種新文體之建立，必有其特殊的作風，而此特殊的作風即建築在句子的形式上面。

口頭的話與筆底的文既不能十分符合，所以可以古化，同時也可以歐化。古化，成為古文家的文；歐化，也造成了新文藝的特殊作風。白話文句式假使不歐化，恐怕比較不容易創造他文藝的生命。「我站在樹旁」的確不如說「站在樹旁的我」「許多人從大禮堂出來」的確不如「大禮堂吐出了許多人」「淚光瀅瀅，似表謝意」的確不如「從兩眼瀅瀅的淚光中，射出感謝我的笑意」。

何以白話文又不適於過度歐化的句子？則以過度歐化的句子又太忽略了中國語言文字特性的關係。忽略了中國語言文字的特性，而又違反了口頭的語言習慣，那麼在一般舊一些的眼光的人們，當然要看作不通而加以輕視了。

我們若要說明中國語言文字之特性與文學之關係，則應著眼在兩點。其一，是語言或文字所專有的特性；其二，是語言與文字所共有的特性。由前者言，造成了語體的文學與文言的文學，造成了文字型的文學與語言型的文學。由後者言，又造成了中國文學所特有的保守性與音樂性。

文字型與文字化的語言型，既與歐化問題無關，那麼現時所應討論的即是語言型的文學如何歐化的問題。語言型的文學所以不適於過度歐化，其情形與以前古文運動也有些類似。由以前古文運動而言，其太重古化，不合當時語言慣例者，便不易成功。現在的新文藝，若使過求歐化，不合中土語言慣例，其結果也不易成功。因此，由這方面而言，無寧從文言文方面體會一些中土語言慣例，反

> 足以補救過度歐化之失。

> 　　中國的文學正因語言與文字之專有特性造成了語言與文字之分
> 歧，造成了文字型、語言型與文字化的語言型三種典型之文學；但
> 是，語言與文字又自有其共有的特性，於是此三種不同典型的文學
> 可以分而又可以不必分。〔註10〕

郭紹虞以為歐化「造成了新文藝特殊的作風」，說得有趣。是的，論歐化，「『我站在樹旁』的確不如說『站在樹旁的我』『許多人從大禮堂出來』的確不如『大禮堂吐出了許多人』『淚光瑩瑩，似表謝意』的確不如『從兩眼瑩瑩的淚光中，射出感謝我的笑意』。」今日的讀者與當年新文藝語境總算隔閡了，大致會同意前句其實比後句順暢，才是地道的漢語，新文藝運動光環消失後，當初大量名噪一時的作品，委實不堪卒讀。每一時代大約如是，傳世之作少而又少，我們無意苛求前人，張愛玲說得中肯：「其實我們的過去這樣悠長傑出，大可不必為了最近幾十年來的這點成就斤斤較量。」〔註11〕

在爛熟的舊作風閃現片刻的陌生感，初使人眼前一亮，終難持久回味。林語堂更講得直捷：「今人作白話文，恰似古人作四六，一句老實話，不肯老實說出，憂愁則曰心弦的顫動，欣喜則曰快樂的幸福，受勸則曰接受意見，快點則曰加上速度，吾惡白話之文，而喜文言之白，故提倡語錄體。依語錄體老實說去，一句是一句，兩句是兩句，勝於彆扭白話多多矣。吾非欲作文學反革命者。白話作文是天經地義，今人作得不好耳。今日白話文或者比文言還周章，還浮泛，還不切實，多作語錄文，正可矯此弊。」〔註12〕

四

白話文不是白話文運動所創造的新語言。即使迄宋元起算，它也有千餘年了，比英語的歷史還要長一些。以白話講述理學的《朱子語類》出版於十二世紀末，二百七十多年後，第一本英語印刷書籍才面世。王力在二十世紀四十年代出版的《中國現代語法》中說，「我們所謂現代，並不是指最近的十年或二十

〔註10〕郭紹虞《新文藝運動應走的新途徑》，《語文論集》，開明書店1946年版，第4頁。

〔註11〕張愛玲《國語本〈海上花〉譯後記》，《張愛玲散文全編》，浙江文藝出版社1992年版，第452頁。

〔註12〕林語堂《論語錄體之用》，《論語》雜誌，1933年10月1日，第26期。

年而言。《紅樓夢》離開現在二百餘年了，但我們依舊承認《紅樓夢》的語法是現代的語法，因爲當時的語法和現在北京的語法是差不多完全相同的。」王力的這部語法書，正是以《紅樓夢》爲基本語料所寫，輔之以《兒女英雄傳》。他在《自序》中說的明白。〔註13〕所謂語法，其定義是「族語的結構方式」，「每一個族語自有它的個別的語法，和別的族語的語法決不能相同。民族和民族之間，血統關係越微，語法的相似點也越少。咱們想要爲全世界創造一種普遍的語法固然是不可能；就是想要抄襲西洋族語的語法來做漢語的語法，也是極不自然，極不合理的事」。語法學家能排除語言內容的干擾，專注於語言的形式，所以說出清楚明白的見解。

五四之前，白話文已是相當成熟的書面語，有《紅樓夢》等爲證。至五四止，白話文長達千年的演變，未曾有過絲毫「歐化」。「歐化」決不是語言發展必須發生的變化，「歐化」之於漢語，不是規律使然，而是人爲的事變。漢譯佛典對中國文體的影響，看似與歐化相類，但實情大不同。在王力看來，歐化的語法「不完全夠得上稱爲中國現代語法」，「因爲它往往只在文人的筆下發現，尚未爲口語所採用；縱或在口語中採用，也只限於知識社會的一小部分的人。由此看來，歐化的語言在現代只能算是一種特別語。」〔註14〕

從語言學角度怎樣看待歐化？視作漢語自身變化的偶然干擾，還是可資吸納的外源？

歐化改造漢語的作用，被少數人誇大了，甚至認定現代漢語根本就是一種歐化語言，並從語言系統將五四白話與晚清白話，硬性劃分爲兩種語言。這種看法固然沒有學術根據，但非常流行。

看起來要區分思想觀念的歐化和語言表達的歐化，並不容易。任何一種語言，除了能表達自身所產生的觀念和思想而外，亦能夠表達來自於其他語言所承載的意旨，翻譯的可能性奠立於此。

新詞和新意義，一個世紀以來，在漢語中大量涌現，這是思想觀念的歐化，還是漢語本身的歐化？同樣的一個漢字，假如它在過去的語境中曾經積纍和獲

〔註13〕王力在自序中說，「二十六年夏，中日戰事起，輕裝南下，幾於無書可讀。在長沙買得《紅樓夢》一部，寢饋其中，才看見了許多從未看見的語法事實。於是開始寫一部《中國現代語法》，凡三易稿」。

〔註14〕王力《中國現代語法》導言，商務印書館 1985 年版，第 4 頁。

得的意義從公眾中消失殆盡，該漢字已經退化為一種語素的時候，我們使用的漢語，還是過去的漢語嗎？

由於半個多世紀以來漢語古籍持續退出閱讀領域而導致的能指大幅度的萎縮，所指的無限擴張，結果只能是準「零度漢語」的誕生。

要獲得歐洲文化的意義和價值，離開中國文化自身固有的意義空間和價值場域是不可能的。在譯文中對於文本的重建，不能靠零度漢語，而必須依賴與漢語的基本文獻的意義關涉。關涉越深，意義的增殖才越大。與嚴譯《天演論》相比，現代白話文翻譯的赫胥利，意思變小了，而不是相反。

<h1 style="text-align:center">五</h1>

白話文運動的幾位前賢均曾事翻譯。周氏兄弟譯《域外小說集》《現代小說譯叢》，陳獨秀與蘇曼殊合譯雨果《悲慘世界》。胡適《嘗試集》收入一首美國女詩人的短詩譯作《關不住了》，對其推崇有加，遭梁宗岱嚴厲批評，指他毫無鑒賞力。之前更有兩位翻譯先驅嚴復、林紓，竟能以桐城古文的餘緒遠接西洋文脈，文言因之綻放奇葩，成一代絕響。少年魯迅與胡適未識外語之前受到嚴譯《天演論》的極大影響，始知域外的新思想。時至今日，社會科學、人文科學要是離開西方學理和基本詞彙，幾乎不能思考，無以言說。指現代漢語成為一種「翻譯」語言，也許並不為過，其代價何其大也，假如說既失去漢語的純正，又抑制了漢語的潛能，這不是等於承認了歐化的影響了嗎？

一九三九年朱自清在演講中說，「這時代是第二回翻譯的大時代。白話文不但不全跟著國語的口語走，也不全跟著傳統的白話走，卻有意地跟著翻譯的白話走。這是白話文的現代化，也就是國語的現代化。中國一切都在現代化的過程中，語言的現代化也是自然的趨勢，是不足怪的。」〔註15〕

「翻譯的白話」，是一種什麼樣的白話呢？我們得問一問是誰的翻譯。鴛鴦蝴蝶派作家的幾位代表人物，也從事翻譯。包天笑、周桂笙、陳冷血、周瘦鵑、徐卓呆等，他們的譯文和創作卻是一致的。以徐卓呆為例，一九〇六年他翻譯德國蘇虎克（Heinpich Zschokke，一七七一～一八四八）的長篇小說《大除夕》，用的是絲毫也不歐化的白話書面語，「大除夕的晚上，九點鐘光景，跛足巡更人的老婆，靠在窗邊，探出頭來，觀看街上天上密雲遮滿，不多一

〔註15〕朱自清《文學的標準與尺度》，山東文藝出版社 2006 年版，第 38 頁。

刻，就降下雪來了。雪勢漸大，竟把街的一面遮沒了。室內洋燈的光，從窗內透出，照耀積雪之上，越發白得似銀子一般。」〔註16〕這段文字，如果不事先聲明，可能看不出是譯筆。一九三三年他與人合作發表在《金剛鑽月刊》上的小說《江南大俠》，在語言上與他的譯文，沒有明顯的差別：「那女子期待似的對推門進去的三個人微微一笑，把手中的東西放下來，啓口道，『三位大偵探，請坐，坐了我們可以細談啊』。又生對四面看看，不見有第二人，忙問道，『我們是找南茗狂生來的，不知在此否？』女子笑了一笑，說道，『你們找他，不如找我⋯⋯』」

朱自清把所有的翻譯視作有統一傾向的文體追求，才會這樣說話，他所謂的「現代化」，實際上等同於「歐化」，他明確講過，「新文學運動和新文化運動以來，中國語在加速變化。這種變化，一般稱為歐化，但稱為現代化也許更確切些。這種變化雖然還多見於寫的語言——白話文，少見於說的語言，但日子久了，說的語言自然會跟上來。」〔註17〕

不知道朱先生這種自信源於何處。我們知道好的譯文，各有所長，其長處俱是譯者努力的結果，難以自動形成一種所謂「翻譯的白話」，倒是失敗的翻譯，具有一個最大的共性，就是使人不懂，而不令人懂得，是連歐化也談不上的。

譯者處在兩種文化中間，扮演媒介的角色，就其策略而言，無非兩種。錢鍾書認為，「一種盡量『歐化』盡可能讓外國作家安居不動，而引導我國讀者走向他們那裏去，另一種盡量『漢化』，盡可能讓我國讀者安居不動，而引導外國作家走向咱們這兒來。然而，歐化也好，漢化也好，翻譯總是以原作的那一國語文為出發點，而以譯成的這一國語文為到達點。從最初出發以至終竟到達，這是很艱辛的里程。」〔註18〕他說的漢化就是本土化，把外國作品帶到讀者面前來，盡量使用讀者熟悉的文體和語言習慣，以利於特定內容的接受和傳播，比如嚴譯《天演論》，進化論思想獲得那麼大的影響，不能不歸於這一翻譯策略的成就。他說的歐化，即異域化，或曰陌生化，把讀者帶到外國作品裏面去，有意地製造一種違反語言習慣的表達方式，以洋腔洋調

〔註16〕施蟄存《中國近代文學大系・翻譯文學集一》，上海書店 1990 年版，第 316 頁。

〔註17〕王力《中國現代語法》朱自清序，商務印書館 1985 年版。

〔註18〕錢鍾書《林紓的翻譯》，《錢鍾書散文》，浙江文藝出版社 1997 年版，第 270 頁。

達意，至少是部分地通過改變閱讀習慣來體會異域文化，把接受的方式也當作接受的內容處理。魯迅所提倡的直譯，應歸入這一類。一九一八年劉半農在一首譯詩《我行雪中》的《譯者導言》中說，「兩年前，余得此詩於美國 Vanity Fair 月刊，嘗以詩賦歌詞各體試譯，均苦為格調所限，不能竟事。今略師前人譯經筆法寫成之，取其曲折微妙處，易於直達，然亦未能盡愜於懷。意中頗欲自造一完全直譯之文體，以其事甚難，容緩緩嘗試之。」〔註 19〕與漢化相比，歐化難度更大。因為不論怎樣「直譯」，本國的語文卻是你必須到達的終點。既然終點只有一個，那就是本國的語文，漢化與歐化的區別又在哪裏呢？

失敗的翻譯好辨別，它把讀者滯留在了中途。

時下的翻譯工作，能夠借助電腦上的翻譯軟件，工作條件大為改善，它相當於一個快捷的詞典，能迅速提供義群供選擇，但理解原文、組織譯文的責任，在另一語言中創造意義的責任並未絲毫減少。翻詞典的勞動量節省下來，應集中精力於創造性的「叛逆」，令人遺憾的是，許多譯文的質量卻沒有明顯提高，隨意翻看新近的譯書，能發現不懂的地方與明顯的差錯、彆扭的句子、不通的白話文比比皆是。

六

漢語受外來語的影響，並非自近代始。「葡萄」「石榴」「苜蓿」「獅子」「玻璃」等西域詞彙早已收入漢語。佛經的漢譯，不僅輸入「禪」「偈」「般若」「菩提」「悉檀」「伽藍」「菩薩」「羅漢」「地獄」等詞，而且造就與文言文有別的「內典文體」。王力在《漢語史稿》中指出，「漢語的基本詞彙和語法構造具有高度的穩固性。」「在佛經的翻譯中，意譯的勝利，也表現了漢語的不可滲透性：寧願利用原有的詞作為詞素來創造新詞，不輕易接受音譯。這種意譯的優良傳統一直到今天還沒有改變。漢語對於外語的影響，有這樣大的適應性，就使漢語更加穩固了。」〔註 20〕

新詞語的創造不等於歐化。每一種語言都會不斷增創新詞。王力說，「現代漢語新詞的產生，比任何時候都多得多。佛教詞彙的輸入中國，在歷史上

〔註 19〕轉引自施蟄存《中國近代文學大系‧翻譯文學集一導言》，上海書店 1990 年版。
〔註 20〕王力《漢語史稿》下冊，中華書局 1980 年版，第 596 頁。

算是一件大事，但是比起西洋詞彙的輸入，那就要差千百倍。從鴉片戰爭到戊戌政變，新詞的產生是有限的。從戊戌政變到五四運動，新詞增加得比較快。五四運動以後，一方面把已經通行的新詞彙鞏固下來，另一方面還不斷地創造新詞，以應不斷增長的文化需要。現在一篇政治論文裏，新詞往往達到百分之七十以上。從詞彙的角度來看，最近五十年來漢語發展的速度超過以前的幾千年。」〔註21〕

　　新詞語的創造方式，恰好印證了歐化的不易行通。許多音譯的新詞很快淘汰，讓位於意譯的詞語。錢玄同在《中國今後之文字問題》中舉出幾個造詞新例——「薩威棱帖」、「迪克推多」、「暴哀考脫」、「札斯惕斯」之類，今已不可知。語言的變化與化變，交付時光，哪些留下了，哪些消失了，越久越是看得分明。而詞語的陌生化並非新意，而是修辭的效果。當年歐化句式的流行類似今日網絡語言，備覺新鮮刺激者有之，而今安在？

　　沈錫倫《從魏晉以後漢語句式的變化看佛教文化的影響》一文，認爲魏晉佛教文化對漢語句式的影響在四個方面：一、判斷句普遍使用係詞「是」來連接主賓語，句末不再出現「也」「耳」「焉」等語氣詞。二、被字句結構趨於複雜化。「被」字後出現施動者（或動作工具）的句式，是在梵語的影響下形成的，佛教文學中帶施動者（或動作工具）的被字句所見甚多。三、把字句的出現。大約從魏晉南北朝開始，「把」字開始虛化，在佛經及佛經文學中把字句較多見。四、動態助詞的出現。「著」「了」在魏晉以前都是動詞，魏晉以後虛化爲助詞，「這種變化恐怕是梵語的形態在漢語中借助於助詞得到體現的最早的例子」。〔註22〕今天所謂的「歐化句式」，至少有一部分，能夠在在魏晉以來佛教的影響中找到根源，此爲跨越千年考察漢語句式演變的線索。

　　梁啓超早經注意到佛經文體的特點，他說，「吾輩讀佛典，無論何人，初展卷必生異感，覺其文體與他書迥然殊異」。這「迥異感」，梁啓超歸爲十條：一、普通文章的「之乎者也矣焉哉」，佛經一概不用。二、既不用駢文家之綺詞麗句，亦不採古文家之繩墨格調。三、倒裝句法極多。四、提掣句法極多。五、一句中，或一段落中含解釋語。六、多復牒前文語。七、有連綴十餘字乃至數字而

〔註21〕王力《漢語史稿》下冊，中華書局 1980 年版，第 523 頁。

〔註22〕沈錫倫《從魏晉以後漢語句式的變化看佛教文化的影響》，《漢語學習》1989 年第
　　　　3 期。

成之名詞——一句此中含形容格的名詞——無數。八、同格的語句，鋪排序列，動致數十。九、一篇之中，散文詩歌交錯。十、其詩歌之譯本爲無韻的。凡此皆文章構造形式上劃然闢一新國土。〔註23〕

以《阿彌陀經》爲例，「舍利弗，彼土何故名爲極樂？其國眾生，無有眾苦，但受諸樂，故名極樂。又舍利弗。極樂國土，七重欄楯，七重羅網，七重行樹，皆是四寶周匝圍繞。是故國名爲極樂。又舍利弗。極樂國土，有七寶池，八功德水，充滿其中，池底純以金沙布地。四邊階道，金、銀、琉璃、玻璃合成。上有樓閣，亦以金、銀、琉璃、玻璃、硨磲、赤珠、瑪瑙而嚴飾之。」呂叔湘認爲，佛經文字含有較多的口語成分，這段文字大致印證他的結論。

同時，句式的差別也即思維的差異。宋理學興起，作爲儒學的第二期，從佛教的系統化、思辨性有所借鑒，陳寅恪將它視作中外文化融合的範例，在宗教哲學領域，當屬犖犖大者。劉夢溪《漢譯佛典與中國文體的流變》一文，即探討這另一重文學因緣。〔註24〕而佛典之於漢語的影響，王力概括爲句法的嚴密化。

王力是這樣表述的：「佛教的傳入中國，對漢語的影響是大的。『聲明』的影響只在漢語體系的說明上（如等韻學）；『因明』則影響到邏輯思維的發展。唐代是佛教比較成熟的時期，唐代的漢族知識分子，在邏輯思維上或多或少地都受過佛教的影響。」〔註25〕他認爲漢語句法的嚴密化到唐朝進入新階段，體現在兩方面：「一方面是把要說的話盡可能概括起來，成爲一個完整的結構。」另一方面是，「化零爲整，使許多零星的小句結合成爲一個大句，使以前那種藕斷絲連的語句變爲一個有聯繫的整體。」〔註26〕

劉半農認爲：

中國的文字，雖然是始終獨立，沒有感受到別種文字的影響，而文體和文句構造法，卻不免有被外國文學同化的時候，最早的一次，就是佛教輸入中國，譯經的時候，把梵文的氣息，隨同輸入到

〔註23〕梁啓超《飲冰室合集》第十四冊，中華書局1936年版。
〔註24〕劉夢溪《漢譯佛典與中國文體流變》，《文藝研究》1992年第4期。
〔註25〕王力《漢語史稿》中冊，中華書局1980年版，第477～478頁。
〔註26〕同上。

中國文字裏來。例如《金剛經》第一句的「如是我聞」，和《心經》裏「亦無無明盡……亦無老死盡」那種句法，在中文裏，可算得開空前未有之奇；在 Indo-European 語族裏，卻非常普通。後來凡是與佛教有關係的著作，大都帶有這一種梵文的氣息。佛教以外的文字，雖然也有受到他的影響的，卻是成分甚少，態度不甚鮮明。這就是文字上一部分的同化。

　　第二次是元人入主中國以後，把許多蒙古話，參雜到中國話裏來。我們拿一部《元曲選》，隨便翻翻，就可以發現許多形迹。但是這種沒有文學的初等語言，勢力非常薄弱，只能於一時一地，起些語言的變動，決不能在文法上占到什麼地位。〔註27〕

唐代近體詩的成熟，得益於四聲的自覺，有意識地區分平仄，隋代陸法言著《切韻》，總結了當時音韻學的成就，而漢語在聲音上的這些講究，卻與佛經翻譯和屬於印歐語系的梵文的影響分不開。俞敏認為，「從武則天時代開始，密教大量流行。密教參雜著巫術，得大量念咒；咒音不準，引來惡果。人們就開始學習悉曇。悉曇就是梵文的識字發音的入門讀本，包括字母、拼音、連讀規矩等等。漢族和尚學了它，得到分析語音的能力和術語。他們也利用這些知識分析漢語語音。」〔註28〕古代「念」佛是一心想念佛，密教念佛，是大段的背誦梵文咒。通梵文者少，所以咒靠漢字寫出，每一梵文音對應哪個漢字，曾經得到充分的討論。那時的密教念佛，大約像今日一些聲樂歌手唱意大利歌劇，意思未必明白，盡量去發那些音。對音事業的興旺，卻有利於漢語音韻的發展，守溫字母的問世，就是這一潮流的產物。有論者甚至認為，「可以毫不誇張地說，從漢代到公元一五〇〇年後受耶穌會影響產生出考證學的清代，其間中國語言學每一項重要的進步，特別是音韻學，都是以這種或那種方式依靠佛教或以之為條件而發生的。」〔註29〕他舉出的例子包括反切法、成系統的等韻、守溫字母等。

〔註27〕 劉半農《中國文法通論》，中華書局 1939 年版，第 21 頁。

〔註28〕 參見《中國大百科全書·語言文字卷》，中國大百科全書出版社 1988 年版，第 175 頁。

〔註29〕 〔美〕梅維恒《佛教與東亞白話文的興起：國語的產生》，朱慶之編《佛教漢語研究》，商務印書館 2009 年版，第 372 頁。

嚴羽《滄浪詩話》云：「《風》《雅》《頌》既亡，一變而爲《離騷》，再變而爲西漢五言，三變而爲歌行雜體，四變而爲沈、宋律詩。」〔註30〕此變乃是漢語詩歌自身發展的一個大的軌跡，其中外來語言對於漢語語音所產生的影響雖未言明，卻是格外清楚的。《全唐詩》中定字、定韻、定對、定聲的五、七言律詩占全數的五分之二。唐之後，作爲詩體，律詩雖然慢慢衰落著，但聲律向散文的擴展卻找到了新的出路，八股文對於聲律的講求，已經沒有人能看出它的受外來語音影響的源頭了。

第二節　歐化諸現象分析

一

文學概念與漢語概念相脫節的現象發人省思。近代文學指一八四○年至一九一九年之間的文學，上下不足六十年；近代漢語卻指稱晚唐以來的書面語連續體，前後超過千年。現代文學通常指一九一九至一九四九年的文學，雖則三十年，卻地位顯赫，成就爲一門獨立的學科，據說爲現代漢語書面語提供了大量範本，這充分體現了現代人厚今薄古的思想，然而在語言學家眼裏，現代漢語或許是近代漢語的一個很小的階段。

黎錦熙一九二八年提出「近代語」的概念，將宋元明清九百年間涵蓋其中，「此大段實爲從古語到現代語之過渡時期，且爲現今標準國語之基礎」。作爲近代漢語研究的奠基者，呂叔湘認爲，「以晚唐五代爲界，把漢語的歷史分成古代漢語和近代漢語兩個大的階段是比較合適的。至於現代漢語，那只是近代漢語內部的一個分期，不能跟古代漢語和近代漢語鼎足三分。」他的理由是：「現代漢語只是近代漢語的一個階段，它的語法是近代漢語的語法，它的常用詞彙是近代漢語的常用詞彙，只是在這個基礎上加以發展而已。」〔註31〕

經濟發展、政治變動與權力結構的調整，對於人的思想意識和觀念影響很大，鴉片戰爭之後，文學呈現出與此前不同的風貌。語言是社會中相對穩定的一種符號系統，觀念、思想和價值態度的變化引發語言的改變是一個相當緩慢

〔註30〕嚴羽《滄浪詩話校釋》，郭紹虞校釋，人民文學出版社1983年版，第48頁。

〔註31〕呂叔湘《劉堅〈近代漢語讀本〉序》，上海教育出版社1995年版。

的歷史過程，只有在長的時段裏去考察，才可看出其變化的軌迹。由佛經的翻譯而帶來的漢語的變化，持續了千年，依照呂叔湘的看法，現代漢語更多的是上千年歷史積纍和語言自身演變的結果，我們把百年來的語言變化（包括歐化）看得是否太大了呢？物質生活由於科技的進步而發生了天翻地覆的變化，思想觀念和眼界也與從前大不相同，學會區分文學的變化和語言的變化，是我們進行嚴肅認真的學術研究的一個基本前提。漢語的字、詞、句、篇，從組織原則到結構方式，理應是我們關注的重點，屬於意義或內容的成分須事先排除在考量之外。

五四白話文運動以大力改造漢語書面語言爲己任，曾經在短時間內創造了一種夾雜著大量外文單詞、漢語音譯人名、地名的歐化文體，成爲一時之尚，事過境遷，那個時代的文本，爲後代的讀者究竟到底留下多少在語言上堪稱典範的佳作，值得認真甄別。

視語言爲改良的工具，是五四一代的共識。然而語言本身很難改良，甚至不宜改良。索緒爾在《普通語言學教程》中談到「集體惰性對一切語言創新的抗拒」時說，「這點超出了其他的任何考慮」〔註32〕。五四人把接受外來思想往往和語言本身的「改變」，不加區分，混爲一談。或者乾脆認爲語言的改變乃是思想改變的必要前提，結果弄成了一種書面的「歐化漢語」。本傑明·史華慈在《五四運動的反思》導言中說：「很快變得顯而易見的是，白話文成了一種『披著歐洲外衣』、負荷了過多的西方新詞彙、甚至深受西方語言的句法和韻律影響的語言。它甚至可能是比傳統的文言更遠離大眾的語言，就像魯迅常常尖銳嘲諷的那樣。」〔註33〕書面語能夠脫離口語而獨立存在，是漢語特有的雙軌制，這種由文言文造就的格局，在今天正在演變爲另一種新的雙軌制，即歐化漢語和口語的不一致。

但我們切不可認爲在五四時代，就沒有妥當的意見。一九一二年九月在《小說月報》上，周作人曾爲「語體文歐化討論」寫過意見：

關於國語歐化的問題，我以爲只要以實際上必要與否爲斷，一

〔註32〕〔瑞士〕索緒爾《普通語言學教程》，高名凱譯，商務印書館1999年版，第110～111頁。

〔註33〕〔美〕本傑明·史華慈《思想的跨度與張力——中國思想史論集》，王中江編。中州古籍出版社2009年版，第210頁。

切理論都是空話。反對者自己應該先去試驗一回，將歐化的國語所寫的一節創作或譯文，用不歐化的國語去改作，如改的更好了，便是可以反對的證據。否則可以不必空談。但是即使他證明了歐化國語的缺點，倘若仍舊有人要用，也只能聽之，因爲天下萬事沒有統一的辦法，在藝術的共和國裏，尤應容許各人自由的發展。所以我以爲這個討論，只是各表意見，不能多數取決。〔註34〕

劉半農在《中國文法通論》第四版附言中說，「我們盡可以看著某種語言變化到如何脫離本相，仔細一推求，他的變化的可能，還是先天所賦有的，決不是偶然的，也決不是用強力做成的。」爲此他舉了一簡單的類似玩笑的例子：

子曰：「學而時習之，不亦悅乎？」

這太老式了，不好！

「學而時習之」，子曰，「不亦悅乎？」

這好！

「學而時習之，不亦悅乎？」子曰。

這更好！爲什麼好？歐化了，但「子曰」終沒有能歐化到「曰子」。

〔註35〕

贊成歐化的魯迅對這「玩笑」不以爲然，老友亡故之後，他還寫過兩篇文章，再三申說「玩笑只當它玩笑」。

小說家汪曾祺講過一句意味深長的話，「用一種不合語法，不符合中國的語言習慣的，不中不西、不倫不類的語言寫作，以爲這可以造成一種特殊的風格，恐怕是不行的。」〔註36〕

此可以視作文學寫作向漢語回歸的一個明顯的徵兆。但學術論文的歐化卻似乎越走越遠，弄到普通讀者看不懂的地步，仍面無悔色。

〔註34〕鍾叔河編《周作人文類編》第九卷，湖南文藝出版社1998年版，第767頁。

〔註35〕劉復《中國文法通論》，中華書局1939年版，第121頁。

〔註36〕汪曾祺《我是一個中國人》，《汪曾祺文集·文論卷》，江蘇文藝出版社1993年版，第240頁。

二

魯迅一九三四著短文《中國語文的新生》（收入《且介亭雜文》），其中兩句話重要：其一，「待到拉丁化的提議出現，這才抓住了解決問題的緊要關鍵。」未待到之前共有些什麼呢？清末的切音字方案、辦白話報紙，五四白話文運動，以及關於大眾語的論戰，這三個階段的語言革新，都沒有完成其給自身規定的任務。任務是什麼？至少在魯迅看來，就是把文字交給大眾。所以文章開頭的第一句便是，「中國現在的所謂中國字和中國文，已經不是中國大家的東西了。」一個句子裏出現了四個「中國」，中國的事情總要弄成這樣，改良的路已經走到了盡頭，只剩下革命這一最後的方法了。拉丁化——廢除漢字，於是乎箭在弦上，這樣就有了第二句特別重要的話：「如果不想大家來給舊文字做犧牲，就得犧牲掉舊文字。」〔註37〕

拉丁化，作為中國語文的新生的總體方案，就這樣被鄭重地提出，既沒有徵求大眾的意見，也未經過嚴密的論證。但這結論似乎又不容爭議，至少在那個時代，幾乎成為文化界和思想界的壓倒性「意見」，蔡元培等六百八十八人署名《我們對於推行新文字的意見》乃其佐證。歐化的主張和實行，早已被納入這總體性的「語文新生」當中去了。

王力一九三六年發表於《獨立評論》一九八期的文章《中國文法歐化的可能性》曾明確指出，「中國語法歐化難，而中國文法歐化易。如果採用了拼音文字，則文法歐化更是毫不費力的一件事。」〔註38〕

朱自清一九四三年為王力的《中國現代語法》所作序中說：「新文學運動和新文化運動以來，中國語在加速變化。這種變化，一般稱為歐化，但稱為現代化也許更確切些。這種變化雖然還多見於寫的語言——白話文，少見於說的語言，但日子久了，說的語言自然會跟上來。」〔註39〕

這裏，朱先生對於書面語和口語之間的影響關係弄顛倒了，通常總是書面語隨著口語來變化，而不是相反。現代書面語歐化之後，要求句子在字面上都要有主語，否則不完整。然而這只是一種看法，口語並不受此限制。「下雨了」「出日頭了」「打雷了」，大家天天這麼說，無須主語。漢語語法的根本特點，

〔註37〕　《魯迅全集》第六卷，人民文學出版社 1981 年版，第 114 頁。

〔註38〕　《王力文集》第十六卷，山東教育出版社 1990 年版，第 209 頁。

〔註39〕　同上。

比如說缺少形態變化，詞序固定，虛詞起重要作用，以及板塊化的傾向等等，面對歐化浪潮，絲毫沒有改變。

「歐化」與「現代化」怎能輕易等同？前者乃外來影響的吸納或輔助，後者爲自身的延展與演化。兩種不同質的語言，連可譯性皆是可疑的，所謂可滲透性，眞的存在嗎？有誰聽說過英語的漢化嗎？以印歐語的眼光看待漢語，並相信世界上眞的有「普通語言學」，才會有「歐化」一說。將歐化等同現代化，等於公然承認印歐語比漢語優越，故「歐」而「化」之，或「化」之而趨附於「歐」。「歐化」提出之時，值進化論大行其道，漢語落後，歐化補救，勢成定論。廢除漢字，改用拉丁字母記錄漢語，才是徹底的歐化，可惜實行不了。拼音化方案的倡導者黎錦熙先生，據說自己率先用拼音文字寫日記，日後自己重讀的時候，已不曉得寫的是什麼了。

書面漢語，向來以文言爲主，白話文雖然在唐宋已經出現，但直至清朝末年，仍然局限於章回體小說等有限的領域，清末改良派發起的白話文運動半途而廢，五四運動之後，白話文才逐步確立了自己的書面語主體身份。白話文運動之始，就伴隨著歐化的提倡，改造語言，曾經是胡適魯迅一代人縈繞不去的夢想。歐化，當然是從書面語開始，而且往往是從歐化提倡者個人的寫作和翻譯開始，目的據說是爲了補救漢語表達的不夠嚴密，等等。歐化的終極指向雖然是拉丁化，但我們畢竟不能把他們當成一回事兒。拉丁化方案偃旗息鼓之後，來討論近百年來漢語書面語歐化的種種表現，也許不無益處。

趙元任的英文著作 *A Grammar of Spoken Chinese*（呂叔湘譯爲《漢語口語語法》），曾經舉過一個魯迅的例子。「因爲從那裏面，看見了被壓迫者的善良的靈魂，的辛酸，的掙扎；（魯迅《祝中俄文字之交》）」他評論說，「這當然不是平常說話，可是這個例子除了作爲『的』使形容詞、動詞、名詞化的例子而外，還表現了魯迅對於黏著語素『的』字努力取得自由的一種感覺——不但是後頭自由（這已經實現了），並且前頭也要自由（這據我所見，還是唯一的例子）。」〔註40〕

魯迅對於「的」字的這樣使用，在現代漢語書面語裏，並沒有流行開來。

〔註40〕趙元任《漢語口語語法》，商務印書館 1979 年版，第 150 頁。

三

王力在《中國現代語法》一書中，談到他對「歐化語法」的意見時說：

這種受西洋語法影響而產生的中國新語法，我們叫它做歐化的語法。咱們對於歐化的語法，應該有兩種認識：第一，它往往只在文章上出現，還不大看見它在口語裏出現，所以多數的歐化的語法只是文法上的歐化，不是語法上的歐化；第二，只有知識社會的人用慣了它，一般民眾並沒有用慣。〔註41〕

《中國現代語法》列出歐化的六個子目，分別是「複音詞的創造」、「主語和係詞的增加」、「句子的延長」、「可能式，被動式，記號的歐化」、「聯結成分的歐化」與「新替代法和新稱數法」。朱自清為其序曰：「看了這個子目，也就可以知道歐化的語法的大概了。中國語的歐化或現代化已經二十六年，該有人清算一番，指出這條路子那些地方走通了，那些地方走不通，好教寫作的人知道努力的方向，大家共同創造『文學的國語』」。

今日看來，「複音詞的創造」不能說是歐化語法。漢語本來就有複音詞，近代更多，歐化文章的複音詞固然更多，但不能因複音詞多於一定比例，就稱之為「歐化」。不少複音詞伴隨西洋文化傳入而造出，但「歐化」的是語言的內容，不是語言本身。語言之所以是語言，即不斷會自創新詞語，納入新內容，歷史上許多漢語詞彙來自西域、印度，未見有人說是漢唐語的「西化」。英語攙雜大量法文詞彙，英人何嘗見承認英語的「法化」？唐作藩談及漢語詞彙發展的基本趨向時，認為漢語吸收外來詞的特點是：「依照外來事物或概念的某些特點，利用漢語原有的語素，採用漢語構詞法，以創造新詞。但也適當地採用音譯藉詞的手段，而音譯詞除人名地名外也要求盡可能符合漢語的特點，利用音兼意，或者不超過三個音節，在書寫上也盡量做到表意，使它融合在漢語裏，成為自己的東西。」〔註42〕

「主語和係詞的增加」是歐化語法麼？也不是。「主語」、「係詞」，已是西洋術語，印歐語每個句子通常有一個主語，中國語卻不然。漢語之中的「句」與英文「sentence」並不一致，後者以「主語——謂語」為基本模式，前者則

〔註41〕趙元任《漢語口語語法》，商務印書館1979年版，第150頁。
〔註42〕唐作藩《漢語史學習與研究》，商務印書館2001年版，第349頁。

是「話題——說明」式。英語漢語的不同是起碼常識，不能彼此套用語法規則，假如說漢語省略主語，仍有套用英語語法之嫌。話題——說明式的結構，是漢語句子的本相。硬以主謂關係看待，結果是漢語句子出現多餘的主語和係詞，無益於表達，雖然也不至於使人不懂，卻成了無必要的歐化。再者，所謂「歐化」不過是「英化」，並非指其他語種。

再說「句子的延長」。表面看，現代漢語文章的確句子比較長，翻譯的文句更長，因為西洋文句本來比中國句子長。長句子，主要指複音詞、附加語和修飾語的長度，句子結構變化不大，結構主幹各自拖帶，於是長了起來。王力說，「有時候，若要運用現代的思想，使文章合於邏輯，確有寫長句子的必要：但是，勉強把句子拉長仍該認為一種毛病，所以句子的歐化應該是不得不然的，而不應該是勉強模仿的。」〔註43〕什麼情況下才算「不得不然」呢？這已超出語法範疇，屬於修辭的講究了。

「可能式，被動式，記號式的歐化」。王力認為，「可」字在中國原來的意義是表示為情況所允許。現在歐化的文句，有時「可」字乃是「或者如此」或「未必不如此」之意，原本不在「可」的字意中，現在「可」字向「可以」和「可能」的字意上滑動。此一「歐化」大概已成習慣，不讀王力這些話，我們不知道「可」字原來如此曲折。「被動」式，在漢語敘述中是不如意或不企望之意，並非一切的敘述句都可變為被動式，但受歐化影響，上述區別逐漸淡化。例如，「他被選為會長」。做會長並非「不如意」，「嫌犯已被釋放」，釋放也非「不企望」。在這裏，純正的漢語是主動式，但現在大家接受了被動式。之所以能接納，並不意味著它是最好的表達，反而證明漢語的靈活變通。記號的歐化，如表複數的「們」，表進行時態的「著」，其實都可以不用，「用它，乃是現代的一種風氣」，則簡直是「為歐化而歐化」了。

至於「聯結成分的歐化」，王力講了三種辦法：一、擴充中國原有的聯結成分的用途；二、以中國本來的動詞抵擋英文聯結詞，如以「在」去對付 in，以「當」對付 when 等；三、以中國動詞和聯結詞合成一體抵擋英文的聯結詞。如用「對於」或「關於」應付 to 或 for。以上每一案例都不同，歸結為二：「（一）中國本來有這種聯結成分，但它們的應用往往是隨便的；至於現代歐化的文

〔註43〕王力《中國現代語法》，商務印書館 1985 年版，第 352 頁。

章裏，它們是必需的，例如『和』『而且』『或』『因』『雖』『縱』『若』等。（二）中國本來沒有這種聯結成分，歐化文章裏借中國原有的某一些動詞來充數，例如『在』『當』『關於』『對於』『就⋯⋯說』等。」〔註44〕

最後是「新替代法和新稱數法」。以「他、她、它」分別對應英文的 he、she、it，甚至比英文進一步，從 they 分出「他們、她們、它們」，但僅限於文法，漢語讀音未予區別，正是重形輕音的特點。這三個人稱代詞中，「他」的歷史最漫長，王力的學生郭錫良著有專文考索，結論是：「第三人稱代詞『他』是由先秦的無定代詞『他』演變成的。先秦時代『他』的意義是『別的』。漢末到南北朝時期，『他』由『別的』演化出『別人』的意思，成為向第三人稱代詞轉變的重要階段。初唐『他』開始具有第三人稱代詞的語法功能，盛唐以後才正式確立起作為第三人稱代詞的地位。」〔註45〕代詞本來不分性別，後區分性別，確是歐化影響。陰性的「她」乃是劉半農發明，從「他」中分化而出，但依然是中國式表達。至於「它」字，王力說，「可以說是新創造的一個代詞，它的許多用途都不是中國所原有的。」並且說，「在多數情形下，『它』字實在太不合中國的習慣了；凡是可以不用的地方，還是不用的好。」實際上在許多場合與文句中，人稱代詞是多餘的，雖然在西洋語法中不可少。關於單位名詞，中國本來就有，如果習慣上中國不用單位名稱，在歐化文章裏，遵循如下兩個原則：有形的稱「個」，無形的稱「種」，現在這兩種用法也被認可了。

王力認為，「歐化是大勢所趨，不是人力所能阻隔的；但是，西洋語法和中國語法相離太遠的地方，也不是中國所能勉強遷就的。歐化到了現在的地步，已完成了十分之九的路程；將來即使有人要使中國語法完全歐化，也一定做不到的。」〔註46〕

從語法討論漢語歐化，以上分析得到兩個結論：第一，大量歐化的實施範圍限於詞彙，無論造新詞、擴大舊詞的意義、增加關聯詞，都可說並不是「歐化」。第二，歐化文句即使能懂，被認可，也不見得非得效仿。可能它沒有語法

〔註44〕同上。

〔註45〕郭錫良《漢語史論集》，商務印書館 2005 年版，第 1～33 頁。

〔註46〕王力《中國現代語法》，商務印書館 1985 年版，第 334 頁。

錯誤，但不是好的文句。再則，漢語不少「語法」規則直接來自西方語法，這類語法知識越普及，越鼓勵漢語的歐化。但是，語感是語言最大的作用力，歐化走不遠，根源在此。

書面語終究是要向口語靠攏的。

四

張志公在《修辭概要》中專門講到所謂「歐化句法」：

> 適當的吸收外國語語法中能夠容納於本國語、而且於本國語的發展有益的部分，是可以的，必然的，也是應該的。事實上今天的漢語裏，來源於外國語的影響而我們逐漸不大覺察的東西，已經相當多了。比較長的句子，比較多的修飾語，比較多的聯合成分，特別是運用虛詞連接的聯合成分，比較多的被動句，這一切都或多或少是受了西洋語言的影響才廣泛應用起來的。這類歐化句法，一般是先由翻譯作品介紹進來，逐漸影響了一部分人的寫作，寫作再影響了口語。惟其要經歷這麼些過程，這中間也就有了選擇的餘地。凡是能夠融合在祖國語言裏被大家廣泛應用起來的外國句法，一定合乎兩個條件：第一，不牴觸祖國語言的基本規律，因而儘管開始用的時候覺得不大習慣，但逐漸就會習慣了的；第二，有一定的用處，足以加強祖國語言的語法，而不會削弱了它。所以我們不能單說歡迎歐化句法，得說歡迎哪種歐化句法，歡迎怎樣用的歐化句法；也不能單說反對歐化句法，得說反對哪種歐化句法，反對怎樣用的歐化句法。

> 一般說來，漢語是比較適宜於短句的。這可以說是漢語的一個特點，因為在漢語裏，不用實詞的形態變化來表示語法關係，一個句子的語法關係往往靠詞的排列次序和虛詞來表示。如果一個句子裏用了過多的詞，它們的次序往往難於安排得好，因而它們之間的關係勢必不很容易表明。關係既不易表明，說起來就有麻煩，理解起來也就困難。所以，我們說話的時候，往往是用只包含幾個詞的短句，很少用到長句。

> 我們可以想一想，句子怎麼會長起來的。主要的有兩個原因：

第一，修飾語用得多，句子就長；第二，聯合成分多了，句子也會長。修飾語用得多有什麼效果呢？話可以說得細緻嚴密。因爲修飾語是用來修飾主語、謂語、賓語等句子成分的；修飾得好，描寫就會細緻，各種關係（如時間關係、空間關係、因果關係、條件關係等等）就表現得嚴密。聯合成分多又有什麼效果呢？可以把互相關聯的事物連綴起來，一氣說出，不使語氣中斷；也就是說，聯合得好可以使文章的條理貫通，氣勢暢達。

　　總起來說，短句和長句是各有好處、各有獨特的效用的。使用長句或短句，要看文章的性質、自己的思想感情、乃至文章的對象來決定。短句要短得自然，長句要長得清楚。〔註47〕

以修辭專著討論歐化問題，比參照語法書更適當。表達方式的選擇，不是語法問題，而是修辭問題。但張志公的兩項條件「不牴觸祖國語言的基本規律」、「足以加強祖國語言的語法，而不會削弱了它」有失籠統，「祖國語言的基本規律」既待發現、也需總結。陳寅恪認爲，「今日印歐語系化之文法，即馬氏文通『格義』式之文法，既不宜施之於不同語系之中國語文，而與漢語同系之語言比較研究，又在草昧時期，中國語文眞正文法，尚未能成立，此其所以甚難也。」〔註48〕

　　好的語法從來不靠語法書。開口說話，下筆著文，語法自在其間，自循其理，無所謂「加強」或「削弱」。語法稍錯，文句就彆扭，說者聽者讀者，大家彆扭。漢語語法再歐化，還須是通順的漢語，語句通順，談不上什麼歐化，不通順，再歐化亦無用。讀句斷文，低標準是通不通，高標準看好不好。漢語既經歐化，往往不大通，其次不大好。

　　趙元任說，「漢語語法實際上是一致的。甚至連文言和白話之間唯一重要的差別也只是文言裏有較多的單音節詞，較少的複合詞，以及表示所在和所從來的介詞短語可以放在動詞之後而不是一概放在動詞之前。此外，文言的語法結構基本上和現代漢語相同。」〔註49〕

〔註47〕張志公《修辭概要》，上海教育出版社1982年版，第39～41頁。
〔註48〕陳寅恪《金明館叢稿二編》，上海古籍出版社1980年版，第221頁。
〔註49〕趙元任《漢語口語語法》，商務印書館1979年版，第13頁。

五

我們來看《修辭通鑒》的詞條「歐化句式」：

> 歐化句式即現代漢語吸收的英、法、俄等語的句型、句式。這種句式與漢語的一般句式不同，具有明顯的英法俄等語的語法特點：修飾語和聯合成分特別是運用虛詞連接的聯合成分比較多，因而多為長句；常常採用聯合短語把可以分開說的話集中在一起說，又常常採用詳略呼應的結構，把一句話分開來說，喜歡在代詞和名詞前面加修飾語，或用被動句表達愉快、企望的心情。歐化句式出現於我國五四運動前後白話文興起的時候。當時一些白話文作家，受了西洋語言、翻譯作品的影響，在寫作中採用了某些歐化句法，以後逐漸擴展，進而影響到口語，形成歐化句式。這種句式的恰當使用，會使說話和文句更細緻、更嚴密，並能起突出內容，加強情感等作用，產生積極的修辭效果。所以，這種句式逐漸被現代漢語所吸收，並在書面語特別是政論語體、文藝語體中得到比較廣泛的運用。但是，吸收，採用歐化句式是有條件的：第一它能融合到漢語原有的規律中去，不能和漢語的基本規律相牴觸；第二對豐富祖國語言的語法，加強漢語的表達能力有一定的用處。常用的歐化句式有以下六類：（一）帶長修飾語的歐化句式。（二）聯合成分多的歐化句式。（三）用聯合詞組凝縮句子結構的歐化句式。（四）詳略呼應的歐化句式。（五）代詞或名詞前面帶定語的歐化句式。（六）用被動句表達愉快、期待心情的歐化句式。

這六類歸納與前述王力、張志公所說大同小異。此一詞條而後，有「外來句式」與「新興句式」，每條下列多種常見句式。在本人看來，除了所謂歐洲，外來語就是日語了。現代日語的源頭還是歐洲，比如歐洲新語的日譯，早已大量移入漢譯，繞了許久，仍屬歐化句式。被歸入外來句式的有：「（一）『關於、對於』等介詞的句式。（二）『在……上（下）』等方位介詞詞組組成的句式。（三）配置有聯合副詞短語的句式。（四）組合『特別是……』『至少是……』等插說成分的句式。（五）充分修飾主語代詞的句式。」〔註50〕

〔註50〕成偉鈞、唐仲揚、向宏業《修辭通鑒》，中國青年出版社 1991 年版，第 267～271 頁。

「新興句式」的稱謂頗奇怪，如何新興？受何方影響？口語還是古語？被歸入新興句式的有：「（一）多聯合成分的句式。（二）同位語從句句式。（三）結構複雜的長句句式。（四）虛擬假設句式。（五）對照假設句式。」〔註 51〕這十類句子互有重疊，與前文所言五類歐化句式也有重複，其分類欠嚴謹，不擬討論。

《修辭通鑒》所舉歐化範例如下：

這是我們交際了半年，又談起她在這裏的胞叔和在家的父親時，她默想了一會之後，分明地，堅決地，沉靜地說了出來的話。（魯迅《傷逝》）

當春間二三月，輕颸微微的風吹拂著，如毛的細雨無因的由天上灑落著，千條萬條的柔柳，齊舒了它們的黃綠的眼，紅的白的黃的花，綠的草，綠的樹葉，皆如趕赴市集者似的奔聚而來，形成了爛漫無比的春天時，那些小燕子，那麼伶俐可愛的小燕子，便也由南方飛來，加入了這個隽妙無比的春景的圖畫中，爲春光平添了許多生趣。（鄭振鐸《海燕》）

《水滸》裏的武松、李逵、解珍、解寶等英雄人物打虎、殺虎、獵虎的壯舉，就是最典型的藝術反映。（霍松林《打虎的故事·前言》）

我的孩子們：憧憬於你們的生活的我，痴心要爲你們永遠挽留這黃金時代在這冊子裏，然這真不過像「蜘蛛網落花」，略微保留一點春的痕迹而已。（豐子愷《給我的孩子們》）

在林區長大的孩子，怎能不愛森林：……森林啊，森林，它是孫長寧的樂園：他的嘴巴被野生的漿果染紅了；口袋被各種野果塞滿了；額髮被汗水打濕了；心被森林裏的音樂陶醉了。（張潔《從森林裏來的孩子》）〔註52〕

魯迅的長判斷句，歐化無疑。鄭振鐸的「當……」與「……著」著實可免。霍松林羅列的詞組多了些，但句子的主幹仍是漢語的，還算清通。豐子愷在「我」前加的修飾語，有些彆扭，口語不這樣說話的。張潔以被動句表達愉

〔註51〕同上。

〔註52〕成偉鈞、唐仲揚、向宏業《修辭通鑒》，中國青年出版社 1991 年版，第 267～271頁。

快情緒，這方式王力在四十年代舉證過，今時大家習以爲常，但深究起來，還是被動式與負面經驗的聯繫緊密了些。這些例子，可謂漢語歐化的明證，但實在看不出漢語「歐化」的優長在哪裏？歐化若欲滲透漢語的修辭，還須見於上好的漢語文學，以上選例，似乎仍在生熟之間，實驗性多於藝術性。郭紹虞說，「漢語的妙處常在這一點。一方面詞組和詞都可以無限制地拉長，以表達複雜的思想；一方面又可以縮短語句，化一句爲二句，所以又能於簡易中表複雜。這正是漢語的靈活之處。」〔註53〕

魯迅留給我們的文字，文言的成分比他願意承認的要多得多，歐化的成分比他願意承認的要少得多。魯迅的主張與他的寫作，有一種意味深長的「言行不一」。公意的一面，他聲援新派，私行的一面，他深諳傳統的尺度。以上所引，微妙地含有諷刺，或可解作修辭與主張之間的自主伸縮與進退維度。索緒爾談及語言符號的可變性，指出，「符號正因爲是連續的，所以總是處在變化的狀態中。在整個變化中，總是舊有材料的保持占優勢；對過去不忠實只是相對的。所以，變化的原則是建立在連續性原則的基礎上的。」〔註54〕一九二六年朱光潛撰文評論周作人的《雨天的書》，認爲「想做好白話文，讀若干上品的文言文或且十分必要。現在白話文的作者當推胡適之、吳稚暉、周作人、魯迅諸先生，而這幾位先生的白話文都有得力於古文的處所（他們自己也許不承認）」〔註55〕。此爲中肯之語。

第三節　對歐化的評價

一

視語言爲改良的工具，是五四一代的共識。然而語言本身就很難改良，不宜改良。索緒爾談及「集體惰性對一切語言創新的抗拒」時說，「這點超出了其他的任何考慮。語言無論什麼時候都是每個人的事情；它流行於大眾之

〔註53〕郭紹虞《漢語語法修辭新探》下冊，商務印書館1979年版，第638頁。

〔註54〕〔瑞士〕索緒爾《普通語言學教程》，高名凱譯，商務印書館 1999 年版，第 112頁。

〔註55〕商金林編《朱光潛作品新編》，人民文學出版社2009年版，第176頁。

中，爲大眾所運用，所有的人整天都在使用著它。在這一點上，我們沒法把它跟其他制度作任何比較。法典的條款，宗教的儀式，以及航海的信號等等，在一定的時間內，每次只跟一定數目的人打交道，相反，語言卻是每個人每時都在裏面參與其事的，因此它不停地受到大夥兒的影響。這一首要事實已足以說明要對它進行革命是不可能的。在一切社會制度中，語言是最不適宜於創制的。它同社會大眾的生活結成一體，而後者在本質上是惰性的，看來首先就是一種保守的因素。」〔註56〕五四時期，接受外來思想往往和語言的承載、包容和「改變」，不加區分，混爲一談。

韓愈的古文運動以模仿古人爲能事，白話文運動則以模仿洋人視爲圭臬。以漢語模仿漢語，還得些許古味，桐城派之不可一筆抹殺，即在此理。以漢語模仿西語印歐語言，用的還是漢字，則洋腔土調，兩不及格。郭紹虞的看法在理而分明：

中國文章中之句，有音節的句與意義的句之別。而在句中所用的詞，也有音節的詞與意義的詞之分。

先論句，「關關雎鳩，在河之洲」由意義言則是一句，由音節言則成兩句。「當此之時，天下之大，萬民之眾，王侯之威，謀臣之權，皆欲決於蘇秦之策」由意義言則是一句，由音節言則爲數句。音節的句，與意義的句不必有關係，所以《馬氏文通》稱之爲「頓」。黃侃《釋章句》一文謂：「文中句讀亦有時據詞氣之便而爲節奏，不盡關於文義」，所以音句在中國文章中是比較重要的一件事。馬氏謂「頓者所以便誦讀」黃氏亦謂「以文法爲句，不憭聲氣，但取協節，則謳言或至失調。」若至失調，若至不便誦讀，而又沒有標點符號以爲之助，則詰屈聱牙的句子到何處去索解人？中國文章之所以宜於朗誦者，這是一個重要關係。

所以在中國文句中意義的詞與音節的詞如不相調協的時候，寧願遷就音節的詞。使每句音節的詞勻整而明顯，自不會不瞭解這一段的意義。這是中國舊文學所以不用標點符號而仍能使人瞭解的重

─────────

〔註56〕〔瑞士〕索緒爾《普通語言學教程》，高名凱譯，商務印書館 1999 年版，第 110～111 頁。

要原因。不僅如此，這些語句的精神，更藉音節以表現呢！假使中國舊文學有需要朗誦的地方，即應注意這一點。否則，徒然揣摩一種腔調，結果，反會做成不通的句子。

講到此處，然後知道過度歐化的原因，即在不瞭解音節的句與音節的詞之作用與其重要性；然後知道文言文的長處在白話文中猶有用得到的地方，也在這一些關係。為什麼？因為這是中土語言文字特性的關係。文言的散文猶是土貨所以與此慣例相合，而過度歐化的句子便有些不合了。適度的歐化是可以的，過度歐化則可以不必；傾向歐化可以使白話增變化是可以的，不傾向歐化而能顯出本土語言之精神也未嘗不可。〔註57〕

音節的句和意義的句之間的矛盾、對立和緊張關係，在漢語律詩當中得到了最完美的解決，我們甚至可以認為，由雜言發展到齊言（五七言），由轉韻發展到連韻，由散行趨向駢儷，由聲氣趨於聲調，終於完成了定字、定韻、定對、定聲的五七律的創造，乃是漢語音節和意義雙重要求下的必然產物。五七言律詩，尤其是杜甫的《秋興八首》，代表了漢語古典詩歌的最高成就，猶如巴赫的音樂之於西方。白話新詩，至今沒有能夠勇敢地面對這個雙重要求的難題，它似乎只看得見意義的需求，而無視音節的價值。到是詩以外的語言經驗，尤其是口語，從來沒有這樣的忽視。

毛澤東為游擊戰爭總結的十六字方針「敵進我退，敵住我擾，敵疲我打，敵退我追」，是漢語詞句精鍊的典型，假如以歐化的眼光分析，丁勉哉認為「這四句的結構全是複句的緊縮」〔註58〕。語音節律（包括重音、輕音或輕聲、停頓、連續變調、語調等）在漢語口語中常常具有語法功能，作為一種廣義的語法形態，已經受到語法研究者的重視。〔註59〕

二

周作人的文學活動自翻譯始，譯著甚豐，他對歐化有過明確的意見。在

〔註57〕 郭紹虞《新文藝運動應走的新途徑》，《語文論集》，開明書店1946年版，第76頁。

〔註58〕 丁勉哉《談複句的緊縮》，魯允中編《現代漢語資料選編》，甘肅人民出版社1981年版，第578頁。

〔註59〕 參見葉軍《漢語語句韻律的語法功能》，華東師範大學出版社2001年版。

《國粹與歐化》（一九二二年）一文中，周作人說，「我的主張則就單音的漢字的本性上盡最大可能的限度，容納『歐化』，增加他表現的力量，卻也不強他所不能做到的事情。總之，我覺得國粹歐化之爭是無用的；人不能改變本性，也不能拒絕外緣，到底非大膽的是認兩面不可。」〔註 60〕這樣地談論歐化的文字，本身即上好的漢語。

一九二一年九月在《小說月報》上，周作人曾爲「語體文歐化討論」寫過意見：

> 關於國語歐化的問題，我以爲只要以實際上必要與否爲斷，一切理論都是空話。反對者自己應該先去試驗一回，將歐化的國語所寫的一節創作或譯文，用不歐化的國語去改作，如改的更好了，便是可以反對的證據。否則可以不必空談。但是即使他證明了歐化國語的缺點，倘若仍舊有人要用，也只能聽之，因爲天下萬事沒有統一的辦法，在藝術的共和國裏，尤應容許各人自由的發展。所以我以爲這個討論，只是各表意見，不能多數取決。〔註61〕

一九二二年九月，周作人又在《東方雜誌》上談論現代國語的建設，須得就通用的普通語加以改造，他提出三項：一是採納古語，二是採納方言，三是採納新名詞，及語法的嚴密化。在第三條裏，他談到，「最重要的還是在於語法的嚴密化」——「因爲沒有這一個改革，那上邊三層辦法的效果還是極微，或者是直等於零的。」而「這件事普通稱作國語的歐化問題，近年來頗引起一部分人的討論，雖然不能得到具體的結論，但大抵都已感到這個運動的必要，不過細目上還有應該討論的地方罷了」。

> 因爲歐化這兩個字容易引起誤會，所以常有反對的論調，其實系統不同的言語本來決不能同化的，現在所謂歐化實際上不過是根據國語的性質，使語法組織趨於嚴密，意思益以明瞭而確切，適於實用。〔註62〕

〔註60〕周作人《國粹與歐化》，鍾叔河編《周作人文類編》第一卷，湖南文藝出版社 1998 年版，第 187 頁。

〔註61〕周作人《國語歐化問題》，鍾叔河編《周作人文類編》第九卷，湖南文藝出版社 1998 年版，第 767 頁。

〔註62〕周作人《國語改造的意見》，鍾叔河編《周作人文類編》第九卷，湖南文藝出版社

關於實行的方法，周作人提出：「一、從國語學家方面，編著完備的語法修辭學與字典。二、從文學家方面，獨立的開拓，使國語因文藝的運用而漸臻完善，足供語法字典的資料，且因此而國語的價值與勢力也始能增重。三、從教育家方面，實際的在中小學建立國語的基本。」關於第三條，他尤為強調：

> 以前的教國文是道德教育的一種變相，所教給學生的東西是綱常名分，不是語言文字，現在應大加改革，認定國語教育只是國語教育，所教給學生的在怎樣表現自己的和理解別人的意思，這是唯一的目的，其餘的好處都是附屬的。

文章最後的總結是：

> 我對於國語的各方面問題的意見，是以「便利」為一切的根據。為便利計，國民應當用現代國語表現自己的意思，凡復興古文或改用外國語等的計劃都是不行的，這些計劃如用強迫也未始不可實現，但我覺得沒有這個必要，因為成效還很可疑，犧牲卻是過大了。為便利計，現在中國需要一種國語，盡他能力的範圍，容納古今中外的分子，成為言詞充足、語法精密的言文，可以應現代的實用。總之我們只求實際上的便利，一切的方法都從這一點出來，此外別無什麼理論的限制。〔註63〕

三

林語堂在短文《歐化語體》中認為：

> 白話文學提倡以來，文體上之大變有二，一則語體歐化，二則使用個人筆調。語體歐化，在詞彙上多用新名詞，在句法上多用子母句相繫而成之長句。此種句法，半係隨科學而來，謂之科學化亦無不可，因非如此結構縝密之句法，不足以曲達作者分辨入微之意。若曰「據說仁者人也」，「義者，似乎宜也」在古文中斷斷不許，然其精微表示思想，卻係進一大步。又如曰「某派有潰滅，或腐化

1998 年版，第 770〜778 頁。

〔註63〕周作人《國語改造的意見》，鍾叔河編《周作人文類編》第九卷，湖南文藝出版社 1998 年版，第 770〜778 頁。

之傾向」亦係歐化句法，古文中斷斷不能將原意如此這般表出。此
種句法，開始於梁任公。章行嚴則恢復古文句法，而以西洋邏輯語
調，斷成四字句，歸入新式古文，論理方面，較古文的確嚴謹得多，
然少用雙音語，總是求雅之累，讀來頗似嚴幾道天演論，未能饜足
讀慣西洋科學文者之望。白話文學改梁任公之乎也者爲的嗎呢了，
是承梁之遺緒，而在解放句體方面發展，因而有所謂語體歐化發
見。其弊在魯裏魯蘇。好的歐化語體未嘗不可讀，而普通譯筆之詰
屈聱牙，卻非歐化之罪，乃譯者原文不懂，中文不通之故而已。

因科學本爲達意，文學修辭等不在其慮。三十年代即曾有人感歎如今政論家、
科學家的白話文最通。概念準確，判斷周密，推理合乎邏輯，當然，科學家
無意中創造各式各樣的漢語條件複句、因果複句等，使漢語功能拓展到前所
未至的領域。這與其說是歐化之功，不如說得助於漢語涵容化變的能量，反
倒是苦於歐化而用力甚勤的文學事業與某些學術文體，未獲可觀的實績。汪
曾祺說過，「全盤西化」有一條是「西化」不了的，就是中國文學總得是中國
語言寫中國人。五四後以國語而寫國人，在許多人看來已是經過「歐化」的
中國語言，所寫者也正是變化中（包括西化）的中國人。然而漢語的歐化終
究流於說法，未成事實。我更傾向於視現代漢語的百年流變，爲漢語自身的
拓展與應變，其間固有外來影響，但變動主脈始終是漢語。張志揚以「西學
中取」重述近代哲學上的所謂「西學東漸」，似乎較近於事實，思想層面如此，
語言層面，王力說得更爲懇切：

　　五四以後，漢語的句子結構，在嚴密性這一點上起了很大的變
化。基本的要求是主謂分明，脈絡清楚，每一個詞、每一個仂語、
每一個謂語形式、每一個句子形式在句子中的職務和作用，都經得
起分析。這樣，也就要求主語盡可能不要省略，聯結詞（以及類似
聯結詞的動詞和副詞）不要省略，等等。古代漢語不是沒有邏輯性，
只是有些地方的邏輯關係可以意會而不可以言傳，現在要求在語句
的結構上嚴格地表現語言的邏輯性。所謂句子結構的嚴密化，一方
面是上面所說的要求每一個句子成分各得其所，另一方面還要求語
言簡練，涵義精密細緻、無懈可擊。〔註64〕

〔註64〕王力《漢語史稿》中冊，中華書局 1980 年版，第 479～485 頁。

句子結構如何嚴密化，王力從六個方面衡量：第一，定語增加長度和複雜化；第二，行爲名詞的應用；第三，對於某一判斷、敘述、描寫的範圍和程度有確切限定；第四，時間觀念更爲明確；第五，表示事物依存關係的條件句的使用；第六，對於特指的使用。他說：「現代漢語曾經接受和正在接受西洋語言的巨大影響，這種影響包括語法在內，這是不容否認的事實。但是直到現在爲止，事實證明，漢語是按照自己的內部發展規律來接受這種影響的。」

言文一致與漢語歐化，是白話文運動企圖駕馭而方向相反的兩匹烈馬。譬如這三種常見的腔調，爲人所詬病：詰屈聱牙的文言腔，矯揉造作的外國腔，陳詞濫調的文章腔。「外國腔」即「歐化」病，「文章腔」即言文不一，至於文言而有腔，那是三流文章，其病不在文言，梁啓超的文言絕不詰屈聱牙。歸根結底，去除腔調，杜絕語病，靠的還是修辭功夫。

四

曹聚仁在《白話文言新論》中舉過一個歐化的例子，郭沫若一九二二年所譯歌德《少年維特之煩惱》中五十八字的長句：

> 當那秀美的山谷在我們周圍蒸騰，杲杲的太陽照在濃陰沒破的森林上，只有二三光線偷入林內的聖地時，我便睡在溪旁的深草上，地上千萬種的細草更貼近地爲我所注意；我的心上更貼切地感覺著草間小世界的嗡營，那不可數，不可窮狀的種種昆蟲蚊蚋，而我便感覺那全能者的存在；他依著他的形態造成了我們的；我便覺著全仁者的呼吸，他支持我們漂浮在這永恒的歡樂之中的。〔註65〕

在引文之後，曹聚仁評論道，「這樣複雜的結構，乃是從前文言文所沒有的。」且說，「白話文受了歐化，將文句變成非常複雜，我們應該承認是一種進步的現狀。」

一九八二年出版的《少年維特的煩惱》，侯濬吉翻譯的這個段落在句子結構上顯然受到了郭譯本的影響，用詞習慣、句子順序雖有些變化，但仍是一個超長的句子，與郭譯相類：

> 當霧靄自秀麗的山峽冉冉升騰，太陽高懸在濃陰密佈的森林上

〔註65〕曹聚仁《文思》，生活・讀者・新知三聯書店 2002 年版，第 166 頁。

空，只有幾縷陽光潛入林陰深處時，我便躺在涓涓溪流旁，倒臥在深草裏，貼近地面，觀賞千姿百態、形狀迥異的細草；我感到我的心更貼近草叢間熙熙攘攘的小天地，貼近無數形態各異的蟻蟲蚊蚋，這時，我便感覺到全能的上帝的存在，他依照自己的形象創造了我們，我感覺到博愛眾生的上帝的氣息，他支撐我們在永恒的歡樂中翱翔。〔註66〕

值得注意的是，相隔六十年，歐化色彩有所減少。「地上千萬種的細草更貼近地為我所注意」，這樣被動式的句子，明顯不符合漢語的習慣，被改成「觀賞千姿百態、形狀迥異的細草」。「他依著他的形態造成了我們的」一看便是從外文直譯過來的，作為漢語句子不完整，新譯改為「他依照自己的形象創造了我們」。

閱讀六十年前的文字，翻譯也好，創作也好，時常感覺有不順口的地方，除了作者的原因而外，還有一個悄悄的變化，就是口語的習慣，說話的方式，影響當下的語感。文字畢竟受口語的約束，或說書面語向口語的歸化造成了這樣的變化。寫的語言想改造說的語言，結果是自己反而被改造。這樣的例子不勝枚舉。

張愛玲一向最欣賞中文的所謂「禿頭句子」：

舊詩裏與口語內一樣多，譯詩者例必代加「我」字。第三人稱的 one 較近原意。——這種輕靈飄逸是中文的一個特色。所以每次看到比誰都囉嗦累贅的「三、四個」「七、八個」，我總是像給針扎了一下，但是立即又想著：「唉！多拿一個字的稿費，又有什麼不好？」「不管看見多少次，永遠是反應，一刺，接著一聲暗歎」。〔註67〕

劉半農還舉過一個例子：「兩月前張申父到巴黎來，我向他說：『你從前譯過些東西，登在《新青年》上，我實在看不懂，我覺得反是看原文容易得多。』他說：『到了現在，連我自己也看不懂！』這樣說，可見我們不但是自己做文章，便是翻譯外國文章，其語體的歐化，也只能到不背中國語句的根本組織

〔註66〕　〔德〕歌德《少年維特的煩惱》，侯濬吉譯，上海譯文出版社 2006 年版，第 7 頁。
〔註67〕　張愛玲《對現代中文的一點小意見》，《中國時報》1978 年 3 月 15 日。

法的一步爲止。」〔註68〕

甘陽認爲，「近百年來我們是一直把中國傳統文化無邏輯、無語法這些基本特點當作我們的最大弱點和不足而力圖加以克服的（文言之改白話，主要即是加強了漢語的邏輯功能），而與此同時，歐陸人文學哲學卻恰恰反向而行，把西方文化重邏輯、重語法的特點看作他們的最大束縛和弊端而力圖加以克服」。〔註69〕

五

一九二一年，即《小說月報》組織「語體文歐化討論」的那年，比胡適小一歲的德國猶太人本雅明爲自己翻譯的波德萊爾《巴黎的風光》寫了篇有名的序言《譯作者的職責》：

> 譯作絕非兩種僵死語言之間的乾巴巴的等式。相反，在所有文學形式中，它承擔著一種特別使命。這一使命就是在自身誕生的陣痛中照看原作語言的成熟過程。

> 正如詩人的語句在他們各自的語言中獲得持久的生命，最偉大的譯作也注定要成爲他所使用的語言發展的一部分，並被吸收進該語言的自我更新之中。〔註70〕

這一翻譯理論對於歐化的贊成者無疑是相當有力的支持，當時並沒有能引起國人的注意，一九八八年之後這位作者的名字爲漢語學術界所漸知。

本雅明的翻譯觀源於他獨特的神學論語言觀，在他看來，語言之間的親緣關係來自於共同的原初語言——純粹語言，或說上帝的言語。

《譯作者的職責》一文中他所引魯道夫·潘維茨的話，爲漢語歐化聲援。他批評德國的翻譯，往往從一個錯誤的前提出發，認爲「我們的翻譯家對本國語言的慣用法的尊重遠勝於對外來作品內在精神的敬意」。

> 翻譯家的基本錯誤是試圖保存本國語言本身的偶然狀態，而不

〔註68〕劉復《中國文法通論》中華書局 1939 年版，第 121 頁。

〔註69〕〔德〕卡西爾《語言與神話》，甘陽譯，生活·讀者·新知三聯書店 1988 年版，第 25 頁。

〔註70〕〔美〕漢娜·阿倫特編《啓迪——本雅明文選》張旭東、王斑譯，生活·讀者·新知三聯書店 2008 年版，第 85 頁。

是讓自己的語言受到外來語言的有力的影響。當我們從一種離我們
自己的語言相當遙遠的語言翻譯時，我們必須回到語言的最基本的
因素中去，力爭達到作品、意象和音調的聚彙點，我們必須通過外
國語言來擴展和深化本國語言。人們往往認識不到我們能在多大程
度上做到這一點，在多大程度上任何語言都能被轉化，認識不到語
言同語言間的區別同方言與方言之間的區別是多麼一樣。〔註71〕

又說，「譯作者的任務就是在自己的語言中把純粹語言從另一種語言的魔咒中
釋放出來，是通過自己的再創造把囚禁在作品中的語言解放出來。爲了純粹
語言的緣故，譯者打破了他自己語言中的種種的腐朽的障礙。」本雅明認爲
傑出的德語翻譯家路德、弗斯、荷爾德林、格奧爾格皆拓展了德語的疆域。
與通常的看法相反，他認爲，「原作的語言品質越低、特色越不明顯，它就越
接近信息，越不利於譯作的茁壯成長。對翻譯這種特殊的寫作模式而言，內
容不是一個槓杆，反倒是一個障礙，一旦內容取得絕對優勢，翻譯就變得不
可能了。反之，一部作品的水準越高，它就越有可譯性，哪怕我只能在一瞬
間觸及它的意義。」

　　本雅明的翻譯論與我們的歐化實踐和主張很合拍，但其翻譯論是建立在他
的神學論的語言觀之上的，要接受這個前提，對於漢語使用者來說，卻遇到了
考驗。

　　與希臘傳統相比，希伯來傳統奠基於信仰之上的價值世界，是我們更難走
進的世界。本雅明的文章，理論上講皆可譯爲漢語，正如《新舊約全書》的被
譯一樣。但漢譯本《聖經》想取得它的英譯本、德譯本在英語和德語中的地位
是不可能的，還不僅僅是因爲英德文早翻譯了數百年。

　　四書五經在漢語中的地位，不可能隨著科舉制度的終結和文言文遭到排斥
而在一夜之間烟消雲散，它持續影響漢語漢文兩千餘年，滲透民族語言的血脈
之中靈魂深處，最激進的革命派，也拿它沒有什麼好的辦法。

　　從知識論的意義上，可以瞭解基督教的神學觀念，能夠知曉本雅明的神學
論的語言觀，甚至像他那樣去看待他所論述的語言，但問題在於我們能這樣看

〔註71〕　〔美〕漢娜・阿倫特編《啓迪——本雅明文選》張旭東、王斑譯，生活・讀者・
　　　　　新知三聯書店 2008 年版，第 93 頁。

待自己的語言嗎？我們看待自己語言的方式早已與這一語言自身發展的歷史融為一體，發達的歷史悠久的小學——訓詁、音韻、校讎學之中所包含的知識和信念，不是隨意可以更改的。現代科學或許可以掩蓋格物致知之學，但假若有人把西方的現代語言學知識當作自身的語言學觀念，不過是自欺欺人。只要還沒有廢除中國話，那麼這一語言中所包含的基本信念就會持續不斷地起作用。剝離語言和思維是不可能的，哪怕是一個精通西方語言的中國人，他的自我理解和自我認同也首先會建築在漢語之上，這也正是當年大力提倡歐化的先驅者們的基本信念。

漢語歐化和國人西化，或許孰為因孰為果並不重要，我們不是語言決定論者，但必須看到被經濟決定論和社會發展決定論所忽略的非常重要的因素——語言要素。漢語不會一成不變，但也難於輕易改變。說漢語的人的思維方式、情感方式、表達方式，或稱其主觀和客觀世界，都不得不受到漢語和漢字的影響。

對於語言偉大的變革，首先由使用這一語言的藝術家和詩人完成，不是在語言的社會運動中，而是在寂靜的書房裏，在個人化的寫作活動中，在靈感閃現的刹那，在落筆成文的瞬間。推動語言創新的意識，隱藏得那麼深遠，它的細微動作不可能被輕易察覺。歐化是過去百年間對於此無形之手某種略帶誇張甚至是偏激的描述，但仔細觀察，發現它至少暗示出部分的眞實。

漢語漢字的確不同於西方的語言文字，但作為人類的語言和文字，又有共同之處，否則翻譯就完全不可能。從口語向書面語的轉型中，文本的地位確立下來。這是中西共同之處。《聖經》的翻譯，曾是最爲重要的傳教活動。佛經的翻譯歷時千年之久，且卷帙浩繁，梵文屬於印歐語系，中國早在與歐洲文化遭遇之前，已經積纍了把印歐語言譯爲漢文的豐富經驗。或說，漢語漢文已經有過超越千年的歐化史，內典文體自成一格，且深深地影響了漢語和漢字。

在本雅明生前未發表論文《論原初語言和人的語言》中，他談到，「一個實體的語言就是其精神存在得以傳達的中介。這一從未中斷的傳達之流奔騰於整個自然之中，從最低形式的存在到人，又從人到上帝。……自然語言猶如一個秘密口令，由每一個士兵用自己的語言傳給下一個士兵，但口令的意義就是士兵的語言本身。所有較高一級的語言都是對較低一級的語言的翻譯，直至上帝的語詞展示出終極的澄明，這便是由語言構成的這一運動的整

體。」〔註72〕

　　漢語自身要理解這段漢語譯文所表達的意思，並不需要經過怎樣的脫胎換骨。任何一種成熟的語言，皆能準確無礙地表達和轉述別的語言所表達出的涵義，甚至是幾乎觸摸到了那些意思，這是語言的神奇之處，荷馬、但丁、莎士比亞、塞萬提斯、歌德、福樓拜、托爾斯泰、卡夫卡、喬伊斯，在漢語中的再生，不是原文的縮小，而是其放大，減少的那部分，可以通過閱讀原文尋找回來，但增加的那部分，才是最為重要、最不可思議的。這是天才在寫作的時候，無論如何想像不到的。這些譯文，不必以改造漢語相標榜，假若它們中的每一部，表達了漢語和漢文中過去從未表達過的激情、思想、經驗和價值，讀者跟隨熟悉的言語，被帶到了一塊陌生的領地，返回的途中，他驚異地發現自己被這意外的旅行所改變，這不正是漢語漢文精良多姿、潛力巨大、傳之久遠的明證嗎？行走在古老、馥鬱而幽秘的路上，我們有時也駐足觀望。

第四節　翻譯文體對現代漢語的影響

一

　　魯迅說，「倘要論文，最好是顧及全篇，並且顧及作者的全人，以及他所處的社會狀態，這才較為確鑿。」〔註73〕

　　把現代白話文本當作一大篇文章，翻譯文字自是其中重要的一部分。這個緣故朱自清有過論述，他說如今的白話，不跟著口語走，卻跟著翻譯走。白話文跟著口語走，本是其題中應有之義，但實際上難度很大，根本原因在言文不一致，通過千錘百鍊之後，才能寫得明白如話，那是很高的境界，是好文章的終點，而不是起點，只有在魯迅、周作人、毛澤東等人的部分文字中，才可以找到這樣的明白如話。至於說到作者的全人，甚至可以認為，白話文與其說是作者的創作，不如說是譯者的創造，包括早期的外國傳教士和各種版本《聖經》的譯者、嚴譯名著、林譯小說、馬恩列斯著作的未署名譯者，直至時下借助於

〔註72〕〔德〕本雅明《寫作與救贖——本雅明文選》，李茂增、蘇仲樂譯，東方出版中心
　　　　2009年版，第17～18頁。

〔註73〕魯迅《題未定草》，《魯迅全集》第六卷，人民文學出版社1981年版，第430頁。

翻譯軟件的「三不通」式譯者。百年來中國的社會狀態始終是一邊倒，從早期列強的長驅直入，租界林立，教堂建到了鄉村，到日本的全面佔領，獨立統一之後的模仿蘇聯，再到改革開放之後的西化浪潮，影響的焦慮一直占據上風，中國本土文化、本國傳承的語言文字，始終處在此一巨大的衝擊中，由文言而白話，由繁體正字而簡化俗字，由漢字而拼音，正是這些衝擊下的倉皇應對。倘要確鑿地理解白話文，決不能忽視這一社會狀態。本節文字試圖集中檢討翻譯文體對現代漢語的影響。

周作人曾談起過「關於編寫中國翻譯史」的問題，他認為，「第一段落，六朝至唐之譯佛經，其集體譯述的方法恐怕大有可供學習之處，只見過梁任公、楊仁山文中稍有談及，須著力調查。第二段姑且說清末之譯『聖』經，以至《申報》館、廣學會等工作，別一枝則由製造局譯書以至《時務報》時代。中間以嚴幾道、林琴南為過渡，到達新文學，則為第三段落矣。」〔註74〕

佛教混合漢語（Buddhist Hybrid Chinese），指的是以翻譯佛典的語言為代表的漢文佛教文獻語言。這一文獻數量巨大，廣義上包括全部的漢譯佛經、中土人士的佛教撰述和以宣揚教義為目的的文學作品，計約八千萬字。作為古代印度語言和文化對漢語和漢文化深刻影響的直接產物，它是漢語有史以來第一次的系統歐化，近年來得到了比較詳盡的研究和論述。朱慶之編《佛教漢語研究》彙集的研究成果，其中一文的結論令本書作者感到興趣，「中國的口語最初被記錄下來的方式是個十分有趣的現象。白話文最早千真萬確是在佛教的背景下出現的。」「從中國白話文發展的全貌來看，我相信我們有理由明確主張：在白話文被確立為一種可行的表達方式的過程中，佛教起了主導作用。」〔註75〕如此說來，白話文可說是主要被佛教創立的，經過上千年的發展，擴張至佛教以外的領域，宋儒的語錄、明清的小說等等，作為漢語的第二書面語的地位，早已具備。

民國初年開始的白話文運動，在西方語言和文化的影響下，似乎想要創立漢語的第三書面語——新白話，結果造成了白話書面語的一種異化形式，粗糙、粗鄙、粗劣的「三粗」白話。為什麼成為這樣，是因為把文言和白話對立起來

〔註74〕 鍾叔河編《周作人文類編》第八卷，湖南文藝出版社 1998 年版，第 789 頁。

〔註75〕 〔美〕梅維恒《佛教與東亞白話文的興起：國語的產生》，朱慶之編《佛教漢語研究》，商務印書館 2009 年版，第 361、383 頁。

看待，盲目地追求純粹白話，自有漢語書面語以來，無論文言還是白話，很少有作者能寫作出其純粹形式，大體上皆是半文半白的混雜，其中文言和白話占據不同的比例，文白之分，只在於比例的多少，非此即彼的絕對情況，決不會有。白話文中的許多成語，無論就其來源、語法、還是其用字的方式上考察，皆爲文言式的，即使白話純粹論者，也不可能禁絕成語在白話文中的使用。

二

基督教的進入中國，《聖經》等西方典籍的翻譯，作爲語言碰撞的第二波，已然有了佛經的先例，可以說有迹可尋。雖然在國家的政治、軍事、外交以及文明的競爭力上，攻守異勢，但在語言文字交流的先後及方式上，以及歐化的策略等方面，則一如既往。最早將佛經譯爲漢文的是東漢的安世高、支讖，西晉的無羅叉，東晉的鳩摩羅什、佛陀跋陀羅等，他們是西域僧人，而近代最早以漢語翻譯《聖經》的，也是外國傳教士。

天主教傳教士從明末清初陸續來華，但不知什麼緣故，直至十七世紀末，未將《聖經》譯爲漢語。一七〇〇之後，情況有所改觀。最早是巴黎外方傳教會的傳教士巴設，譯述了一部分「新約」。十八世紀末，耶穌會的傳教士賀清泰，將《聖經》的部分內容譯爲漢文，但並未刊行，也未得到流傳，馬禮遜曾在倫敦的博物館抄錄過這部未刊譯稿。

馬禮遜一七八二年生於大不列顛島北部小鎮莫佩斯的一家農戶，在教會學會了拉丁文、希伯來文和希臘文，考入倫敦霍克斯頓神學校，在高斯坡神學院學過些漢語，一八〇七年成爲牧師，同年被派往中國傳教。在廣州的美國商館閉門習中文一年，進步很快，一八〇八年，在東印度公司任職的馬禮遜，應倫敦大英聖經公會指示，開始將《聖經》譯爲中文。五年的努力，一八一三年譯完《新約全書》，於廣州秘密雇了幾位刻板工人，排印了兩千部，工本費三千八百元西班牙銀幣。一八一四年起，他和另一位倫敦會傳教士米憐合作，開始翻譯《舊約全書》，米憐譯了十三卷，馬禮遜譯了其餘的二十六卷，又花去五年時間，一八一九年十一月二十五日全部譯完。由於當時清政府查得緊，無法在廣州刊刻，馬禮遜將譯稿送往南洋馬六甲，由米憐聘請中國刻板工人刊刻排印，至一八二三年全部印畢，裝訂成二十一卷線裝書，名爲《神天聖書》。一八二四年馬禮遜回英國休假，曾把這套中文《聖經》呈獻給喬治四世，得到了英王的

高度嘉獎。

馬禮遜是中文版《聖經》的第一位譯者，亦是第一部《華英字典》的編纂者。字典與翻譯聖經同時開始，持續十五年，整部字典在一八二三年完成，六大部，計四千九百九十五頁，由他一人編纂。第一份中文期刊《察世俗每月統紀傳》，也由馬禮遜籌備創辦，一八一五年創刊，米憐任編輯，在南洋印刷，出了七卷，一八二一年停刊，主要撰稿人馬禮遜、米憐而外，還有英國傳教士麥都思。第一份在中國境內創辦的中文期刊，也出自馬禮遜之手，《東西洋考每月統紀傳》，創刊於一八三三年七月，一八三七年停刊，由奧地利傳教士郭實臘編輯，出版了四卷。〔註76〕

繼馬禮遜之後，到一八七七年止，《聖經》已經出版十一種文言（「深文理」）譯本。

官話譯本，亦即白話文譯本，最早出自麥都思、施敦力之手。《新約》版於一八五六或一八五七年，譯文爲南京官話。其後，在北京的艾約瑟、丁韙良、施約瑟、包約翰、白漢理等以北京官話翻譯《新約》於一八六六年出版。施約瑟獨譯《舊約》則於一八七四年出版。上述兩種北京官話譯本曾合訂爲一部《聖經全書》，於一八七八年出版。

官話和合譯本的《聖經》重譯，由狄考文、富善、鹿依士等人完成，自一八九一年底啓動，至《聖經》全書出版，歷時二十七年，其間人員變動多。《新約》的重譯由狄考文主持，於一九〇七年出版官話和合譯本。該譯本譯文準確，文字不夠流暢，後屢經修訂，至《聖經全書》出版時，與初版相較改動甚多。《舊約》重譯工作由富善主持，並議定五項譯經原則，如譯文須切合原文，須是通用的白話文，不使用地方方言，而又便於上口誦讀等。《舊約》譯出歷時十三載，於一九一九年初與新約合訂出版官話和合本《新舊約全書》，有「神」和「上帝」兩種版本。六十多年來，該譯本在中國基督教（新教）內流傳最廣，且對五四以來的白話文運動有一定影響。〔註77〕

〔註76〕參見顧長聲《從馬禮遜到司徒雷登：來華新教傳教士評傳》，上海書店出版社2005年版。馬禮遜夫人編《馬禮遜回憶錄》，顧長聲譯，廣西師範大學出版社 2004 年版。

〔註77〕參見汪維藩撰寫的「聖經漢語譯本」詞條，《中國大百科全書·宗教卷》，中國大百科全書出版社 1992 年版，第 355～356 頁。

三

　　一八六二年出版的《古新聖經問答》，書前刊有文言寫成的「主教準據」：「中國聖教書籍雖甚繁賾，然究論古新聖經者甚稀。余於書篋得《古新聖經問答》一冊，披閱之下，甚喜。此書典訓切實，於教中信友大有裨益。雖其文詞庸俗，然便於人人通曉，能使閱者洞明聖教原始要終之道，顯揚天主撫育保存之恩，凡誠心事主之人，自克全其信望愛之德矣。故付剞劂，以公同好，聊爲教眾熱心之一助云。」〔註78〕下署主教若瑟瑪爾濟亞爾慕理孟準鐫。此人乃 Mouly Joseph Martial（一八〇七～一八六八），中文名孟振生，法國遣使會教士，一八五六年起任直隸主教。中國社會科學出版社一九八一年版《近代來華外國人名辭典》收錄有「孟振生」，介紹極爲簡略，六句話。全書分兩部分，古聖經題目十四端，新聖經題目十五端，合起來共二十九端，每端先論，後有問有答。除第一端（天主造世界）外，每端之題目皆以論開頭，比如第二端「論初人犯罪」，第三端「論洪水講性教」，第十五端「論耶穌基利斯督降誕」。它不是對於聖經原文的翻譯，而是轉述其大意。本書感興趣的是它的白話文體。在中國的傳統中，自古以來，凡論皆出於文言。以白話作論，不得不認爲是此書的創舉，雖然以今天的眼光看去，頗難認同這一論的方式。

　　一八八五年出版的《佐治芻言》（傅蘭雅口譯，應祖錫筆述）全文以文言寫就。總論以下共分三十一章，每章標題亦皆以論開頭。如第一章「論家室之道」，第二章「論人生職分中應得應爲之事」。此爲早期翻譯文本中，以文言作論的另一例。

　　下面是《古新聖經問答》第一端「天主造世界」的論以及問答，當是對於《舊約·創世紀》第一、二章主要內容的敘述。

　　　　天主爲發顯自己的光榮，從無中只用一命，造成世界，六日內萬物齊備，至第七日罷工。天主用土造了人的肉身，又賦給一個像似天主的靈魂，使他生活，爲能認愛奉事天主。這是天主造人的本意。第一個人，名叫亞當，天主又取亞當的一條肋骨，造一女人，與亞當配爲夫婦。爲令亞當愛顧女人，如他的本身肢體一樣，這是天主立婚配禮的起頭。第一個女人，名叫厄娃。天主將亞當、厄娃

〔註78〕　《古新聖經問答》，涂宗濤點校，天津社會科學院出版社 1992 年版，第 1 頁。

安置在地堂內。地堂是很美很快樂的地方，叫他們享福；但止享福無以見功，故禁一樹之果，以試其心。除此之外，地堂內不拘何樹之果，全許他們食。彼時不用衣服，因爲性情未壞，並不羞愧，且無各樣苦難災病死亡等事。再者，天主還造無數的無形純神，就是天神。

問：誰造的世界？

答：天主。

問：用什麼造的？

答：從無中造的。

問：天主怎麼樣造了世界？

答：只用一命。

問：天主爲什麼造世界呢？

答：爲發顯自己的光榮。

問：天主用什麼造第一個人？

答：用土造肉身。

問：他的靈魂呢？

答：從無中造了靈魂。

問：靈魂像似誰？

答：像似天主。

問：天主爲什麼造人？

答：爲要人認愛天主。

問：天主用什麼造第一個女人？

答：用亞當一條肋骨。

問：這是什麼意思？

答：表夫婦原是一體。

問：地堂是什麼？

答：是天主給亞當、厄娃預備的美好快樂地方。

問：他們在地堂怎麼樣？

答：在地堂享福。

問：他們在地堂，有死沒有？

答：在地堂沒有死。

問：天神是什麼？

答：是無形的純神。〔註79〕

序言使用文言而外，全書另有一段文字也刻意以文言出之，與其間的白話形成對比。我們不知作者爲誰，但「主教準據」中說此書「文詞庸俗」，目的是「便於人人通曉」，看來，他至少不認爲白話比文言更有價值，相反的結論也許倒能成立。第十八端「論耶穌講道」中，最後一問是「何爲天主經？」回答乃是文言：

在天我等父者，我等願：爾名見聖；爾國臨格；爾旨承行於地
如於天焉。我等望爾：今日與我，我日用糧；而免我債，如我亦免
負我債者。又不我許陷於誘感，乃救我於凶惡。亞孟。

這樣的文言不高明，恐怕連一八六二年全國普通秀才文言文的平均水平還沒有達到。這段話在《聖經‧新約》裏非常關鍵，它是著名的「主禱文」，合和本《聖經》的白話翻譯是這樣的：

我們在天上的父，願人都尊你的名爲聖。願你的國降臨。願你
的旨意行在地上，如同行在天上。我們日用的飲食，今日賜給我們。
免我們的債，如同我們免了人的債。不叫我們遇見試探，救我們脫
離凶惡。因爲國度、權柄、榮耀，全是你的，直到永遠。阿門。（《馬
太福音》第六章）〔註80〕

《路加福音》第十一章給出的「主禱文」第三、四句稍有差別：「我們日用的飲食，天天賜給我們。救免我們的罪，因爲我們也赦免凡虧欠我們的人。」

四

由於中國文字與語言的脫節，造成傳教士說漢語易，寫漢文難的狀況，特別是撰寫古雅的文言文更覺得異常困難。爲提高效率，亦便於中國讀者理解，十九世紀的傳教士一般雇請中國文士捉刀代筆，由其口授，撰成專文專書。林

〔註79〕 《古新聖經問答》，涂宗濤點校，天津社會科學院出版社1992年版，第10～11頁。

〔註80〕 《新約全書》，中國基督教協會印發，第7頁。

譯小說亦採取了這一模式。早期佛經的翻譯，也要經過中國僧人的潤色，或者直接由其筆授。

《泰西新史覽要》亦同此理，李提摩太口譯，蔡爾康筆錄，連載於一八九四年的《萬國公報》，次年由廣學會出版單行全本，八冊，二十四卷。其書原名《十九世紀史》，英人麥肯齊著，一八八九年於倫敦首版。

日本人森有禮編《文學興國策》，也以如此方法譯爲漢語，美國傳教士林樂知口譯，光緒進士任廷旭筆述。森有禮（一八四七～一八八九），薩摩藩武士家庭出身，早年留學英國，任駐美公使期間，曾向美國政界、學界發函咨詢教育強國之道，將收到的十三份覆函編爲一帙，這裏所說的「文學」，非今日之文學藝術，乃文化教育是也。

直到魯迅周作人在翻譯《域外小說集》的時候，用的也還是文言。

一八九〇年至五四運動二十年，是中國文化史上繼佛經翻譯之後的第二次翻譯高潮。一八八九年，林紓與王壽昌合作，後者口授，前者筆述，署名「冷紅生、曉齋主人合譯」，翻譯了法國小仲馬的名作《巴黎茶花女遺事》，風行萬餘冊，引起震動。胡適在《五十年來中國之文學》裏說，「《茶花女》的成績，遂替古文開闢一個新殖民地」，還說，「古文的應用，自司馬遷以來，從沒有這樣大的成績。」〔註81〕它不僅是林紓翻譯外國小說的第一部，且是歐洲純文學作品介紹入中國的第一部。它的流行使當時傳統的才子佳人小說被淘汰。周作人說，「林譯小說有一個時期很是貪看，大概自一九〇一至一九一〇年這十年間，以後便不大看了。」〔註82〕

華衡芳譯《代數術》，嚴復譯《天演論》，林紓譯《巴黎茶花女遺事》《黑奴籲天錄》，成爲一時之傑作。《黑奴籲天錄》一九〇一年譯出後，引起反響，歐陽予倩改變爲劇本《黑奴恨》，連續上演很久。當時有人把《黑奴籲天錄》再翻譯成（改寫爲）白話章回體小說的樣子，刊在一九〇三年三月上海出版的《啓蒙畫報》上，今天能看到的只有三回，載於《中國近代文學大系・翻譯文學集卷一》，演義首回作「鑒黑奴傷心論時事，演白話苦口勸痴人」。林紓於一九〇四年出版的《吟邊燕語》，是翻譯蘭姆的《莎士比亞戲劇故事集》，其

〔註81〕姜義華主編《胡適學術文集・新文學運動》，中華書局 1993 年版，第 108、110 頁。
〔註82〕鍾叔河編《周作人文類編》第八卷，湖南文藝出版社 1998 年版，第 731 頁。

中將《威尼斯商人》譯作《肉券》,《羅米歐與朱麗葉》譯爲《鑄情》,《哈姆雷特》譯成《鬼詔》。於早期的翻譯而言,大家以目的語歸化源頭語的意圖是明顯的。

伍光建以「君朔」的筆名翻譯了兩部大仲馬的歷史小說《俠隱記》正續編,一九〇七年由商務印書館出版,另譯《法宮秘史》前後編,每部三十萬字,據英譯本譯出,值得注意的是,它是白話文譯本,仍以回稱其章,但回目卻沒有做成對聯體。

一八四〇年廣東出版了一本題名《意拾喻言》的書,英漢對照的方式,收錄了八十二則寓言,注有國語和粵語拼音,署名蒙昧先生著,門人懶惰生編譯,實際上譯者是英國人羅伯特·湯姆。意拾,即伊索的粵語音譯。出版此書的目的,是爲英國人學習漢語提供方便,這一點在《譯敘》中說得很清楚:

> 余作是書,非以筆墨取長,蓋吾大英及諸外國欲習漢文者,苦於不得其門而入,即如先儒馬禮遜所作《華英字典》,固屬最要之書,然亦僅通字義而已;至於詞章句讀,並無可考之書。故凡文字到手,多屬疑難,安可望其執筆成文哉!余故特爲此者,俾學者預先知其情節,然後持此細心玩索,漸次可通,猶勝傅師當前過耳之學,終不能心領而神會也。學者以此長置案頭,不時玩習,未有不浩然而自得者,誠爲漢道之梯航也,勿以淺陋見棄爲望。〔註83〕

該書出版後曾引起反響。後來依據古希臘原文翻譯過《伊索寓言》的周作人,曾在一九二五年和一九五〇年兩次著文談到這部書。曹聚仁在一九三七年出版的《文思》中也論及此書。他說道光年間,這本書風靡一時,後因有譏刺當道之嫌,而被列入違礙書目查禁。其中有一則寓言《鼠防貓害》其英文如下:

The Mice in Council

Once　upon　a　time　the　mice　being　sadly　distressed　by　the

〔註83〕施蟄存主編《中國近代文學大系·翻譯文學集卷三》,上海書店 1991 年版,第 225 頁。

persecution of the cat, resolved to call a meeting, to decide upon the best means of getting rid of this continual annoyance. Many plans were discussed and rejected; at last a young mouse got up and proposed that a bell should be hung round the cat's neck, that they might for the future always have notice of her coming,and so be able to escape.

This proposition was hailed with the greatest applause, and was agreed to at once unanimously. Upon which an old mouse, who had sat silent all the while, got up and said that he considered the contrivance most ingenious, and that it would,no doubt, be quite successful; but he had only one short question to put, namely, which of them it was who would bell the cat.

It is one thing to propose, another to execute.

> 鼠受害於貓久矣！一日，群鼠聚議曰：「吾輩足智多能，深謀遠慮，日藏夜出，亦可謂知機者矣！無如終難免貓之害，必須設一善法，永得保全，庶可安生矣。」於是紛紛獻策，多所不便，乃後一鼠獻曰：「必須用響鈴繫於貓頸，彼若來，吾等聞聲，盡可奔避，豈不善哉？」眾鼠拍手叫妙，曰：「眞善策也！」於是莫不欣然，各以爲得計。其中有不言者，眾問之曰：「汝不言，寧謂此法不善乎？」曰：「善則善矣，而不知持鈴以繫其頸者誰也？請速定之。」由是，眾鼠面面相覷，竟無言可答。如世人多有自以爲得計者，及其臨事，終不能行，吾多見矣。〔註84〕

一八九八年《無錫白話報》以《海國妙喻》的題目發表的伊索寓言，署名梅侶女史譯，我們找到同一則寓言，題名爲《老鼠獻計結響鈴》如下：

> 老鼠受貓的害已經長久了。有一日，一群老鼠聚在一堆議論道：「我們實在伶俐乖巧想得周到的，日裏聚攏夜頭出來，也算知趣的了，怎麼總不免受貓的害？總要想個好法子，保住永遠不受貓的害，才可以放心託膽安安頓頓地過日子。」一群老鼠都要想獻出好計策

〔註84〕 施蟄存主編《中國近代文學大系・翻譯文學集卷三》，上海書店 1991 年版，第 241 頁。

來，你說這樣，我說那樣，卻都是有關礙、做不到的。又有一隻老鼠說道：「只要在貓頸裏結一個響鈴，貓一動，我們就聽見響聲，就可以逃開避攏了。這條計策，豈不好麼？」一大群老鼠，都拍手拍腳的叫道：「好極好極！眞正是好法子。」大家高興已極，都覺著有好法子了。這一群裏有一個老鼠，不聲不響不開口。大家都問他道：「你不開口，難道這個法子不好麼？」那個老鼠答道：「法子好是好的，但不知道，把這響鈴結在貓頸裏，哪一個肯去，請你們快些定見。」那一群老鼠竟你看我，我看你，一句話也説不出。唉！這種說空話的老鼠，世界上最多。說話是好聽的，但說得出，做不到，就叫這獻計的老鼠自己去做，他也一定要想法逃走的。這種說空話的老鼠，豈不可恨可憐麼？〔註85〕

無論是文言譯文，還是白話譯文，都未忠實於原文。尤其是結尾，與原文出入較大。兩相對照，可以發現時隔五十八年，漢語文體已經發生了大變化。文言向白話的趨近是歷史的大勢，這六十年的時間中，文體上的改換，似乎突然加快了。

五

英國生物學家赫胥黎著《進化論與倫理學及其他論文》出版於一八九四年，翌年，嚴復以文言文翻譯了該書前兩部分，分上下卷出版，風靡一時。「物競天擇，適者生存」成爲中國知識界最流行的口號，魯迅愛不釋手反覆誦讀，少年胡適爲之更名。《天演論》的翻譯時在白話文運動之前，譯文有先秦諸子的風神，遣詞造句極爲精嚴，盡量不用漢代後的字詞句法，惟恐有損文意。赫胥黎的這本科學著作，原名 *Evolution and Ethics*，雖以文言譯出，然大體忠實於原文，又審愼保留字詞句之間的微言大義，吳汝綸推崇備至：「嚴子一文之，而其書乃駸駸焉與晚周諸子相上下。」

導言第一篇「察變」：

赫胥黎獨處一室之中。在英倫之南。背山而面野。檻外諸境。

〔註85〕施蟄存主編《中國近代文學大系·翻譯文學集卷三》，上海書店 1991 年版，第 257～258 頁。

歷歷如在几下。乃懸想二千年前。當羅馬大將愷撒未到時。此間有何景物。計惟有天造草昧。人功未施。其借徵人境者。不過幾處荒墳。散見陂陀起伏間。而灌木叢林。蒙茸山麓。未經刪治如今者。則無疑也。怒生之草。交加之藤。勢如爭長相雄。各據一坏壤土。夏與畏日爭。冬與嚴霜爭。四時之內。飄風怒吹。或西發西洋。或東起北海。旁午交扇。無時而息。上有鳥獸之踐啄。下有蟻蝝之齧傷。憔悴孤虛。旋生旋滅。菀枯頃刻。莫可究詳。是離離者亦各盡天能。以自存種族而已。數畝之內。戰事熾然。強者後亡。弱者先絕。年年歲歲。偏有留遺。未知始自何年。更不知止於何代。苟人事不施於其間。則芊芊榛榛。長此互相吞併。混逐蔓延而已。而詰之者誰耶……」〔註86〕

現代白話是這樣說：

> 可以有把握地假定，二千年前，在愷撒到達不列顛南部之前，從我正在寫作的這間屋子的窗口，可以看到整個原野是處在一種所謂「自然狀態」之中。也許除了就像現在還在這裏或那裏破壞著連綿的丘陵輪廓的為數不多的一些壘起的墳堆以外，人的雙手還沒有在它上面打上標記。籠罩著廣闊高地和狹谷斜坡的薄薄的植被，還沒有受到人的勞動的影響。本地的牧草和雜草，分散著的一小片兒一小片兒的金雀花，為了占據貧瘠的表面土壤而互相競爭著；它們同夏季的乾旱鬥爭，同冬季的嚴霜鬥爭，同一年四季時而從大西洋時而從北海不斷吹來的狂風鬥爭；它們竭盡全力來填補各種地面上和地下的動物破壞者在它們行列中間所造成的空隙。年復一年，它們總維持著一種平均的類群數量，也就是本地植物在不斷的生存鬥爭中維持著一種流動的平衡。無可懷疑，在愷撒到來之前的幾千年中，這個地區就已經存在著一種基本上類似的自然狀態；除非人類進行干預，那麼就沒有任何明顯的理由來否定它能夠在同樣長久的未來歲月中繼續存在下去。〔註87〕

〔註86〕 〔英〕赫胥黎《天演論》，嚴復譯，科學出版社1971年版，第3頁。

〔註87〕 〔英〕赫胥黎《進化論與倫理學》，進化論與倫理學翻譯組譯，科學出版社 1973

兩種譯文的高下是非，讀者可以自己判斷。嚴復《譯例言》首次指出「譯事三難信達雅」，「用漢以前字法句法。則爲達易。用近世利俗文字，則求達難。」「譯文取明深義。故詞句之間。時有所傎到附益。不斤斤於字比句次。而意義則不倍本書。」並說，「一名之立。旬月踟躕。」他在給其子璩的信中說，「中國今日之事，正坐平日學問之非，與士大夫心術之壞。由今之道，無變今之俗，雖管葛復生，亦無能爲力也」。「嚴譯八著」，三十年代集印爲《嚴譯名著叢刊》。〔註88〕

王國維曾經著文《論新學語之輸入》，指出侯官嚴氏將 Evolution（進化）和 Sympathy（同情）分別譯爲「天演」和「善相感」，是錯誤的翻譯。他還批評嚴復將穆勒（John Stuart Mill，一八〇六～一八七三）的 System of Logic 譯爲《名學》，「古則古矣，其如意義之不能了然，何以吾輩稍知外國語者觀之，毋寧手穆勒原書之爲快也。」他說：

> 夫言語者，代表國民之思想者也，思想之精粗廣狹，視言語之精粗廣狹以爲準，觀其言語，而其國民之思想可知矣。周秦之言語，致翻譯佛典之時代而苦其不足；近世之言語，至翻譯西籍時而又苦其不足，是非獨兩國民之言語間有廣狹精粗之異焉而已，國民之性質各有所特長，其思想所造之處各異故。其言語或繁於此而簡於彼，或精於甲而疏於乙，此在文化相若之國猶然，況其稍有軒輊者乎？……故新思想之輸入，即新言語輸入之意味也。〔註89〕

使用漢語當中舊有的字和詞翻譯西方術語，由於內涵和外延相差極遠，不能對等，特別容易混淆，反而不如以新造的詞彙來得直截。嚴復贊成日本人多用雙字，甚至四字，所以容易精密，中國人喜歡用單字，假如譯得不恰當，只能遭

年版，第 5 頁。

〔註88〕「嚴譯八著」：繼《天演論》之後，又有亞丹斯密的《原富》（1897～1900）；穆勒約翰的《自繇論》（1899），後改爲《群己權界論》）及《名學》（1900～1902）；耶芳斯的《名學淺說》（1908）；斯賓塞的《群學肄言》（1898～1902）；甄克斯的《社會通銓》（1903）；孟德斯鳩的《法意》（1902）。嚴復的翻譯得到了詳盡的研究，參見王憲明《語言、翻譯與政治：嚴復〈社會通詮〉研究》，北京大學出版社 2005 年版。

〔註89〕《王國維文集》，北京燕山出版社 1997 年版，第 333～334 頁。

人唾棄。嚴復之於譯事，一面追求「信、達、雅」，一面並不嚴格照原書翻譯，經常把自己的理解和意見加進去。他在《譯者自序》中，曾說得很明白，「蓋吾之爲書，取足喻人而已，謹合原文與否，所不論也。朋友或訾不佞不自爲書，而獨拾人牙後慧爲譯，非卓然能自樹者所爲。不佞笑頷之而已。」〔註90〕

梁啓超介紹《原富》之時，稱許譯者「於西學中學皆爲我國第一流人物」，但「文筆太務淵雅，刻意模效先秦文體，非多讀古書之人，一番殆難索解。文界之宜革命久矣。著譯之業，將以播文明思想於國民也，非爲藏山不朽之名譽也。文人結習，吾不能爲賢者諱矣」。

以文言翻譯外文，今時看來，難度尤甚，今人能作文言者幾稀？周氏兄弟的文學事業和寫作生涯從翻譯開始，先文言而後白話，一如其創作。在《域外小說集》裏，周作人首次翻譯了安徒生的童話名著《皇帝之新衣》。周作人曾談起翻譯生涯，他的方法與心得是：

> 簡單的辦法是先將原文看過一遍，記清內中的意思，隨將原本擱起，拆碎其意思，另找相當的漢文一一配合，原文一字可以寫作六七字，原文半句也無妨變成一二字，上下前後隨意安置，總之只要湊得像妥帖的漢文，便都無妨礙，惟一的條件是一整句還他一整句，意思完全，不減少也不加多，那就行了。這種譯文不能純用八大家，最好是利用駢散夾雜的文體，伸縮比較自由，不至於爲格調所拘牽，非增減字句不能成章，而且這種文體看去也有色澤，因近雅而似達，所以易於討好。這類譯法似乎頗難而實在並不甚難，以我自己的經驗說，要比用白話文還容易得多，至少是容易混得過去，不十分費力而文章可以寫得像樣，原意也並不怎麼失掉，自己覺得滿足，讀者見了也不會不加以賞識的。這可以說是翻譯的成功的捷徑，差不多是事半而功倍，與事倍功半的白話文翻譯不可同日而語。我們於一九〇九年譯出的《域外小說集》二卷，其方法即是如此。〔註91〕

〔註90〕《嚴譯名著叢刊·名學淺說》，商務印書館 1981 年版，第 1 頁。

〔註91〕周作人《談翻譯》，鍾叔河編《周作人文類編》第八卷，湖南文藝出版社 1998 年版，第 686 頁。

六

　　林語堂在《論翻譯》中說，「談翻譯的人首先要覺悟的事件，就是翻譯是一種的藝術。凡藝術的成功，必賴個人相當之藝才，及其對於該藝術相當之訓練，此外別無成功捷徑可言，因爲藝術素來是沒有成功捷徑可言的。翻譯的藝術所依賴的：第一是譯者對於原文文字上及內容上透澈的瞭解，第二是譯者有相當的國文程度，能寫清順暢達的中文，第三是譯事上的訓練，譯者對於翻譯標準及手術的問題有正當的見解。」〔註 92〕翻譯是一種藝術，這一覺悟國人普遍缺乏，未習畫者，不會輕易弄丹青，不通樂者，也未敢貿然操琴，但凡會幾句外語者，卻皆有膽染指翻譯。二十世紀的漢語翻譯文獻，規模空前，夠得上林語堂所舉三條資格的翻譯家，卻不多見。魯迅在一九二五年回答青年必讀書時勸大家多讀外國書，但他何嘗不知，能直接閱讀外國原文畢竟少數，多數讀書人只能依靠漢譯本，翻譯準確不僅決定文本的命運，也關聯時代的知識生產。

　　翻譯業的繁榮與譯質的蕪雜，是長期的悖論。周作人談及譯事之難，說過有意味的話，「外國語的智識不深，那時不識艱難，覺得翻譯不很難，往往可以多有成績，雖然錯誤自然也所不免。及至對於這一國語瞭解更進，卻又感到棘手，就是這一句話，從前那麼譯了也已滿意了，現在看出這裏語氣有點出入，字義有點異同，躊躇再四，沒有好辦法，結果只好擱筆。這樣的例很是普通，有精通外國語的前輩謙虛的說沒法子翻譯，一生沒有介紹過他所崇拜的文人的一篇著作。」〔註 93〕

　　文言文和古代典籍退出大眾閱讀範圍，翻譯作品正可彌補。一切西方的知識、思想、文藝進入中國，終究先要成爲漢語的文本，而翻譯的質量，顯得特別重要了。

　　在「翻譯的白話」成批傾銷了歐化語言後，這些譯作的語言並未如早期歐化倡導者所願，提升漢語的品質和嚴密性；也未如五四新文學那樣，呈現豐富多彩的異域文化，多數譯者只是以粗略的漢語轉述外文，質不高而量巨大，長期浸淫其間的作者編者讀者，對這種「歐化」早已習焉不察，更當然視爲漢語歐化的成功，殊不知正是劣質譯本培養了劣質的閱讀品位。口語不通順，我們

〔註 92〕林語堂《論翻譯》，《語言學論叢》，開明書店 1933 年版，第 326 頁。

〔註 93〕周作人《談翻譯》，鍾叔河編《周作人文類編》第八卷，湖南文藝出版社 1998 年版，第 687 頁。

不會說出口，書面語則不受限，竟使無數「不通」間雜於譯文，於是白話文衍生出了新的「言文不一致」，書面語不如口語通順，而原本通順的口語卻受彆扭的歐化語影響，不知不覺帶入書面語，致使書面語整體水準持續下降。電視的普及，使大量書面語以聲音的方式傳播，加劇了口語的萎縮，反過來影響書面語的清通，過去只在書面語中出現的句式，漸漸有入侵口語的嫌疑。所謂文藝腔、官員腔、新聞腔流行，泛濫成災。生動、形象、活潑的口語反而越來越少，這個時代的書面語和口語，正在面臨著整體水準持續下降的考驗。同時，而今越來越多的學人著書立說，慣於使用隱晦的書面語，攜帶著長而又長、惟恐不長的修飾語，看上去有邏輯性卻未必有眞正的邏輯，讀者很難理解他在說什麼，甚至這種語言已成爲學術規範的一部分了，學術離了這種書面語，就不會說話了麼？社會科學人文科學的諸多領域，若離開西方學理與基本詞彙，幾不能思考，無以言說，有人稱爲我們這個時代患有「失語症」，這個意義上說，現代漢語是一種「翻譯」語言也並不爲過，它的代價是巨大的。游離了文化上的根，既失去了漢語的純正，又抑制了漢語的潛能，到底想說的是什麼，我們甚至無法表達自身的語言困境。

一九四九年以來出生的中國大陸的作家與學者，大多閱讀翻譯文本開蒙的，他們的寫作資源也多是翻譯文本。母語和外語沒有學好的人事翻譯，譯文不好是自然的，讀者浸讀不佳的譯著，重新調理母語也會遇到困難，這樣的言語環境，漢語既失固有之美，又欠豐富的表達。據說是先進國家的先進思想與價值觀云云，但先進的思想觀念價值，竟以貧乏的歐化語言獲得完整的跨文化傳播麼？

劉禾認爲，文化以語言爲媒介，語言之間的透明互譯是不可能的，也不存在文化交流的透明度：

> 當概念從一種語言進入另一種語言時，意義與其說發生了「轉型」，不如說在後者的地域性環境中得到了（再）創造。在這個意義上，翻譯已不是一種中性的，遠離政治及意識形態鬥爭和利益衝突的行爲。相反，它成了這類衝突的場所，在這裏被譯語言不得不與譯體語言對面遭逢，爲它們之間不可簡約之差別決一雌雄，這裏有對權威的引用和對權威的挑戰，對曖昧性的消解或對曖昧性的創

造，直到新詞或新意義在譯體語言中出現。〔註94〕

有趣的是，這話在作者的英文著作漢譯本中再現時，與上引文字略有差別：

> 當概念從客方語言走向主方語言時，意義與其說是發生「改變」，不如說是在主方語言的本土環境中發明創造出來的。在這個意義上，翻譯不再是與政治鬥爭和意識形態鬥爭衝突著的利益無關的中立的事件。實際上，它恰恰成爲這種鬥爭的場所，在那裏客方語言被迫遭遇主方語言，而且二者之間無法化約的差異將一決雌雄，權威被籲求或是遭到挑戰，歧義得以解決或是被創造出來，直到新的詞語和意義在主方語言內部浮現出地表。〔註95〕

這一譯文的差別不容小覷，後引譯文中的「主方語言」「客方語言」是一對關鍵概念，前引譯文中的「一種語言」「另一種語言」則失去了語言的主客之分，在跨語際實踐中，主客之分絕非可有可無。漢語的「主方語言」地位並不會自動建立，相反，由於西語的強勢地位，使漢語在國際交往與學術交流中長期處於「客方」，未經翻譯，難獲承認，這是客方語言的地位所決定的。無論從事自然科學還是社會科學，中國學者在國際學術界發表文章獲取地位，以英文撰寫專業論文是必不可少的，這樣一來，漢語連客方語言的地位也喪失了。以英文寫作，意味著要跟著英語世界的問題意識走，自己沒有問題，或說中國唯一的問題，是獲得世界承認的問題，怎能有自己的文化身份呢？自然科學與人文學科相比，大概不存在這個悖論。

歐化的寫作，在某種層面上，大概可以歸結爲對於某種「世界詩歌」的想像。宇文所安認爲：

> 對閱讀譯作的讀者群的想像必將伴隨著他們的寫作。對一個詩人來說，這樣的情形接近噩夢的邊緣。……這種希望自己的作品在翻譯以後能得到認可的期待，導致了在詩歌寫作上使用可替換的字詞的壓力。傳統上，詩的文字依賴於在其特定語言中的使用歷史，詩裏的每個字應該是不能被別的字替換的。可是，使用「錯誤的語

〔註94〕劉禾《語際書寫》，上海三聯書店 1999 年版，第 36 頁。

〔註95〕劉禾《跨語際實踐》，宋偉傑等譯，生活・讀者・新知三聯書店 2002 年版，第 37 頁。

言」寫作的詩人（即便是用像中文這樣有大量人口使用的語言），不
僅必須想像他們的詩歌被翻譯成另一種語言，以求達到其廣大程度
令詩人感到滿意的讀者群，而且，他們還必須參與一項奇特的活動：
想像出一種世界詩歌，並把自己放置在裏面。〔註96〕

話雖嚴苛，然而揭示了漢語新詩寫作的悖論性處境。寫作除了對語言本身負有
責任之外，還有更多其他的責任嗎？詩人須在漢語內在的要求與國際承認的壓
力之間做出選擇，然而真正的詩人與借助詩歌的功名之輩，在此分道揚鑣。

　　文字的技術化處理，比如拍發電報，機器打字，以及編排索引，曾被看作
落後的漢字無法跨越的門檻，長時間地考驗、折磨漢字的適應性，漢字輸入系
統的發明，差不多一勞永逸地解決了這一技術性難題。漢字的前景，真的可以
無憂了嗎？事情還並沒有結束，在中文信息處理問題上，漢語的機器認讀和識
別上，由於漢語語法的特殊構造，也許還有許多難題。有人從翻譯的角度，對
漢語研究提出了非常急迫的期待。

　　　語言是現實的編碼體系。不同民族的語言是不同的編碼體系，
　　反映不同民族思維方式的特點。隨著生產力中知識含量的增長，民
　　族語言對民族經濟的影響也越來越大。在農業時代，對於閉關自守
　　的中國農業經濟來說，語言的影響微乎其微；在工業化時代，中國
　　從西方進口的機器，需要把機器的說明書翻譯成漢語；在信息時代
　　的初級階段，中國從西方進口的電腦不能直接應用，需要對電腦的
　　系統軟件進行「漢化」；在信息時代的高級階段即知識經濟時代，
　　中國要移植西方的知識產品就很難了，因為西方的知識產品，如超
　　級知識軟件，遵循的是西方語言的編碼體系，滲透的是西方的思維
　　方式，它幾乎是不能翻譯和漢化的。這就是說，知識含量超過某一
　　「閾值」，知識產品就很難移植了。進一步說，知識經濟的全球化
　　也就意味著競爭的白熱化。知識產品依賴於民族語言，也維護著民
　　族利益，如果我們一味地進口和移植西方的知識產品，那麼西方就
　　一直是知識產品的「主人」，而我們只能是知識產品的「客戶」，按

〔註96〕　〔美〕宇文所安《什麼是世界詩歌》，洪越譯，《新詩評論》，北京大學出版社 2006
　　　　　年第 1 輯。

照「智慧機器人」編制程序要保證「機器人必須永遠維護其主人的
利益」的安全原則，一切知識產品當然也要維護其「主人」的利益。
所以，從繁榮我國經濟和維護國家利益出發，要大力發展有中國特
色的信息產業和知識經濟，就應該加強有中國特色的語言科學技術
的基礎研究，結合漢語的特點進行信息語言學的研究。〔註97〕

現代信息處理，亟需現代漢語語法的理論框架。有論者指出：就適應信息處理
的技術要求而言，目前主流語法理論，不如黎錦熙的「句本位」理論，「句本位」
理論，又不如「字本位」理論，也許，把漢語翻譯成機器語言的現實需求，可
以極大地推動「字本位」理論的發展和完善。〔註98〕

七

在翻譯語言的引導下，漢語書面語，這樣一步一步走到了今天。

王力一九五四年《論漢族標準語》一文中說，「至於就整個語言結構來說，
漢語也有了很大的進步。現在報紙上雜誌上的文章，差不多可以逐詞逐句譯成
俄文或英文，不需要在結構上有什麼大的更動。尤其是作者有了馬克思列寧主
義武裝頭腦之後，語言的邏輯性和系統性更是前人所不能及。如果拿桐城派的
古文和現代的好文章相比較，我們會覺得漢語有了驚人的發展。」〔註99〕這是
對報章文字的批評，還是讚揚，暫可不論，歐化的語言結構，竟然在短時間內
普及到如此程度，這是令人驚訝的。馬列主義並不是一些超越於語言之上的普
遍真理，而是實實在在的詞句，晦澀的德文、俄文，包括其邏輯性和系統性，
在號召全民要掌握馬克思主義活的靈魂的年代裏，文風上的歐化，無論如何是
不可避免的。或者出於作者在寫作時對於「世界論文」的想像，為被翻譯成俄
文或英文做好了準備，或者在閱讀馬列的過程中，耳濡目染，習焉不察，或是
已忘記了中國話該怎麼說、中國文章該怎麼做，以印歐語言的眼光看待漢語，
時間久了，彷彿書面語天生就該洋腔洋調，人們以看待文言的方式看待歐化，
或說接納歐化，漢語的言文不一致的傳統，給歐化的被容忍，鋪平了道路，但

〔註97〕　魯川《立足漢語實際的信息語言學》，《語言科學》2003年第4期。

〔註98〕　參見宋作艷《「字本位」理論研究綜述》，徐通鏘《漢語結構的基本原理·附錄三》，
中國海洋大學出版社2005年版。

〔註99〕　《王力語言學論文集》，商務印書館2003年版，第554頁。

於達意也許並沒有更多的幫助。本書未必不同意王力的判斷，拿桐城派與「現代的好文章」相比，不大會有什麼「驚人的發展」，與現代不好的文章比較，才會看出「驚人的發展」。

什麼是漢語的好文章，這個標準眞的變得與自己本來的意思相反了麼？

李長之在《文藝史學與文藝科學》一書譯者序中說，「說實話，意譯比直譯容易得多，無奈那樣捕風捉影式的翻譯，在我自己的眼睛下，就先通不過了。同時，假若譯語太習見了，我們將無從獲得新概念。宏保耳特說，『一種新語法的獲得，是一種新世界觀的獲得。』假若語法如故，又何從獲得新世界觀呢？語言就是一種世界觀的化身，就是一種精神的結構，假若想豐富我們民族的精神內容，假若想改善我們民族的思想方式，翻譯在這方面有很大的助力。在某種限度內的直譯是需要的。看理論書不同於看軟性小說，不費點腦筋是不行的，不字字注意而想跳過或滑過，是不行的。我又說到德國書的長處了，那長處就是讓人的精神一刻也不能鬆懈，緊張到底，貫徹到底，這是因爲否則就不能把握。這是一個最好的訓練啦，所以，我常勸人看德國書至少也要常看德國書的譯文。」〔註100〕馬克思、恩格斯是兩位德國人，他們的書——四十卷本的《馬克思恩格斯全集》，在過去的六十年裏，在中國大陸有很大的發行量和很高的位置，經過了這樣的一種德式洗禮，對於國人的思維影響幾何？

李長之說，「句子長，我知道，但是沒有法子。我初譯時，未嘗不探意譯，也未嘗不採破長句爲短句的法子，可是當我最後校閱時，我發覺了，那樣譯，錯誤最多，原文的光彩，也最易損失。有許多概念的統系和邏輯的結構，是非用長句子不能表達的。」〔註101〕「概念的統系」和「邏輯的結構」眞的那麼重要？或說採用了長句子，就成功了麼？作爲譯者，應該忠實於目的語，還是忠實於起始語，著眼於傳達思想上的創新還是文字上的創新？漢語的句子的長短，有自己的道理在，韓愈所謂「氣盛則言之短長與聲之高下者皆宜」，汪曾祺所謂「語言的奧秘，說穿了不過是長句子與短句子的搭配。一瀉千里，戛然而止，畫舫笙歌，駿馬收繮，可長則長，能短則短，運用之妙，存乎一心」。根據

〔註100〕《李長之文集》第九卷，河北教育出版社 2006 年版，第 130 頁。

〔註101〕同上，第 129 頁。

譯文的需要，可以有變通，但總應該還是漢語的句子，超過了這個界限，就是不通。拿不通的文字，是無法進行任何思維訓練的。

梁宗岱認為，「翻譯是再創作，作品首先必須在譯者心中引起深沉雋永的共鳴，譯者和作者的心靈達到融洽無間，然後方能談得上用精湛的語言技巧去再現作品的風采」。「至於譯筆，大體上以直譯為主。除了少數的例外，不獨一行一行地譯，並且一字一字地譯，最近譯的有時連節奏和用韻也極力模仿原作，我在翻譯瓦雷里、波特萊爾、魏爾侖的作品中，一一做到了再現作品的意蘊和風格。」〔註102〕

八

章太炎云：「譯書當通小學。今通行文字，所用名詞，數不逾萬，其字無逾三千，何能包括外來新理？求之古書，未嘗無新名，而涵義不同，呼鼠尋璞，終何所取？非深明小學，何能融會貫通？晉唐譯佛典者，大抵皆通小學。今觀玄應、慧琳二家所作《一切經音義》，慧苑所作《華嚴經音義》，徵引小學諸書，凡數十種，可見當時譯經沙門，皆能識字。而文人之從事潤色者，亦知遵修舊文，而不穿鑿。」〔註103〕

漢語的歷史悠久，意味著積纍的翻譯和被翻譯的經驗豐富，當代精彩的譯例還是有的，王道乾所譯杜拉斯的小說，朱生豪之於莎士比亞，梁宗岱之於莎士比亞十四行，傅雷之於《約翰·克利斯朵夫》，李健吾翻譯的福樓拜，穆旦譯的《唐璜》和普希金等等，有較高的聲譽。廢名翻譯波德萊爾（Charles Baudelaire，一八二一～一八六七）的散文詩《窗》，是一篇短小的傑作，雖然可能從英文轉譯而來，比較過亞丁、郭宏安等人的譯文，覺得廢名的文字是要好一些：

> 一個人穿過開著的窗而看作為，決不如那對著閉著的窗的看出
> 來的東西那麼多。世間上更無物為深邃，為神秘，為豐富，為陰暗，
> 為眩動，較之一枝燭光所照的窗了。我們在日光下所能見到的一切，
> 永不及那窗玻璃後見到的有趣。在那幽或明的洞隙之中，生命活著，

〔註102〕《宗岱的世界·詩文》，廣東人民出版社 2003 年版，第 395 頁。

〔註103〕章太炎《菿漢三言》，遼寧教育出版社 2000 年版，第 138 頁。

夢著，折難著。

　　橫穿屋頂之波，我能見一個中年婦人，臉打皺，窮，她長有所倚，她從不外出。從她的面貌，從她的衣裝，從她的姿態，從幾乎沒有什麼，我造出了這婦人的歷史，或者不如說是她的故事，有時我就念給我自己聽，帶著眼淚。

　　倘若那是一個老漢，我也一樣容易造出他的來罷。

　　於是我睡，自足於在他人的身上生活過，擔受過了。

　　你將問我，「你相信這故事是真的嗎？」那有什麼關係呢？——我以外的真實有什麼關係呢，只要他幫助我過活，覺到有我，和我是什麼？〔註104〕

〔註104〕王風編《廢名集》第一卷，北京大學出版社 2009 年版，第 10 頁。

第八章 修辭思維與寫作倫理

第一節 西方的修辭思維

一

　　西方文明對於修辭的態度始終是自相矛盾的。以卓越的口才說服聽眾，使他們贊同演說者的主張，甚至任其驅遣，是一項收效顯著的活動，同時也潛藏著危險。從公元前五世紀的古希臘時代開始，修辭就「被界定為一門旨在進行勸說的藝術，同時也是一種能夠通過言說操控人類情感、態度和行為的力量。」「修辭產生效力的心理機制是心志的內在缺陷造成對意見的依賴。」〔註1〕美國總統大選中的電視辯論，至今仍是選戰中一個相當重要的環節，候選人在公眾面前的修辭表現，對於贏得還是失去選票，非同小可。兩位有實力者之間，可以比拼的內容固然很多，但最富於戲劇色彩的是口頭辯論。據說當年甘迺迪和尼克森辯論時，美國中上階層已經普及了電視，下層民眾在聽收音機，面龐英俊的甘迺迪贏得了電視觀眾的青睞，而尼克森依靠雄辯的口才征服了無線電的聽眾。西方文明看起來贊同修辭對政治產生巨大的影響，儘管它到底是什麼性質的影響，難於得出一個簡單的結論。雅典執政官伯里克利（Pericles）以其卓

〔註 1〕劉亞猛《西方修辭學史》，外語教學與研究出版社 2008 年版，第 34 頁。

越的言說才能，成爲言文行遠的典範。從古希臘時代起，修辭集中於三個公共話語領域，可謂源遠流長，即屬於政治修辭的審議性言說、屬於法律修辭的庭辯性言說和屬於儀典修辭的表現性言說。

中國人對無論哪一個層次的選舉，均持謹愼的懷疑態度。對於演講、辯論與一個人的政治才能之間的聯繫，亦有所保留。這倒不能歸咎於國人的現代民主意識落後，習俗的力量不盡然是消極的。傳統文化對於個人修辭素養的甄別，通常以書面語衡量。早在英語還沒有形諸文字的時代，中國人就把天下的讀書人召集起來，讓他們在限定的時間裏撰寫文章，優勝者進入龐大的文官系統，參與國家的治理。一千三百年來，隋唐宋元明清，朝代雖然更替，科舉制度文章取士的傳統卻沿襲不改。一九零五年以來可稱之爲後科舉時代，考試在中國的社會生活中依然擁有要責。孔門四科所謂的德行、政事、言語與文學，後兩項與今日所謂修辭密切相關，假如不能以考試衡量，仍然就無法成爲選取人才的標準。

英文「修辭」——Rhetoric 一詞，源出希臘語 Rhētorikē，由兩個詞素——表達「言說」的 rhē 和表達「藝術」的 ikē 構成。

修辭學體系的中西不同，在於西方的修辭學偏重於口語，等同於「言說的藝術」（the art of speaking）或者「說服的藝術」（the art of persuasion），而中國的修辭學重心始終在「寫作的藝術」。

楊樹達一九三三年出版《中國修辭學》，其《自序》云，「語言之構造，無中外大都一致，故其詞品不能盡與他族殊異，治文法者乃不能不因。若夫修辭之事，乃欲冀文辭之美，與治文法才求達者殊科。族姓不同，則其所以求美之術自異。況在華夏，**歷古以尙文爲治**，而謂其修辭之術與歐洲爲一源，不亦誣乎？昧者顧取彼族之所爲一一襲之，彼之所有，則我必具，彼之所缺，則我不能獨有，其貶己媚人，不已甚乎！」（註2）「尙文爲治」的「文」，乃是文字，以文字治理國家，由來已久，古人稱作「目治」，以耳治事者衆，以目治世者寡，目治的地位較高。在求知的過程中，也特別稱頌過目不忘的閱讀本領，視口耳之學不足爲憑。

一九五三年由於徐特立的推薦，楊著《中國修辭學》增訂後由科學出版社

〔註 2〕楊樹達《中國修辭學》，科學出版社 1954 年版，第 1 頁。

再版，作者在《增訂本自序》中曰，「頗聞國人方欲取民族形式之文字改用異民族形式之音標爲之，文字之不保，何有於修辭！然則吾今此之所爲，殆不免於多事矣。」〔註3〕

　　陳望道一九三二年出版的《修辭學發凡》，儘管受到了西方重語言傾向的影響，同樣以研究文字的修辭爲目標，他給修辭下的定義是，「修辭不過是調整語辭使達意傳情能夠適切的一種努力。」「修辭學就是研究修辭現象，探討恰當運用語辭以適應各種各樣題旨情境的學科……修辭學所可利用的是語言文字的習慣及體裁形式的遺產，就是語言文字的一切可能性。修辭所須適合的題旨和情境，語言文字的可能性可說是修辭的資料、憑藉；題旨和情境可說是修辭的標準、依據……凡是成功的修辭，必定能夠適合內容複雜的題旨，內容複雜的情境，極盡語言文字的可能性，使人覺得無可移易，至少寫說者自己以爲無可移易。」〔註4〕以語言文字並稱，寫說者共舉，無非是想涵蓋口語和書面語，但舉出來的例子，也只能做到「兼顧古話文今話文」。劉大白在《修辭學發凡・序》中說，「此書，就是關於修辭學的根本觀念也合舊稿不同，完全換了以語言爲本位」。〔註5〕這是一個錯誤的判斷。只要是講漢語修辭的書，不管由誰來寫，一定是以文字爲本位的，楊樹達的感慨是對的，離開文字談修辭，對漢語來說不可能。

　　伊索克拉底認爲「良好的表達能力是具有正常頭腦的最準確標誌，而眞誠、合法、公正的話語是善良、誠信的靈魂的外在形象。」他還說，「好的言說必須具備三種品質，即所說的話與所處的場合相適配，文體風格恰如其分，表達獨具匠心」，但是他認爲「文字的應用則沒有以上這些要求。這一點最爲突出地彰顯出言說藝術和文字藝術的區別」。〔註6〕

　　西塞羅是較早意識到寫作的訓練對於修辭的重要性的人。在他之前，希臘和羅馬修辭學一直以口頭表達爲對象和目標。西塞羅對這一傳統進行了反思，他認爲一個雄辯家的修辭素質離不開「長時間和大量的寫作訓練」。

　　羅馬修辭學界普遍認爲，口語和書面語是兩種截然不同的表達方式，口語

〔註3〕　楊樹達《中國修辭學》，科學出版社 1954 年版，第 1 頁。

〔註4〕　陳望道《修辭學發凡》，上海教育出版社 2006 年版，第 11 頁。

〔註5〕　同上，第 282 頁。

〔註6〕　轉引自劉亞猛《西方修辭學史》，外語教學與研究出版社 2008 年版，第 45 頁。

必須比書面語在表達上更加有力，還必須採用一切能取悅沒有受過教育的聽眾的種種手段，才能有效地說服他們。昆提利安不同意這樣的看法，他發展了西塞羅重視寫作的觀點，提出「對交流而言，使用筆桿子最費力同時也提供了最大的好處，因此我們必須盡量多寫並盡可能認真地寫。雄辯的根基在於寫作。」〔註7〕儘管這樣，不管是西塞羅還是昆提利安，仍然是圍繞著「言說的藝術」組織他們的著作。

二十世紀西方最偉大的修辭學家凱姆‧帕爾曼（Chaim Perelman），以他在修辭學領域的開拓性工作，促成了當代西方話語思想從「邏輯中心」向「論辯中心」的範式轉換。在他看來，論辯與哲學意義上的「確證」，大異其趣。論辯不是像確證那樣將結論構築在前提的基礎上，通過前提的正確性證明結論的正確性，而是力求將「受眾對被用作前提的那些命題的信奉，由前提轉移到結論上去。」〔註8〕

二十世紀另一位偉大的修辭學家肯尼斯‧博克（Kenneth Burke），認為當代修辭學的興趣並不在「知識」，而於其「方法」。在他看來，人是象徵性地對環境作出反應的。「我們必須給有利和不利的功能和關係命名，以便使我們對之有所作為。在這一命名的過程中，我們形成了自己的性格，因為名稱浸潤著態度，而態度暗示了行動。」〔註9〕

肯尼斯‧博克給修辭的定義是，「一些人對另一些人運用語言來形成某種態度或引起某種行動。」在他看來，「人是製造象徵的動物，否定的發明者，用自己創造的工具使自己與自然分離，受等級觀念的驅使，因要求完美而腐壞。」〔註10〕

修辭，就其真義，乃「致力於理解、掌握、開發和應用言語力量的一門實踐。」由於這一力量的開發與利用只能在一定的社會政治環境內進行，並必然導致這一環境內人與人之間的關係的再調整。肯尼斯‧博克認為，人類的處境，

〔註7〕 轉引自劉亞猛《西方修辭學史》，外語教學與研究出版社 2008 年版，第 130 頁。

〔註8〕 同上，第 333 頁。

〔註9〕 〔美〕肯尼斯‧博克等《當代西方修辭學：演講與話語批評》，常昌富、顧寶桐譯，中國社會科學出版社 1998 年版，第 15 頁。

〔註10〕 〔美〕肯尼斯‧博克等《當代西方修辭學：演講與話語批評》，常昌富、顧寶桐譯，中國社會科學出版社 1998 年版，第 16 頁。

基本上可以被看作是一個巨大的修辭情境，要理解人類在這一情境下的修辭行為，有待於修辭學及其概念的拓展。他說，「如果要用一個詞來概括舊修辭學與新修辭學之間的區別，我將歸納為：舊修辭學的關鍵字是『規勸』，強調有意的設計；新修辭學的關鍵字是『認同』，其中包括無意識的因素。」〔註11〕他指出：

> 只有我們能夠講另外一個人的話，在言辭、姿勢、聲調、語序、形象、態度、思想等方面做到和他並無二致，也就是說，只有當我們認同於這個人的言談方式時，我們才能說得動他。通過奉承進行說服雖說只不過是一般意義上的說服的一個特例，但是我們卻可以完全放心地將它當作一個範式。通過有系統地擴展它的意義，我們可以窺探到它背後隱藏著的使我們得以實現認同或達致「一體」的各個條件。通過遵從受眾的「意見」，我們就能顯露出和他們一體的「徵象」。例如，演說者為了贏取受眾的善意就必須顯露出為受眾所認同的性格徵象。毋庸諱言，修辭者可能必須在某一方面改變受眾的意見，然而這只有在他和受眾的其他意見保持一致時才辦得到。遵從他們的許多意見為修辭者提供了一個支點，使得他可以撬動受眾的另外一些意見。〔註12〕

聽上去很像老子的謀略「將欲取之，必先予之」。

二

　　西方對於修辭學的根本性困境有著充分深刻的理解和討論，對於修辭的負面影響或說作為工具的中性價值取向始終有著清醒的意識，從柏拉圖、亞里斯多德、西塞羅、昆提利安，直至二十世紀的帕爾曼和博克，皆有精彩的論述。「在巨著叢書傳統中，修辭學既被稱讚為一個有用的、受過教育的人們應該具備的訓練，又被遣責為正派的人不應向其屈尊的不誠實的伎倆。」〔註13〕

　　在柏拉圖看來，修辭根本不是藝術，不過是討好的一種形式。「正如烹飪術盡力滿足的是人們的味覺嗜好而不關心什麼對身體有益，照柏拉圖看來，修辭

〔註11〕〔美〕肯尼斯‧博克等《當代西方修辭學：演講與話語批評》，常昌富、顧寶桐譯，中國社會科學出版社 1998 年版，第 16 頁。

〔註12〕轉引自劉亞猛《西方修辭學史》，外語教學與研究出版社 2008 年版，第 346 頁。

〔註13〕《西方大觀念》第二卷，華夏出版社 2008 年版，第 1346 頁。

學的目的是使人高興而不關心什麼對靈魂或國家有益。烹飪術和修辭學是醫學和政治學這樣的眞正的藝術的贋品或冒牌貨，醫學和政治學以善好而不是愉悅爲目的。」〔註14〕

不過柏拉圖的修辭批判，是通過修辭手段的嫺熟應用而得到實現的，這說明在公元前四世紀整個希臘的修辭水準於那一時代的人發生了滲透性的影響。正因爲他自己是一位修辭的行家，所以才能一眼看透修辭的內幕。劉亞猛《西方修辭學史》評論說：

> 他對修辭方式和技巧的無情「揭發」將人們的注意力引向修辭本身往往諱莫如深的工作機制，引向「修辭效果究竟是怎麼產生的」這個關鍵問題。它提醒人們不管修辭的結論聽起來多麼雄辯有力、不容置疑，這些結論終究只不過是未經確證的「意見」，總是存在著質疑的空間。它要求人們認眞考慮修辭者的資格和動機，並用「眞實」、「道義」等標準來要求、衡量和約束一切修辭活動。所有這一切爲在修辭框架內逐步發展起來的「修辭批評」這一領域，即「以理解修辭過程爲目的而對一切象徵行爲和產物進行的系統調查和解釋」，提供了最初的觀念基礎和範式。時至今日，西方修辭批評家仍然「無可避免」地遵循柏拉圖樹立的樣板，經常「就修辭的好壞作出倫理、道德判斷」或者從政治、意識形態角度揭示、分析和抨擊修辭產物所服務的利益。柏拉圖對修辭的嚴厲批評可以說爲這門年輕藝術的平衡發展提供了必要的空間。

在任何複雜的社會形態下，正常、健康的修辭實踐總是由修辭行爲和對這一行爲的反制和抵抗構成的一體兩面。一反面，修辭者在各種目的和利益的驅使下總是盡力運用並且不斷發明各種說服手段對受眾施加影響。另一方面，受眾成員總是通過洞察修辭生效的機制、審視修辭行爲背後潛藏的利益動機，使自己在面對各種說辭時能夠有所警惕、有所鑒別，不至於輕易爲用心險惡的巧言佞詞所誤導和蠱惑。〔註15〕

亞里斯多德的《修辭學》，被視爲西方修辭學的奠基之作。他將修辭界定爲使我們「不管碰到什麼事情都能發現可資利用的說服手段的那種能力」，提

〔註14〕《西方大觀念》第二卷，華夏出版社 2008 年版，第 1350 頁。

〔註15〕劉亞猛《西方修辭學史》，外語教學與研究出版社 2008 年版，第 49 頁。

出「修辭者應能夠證明針對任何爭議的兩個對立觀點」，或者說針對每個議題，修辭者都必須同時掌握相互對立的兩個立論和兩套證明。但他強調這一基本要求並不意味著在現實生活中人們必須隨時準備為「卑劣」的那一方作出有效辯護，而只是為了使修辭者具備從不同角度考慮問題、把握話語互動全局的能力。

亞里斯多德還觸及到了修辭的另一個根本特徵，即只有當所採取的手段不被覺察到的時候修辭才具有充分的說服力。劉亞猛評論說，「這一看法將『自我韜晦』定位為修辭進行運作並發揮效力的一個根本條件，並指出之所以如此，是因為修辭能否不暴露自己的作用方式事關修辭的根本關係即修辭者和受眾之間的關係。受眾只有在不覺得修辭者是在要弄手法誘使他們作出一個可疑決定的時候才能真正被說服。而避免受眾產生這種感覺的途徑只能是言說者盡力將自己的修辭構思和修辭手段掩蓋起來。」〔註16〕

亞里斯多德以觀察家和學者的角度研究修辭，與柏拉圖對於修辭持嚴厲的批評態度不同，也與西塞羅的實踐家兼理論家身份相異。亞氏的修辭學說，在當時及隨後的漫長歲月裏，一直未能引起修辭學家的廣泛興趣。《修辭學》一書直至十三世紀才有了第一個拉丁文譯本，十五世紀之後開始引起意大利人文學者的注意，並首次被出版，成為經典是十九世紀發生的事情。

縱觀西方文明的發展史，無論是二希（希臘、希伯來）傳統，羅馬的共和理念，中世紀的基督教神學，文藝復興的人文主義，以及後來的啟蒙運動，法國大革命，無不貫穿著高度發達的修辭思維，始終在生產著形形色色的意識形態。因此對於西方的人文社會學科包括古典學在內，或許有必要從修辭的角度冷靜審視，對它宣稱的真理性和普遍有效性，保持清醒、質疑，作出自己的批判。

「在當代西方，修辭不僅不露聲色地支撐著交流、傳播、公關、廣告及一切形式的宣傳，為所有這些以象徵手段調節大眾看法和態度的行業提供了基礎觀念、總體思路和基本方法，而且在保證國家根本體制的正常運轉、構築主流意識形態、維持和增強所謂『軟性權力』等事關社會和民族興亡盛衰的要害利益上，起著舉足輕重的作用。」〔註17〕

〔註16〕劉亞猛《西方修辭學史》，外語教學與研究出版社2008年版，第55頁。

〔註17〕劉亞猛《追求象徵的力量：關於西方修辭思想的思考》，生活·讀書·新知三聯書

　　翻譯西方的典籍，不是一件輕而易舉的事情，精通其語言必不可少，但精通二字不容易擔當得起，學習語言沒有捷徑，長期浸淫才能熟悉其修辭習慣，看透其背後的秘密。有時自以為讀懂了含義，但許多著作既有顯白義，又具隱微義，兩者交織難分彼此，甚至互相矛盾構成其完整的表述，譯者假如沒有修辭學的高級素養及通識之才，怎可能保證譯作的品質呢？劉亞猛說，「修辭歷來一直同時是理解和誤解、正道和邪道、說服和蠱惑、道理和詭辯的孵化器」。修辭思維不是關於修辭的知識，而是在語言運用上的見多識廣，洞幽燭微的能力，老吏斷獄的銳利，而讀不懂書的人擅長的是把自己弄成書呆子。

　　人思考的媒介乃是語言，字、詞、句，知識系統與價值系統，不但和言語密切相關，亦且發端於語言，體現為語言。人類的許多創造活動，皆歸因於如何使用語言，或說莫不以言語求得理知，求得闡釋。語言作為現象，行使觀察，亦被觀察。教育，意味著從無量的書面語獲得無盡的資源，豐富受教育者的言說，擴大其存在的幅度與維度，以及人性的深度。

　　對於口語的要求，容易說清楚。其一，話要說得通，就是要讓人能聽懂，感到清通，母語之所以為母語，因開口說話不必思想語法，只要順口就通，不順口就不通，這亦是任何語言起碼的要求或曰底線；其二，話要說得好，恰當、得體、簡短、一語中的等等，令聽者如沐春風，如癡如醉，對於「好」的追求是沒有止境的。寫文章也是這樣的兩項，但比起來說話，你可以反覆琢磨多次修改，考慮了又考慮，所以對文章的要求亦應更高。

　　人開口說話，多數場合並不深思熟慮，但實際上沒有一刻離開過修辭思維。其包含之所以說話的原因，並立即關乎字句的斟酌。形式與內容，在語言中難以區分，亦不必區分，言說者的知識學養、語言技巧、情感態度、言語的自覺、語感的強弱，以及言說倫理、表述動機、預期效果、評價反思、調整調理、語境限制、言說目的的設定等等，是不可分割的統一的精神／意識活動──此一全過程，無意識亦始終沒有缺席，假若我們著眼於過程，就會看到無時不在的創造性言語活動，此即修辭思維。有時話已經到嘴邊兒，還是沒有說出來，不言也是修辭思維的一種選擇。

　　尼采說，「語言本身就是純粹修辭遊戲和手段的產物……語言之所以是修

店 2004 年版，第 3 頁。

辭學，是因為它只打算傳達一個見解（opinion），而不打算傳達一種眞實（truth）……各種修辭手段不是某種可以被隨心所欲地從語言中增加或減去的東西；它們是語言的最眞實的性質。根本就不存在僅僅在一定的特殊情況下才能被傳達的本義。」〔註18〕

修辭思維，實際上意味著人類思維的語言本性。無論是作為表達的語言，還是作為行為的語言，從產生的那一刻起，語言就注定是修辭性的。「我們也許改變了修辭方式，但是我們必定逃脫不了修辭學的掌握。我們不能對此抱有期望。」

修辭思維固然涉及人類已知的知識領域，但它眞正的性質乃是語言的藝術，是個人得自於遺傳的才能。我們駕御文字的能力，一端連著古老的傳統，一端連著無垠的未來。言語隨時隨地供人驅遣，向人暗示出種種未命名的方式，多種可能性，藝術的根，一端連著民族語言豐富的礦脈，一端連著個體鮮活的生命體驗和強力意志，里爾克宣稱他相信從未被言說的事情，這也是一切詩人的信條。

西方社會創發的權力機制極具自身的調節功能，比其他文明更富於想像力，因為他們有更為發達的修辭思維。福柯說：「人們對權力的忍受是以權力大體上將自己的眞相掩蓋起來為條件的。權力的成功率與它將自己的工作機制隱藏起來的能力成正比。權力如果對自我暴露完全無所顧忌，它還會被接受嗎？對權力來說，自我保密從本質上說不是一種非法行為，而是它發揮作用必不可少的一個條件。」〔註19〕

三

基督教源自古代希伯來民族的猶太教，《聖經·舊約全書》的開篇《創世紀》的核心思想，可以概括為「太初有言」，可以見出語言在這一宗教活動中的無上地位。「上帝**說**要有光，就有了光」。「人活著不是靠食物，而是靠神所說的**話**」。在人類的一切修辭發明中，直截了當地賦予話語如此神聖地位的設想，並不多

〔註18〕 轉引自〔美〕保爾·德·曼《閱讀的寓言——盧梭、尼采、里爾克和普魯斯特的比喻語言》，沈勇譯，天津人民出版社 2008 年版，第 112 頁。

〔註19〕 Michel Foucault, *The History of Sexuality*, Vol.1: An Introduction. New York: Vintage Books, 1980: 85-86.

見。《論語・陽貨》有「子曰：天何言哉？四時行焉，百物生焉。天何言哉？」《莊子》亦主張「天地有大美而不言」，《老子》走得更遠，「善者不辯，辯者不善」，儒道兩家或許沒有把言說太當回事。《周易》中雖有「鼓天下之動者存乎辭」的說法，但亦沒有將「辭」置於創世的高位上。中國人的信念，假如追本溯源，應該歸結爲「太初有道」，這個「道」字，包含有語言文字的意思，但不止於這個意思。

《聖經・新約全書》，是以希臘文寫就，作者保羅和路加等人受過良好的教育，熟悉希臘文學的各種修辭技巧，因此我們今天從《新約》文本中，可以見到大量古代希臘的修辭範例。聖保羅的書信，比如《哥林多前書》第十三章，在許多人看來，與羅馬帝國的雄辯演說，毫無二致。

耶穌死後，新生的基督教在羅馬帝國的希臘文化圈內秘密傳播，這是充滿敵意的嚴酷環境，主流意識形態視其爲邪教組織，不僅對基督徒圍剿、迫害且製造輿論，散佈基督徒聳人聽聞的罪行，說他們破曉時分聚會，戕害兒童，飲食血肉。從公元二世紀始，早期基督徒不得不以希臘和拉丁文撰寫面向龐大異教人群的「護道文」，爲自己的宗教教義和實踐辯護。《聖經》注釋及程序化的佈道文，也是從那時開始，成爲基督教傳播其教義的一種基本方式。

促成基督教修辭理論的成熟，是一位成年後皈依的羅馬修辭學教授。聖奧古斯丁公元三五四年生於北非的沙加斯特，他的母親是一位虔誠的基督教徒，他自幼接受良好的修辭教育，十九歲時皈依了摩尼教，一度醉心於新柏拉圖派的著作，在迦太基擔任雄辯術教授八年，後在米蘭擔任修辭學教授，具有很高聲望。基督教典籍，缺乏西塞羅式的高雅，一開始對他沒有太大的吸引力，三八七年他接受洗禮，皈依基督教，後任希波主教，是古代基督教拉丁教父中著述最多者。公元三九七至四二六年間，他寫就《論基督教教義》一書，以不分行業和地位的大眾爲接受對象，對西塞羅的修辭思想進行了成功的改造，使之適應基督教教義的要求。與希臘傳統中修辭人格與實際人格的互不關聯形成巨大反差，他提倡兩者的一致。「沒有任何表達方式能勝過眞誠的描敘」，他要求言說者的日常爲人處事本身就必須是「一篇雄辯的演說」，「用自己的生活方式書寫一篇充滿說服力的文章」。

聖奧古斯丁的另一部書《懺悔錄》更爲膾炙人口，在書中他對自己的行動和思想作了深刻的分析，文筆細膩生動，是晚期拉丁文學的代表之作：

　　我現在懂得聖經不是驕傲者所能體味，也不是孩子們所能領會的，入門時覺得隘陋，越朝前越覺得高深，而且四面垂著奧妙的帷幕，我當時還沒有入門的資格，不會曲躬而進。我上面說的並非我最初接觸聖經時的印象，當時我以為這部書和西塞羅的典雅文筆相較，真是瞠乎其後。我的傲氣藐視聖經的質樸，我的目光看不透它的深文奧義，聖經的意義是隨孩子的年齡而俱增，但我不屑成為孩子，把我的滿腔傲氣視為偉大。〔註20〕

　　《聖經》中一再重複這樣的字句：「你所念的你明白嗎？」。《聖經》闡釋學逐漸發展為一門博大精深的學問，比如「最大的義，乃最大的不義」，怎麼理解這句費解的話，當代神學家卡爾·巴特（Karl Barth）的解釋是：「人沒有在別人面前客觀地擁有公義的權利，他給自己披上的『客觀性』外袍越大，他給別人造成的不義就越嚴重。」接著他以馬克思挑戰資本主義制度的氣度質問道，「哪種合法性的根源不是非法的？」〔註21〕

　　在《聖經》闡釋過程中，解釋的依據是什麼？是《聖經》原文，抑或闡釋者的理解與發現？這是一個複雜的修辭學問題，闡釋者假如不能創造性地理解《聖經》文本，並把自己的生命體驗和信仰感悟投射其中，無法作出能夠打動信眾的解釋，但他在按自己的理解言說或者寫作時，又怎麼保證忠實於《聖經》的本義呢？巴特說，「忠實原文字句何用之有，如果這忠實是以對話語的不忠實為代價？」他在其成名作《羅馬書釋義》中以一個最具創意的公式，表達了他對於上帝和俗世的關係的理解。

　　　若將現存的秩序如國家、教會、權利、社會、家庭等等的總體
　　設為：（a b c d）；將上帝的本源秩序對這總體的揚棄設為括弧前的
　　負號：－（＋a＋b＋c＋d）；那麼顯然，革命作為歷史行為即使再徹
　　底，也不能視為在括弧前對人類秩序的總體實行全面揚棄的神性負
　　號，而是充其量只能視為這樣一種可能成功的嘗試：揚棄括弧內的
　　現存秩序作為現存秩序擁有的人性正號。於是得出以下公式：－（－
　　a－b－c－d）。

〔註20〕〔古羅馬〕奧古斯丁《懺悔錄》，周士良譯，商務印書館 1963 年版，第 41 頁。

〔註21〕〔瑞士〕巴特《羅馬書釋義》，魏育青譯，華東師範大學出版社 2005 年版，第 430 頁。

在這一公式中必須注意，括弧前巨大的神性負號很快就會出乎我們意料地將括弧內人擅自以革命方式搶先改設的負號重新變成正號。換言之，鑒於神人之間的局面，舊事物經革命的算法在崩潰之後會以新的形式捲土重來，而且比以前有過之而無不及。〔註22〕

巴特在《羅馬書釋義》出版前言中說，「誠然，保羅是作爲時代之子向同時代人說這番話的。但比這事實重要得多的是：他又是作爲上帝王國的先知和使徒，向所有時代的所有人說這番話的。誠然，應該注意古今之別，彼此之別。但注意旨在認識：就事情的本質而言，這些差別毫無意義。誠然，歷史－批判的《聖經》研究方法不無道理，它爲理解作準備，決非多此一舉。但若讓我在這一方法與古老的感悟說之間作出選擇，我會毫不躊躇地選擇後者；後者的道理更偉大，更深刻，更重要，因爲它揭示了理解活動本身，而離開理解活動本身，則任何準備措施均無價值可言。誠然，我爲自己無需在兩者之間作出選擇而感到欣慰。但我的全部注意力聚於一點：透過歷史事物窺見《聖經》的永恆精神。」〔註23〕

在基督教的眾多聖徒中，尼采批評得最激烈的一個人，就是聖保羅。尼采的「重估一切價值」和以「敵基督者」自居的想法，大約是將自己放在了巴特公式中括弧前那個神聖的「負號」的位置上，假如這個公式僅僅是一項修辭發明的話，從根本上否定它或者取消它，至少在理論上是可能的。尼采，這個十九世紀末期年輕的修辭學教授，志在爲歐洲文化尋找千年迷宮的出口，他終生批評最多的一個人，是柏拉圖。在精神崩潰之前，他爲自己寫下的自傳，定名爲《瞧，這個人》（拉丁語：ECCE HOMO），這名稱來自《聖經》，傳說耶穌上十字架前，頭戴荊冠，身披紫袍，受盡凌辱和嘲弄，羅馬帝國駐巴勒斯坦總督彼拉多，指著耶穌對圍觀者說，「瞧，這個人，他自稱自己是全世界的王！」

公元三一三年的米蘭赦令，等於承認了基督教的合法地位，接下來君士坦丁大帝在尼西亞召開主教會議，建立了整個教會的最高領導機構——基督教公會。基督教從一個盡受迫害的小佈道團體，用了不到三百年的時間，「一躍成爲羅馬帝國的國教，並且最終支配了整個歐洲，在事實上控制著整個西方的公共

〔註22〕 〔瑞士〕巴特《羅馬書釋義》魏育青譯，華東師範大學出版社 2005 年版，第 433 頁。

〔註23〕 同上，第 5 頁。

甚至私人生活的各個方面。這一戲劇性變化固然有其極爲深刻複雜的文化、社會和政治的原因，但是**修辭**在其中所發揮的作用是怎麼估計也不會過分的。」〔註24〕

四

出自於佚名者的《獻給赫倫尼厄斯的修辭學》，成書於公元前八九至八六年間，是保留下來最完整的羅馬修辭手冊。這本手冊首次提出了把修辭分爲五部分：修辭發明（invention），即構想出眞實或大抵如此的說法，以便使所提出的論點令人信服；謀篇（disposition），即分派言說的次序，使每一點排列在什麼地方一清二楚；文采（eloution），即選用恰當的詞句，使之順應所構想出的說法；記憶（memorization），即將說法、言辭以及它們的排列順序牢牢記在心中；發表（delivery），即優雅地對聲音、表情和動作加以調節。〔註25〕

獲得上述五種能力的途徑有三：理論、模仿、實踐。此外它還將話語風格分爲宏大、中和、簡樸三種類型，衡量風格的三個標準：得體性、整體性、卓越性。羅馬的修辭思維水準，明顯超越了古希臘。公元四世紀之後，由於基督教取得了在整個歐洲的支配地位，宗教化的政治秩序，取代了古典的世俗社會，西方的古典修辭傳統，事實上被改頭換面之後以隱形的方式在基督教的修辭體系中頑強地延續著，直至文藝復興。

文藝復興最重要的組成部分之一，就是修辭復興。從十二至十三世紀的一百年中，亞里斯多德的全部著作，從阿拉伯文轉譯成拉丁文，他的思想體系，產生了至今我們還能感覺到的影響。成立不久的巴黎大學，迅速成爲亞里斯多德的研究中心。

意大利人文主義者認爲，西方最初的學科是修辭學，而不是哲學。人有了語言，才有了理解世界的途徑。文藝復興前後兩百多年，修辭學始終是西方教育的中心學科。維科（Giambattista Vico 一六六八——七四四）認爲語言使人的存在形成秩序，人從無意義之中創造意義，進而創建了社會。他將修辭視作一切藝術的核心，是人理解世界的關鍵。

〔註24〕劉亞猛《西方修辭學史》，外語教學與研究出版社 2008 年版，第 144 頁。

〔註25〕轉引自劉亞猛《西方修辭學史》，外語教學與研究出版社 2008 年版，第 82 頁。

培根說，「數學的和政治的表達風格之間有很大的不同」。他顯然在談論此兩門差異極大的學科的修辭方式。用修辭思維去考察人類的知識體系和學科劃分，是一件饒有趣味的事情。

「在每一個主題或學問領域裏，都有一個在交流思想的過程中如何使語言最有效地給人啟發或使人信服的共同問題。這個問題不僅出現在組織一整篇話語中，也出現在寫一個單一的句子中。」〔註26〕

歐幾里得寫作《幾何原本》的方式，是一種展示的風格，不僅有邏輯的特徵，還有修辭的特徵。歐幾里得的這種修辭方式，別的作者、別的學科也可以借用。我們在斯賓諾莎的《倫理學》和牛頓的《自然哲學的數學原理》中，就看到了對這一來自於幾何學的修辭方式的精彩運用。

歐洲中古時代的「煩瑣學派」（Scholastic）把修辭學列為「七藝」之一，與文法、邏輯、天文、算術、幾何、音樂並列。其中文法、邏輯與修辭屬於低級學科（the trivium），後四種屬於高級學科（the quadrivium）。今天看來，低級學科的重要性，要遠遠超過高級學科。

文法不僅明顯存在於語言中，而且以隱身的方式存在於人類社會的諸多事務之中。照本維尼斯特的一種直觀的說法，語言的結構即為社會性本身。結構主義方法從語言學裏誕生之後，迅速擴延至幾乎所有的人文社科領域，根源即在此。邏輯是思維的規則，屬於確然性的領域，修辭則是或然性的領域，正因為兩可，才存在說服。近代科學以尋求確然性為其旨歸，所以科學主義在歐洲的興起，伴隨著對於修辭思想的壓抑。

從十七世紀開始，大約三百年的時間裏，歐洲思想受科學實證主義的籠罩，科學與理性佔據了新的高位。在笛卡兒、康德、洛克等啟蒙思想家的推動下，人們普遍相信，人類借助與生俱來的理性感知官能，通過對語言的合理使用，能夠在所有領域獲得「確定無疑的知識」，科學思想堅信，「現實」（reality）作為客觀存在，不僅可以被認知，亦且能夠被正確地表述。據此信念，「客觀真理」被建構起來，並成為人們普遍接受的信條，成為歐洲教育的中心學科，修辭學被徹底取代了。

二十世紀中期之後，「理性與科學」主導的西方智力環境發生了劇變，修辭

〔註26〕《西方大觀念》第二卷，華夏出版社 2008 年版，第 1354 頁。

學重新抬頭，啓蒙話語本身，就是一種修辭，甚至是意識形態，必須被置於研究者的審視之下。人類的眞實觀也發生了巨大的變化。對於「眞實是什麼」？尼采回答說，「是一群移動的隱喻、換喻和擬人說，總之是人類關係的總結。人們正從詩學和修辭學上對這些人類關係加以理想化、更換和美化，直至在長期反覆應用之後，人們感到它們已經可靠、規範和不能廢除。眞實是其假象性已經被遺忘的假象，是已經被用盡、喪失其特徵、現在僅作爲金屬品而不再作爲硬幣起作用的隱喻。」〔註27〕

認知又是什麼呢？尼采說，「是『解釋』，賦予意義，——不是『闡明』（在大多數情況下是對一個古老的、變得不可理解的、現在只是一個符號的解釋的新解釋）。事實構成是不存在的，一切都是流動的、無法牢牢把握的、向後退去的；只有我們的看法是最持久的東西。」〔註28〕

五四先驅向西方尋求眞理之際，最先遭遇的學術系統正是科學的「認識論」，確認其爲眞理，或曰「確定無疑的知識」。在科學認識論者看來，眞理與知識普遍有效，與表述它們的言語基本無關，而且能跨越文化，直達眞實。西方這一十八世紀的眞理觀和知識觀，在西方當時的語境下，自有其歷史必然性，五四先賢未加審視而引入，奉爲德賽二先生，以爲改造中國的旗幟則可，倘若視爲眞理，並以之爲準的，判斷中國歷史的是非與現實的走向，差錯則不可避免。五四運動之發生距今近百年了，我們今天對於西方的認識，確有超過前人之處麼？翻譯的西方典籍增加了數百倍，普通民眾皆能出國旅行，留學歐美成爲青年人接受高等教育的平常途徑，國際會議，商業交流，沒有停息，但要透過種種修辭的迷霧，越過意識形態陷阱，讀懂西方文化並不容易。美國人征服全球據說有三大利器——美元、美軍和美國的價值觀，秣馬厲兵與人民幣堅挺之外，砥礪我們的修辭思維，何可少也？

五

概念、判斷、推理和以此爲基礎的三段論，是亞里斯多德理論的核心，也

〔註27〕轉引自〔美〕保爾·德·曼《閱讀的寓言——盧梭、尼采、里爾克和普魯斯特的比喻語言》，沈勇譯，天津人民出版社 2008 年版，第 118 頁

〔註28〕〔德〕尼采《重估一切價值》上卷，維茨巴赫編，林笳譯，華東師範大學出版社 2013 年版，第 147 頁。

是西方形式邏輯的基礎，前提爲眞，結論即推爲眞，這一論斷，長期被視作人類思維的普遍形式，但它產生於印歐系語言結構，離開印歐系語言，未必亦能奏效。三段論思維著眼於概念的外延，以外延確定類的種屬關係，離開這一種屬關係，思維即不成其爲思維。印歐語語法框架建立於命題結構，它的公式可以表述爲「A 是 B」，這裏的「是」，指在語法結構中主謂語之間的關係一致。這關係，事關印歐語語法結構的「綱」，其他規則直接間接受這一「綱」的控制——印歐語的深層語法，此之謂也。

亞里斯多德將現實區分爲十個範疇：實體、性質、數量、關係、地點、狀態、情景、動作、被動、時間。其中實體乃本質，其他九個範疇用以表述實體的偶有屬性。對此，傅斯年的觀察異常敏銳，他說，「亞里斯多德的所謂十個範疇者，後人對之有無窮的疏論，然而這是希臘語法上的問題，希臘語正供給我們這些觀念，離開希臘語而談範疇，而範疇斷不能是這樣子了」。〔註29〕

思維方式與思維能力，是兩回事。思維能力乃人類各文明所共有，但它應當是以不同的思維方式呈現出的。五四時代的偏頗，大概是將西方式的思維方式，誤作普遍的思維能力了。

作家韓少功說，「我不知道是歐洲公理化思維造就了他們的語言，還是他們的語言促成了歐洲的公理化的思維，但歐洲文化的遺傳特性，在理論語言中表現得特別明顯。簡單地說，這構成了一張言必有理的邏輯之網，卻不一定是一面言必有據的生活之鏡。形而上學，理性主義，乃至經院哲學，在這種語言裏水土相宜，如魚得水，似乎只能在這一類的語言裏，才能獲得抽象不斷升級和邏輯無限演繹的可能」。〔註30〕

西方二十世紀的語言學研究，有一個同質語言學向異質語言學的轉向。從結構主義至生成語法，出於同質語言觀，認爲語言是形式的，不是實質的，因而重形式研究，輕意義研究，強調語言作爲共時的、自足的系統，盡可能排除來自外部的干擾因素。二十世紀六十年代後，菲爾墨（Fillmore）、蘭姆（Lamb）、雷科夫（Lakoff）等人轉向異質語言研究，試圖打通語言和言語、內部與外部、歷時和共時等等因素，或許正是這一學術進路，啓發了中國的字本位理論。

〔註29〕參見周法高《中國語文研究》，株式會社中文出版社 1970 年版，第 147～148 頁。
〔註30〕韓少功、王堯《語言的工具性與文化性》，朱競編《漢語的危機》，文化藝術出版社 2005 年版，第 241 頁。

　　徐通鏘認為，「語義的生成規則不受『A 是 B』那種反映種屬關係或上下位概念關係的規則的支配，完全是由此及彼的一種聯想；只要語言社團能在兩種事物之間建立起聯想關係，就能以此喻彼，用 A 指 B，使 A 具有新的意義。」〔註31〕他認為漢語的思維方式是隱喻式的，語義的生成基於這種隱喻式的思維。

　　譬如說「形」和「神」這對中國哲學概念，何曾有人定義過究竟何為「形」、何為「神」，然而「形」「神」之說所以奏效，乃是因為可以將比喻作為例證。桓譚喻之為「精神居形體，猶火之燃燭矣」；王充的說法是「人之精神，藏於形體之內，猶粟米在囊橐中也」；嵇康則以為「精神之於形骸，猶國之有君也」；范縝曰，「形之於質，猶利之於刃；形之於用，猶刃之於利。利之名非刃也，刃之名非利也；然而捨利無刃，捨刃無利，未聞刃沒而利存，豈容形亡而神存？」徐通鏘將漢語的這種思維習性歸納為「A 借助於 B，從 A 與 B 的相互關係中去把握、體悟 A 和 B 的性質與特點」他稱這一公式可以是漢語研究的方法論基礎，使人聯想到以色列哲學家馬丁・布伯「我與你」這樣一對哲學概念，他們與此一公式有怎樣的聯繫，在兩個主體之間，我們是強調同一，還是強調差異呢？

　　西方哲學在語言中還有一個奠基性、決定性的範疇——動態的係詞意義，希臘文是 einai，英文乃 to be，德文為 sein，兼有表真、存在、方位等多層含義，漢語卻難以找到對應詞語，譯為「是」、「有」、「存在」、「存有」，皆似不確。據王力的研究，「是」自東漢後就自覺作為係詞，但並不具有上述西文詞語的動態性。古希臘、中世紀直至近現代，西方哲學雖則派系紛繁，但於 einai（to be，sein）的理解與詮釋，乃各派有所差異的理據根源。據說海德格爾與胡塞爾的分歧，就在對於 einai 的不同理解上。

　　黑格爾說，「一個有文化的民族竟沒有形而上學——就像一座廟，其他各方面都裝飾得富麗堂皇，卻沒有至聖的神那樣。」〔註32〕這是黑格爾的偏頗，世界上本有各種各樣的神廟，也同樣有各種各樣的神，構成諸神的世界。在一神論者看來，只有他自己的神才是神，其餘的神皆是偶像，兩個一神論者假如遭

〔註31〕徐通鏘《漢語結構的基本原理：字本位和語言研究》，中國海洋大學出版社 2005 年版，第 222 頁。

〔註32〕〔德〕黑格爾《邏輯學》上卷，商務印書館 1965 年版，第 2 頁。

遇，只有一戰，譬如基督教和伊斯蘭教。古代希臘、羅馬皆信奉多神，有時還將異邦的神接納爲本地神，例如古埃及司生育之女神伊西斯（Isis），古波斯光明之神密特拉（Mithra），在羅馬帝國時代就曾被引進。

「每一語言裏都包含著一種獨特的世界觀」，洪堡特認爲，擺脫一種語言世界觀的束縛，唯一的良方，是熟練掌握另一種語言，以一種以上的語言，輔助思維。德國語言學家魏斯格貝爾（L.Weisgerber）的看法是，語言和語言的差別，隱含著巨大的哲學意義、語言學意義、文化史意義，甚至美學與法學意義，他指出了每種具體語言世界觀的片面性和某種主觀性：

> 假如人類只有一種語言，那麼，語言的主觀性就會一成不變地固定認識客觀現實的途徑。語言一多就防止了這種危險：語言多，就等於實現人類言語能力的途徑多，它們爲人類提供了必要的、多種多樣的觀察世界的方法。這樣一來，爲數眾多的語言就以其世界觀的豐富多樣同惟一的一種語言不可避免的片面性對立起來，這也就可以防止把某一種認識方法過高地評價爲惟一可能的方法。〔註33〕

理解西方「形而上學」開初的一步，要在上述奠基性範疇上作功夫，否則無從談起。語言文字是文化的根系，追究文化的種種異質性，莫不緣起於文字的差異。僅僅閱讀西方哲學的中文譯著，會發生大的偏差，須從源頭處考慮文字的可譯性，正視哲學概念、範疇、和體系與語言之間的共生關係，才是正本清源的工作〔註34〕。

六、

一九七一年美國出版的《修辭學的前景》（The Prospect of Rhetoric）一書，將修辭界定爲「象徵或象徵系統藉以對信念、價值、態度和行爲產生影響的那個過程」，修辭研究可以採納包括「哲學、歷史、批判、實證、創造（文學）和教育」等方法。這一過於廣闊的範圍，和幾乎無所不用的方法，事實上取消了

〔註33〕轉引自〔蘇〕茲維金採夫《普通語言學綱要》，伍鐵平等譯，商務印書館 1981 年版，第 337 頁。

〔註34〕清華大學哲學系與中華全國外國哲學史學會所編《BEING 與西方哲學傳統》一書，是此工作的重要收穫，於 2002 年出版。

修辭學作爲學科的傳統領地，依照這一定位，修辭學研究應當根據具體場合和需要，對流通中的各種方法隨意徵用、予取予求，不拘泥於任何具體的模式和體系。里查得·麥克基恩（Richard Mckeon），試圖說得簡短些，他認爲修辭是一門「關於基本建構的藝術」（an architectonic art），它使得「所有跟知、行、造相關的原理和產物獲得了它們的結構形態」。〔註35〕從表述上看，不僅脫離了語言這個基本範疇，而且距離 Rhetoric 一詞的本義過於遙遠了。漢語的「修辭思維」四字，既明確清晰，又抓住了要害。

修辭手段不是語言的派生的、邊緣的或反常的形式，而是典型的語義學範例。比喻結構不是其中的一種語言模式，而是它就照這樣來體現語言的特徵。修辭思維，言明的是語言的此一修辭本性。凡使用語言處，俱離不開修辭思維，區別只在於有沒有意識到，任何學科概莫能外。

譬如說「個體化」這個概念，在哲學、社會學、歷史學、心理學、教育學、人類學當中，皆不得不處於核心地位，但它的產生實際上是緣於一種修辭上的需求，保爾·德·曼認爲，「個體化概念，即作爲有特許的觀察點的人類主體的概念僅僅是隱喻而已。人類憑藉隱喻將自己對世界的解釋強加於整個宇宙，用一種令他的空虛得以釋明的以人類爲中心的意義替代一種將他歸結爲宇宙秩序中的純粹曇花一現的偶然存在的意義，從而免得自己成爲一個微不足道的生靈。隱喻替代是反常的，但人們自我如果不犯這個錯誤就不可能存在。當自我面臨它的非存在的事實時，它將會遭到毀滅，就像一隻昆蟲被吞噬它的火舌燒毀一樣。」〔註36〕

劉亞猛說，「西方話語傳統賦予『rhetoric』的任務不僅是研究如何更好地表達先已存在的思想，而首先是研究如何根據面臨的『修辭形勢』產生、發掘、構築和確定恰當的話題、念頭、主意、論點，也就是說，產生和確定按語境要求『該說的話』或該表達的思想。在西方修辭學家看來，產生並游離於具體語境之外，修辭完全沒有染指，因而渾然無雕飾的『純思想』從來就不曾存在。任何念頭或想法的萌發都意味著修辭的參與並在其中發揮關鍵作

〔註35〕轉引自劉亞猛《當代西方修辭學學科建設：迷惘與希望》，譚學純、林大津主編《修辭學大視野》，海峽文藝出版社 2007 年版，第 127～128 頁。

〔註36〕〔美〕保爾·德·曼《閱讀的寓言——盧梭、尼采、里爾克和普魯斯特的比喻語言》，沈勇譯，天津人民出版社 2008 年版，第 118 頁。

用。」〔註37〕

這實在是修辭思維的洞見，超越了對修辭學功能的認識，直探人類諸事務的修辭情境。正所謂「微而顯，志而晦，婉而成章，盡而不污，懲惡而勸善」。〔註38〕

尼采說，「只要一個人在世界中尋求真實，他就處於本能的支配之下：他需要快樂，不需要真實；他需要相信真實和這個相信所產生的快樂效果。」德‧曼在引用了尼采的這段名言之後說，「唯有能將整個世界設想爲外觀的藝術家才能不受本能的支配思考真實：這導致自由而輕鬆的情感，這個情感是一個擺脫了指稱真實的束縛的人所特有的，亦即最近巴特所談到的『能指的解放』」。〔註39〕他指的是法國符號學家羅蘭‧巴特（Roland Barthes）。能指與所指是索緒爾的概念，對於有聲語言來說，他把符號看做是音響形象與概念的結合，其中音響形象是符號的「能指」，概念就是「所指」。如果從有聲語言，擴大到書寫語言，符號就成爲書寫標誌與概念的結合。羅蘭‧巴特倒是寧願暫時終止書寫與概念的結合，結合的前景是可以預料的，那便是單詞。爲了停留在符號的書寫層面上，他選擇了埃爾泰的字母表。畫家埃爾泰用女人體繪製的一個一個的單獨的字母，「先於單詞的不穩定狀態而存在：它獨自去尋求發展，不是向著它的姐妹們發展（沿著句子），而是向著它的個體形式的無休止的隱喻發展：這是真正詩性的途徑，該途徑不通往話語、不通往邏各斯，不通往系統，而是通往無止境的象徵。」〔註40〕

能指脫離所指的控制，或者說不再爲所指服務，它想是它自己，是它自己的一個形體，可以被書寫，被識別，但拒絕立刻被編入單詞之中。「字母表的能力便是：重新找到字母的某種自然狀態。因爲字母如果是單一的，那麼它就是

〔註37〕劉亞猛《追求象徵的力量：關於西方修辭思想的思考》，生活‧讀書‧新知三聯書店 2004 年版，第 3～4 頁。

〔註38〕《左傳‧成公十四年》，轉引自楊樹達《中國修辭學》，科學出版社 1953 年版，第 1 頁。

〔註39〕保爾‧德‧曼《閱讀的寓言——盧梭、尼采、里爾克和普魯斯特的比喻語言》，沈勇譯，天津人民出版社 2008 年版，第 121 頁。巴特原話是「能指的解放，對唯心主義壓抑的反抗，發動差異和欲望的力量來對抗認同的法律和秩序。」

〔註40〕〔法〕羅蘭‧巴特《顯義以隱義》懷宇譯，百花文藝出版社 2005 年版，第 123 頁。

淳樸的：當有人排列字母以使之成為單詞的時候，錯誤也就開始了。」〔註41〕

在本書看來，羅蘭・巴特的種種文本實踐，以及德里達對於書寫的強調，事實上不過是在尋求一種新的修辭手段，修辭思維的拓展，差不多已經窮盡了拼音文字的所有可能性，假如從書寫上或者視覺上下功夫尋找，未必不能找出點什麼。但西方的語言終究是聲音中心主義的，修辭活動的主戰場，還是在語言，硬在文字上、字母上挖掘，也不過止於對 S／Z 的有限聯想和發揮罷了。羅蘭・巴特關於「聲音的編織」的論述，比他的字母論述精彩許多：

> 每個符碼都是一種力量，可控制文，都是一種聲音，織入文之內。在每個發音內容旁邊，我們其實都能說聽到了畫外音：這就是種種符碼：在編織之中，種種符碼（聲音）的起源在一大片已寫過的透視遠景中「失落」，它們亦迷失了發音行為的起源：眾聲音（眾符碼）的彙聚成為寫作，成為一個立體空間，其中，五種符碼、五種聲音交織：經驗的聲音（布局符碼），個人的聲音（意素符碼），科學的聲音（文化符碼），真相的聲音（闡釋符碼），象徵的聲音（象徵符碼）。〔註42〕

在這眾聲喧嘩之中，意識形態的聲音，由於高強度和高滲透性，總是顯得特別刺耳，稱之為我們這個時代最流行最普遍的雜訊，亦不為過。置身語言之中的人，是無法遠離意識形態的。「某種無情的局域（topique）將語言的生命管住了；語言總是出自某個場合，它是作戰的地方（topos）。」〔註43〕羅蘭・巴特的寫作，可以視作克服意識形態的個人化努力。

「我自說自話的語言，不是我的時代的語言；它自然地遭到意識形態跡象的蹂躪；如此，我就必須與這語言作鬥爭。我寫作，因為我不想要我得到的詞語：出於擺脫之因。」〔註44〕

在一切有組織的地方，首要的工作便是統一語言，中西古今皆然。一九七四年巴特曾經訪問過中國，行程是北京－上海－南京－洛陽－西安－北京，正值「批林批孔」運動，對於在中國的見聞，他「拒絕使用政治語言談論」「人們

〔註41〕〔法〕羅蘭・巴特《顯義以隱義》懷宇譯，百花文藝出版社 2005 年版，第 123 頁。

〔註42〕〔法〕羅蘭・巴特《S/Z》屠友祥譯，上海人民出版社 2000 年版，第 85 頁。

〔註43〕〔法〕羅蘭・巴特《文之悅》屠友祥譯，上海人民出版社 2002 年版，第 39 頁。

〔註44〕同上，第 51 頁。

的感覺是，巴特懸置了所有的意見，擱置了一切判斷性思考」。〔註45〕《中國行箚》是在他一九八零年去世後才發表的。

羅蘭·巴特是批評家，在他的著作中，除了論述字母外，還詳析了許多精心挑選的法文單詞，也有於完整的文學作品的解讀，比如巴爾扎克的小說《薩拉辛》，及於繪畫、攝影等圖像的評論。在本書看來，最能體現他解構功力的，是其對於句子的理解和認識。「『每一意識形態活動均呈現於綜合地完成了的語句形式中。』也可以從相反的方向來理解茱麗葉·克里斯特娃的這一命題：凡是業已完成了的語句均要冒成為意識形態之物的風險。實際上，恰是這完成之力，解釋了句子的權力和標誌，似乎具有著最重要、最高昂的贏獲與征服的手段，這是句子的原動力。」〔註46〕

格言在被傳誦的句子中一向地位顯赫，尼采和魯迅的格言寫作給德語和漢語留下了豐富的感受。羅蘭·巴特認為，一切寫作都只能是片段式的，但對於使用格言體，他始終心存疑慮，下面的文字是其關於格言的「格言」：

他在這本書中完善著一種警句聲調（**我們，人們，總是**）。然而，格言在有關人的本性的一種本質論思想之中受到了損害，它是與古典的意識形態連在一起的：它是言語活動的最為傲慢的（通常是最為愚蠢的）形式之一。為什麼不放棄它呢？像以往一樣，其原因在於情感方面：我寫作一些格言（或是概述其意念），**為的是使我放心**：在出現一種精神混亂的時候，我借助於確信一種超越我的固定性來減輕這種混亂：「**實際上，總是這樣**」：於是格言就誕生了。格言是一種**句子名詞**，而命名則是使平靜。此外，這種情況也是一種格言：格言可以減輕我在寫作格言時對於出現偏移的擔心。

（X 的電話：他向我敘述他的度假情況，但絲毫不詢問我的度假情況，就像我兩個月以來不曾動一動地方一樣。我在其中看不到任何的不關心；我看到的更可以說是表明一種辯解：**在我不在的那個地方，世界是靜止的**：格言的靜止性正是以這種方式來使瘋狂的

〔註45〕埃里克馬爾蒂《羅蘭·巴特：寫作的職業》胡洪慶譯，上海人民出版社 2011 年版，第 1 頁。

〔註46〕〔法〕羅蘭·巴特《文之悅》屠友祥譯，上海人民出版社 2002 年版，第 62 頁。

組織安靜下來。）〔註47〕

這段文字中，巴特的修辭手段包括對於冒號、括弧的使用，對於某些文字的加重，以及說話般的口吻，大約還包括一些特殊詞語的挑選，使細微的差別得以顯示（「出辭氣，斯遠鄙倍矣」）。如果無力釋讀法文原著，則無以辨析其用詞造句，作進一步的評論。

第二節　在修辭立誠和方便法門之間

一

關於修辭，在中國歷史上有若干不容置疑的偉大教條，經過百千年的傳揚，早已深入人心，但認真考量一番，又未必真能一一遵守實行：

（一）草創之、討論之、修飾之、潤色之。（二）微而顯，志而晦，婉而成章，盡而不污，懲惡而勸善。（三）其旨遠，其辭文，其言曲而中。（四）不辭費。（五）辭達而已。（六）物相雜，故曰文。（七）立象以盡意，設卦以盡情偽，繫辭以盡其言，變而通之以盡利，鼓之舞之以盡神。（八）言以足志，文以足言；不言，誰知其志！言之無文，行而不遠。（九）志於道，據於德，依於仁，游於藝。（十）興、觀、群、怨。

以上所列，舉例而已，詳細討論，俟諸他日。其中首要的信條乃是「修辭立其誠」。

《周易·乾卦》九三曰：「『君子終日乾乾，夕惕若，厲無咎。』何謂也？子曰：『君子進德修業。忠信，所以進德也。修辭立其誠，所以居業也。知至至之，可與幾也。知終終之，可與存義也。是故居上位而不驕，在下位而不憂，故乾乾因其時而惕，雖危無咎矣』」。〔註48〕這是漢語文獻迄今所見最早的「修辭」一語。

唐孔穎達《正義》云：「修辭立其誠，所以居業者，辭謂文教，誠謂誠實也。外則修理文教，內則立其誠實。內外相成，則有功業可居，故云居業也」。

〔註47〕〔法〕羅蘭·巴特《羅蘭·巴特自述》，懷宇譯，百花文藝出版社 2002 年版，第160 頁。

〔註48〕朱熹注《周易》，上海古籍出版社 1987 年版，第 3 頁。

〔註49〕孔穎達的解釋，並沒有把立誠當作對於修辭的要求，反以內外之別，明確地區分了兩者。「外則修理文教，內則立其誠實」，分明是並列的兩件事，雖然以「內外相成」把它們聯繫起來，但後世的理解——「以立誠的態度修辭」還是明顯脫離了本義。

金景芳《周易講座》的解釋是，「爲了進德修業，所以終日乾乾，夕惕若。怎麼樣進德呢？忠信，所以進德也。《論語》說『主忠信』。說『爲人謀而不忠乎，與朋友交而不信乎，傳不習乎？』『修辭立其誠，所以居業也』是說居業離不開修辭。但修辭還要立誠立信。」〔註50〕

羅根澤認爲，「這可以說是十足的儒家學說。雖則只是短短的幾句話，卻影響了後來的載道派的文學觀。我們應當注意者，是它所謂『立誠』是以『居業』的，而『居業』又是與『進德』並舉的。」〔註51〕

聯繫上文《周易·乾卦》「九二」之中的「庸言之信，庸行之謹。閑邪存其誠，善世而不伐，德博而化」的意思，在這裏「立誠」與其說是專對「修辭」而言，還不如說是「進德居業」的前提條件，是「閑邪存其誠」的深化。從大的語義環境來看，修辭和立誠，皆是爲了進德居業，因爲乾卦處在九三位上，以剛居剛，上不在天，下不在田，只有因時而惕，才能雖危無咎。金景芳和羅根澤以周易研究、文學批評兩個不同學科的眼光看這段話時，皆注意到了這一點。

依照今人的一種解釋，「修辭立其誠」有這樣兩重含義，即「立言修辭內容的眞實和立言修辭態度的忠信」，「以道德修養爲前提，以言行一致爲準繩」。〔註52〕這與西方修辭作爲「說服的藝術」在根本的指向上，有著明顯的差異。

周振甫的解釋亦大致相同，他說，「修辭要建立在眞誠上，文辭是表達情意的，修辭就是把自己的情意用文辭來表達，像一杆天平，一頭是情意，一頭是文辭，兩者要做到輕重悉稱，沒有偏重偏輕的毛病，這就是修辭立誠。文辭同

〔註49〕轉引自周振甫《中國修辭學史》，江蘇教育出版社2006年版，第18頁。

〔註50〕金景芳《周易講座》，呂紹綱整理，吉林大學出版社1987年版，第112頁。

〔註51〕羅根澤《中國文學批評史》第一卷，中華書局1958年版，第54頁。

〔註52〕陳光磊、王俊衡《中國修辭學通史·先秦兩漢魏晉南北朝卷》，吉林教育出版社1998年版，第7頁。

情意是否輕重悉稱，只有自己最清楚，所以要靠自己的立誠，才能做好修辭工作。」〔註53〕這是知書達理有眞氣節之士的秘密天平，它依靠道德自律來稱量貨物投桃報李。我們也常常閱見現代漢語有一些漂亮修辭下掩映的狹隘卑鄙，往往並不自律，這已是題外話了。

「內容的眞實」和「態度的忠信」未必合乎古人的原意，至於「道德修養，言行一致」云云，就相距更遠，但卻是今天通行的看法。而這一看法並非沒有來由，孔子對「忠信」的提倡，儒家對「文以載道」的主張，早已是中國文化之中突出的意識形態信條了。對於人文社會科學諸領域的所謂學術研究，往往以具體問題入手，以贊同或者歸順各種意識形態結論告終，彷彿不如此不足以證明眞理的偉大和萬川歸海的事實重於泰山。

《論語・憲問》云：「子曰：有德者必有言，有言者不必有德」。〔註54〕孔子明確否定了言與德，即修辭和立誠之間的必然聯繫。《論語・爲政》云：「子曰：視其所以，觀其所由，察其所安，人焉廋哉？人焉廋哉？」〔註55〕孔子相信通過觀察可以瞭解一個人的眞實面目，但觀察的對象是其「所以」「所由」「所安」，而非「所言」，他當然知道聽其言不如觀其行來得可靠。

《禮記・表記》曰：「子曰：情欲信，辭欲巧。」對於情和辭，分別以不同的要求和標準去衡量，這意味著孔子對於做人和作文，早已分開考量。而且情之信否，辭之巧否是兩碼事，不構成因果關係，但偏偏今天的許多人要混爲一談。

修辭和增進道德上的善，兩者之間的複雜關係無疑是修辭的根本性的困境，此一困境需要深味修辭的人來詮釋詳析其諸多例證，包括求證於希臘羅馬的古典修辭及西方當代修辭，若僅以一句含混的「修辭立其誠」將此一窘境掩蓋起來糊塗過去，並不可取。

二

漢語簡短，成語眾多，一旦某個語句警策醒目，脫穎而出，便不再受原來語境的約束，而獲得了獨立的意義。「修辭立誠」甚至很早就成了古人的一種信

〔註53〕《周振甫講修辭》，江蘇教育出版社 2005 年版，第 11 頁。

〔註54〕楊伯峻《論語譯注》，中華書局 1980 年版，第 146 頁。

〔註55〕同上，第 16 頁。

念，當然不是唯一的信念，與之相反的信念，始終存在，只不過處於被壓抑的狀態，成了社會的無意識。

王充《論衡‧超奇》曰：「實誠在胸臆，文墨著竹帛。外內表裏，自相符稱。意奮而筆縱，故文見而實露也。」

韓愈《答尉遲生書》曰：「夫所謂文者，必有諸其中，是故君子審其實。實之美惡，其發也不掩。本深而末茂，形大而聲宏，行峻而言厲，心醇而氣和。」〔註56〕

《禮記‧表記》曰，「是故君子恥服其服而無其容，恥有其容而無其辭，恥有其辭而無其德，恥有其德而無其行。」嚴厲批評一個人言不顧行，行不顧言，恰證明了言行不一辭巧情僞的普遍存在。

對於修辭者的道德要求，並不能代替修辭行為本身，即使有了一己之誠，也不能保證「辭」之必「達」。道德修養與修辭素養是兩件事，其關聯委婉複雜，孔子的前半句「有德者必有言」，亦未必完全成立。

在今天的修辭學語境下，「修辭立誠」四字假如還可以講得通的話，可以把它解釋成「沒有任何表達方式，能勝過眞誠的自然流露」。進一步的解釋，是需要區別修辭人格與修辭者的實際人格，意思是通過在文本中建立某種 「眞誠」和「人格」打動讀者，是一種有效的修辭方式，在某種條件下，甚至比別的修辭方式更有效。但作者綜合運用修辭手段建立於文本之中的「眞誠」「人格」，並非作者本人存在於文本之外、實際生活之中的「眞誠」「人格」，兩者可以一致，也可以不一致。修辭學關注的乃是「修辭人格」的建立。

「修辭立誠」的古老信念，可以簡要地表述爲「修辭先立誠，作文先做人」。這當然已不是一個修辭學命題了，它包含著中國文化的奧秘，不能輕易放棄。

「修辭立誠」此「誠」字，是中國文化的核心辭彙，就其重要性而論，大概只有「道」字能與它相類。在修齊治平的八綱目中，「誠意」乃是一個人成人之起始的關鍵環節，「格物而後知至，知至而後意誠，意誠而後心正，心正而後身修，身修而後家齊，家齊而後國治，國治而後天下平。」

《四書集注》於「誠意」的解釋非常詳盡，「所謂誠意者，毋自欺也。如惡惡臭，如好好色。此之謂自謙。故君子必愼其獨也。小人閒居爲不善，無所不

〔註56〕 《韓愈集》，嶽麓書社 2000 年版，第 199 頁。

至，見君子而後厭然，揜其不善而著其善。人之視己，如見其肺肝然，則何益矣。此謂誠於中，形於外。故君子必慎其獨也。曾子曰：『十目所視，十手所指，其嚴乎！』富潤屋，德潤身，心廣體胖。故君子必誠其意。」〔註57〕

　　李卓吾《四書評》指出，「此篇文字極精，《大學》樞要全在於此。先儒以為人鬼關，王陽明亦說《大學》之道誠意而已矣，都是有見之言。但其中線索尚未經人摘破，今為一一言之。劈頭『所謂誠意者，毋自欺也』二語，大旨了了。『如惡惡臭』三語，不過足此二語耳。下面便教人『慎獨』。又把『小人閒居』一段描寫自欺光景。『此謂誠於中』以下，轉說到『誠意』上來。『十目所視』三語，正是『慎獨』工夫，『誠中』光景，吃緊處全在於此，非泛泛引證語已也。下面『富潤屋』三語，不過指點形外景象一番。故末句又急急收到『誠意』上去，不是『誠意』最為《大學》一書樞要乎！」〔註58〕

　　劉宗周之學，圍繞「誠意」此要害而建立，所謂「意根最微，誠體本天」，「《中庸》誠身，《大學》誠意」，後被牟宗三稱作「誠意之學」，而蕺山本人，也在明亡之後投水自盡，以死明志，實踐了自己的學說，此不詳論。

　　本我的「惡惡臭」「好好色」不學而能，不教自會，乃是一種本能；超我是「十目所視，十手所指」下形成的道德主體，無論君子抑或小人，俱無所逃於天地之間，但說到底，這是一種外在的道德壓力，與發自內心的「誠於中」不相干。處於本我和超我之間的自我，受到內外兩邊的夾擊，去做「慎獨」的功夫，本我特別強大難以擺脫的那部分人，就成了小人，迫於社會壓力，不得不裝成君子的模樣兒，剩下一條路可走——偽君子。另一些天資卓異之士，經過艱苦磨礪，克服了本我，達到了超我的崇高目標，從一己之小我，進入天地境界的大我之中，成為真君子，乃至聖賢，這是中國歷史上真正的文化英雄，至少不是如今之媒體式修辭打造出來的誠意者與兵家。人既有身，不能將本我排除乾淨，因此做真君子比做偽君子困難得多。有私心雜念不讓別人看到易，不使自己看見卻難，「毋自欺」三字，真正才是「吃緊處」。

　　對於行仁義和以仁義行的辨別，乃是對於真善和偽善的區分，從道德文章上分辨此兩者，已經是少數人的學問才可以達到的境界了。

〔註57〕朱熹《四書集注》，嶽麓書社 1985 年版，第 10 頁。

〔註58〕李贄《四書評》，《李贄文集》第五卷，社會科學文獻出版社 2000 年版。

在社會生活中僞善的通行與眞善的四面楚歌是稍有閱歷者明白的必然現實。人既是道德主體，又是利益主體，利益的得失與道德上的得失相衝突時，多數人會放棄道德而跟從利益，他們這樣做的時候，甚至根本就沒有覺得付出任何代價，因爲道德的評判，除去一己之良知外，更無另外的法庭，社會輿論可以用僞善去應對，從功利角度看，僞善是成本最低的「善」。宋儒對於誠的大力提倡，導致了詐僞的橫行於世，這當然不能說是提倡者的過錯。王陽明說《大學》是誠意之學，但明清兩朝，《大學》以及《四書》始終是科舉的教科書。《大學》章句的普及和誠意精神的衰亡，形成鮮明的對比。從文章的角度看，八股文於格律聲色的講究，巧則巧矣，早已經變成修辭立誠的反面了。

李卓吾是中國歷史上罕見的修辭批評家，對於「誠」的摯愛，對於「僞」的痛恨，使他的文字獲得一種大勇主義的犀利風格，他自稱「所言頗切近世學者膏肓，既中其痼疾，則必欲殺我矣」，他的自編文集以《焚書》《續焚書》題之。萬言長篇書信《答耿司寇》，爲嵇康《與山巨源絕交書》以來所僅見。

> 試觀公之行事，殊無甚異於人者。人盡如此，我亦如此，公亦如此。自朝至暮，自有知識以至今日，均之耕田而求食，買地而求種，架屋而求安，讀書而求科第，居官而求尊顯，博求風水以求福蔭子孫。種種日用，皆爲自己身家計慮，無一釐爲人謀者。及乎開口談學，便說爾爲自己，我爲他人；爾爲自私，我欲利他；我憐東家之饑矣，又思西家之寒，難可忍也；某等肯上門教人，是孔孟之志也，某等不肯會人，是自私自利之徒也；某行雖不謹，而肯與人爲善，某等行雖端謹，而好以佛法害人。以此而觀，所講者未必公之所行，所行者又公之所不講，其與言不顧行、行不顧言何異乎？以是謂非孔聖之訓可乎？翻思此等，反不如市井小夫，身履是事，口便說是事，作生意者但說生意，力田作者但說力田，鑿鑿有味，眞有德之言，令人聽之忘倦矣。〔註59〕

假如說修齊治平是過去兩千年中國最大的意識形態的話，那麼這一意識形態的發條已經擰斷了罷，內聖外王的理想已破滅，中國的社會生活，依靠惰性

〔註59〕李贄《答耿司寇》，《焚書·續焚書》，嶽麓書社 1990 年版，第 30 頁。

和習慣勢力以及皇權及其替代物、物質利益維繫，當年滿族皇帝稱讚明朝治隆唐宋，今天的人歌頌康乾盛世。五四運動時期於新思想、新道德、新風尚和新文化的巨大渴望，恰逢西學東漸，乾柴遭遇烈焰，爆發出破壞性能量，但摧枯拉朽易，別立新宗難。直至今日，我們還被籠罩在這一除舊布新的口號聲中，前不見文化傳統，後不見新湧之泉。在一個誠意枯竭的時代裏談論修辭，特別是談論立誠是可悲的，對於僞善的揭露中，或許還保存著一念之誠。

三

《周易》之「言有序」，《禮記》之「言有物」，成爲後世對於文章的二個基本的總要求。前者說的寫文章要有條理，先後詳略有考慮，起承轉合要安排，遣詞造句須推敲，開頭結尾宜呼應。文章做法之類，乃其末流，雖無定法，通則卻是有的。運用之妙，存乎一心，所以古人有得失寸心之論。

「言有物」看似簡單，其實複雜。如果說「言有序」是文章的內部研究，類似於二十世紀西方文論中的形式批評、結構主義和文本研究之流，「言有物」則是外部探索。內部研究有明確的範圍和界限，超出這一界限，就暫時不予考慮。外部則無限廣大，漫無邊際。抒情言志，體物載道，稱名取類，辭近旨遠，實在是不可方物。物不得其平則鳴，骨鯁在喉，一吐爲快，言豈一端，各有所當，雖說言語之美，穆穆皇皇，然而，鼓天下之動者存乎辭，不可不愼也。《周易·繫辭》云，「亂之所生也，則言語以爲階。」死生存亡繫之，文章之作，或有過於用兵者乎？如此廣大的外部，所謂詩外功夫，又決非「言有物」三字可窮盡也。

《論語·雍也》子曰：「質勝文則野，文勝質則史，文質彬彬，然後君子。」劉寶楠《論語正義》注曰：「野如野人，言鄙略也。史者，文多而質少。彬彬，文質相半之貌。禮有質有文。質者，本也。禮無本不立，無文不行，能立能行，斯謂之中。失其中則偏，偏則爭，爭則相勝。君子者，所以用中而達之天下者也。……當時君子非質勝文，即文勝質，其名雖稱君子，其實則曰野、曰史而已。夫子爲之正名，究其義，曰文質彬彬，然後君子，言非文質備，無以爲君子矣。」〔註60〕在這裏，孔子講的是禮教和做人，如果把此語應用於文章之道，「文」和「質」，可以分別對應於「言有序」和「言有物」，劉勰所謂「斯斟酌

〔註60〕《諸子集成·卷一·論語正義》，嶽麓書社 1996 年版，第 151 頁。

乎質文之間，而括隱乎雅俗之際，可與言通變矣。」用時下更爲粗糙的說法，近似於形式和內容。

朱熹《四書集注》在解釋這段字句之後說，「言學者當損有餘，補不足，至於成德則不期然而然矣。楊氏曰：文質不可以相勝，然質之勝文，猶之甘可以受和，白可以受采也。文勝而至於滅質，則其本亡矣。雖有文，將安施乎？然則與其史也，寧野。」〔註61〕此段文字所表明的在歷史進程中文質關係的緊張，卻是千載以往《韓非子》重質輕文論調的遙遠迴響。《韓非子》明確提倡「息文學而明法度，塞私利便而一功勞」，主張「無書簡之文，以法爲教；無先王之語，以吏爲師」。他說，「和氏之璧，不飾以五采；隋侯之珠，不飾以銀黃；其質至美，物不足以飾之。夫物之待飾而後行者，其質不美也。」〔註62〕

以「辭章」二字，稱呼古今之一切詩文由來已久，至晚在漢代已見之文獻記載。既以「辭章」稱之，那麼在文質的不安關係中，偏重於文，是題中應有之義。

《後漢書‧蔡邕傳》有云：「好辭章、術數、天文，妙操音律。」以辭章與術數、天文、音律並列。說明辭章已是獨立的一科。《文心雕龍‧通變》云：「晉之辭章，瞻望魏采。」〔註63〕這裏的「辭章」二字，也是對於詩文的稱謂。

韓愈《柳子厚墓誌銘》云，「閒居益自刻苦，務記覽爲詞章，氾濫停蓄，爲深博無涯涘，而自肆於山水間。」又云：「然子厚斥不久，窮不極，雖有出於人，其文學詞章，必不能自力，以致必傳於後，如今無疑也。」〔註64〕柳宗元的文章，無論是山水遊記，還是《封建論》這樣的論文，甚至《天對》，韓愈均以「詞章」稱之。詞章，即辭章也。

在《濂關洛閩書》中，程頤曰，「古之學者一，今之學者三，異端不與焉。一曰詞章之學，二曰訓詁之學，三曰儒者之學。欲趨道，捨儒者之學不可。」〔註65〕

程頤的這一看法，來自於其師周敦頤：「文辭，藝也；道德，實也。篤其實

〔註61〕 朱熹《四書集注》，嶽麓書社1985年版，第115頁。

〔註62〕 轉引自羅根澤《中國文學批評史》第一卷，中華書局1958年版，第67頁。

〔註63〕 范文瀾《文心雕龍注》下冊，人民文學出版社1958年版，第520頁。

〔註64〕 嚴昌校點《韓愈集》，嶽麓書社2000年版，第360頁。

〔註65〕 《宋金元文論選》陶秋英編選，人民文學出版社1984年版，第151頁。

而藝者書之，美則愛，愛則傳焉。賢者得以學而至之，是爲教。故曰：言之無文，行之不遠。然不賢者，雖父兄臨之，師保勉之，不學也；強之，不從也。不知務道德而第以文辭爲能者，藝焉而已。噫！弊也久矣！」〔註66〕理學家與文學之士的分道揚鑣，至宋代開始顯著起來。至此，文與質的對立，亦不可避免。

有人問程頤，「作文害道否？」答曰，「害也。凡爲文不專意則不工，若專意，則志局於此，又安能與天地同其大也。《書》云，玩物喪志，爲文亦玩物也。」他還引用呂與叔的詩爲證，「學如元凱方成癖，文似相如始類俳。獨立孔門無一事，只輸顏氏得心齋。」又道，「古之學者，惟務養情性，其他則不學。今之文者，專務章句，悅人耳目。既務悅人，非俳優而何？」〔註67〕理學家對於詞章的批評，給人的印象似乎是宋代辭章之盛，使儒道不彰。不過從文藝家的立場看去，也許正好相反，倒是理學的發達，使詩文衰落。蘇軾在書信中曾抱怨，「文字之衰，未有如今日者也。」

既然作文害道，詩也在不提倡之列。「既學詩，須是用功，方合詩人格。既用功，甚妨事。」古人曾云「吟成五個字，用破一生心。」又謂，「可惜一生心，用在五字上。」此言說到了程頤心坎上。他說，「某素不作詩，亦非是禁止不作，但不欲爲此閒言語。且如今言能詩，無如杜甫。如云『穿花蛺蝶深深見，點水蜻蜓款款飛。』如此閒言語道出做甚。某所以不嘗作詩」。〔註68〕老杜名句的好處，程夫子不能體會，直視之爲無關痛癢的「閒言語」。朱元晦雖然懂得「木晦於根，春榮曄敷。人晦於身，神明內腴」的道理，還花了大的氣力作《詩集注》，但在文質之間，明確主張寧可失之於野，與二程的態度一脈相承。

李夢陽《空同子論學》云，「宋儒興而古之文廢矣；非宋儒廢之也，文者自廢之也。古之文文其人，如其人便了。如畫焉，似而已矣。是故賢者不諱過，愚者不竊美。而今之文文其人，無美惡，皆欲合道傳志，其甚矣，是故考實則無人，抽華則無文。故曰宋儒興而古之文廢。」〔註69〕

宋濂《文說贈王生黼》曰，「文者果何繇而發乎？發乎心也。心烏在？主乎

〔註66〕《宋金元文論選》陶秋英編選，人民文學出版社1984年版，第121頁。

〔註67〕《宋金元文論選》陶秋英編選，人民文學出版社1984年版，第153頁。

〔註68〕《宋金元文論選》陶秋英編選，人民文學出版社1984年版，第153頁。

〔註69〕鄭奠、譚全基編《古漢語修辭學資料彙編》，商務印書館1980年版，第363頁。

身也。身之不修，而欲修其辭；心之不和，而欲和其聲，是猶擊破缶而求合乎宮商，吹折葦而冀同乎有虞氏之簫韶也，決不可致矣。」〔註70〕

經李、宋這樣一番分析，文質之間的緊張關係，似乎轉化成了「誠」與「僞」的對立。「修辭立其誠」這個強大的聲音，雖然沒有出現在他們文本之中，但這一信念毫無疑問是他們作出上述判斷的共同前提。

《周易‧繫辭下》曰：「將叛者其辭慚，中心疑者其辭枝，吉人之辭寡，躁人之辭多，誣善之人其辭游，失其守者其辭屈。」〔註71〕彷彿來自於觀察或者實驗，但從邏輯上講，即使這些舉證屬實，也無法得出情與辭之間存在普遍的對應關係的結論。

情與辭之間的複雜關係，劉勰深味於此，《文心雕龍》云，「夫篇章雜沓，質文交加，知多偏好，人莫圓該，慷慨者逆聲而擊節，醞藉者見密而高蹈，浮慧者觀綺而躍心，愛奇者聞詭而驚聽。會己則嗟諷，異我則沮棄，各執一偶之解，欲擬萬端之變。所謂東向而望，不見西牆也。」〔註72〕

《禮記‧樂記》曰，「德者，性之端也，樂者，德之華也，金石絲竹，樂之器也。詩，言其志也，歌，詠其聲也，舞，動其容也，三者本於心，然後樂器從之。是故情深而文明，氣盛而化神，和順積中而英華外發，惟樂不可以爲僞。」後一句話耐人尋味，「惟樂不可以爲僞」因爲音樂的形式本身，是它要表達的內容，它的含義與其表達方式之間無法分離，音樂的語言只爲音樂所使用，它沒有另外的功用，也沒有另外的價值，在這一點上，語言文字永遠無以與音樂齊觀之。

每每道德信念與修辭信念混淆，道德批評與修辭批評難分難解，在這種混淆之中盲目地強化「修辭立誠」的信念。既然「惟樂不可以爲僞」，爲人爲文皆不在此列。社會中大量的僞善者和僞君子，從沒有絕跡過，稍有頭腦的人皆明白巧言令色諛辭詐僞在生活中的暢行無阻，卻偏拘執於「修辭立誠」的自欺欺人之談，乃是十足的掩耳盜鈴。

讀進去古書不易，讀出來卻更難。古人的論證，修辭手法高明，比如文字

〔註70〕 鄭奠、譚全基編《古漢語修辭學資料彙編》，商務印書館 1980 年版，第 349 頁。

〔註71〕 陳鼓應、趙建偉《周易今注今譯》，商務印書館 2005 年版，第 694 頁。

〔註72〕 范文瀾《文心雕龍注》下卷，人民文學出版社 1958 年版，第 714 頁。

上的排比與對偶，明知其對於論證過程而言，不該具有決定性的影響，更不能主宰其結論的對錯，但一旦讀進去，就身不由己地跟著走了。思考力不強的人，立刻陷入古人精織的修辭之陣，究其原因，還是修辭思維的貧困所致。對於文言中的種種修辭手法，需要非常熟稔，猶如十八般兵器，三十六種陣法，七十二洞妖魔，善享其招式，不為其所惑。

　　章學誠《評沈梅村古文》一文結尾曰，「古之作者，不患文字不工，而患文字之徒工而無益於世教；不患學問之不富，而患學問之徒富而無得於身心。《易》曰：『言有物而行有恆。』又曰：『修辭立其誠。』所謂『物』與『誠』者，本於人心之所不容已。仁者見仁，知者見知，要於實有其所見，故其所言自成仁知而不誣，不必遽責聖賢道德之極至，始謂修辭之誠也。蓋人各有能有不能，與其飾言而道中庸，不若偏舉而談狂狷，此言貴誠而不尚飾也。文士懷才，譬若勇夫握利兵焉，弓矯矢直，洞堅貫箚，洵可為利器矣。或用之以為盜，或用之以禦盜，未可知也。此則又存乎心術矣。」〔註73〕

　　這段文字顯示了章學誠在接受和理解「修辭立誠」此一古老信念上的錯綜複雜的心態和自相矛盾的立場。文字之工與否，是修辭的真實命題，是否有益於世教，乃是修辭的功用，即增進道德上的善的問題，修辭本身不能保證。所以利器在手，既可以為盜，又可以禦盜，能清楚地說出這一點，是其過人之處。這段文字首尾一致，判斷清晰有力，中間卻夾纏混亂，把不相干的事物放在一起，說作了一處。「言有物」與「修辭立誠」固然皆出自《周易》，但一胡一越，本不相屬。把「言有物」和「立其誠」皆解釋成內心的「不容已」，即是真情實感，甚至是與聖賢道德不合而自成仁知的「狂狷」，略嫌牽強。明明要說修辭之工，足成利器，無關乎道德，以之為善可，為惡亦可，但拈出「修辭立誠」放在中間，即使別出心裁解作「不容已」，又何有於身心之得，世教之益？恐怕作者也不大清晰，這其中的心結，是修齊治平給人的巨大壓力，可稱作「誠意之症」，匹夫匹婦亦不能幸免，況以「學誠」作名字的讀書人了。

　　對於宋儒之失，沈有鼎一九三七年撰寫的《中國哲學今後的開展》有如下論述：「宋學的失敗，在缺乏慎思明辨的邏輯，在不能擺脫幾百年來的唯物思想

────────────

〔註73〕鄭奠、譚全基編《古漢語修辭學資料彙編》，商務印書館 1980 年版，第 556 頁。

與虛無思想，不能達到古代儒家那一種創造的，能制禮作樂的多方面充實的直覺。沒有那開展的建設的能力，而只做到了虛靜一味的保守，以迷糊空洞的觀念爲滿足。宋儒輕視藝術，對文化也有一種消極的影響。結果只是教人保守著一個空洞的不創造的『良心』，在中國人的生活上加起重重的束縛，間接地招致了中國文化的衰落。」〔註74〕

這些「迷糊空洞的觀念」，在本書看來，首要的一個即是「修辭立誠」。章太炎曰，「修辭立誠其首也，氣乎德乎，亦末務而已矣。」〔註75〕

四

在佛教看來，奠基於語言的人類知識，是一種顛倒之見。龍樹認爲，一切價值判斷均源自分別，即人所具有的區分、分析和二元對立的思維方式。在他看來，虛妄分別是人類受苦的根源。

我們知道，語言的產生，始終離不開分別。《墨子·大取》：「夫辭，以類行者也；立辭而不明於其類，則必困矣。」當然，佛教的傳播也不能離開語言。但它卻始終不肯信任語言。有關佛陀生平的敘述，是公元一世紀馬鳴所撰的一首敘事詩《佛所行贊》，原文尙存半部，這部梵文學史上的名著，漢語譯本卻是全的，周一良教授曾經對照原文和譯文。

佛陀本人三十五歲在菩提樹下悟道，天眼洞開，不僅看透了自己的前世，而且將一切欲念和無知連根拔除，「完成了一切應做之事」。那個地方名曰菩提迦耶，他留在那裏七周，籌畫自己的未來。這位釋迦族的覺悟者，考慮自己是否應當成爲一位新的宗教創始人，他因擔心教義深奧，無法向眾生傳播而長時間躊躇不決。我們無法得知，使他最終下決心講道說法的根由。

佛陀來到波羅奈附近的鹿野苑，在這裏，他第一次說法，這是佛教史上的大事，其初次說法的內容被記入《轉法輪經》，講的是苦、集、滅、道——四聖諦精義。初次說法這件事，成爲法輪常轉的原動力。此後，佛陀說法持續了四十五年。八十歲時佛陀在拘屍那加（Kusinagara)進入涅槃，臨終遺言是「諸事無常，精勤努力，以求解脫」。

〔註74〕《沈有鼎集》，中國社會科學出版社 2006 年版，第 279 頁。

〔註75〕《章太炎學術史論集》，傅傑編校，雲南人民出版社 2008 年版，第 71～72 頁。

　　佛陀在說法的時候，大概使用的是阿達摩根底語的當地方言，他允許弟子們以不同的語言記錄。佛經從開始就使用不同言語記錄佛說的話，且在記錄時就經過了翻譯。法藏部以犍陀羅語，一切有部以梵語，上座部以巴利語，嚴格說也不能稱作記錄，因爲佛經文本的誕生，是在佛陀去世之後，眾弟子對於佛所說的法的一種回想和記憶。

　　佛教是一種依靠個人修持獲得解脫的宗教，自來經典眾多，理論龐雜，深奧難明。佛說，即使浩瀚如大海亦只有一種味道，鹽的味道，佛陀的教律也是一樣，那就是解脫。在我們看來，這解脫不僅是從生命、輪迴中的解脫，首先也是從語言中的解脫。《大乘入楞伽經》云，「我經中說，我與諸佛菩薩不說一字，不答一字。所以者何？一切諸法離文字故，非不隨義而分別說。」〔註76〕

　　佛教在使用語言之時，是把語言當作一種行爲來對待的。佛教的戒律——不殺生、不偷盜、不邪淫、不妄語、不飲酒，乃是對於信眾行爲的約束。佛教中的終極實在，不是上帝、存有或者實體，而是空。他認爲現象界之物的外在顯現，表面看起來眞實和實在，但實際上內部是虛弱和空虛。它不可用言語描述，空本身是一個假名，表示不存在任何一種自我，在缺乏任何一種生存實在或自我存在的意義上，萬物皆空，沒有自性。同時，空的自我否定或者空之自空，仍是必要的，即是說客觀化和概念化的空本身，也必須被放空，既不應執守於空的觀念，也不固執於空這個詞語或者假名。中觀派的空是主觀與客觀的泯滅，沒有任何性質或規定的內容，是理智和科學思維所不及的存在。

　　但佛教的空，不是虛無主義，它有一個積極肯定的面向。在空的教法中，被否定的是任何一種自我和實體化的存在。透過我與法的否定，眞正的實在，會自身顯現。

　　佛教認爲尋求個體心理成熟，獲得自由，要通過按部就班地培養戒（moral rules）、定（Samadhi）、慧（wisdom）來達到，這是佛陀的親身體驗。戒有專律，定有專法，慧依我空。在佛教看來，人的欲望是一系列因素中的一部分，這些相關因素之間的關係，稱做緣起。此有故彼有，此起故彼起，此無故彼無，此滅故彼滅。唯一的解脫之道，乃是以利刃的方式斬斷。

　　據說一個人念誦三寶（三皈依：皈依佛，皈依法，皈依僧）三次，就能成

〔註76〕轉引自傅傑編《章太炎學術史論集》，雲南人民出版社2008年版，第305頁。

爲佛教徒。在西藏，還要加上第四個告白：皈依喇嘛。但我們判斷一個人是不是眞正的佛徒，不必聽他關於佛理的那些高深的言談，更不必注意他的頭銜、學歷等等，只要看看他的私有財產就夠了。一個比丘允許擁有的個人財產包括：三件袈裟、一條腰帶、一個乞食的缽、一把剃刀、一根縫衣針、一個盛水的容器。

中國有一句俗語：當一天和尚撞一天鐘，而不說當一天和尚念一天經。可見打鐘比讀經重要。佛經裏的話，雖然很多出自於佛之口，「如是我聞」便是證據，但卻未經過佛陀本人審定。在長期說法中，佛的語言和思考，依我們的理解，應該有一個完善和逐漸定型的過程，佛陀身後於佛理的闡發，以龍樹、提婆、無著、世親、馬鳴等人的著述爲重要。但佛陀並沒有在去世之前指定他的繼承人，據《大涅槃經》中記載，「阿難，佛滅後，你們要以佛所說的法和律爲師」。阿部正雄認爲，「由作爲全體或個人的僧伽，透過方便的運用來使佛教運轉是非常清楚的事實。『慈悲是佛教之本，方便是佛教之門』由僧伽所運用的四種方便模式，可以佛教的四種主要面向、方面或階段來確認，這就是上座部、大乘、密教和禪宗」。〔註77〕佛教雖然部派眾多，但這些不同部派之間，並非水火不容，佛教相信一切法門，皆是方便法門，不論你從哪一個門進入，到達解脫的終點是一樣的。語言作爲臨時上手的工具，借來說法，領悟了法之後，就可以忘掉它了。禪宗在語言問題上走得最遠，以言語道斷，不立文字相標榜。佛教對於禪定的修習，確然是超乎語言文字之上的。

關大眠在《佛學概論》中將禪定定義爲「在受控方式的誘導下進入意識的改變狀態」，它體現了「作爲宗教的佛教所具有的『經驗』維度」。個人不僅通過對自我「空」的本質的深刻瞭解來獲得智慧，也通過凝神靜思進入禪定境界，他認爲「修習禪定略同於練習樂器演奏，需要的是決心、毅力以及日復一日的苦練。」〔註78〕

雖然在說法的時候，勸人不執著於語言文字，但在日常的生活中使用文字語言的時候，卻極端謹慎，甚至可以說有嚴厲的要求，這一點佛教與其他宗教明顯不同。

〔註77〕 〔日〕阿部正雄《佛教》，張志強譯，上海古籍出版社 2008 年版，第 111 頁。

〔註78〕 〔英〕關大眠《佛學概論》，鄭柏銘譯，譯林出版社 2011 年版，第 78 頁。

在佛教的五戒當中，妄語戒中包含著佛教道德觀，語言觀自然亦在其中。佛教把妄語分為大妄語、小妄語、方便妄語。妄語的定義是，不知言知，知言不知，不見言見，見言不見，不覺言覺，覺言不覺，不聞言聞，聞言不聞。妄語的方法，包括自妄語，教人妄語，遣使妄語，書面妄語，現相妄語（現異惑眾等）。凡是存心騙人，不論利用何種方法，使得被騙之人領解之時，即成妄語罪。

妄語之中，尚包括兩舌——挑撥離間、搬弄是非，惡口——誹謗、攻訐、罵詈、諷刺等，綺語——花言巧語，誨淫誨盜、情歌豔辭、說笑搭訕等，凡此三種，犯可悔罪。尤其不得無根（由見、由聞、由疑稱證罪的三根）議論出家人的操守，否則犯謗人罪。

五戒的毀犯，有輕重之別，重罪不通懺悔，稱為不可悔。說大妄語犯不可悔的重罪。「一般的世戒，只有形式的遵守，並無戒體的納受，所以也沒有戒罪和性罪的分別。佛戒則不然，佛戒是由佛制，佛弟子的受戒須是師師相授，講求戒體的傳承與納受，惟有受了戒的人，才能將戒傳給他人，此一戒體，是直接傳自佛陀，受戒而納受戒體，便是納受佛的法身於自己的心性之中，以佛的法身接通人人本具的法身，以期引導各人自性是佛的發明或證悟。受了佛戒，而再破戒，等於破了佛的法身，所以罪過很大，戒罪的程度遠比性罪為大。」〔註79〕

戒妄語，實際上是儒家的修辭立誠的另一種表達方式。勸善與懲惡，兩種思路，兩重效果。佛教觀察人心世道老辣，通曉謹言慎行之難，不相信人可以輕易遠離謊言，不得已祭起重罪。

漢譯佛經，始於三國時期，下迄宋元，名家輩出，鳩摩羅什、眞諦、玄奘、不空被後世稱作四大佛典翻譯師。除了玄奘（據《續高僧傳》本傳云「（玄）奘奉敕翻老子五千文為梵言以遺西域」）外，皆非漢人，視譯經為弘揚佛法大業，不辭勞苦慎重從事，對於宗教的熱誠，非庸常之人可以想像。隋代彥琮總結的譯者八備，是這一持續了千年翻譯活動的眞實寫照：「誠心愛法，志願益人，不憚久時，其備一也。將踐覺場，先牢戒足，不染譏惡，其備二也；荃曉三藏，

〔註79〕聖嚴《五戒及其內容》，吳平編《名家說佛》，北京圖書館出版社 2003 年版，第 209頁。

義貫兩乘，不苦闇滯，其備三也；旁涉墳史，工綴典詞，不過魯拙，其備四也；襟抱平恕，器量虛融，不好專執，其備五也；沉於道術，澹於名利，不欲高銜，其備六也；要識梵言，乃閑正譯，不墜彼學，其備七也；薄閱蒼雅，粗諳篆隸，不昧此文，其備八也。」〔註80〕

鳩摩羅什，父親是天竺人，母親是龜茲王之妹，到中國後「轉能漢言」，傳說他譯經能「手執梵本，口宣秦言」。《高僧傳》卷二本傳載，其臨終與眾僧告別時說：「因法相遇，殊未盡伊心，方復後世，惻愴何言。自以闇昧，謬充傳譯，凡所出經論三百餘卷，惟十誦一部，未及刪煩，存其本旨，必無差失。願凡所宣譯，傳流後世，咸共弘通。今於眾前發誠實誓，若所傳無謬者，當使焚身之後，舌不焦爛。」〔註81〕「修辭立誠」四字，恐怕只有德才如鳩摩羅什者，方擔得起。

阿部正雄根據馬克斯‧韋伯的理論，把宗教在傳播過程中與地方性和民族性文化接觸後的互動模式劃分成三種，佛教屬於「使者」範疇，基督教屬於「約定」範疇，伊斯蘭教屬於「代理」範疇。佛教能在不同的國家形成它自己的特色，它把那裏當做自己的家，這些特色能應對各式各樣的衝擊，並使之融為一體。在他看來，以無我為宗旨的佛教，給這個宗教多元主義的世界貢獻了兩個最為可貴的思想：一、對自我實現的熱情。二、對所有生命的同情。〔註82〕

智仁勇被儒家奉為三達德，無論賢愚不肖，皆知其好，但如何達到呢，儒家的策略是鼓勵、表揚，忠臣孝子，節婦烈女，到處立牌坊，建生祠，諛墓之文謊話連篇，不顧事實，連年飢饉匪患，老幼轉乎溝壑，照樣說滿大街都是聖人。

佛教戒妄語，只見貪嗔癡，真想說不的話，拿戒定慧去對付。

五

夢是人類的一種極其普通的生理和心理經驗，在睡眠中進入幻境，乃是人人熟悉的日常經驗。古代中國和古代希臘，都曾經相信夢是某種「神授」或者「著魔」，《周公解夢》這樣的書在中國百姓中，至今還有相當的信眾。古羅馬

〔註80〕轉引自羅根澤《中國文學批評史》第一卷，中華書局1958年版，第268頁。

〔註81〕釋慧皎撰《高僧傳》，湯用彤校注，中華書局1992年版，第54頁。

〔註82〕〔日〕阿部正雄《佛教》，張志強譯，上海古籍出版社2008年版，第118頁。

的 A. T. 馬克羅比烏斯和 D・阿爾米多魯斯將夢分成兩類，一類反映現在和過去，一類預測未來。《黃帝內經・素問》中有「甚飽則夢予，甚饑則夢取；肝氣盛則夢怒，肺氣盛則夢哭」的說法。

莎士比亞的《哈姆雷特》中，那段著名的王子獨白就提到了夢，To die,to sleep-To sleep-perchance to dream:ay ,there's the rub,For in that sleep of death what dreams may come. 〔註 83〕不過，我們普遍相信，人死之後，就不再能做夢了。

邯鄲一枕，黃粱未熟，夢幻顛倒，荒誕不經，千百年來，人類並不把夢當回事兒。尼采在一八七二年出版的《悲劇的誕生》，以日神和酒神闡釋希臘的文化和藝術，而這兩者來源於人類的日常經驗——夢和醉。夢和醉可以視作尼采哲學和思想的基本詞彙，甚至是尼采的根本性的研究方法。一九零零年，即尼采去世的那一年，佛洛德出版了他的名著《夢的釋義》，在最初的十年裏，這本古怪的書沒人注意，僅售出六百本。此後銷路激增，被譯為歐洲各主要語言出版，成為精神分析理論形成的一個重要標誌。潛意識、抵抗與壓抑、性的重要性，作為精神分析的三大基石，在《夢的釋義》中已具雛形。

尼采和佛洛德有一個共同點，就是不把夢僅僅當作夢看待，而是把夢視作一種修辭。夢的經驗模式（於尼采而言還有醉），實際上提供了理解人類自身心理活動、精神創造活動和藝術活動的一種重要的途徑。在尼采和佛洛德之前，莊子對此念早已了然於心。

維特根斯坦認為，哲學的終極行動是描述而不是解釋，尤其是描述我們的基本經驗。瑞士漢學家畢來德（J.F.Billeter），《莊子》的法文譯者，認為莊子的作品「根本上乃是一種對經驗的描述，甚至是對共通經驗的描述。」〔註 84〕

《齊物論》包含了莊子的語言哲學和修辭思想，是理解《莊子》三十三篇全文的關鍵，而「大聖夢」和「莊周夢蝶」的寓言，又是理解整篇《齊物論》的關鍵。章太炎認為「夫能上悟唯識，廣利有情，域中故籍，莫善於《齊物論》。」〔註 85〕

夢飲酒者，旦而哭泣；夢哭泣者，旦而田獵。方其夢也，不知

〔註 83〕黃兆傑編《莎士比亞戲劇精選一百段》，中國對外翻譯出版公司 1989 年版，第 134 頁。

〔註 84〕〔瑞士〕畢來德《莊子四講》，宋剛譯，中華書局 2009 年版，第 32 頁。

〔註 85〕傅傑編《章太炎學術史論集》，雲南人民出版社 2008 年版，第 305 頁。

其夢也。夢之中又占其夢焉，覺而後知其夢也。且有大覺而後知此
其大夢也，而愚者自以爲覺，竊竊然知之。君乎，牧乎，固哉！丘
也與女，皆夢也；予謂女夢，亦夢也。是其言也，其名爲弔詭。萬
世之後而一遇大聖，知其解者，是旦暮遇之也。〔註86〕

　　昔者莊周夢爲蝴蝶，栩栩然蝴蝶也，自喻適志與！不知周也。
不知周之夢爲蝴蝶與，蝴蝶之夢爲周與？俄而覺，則蘧蘧然周也。
周與蝴蝶，則必有分矣。此之謂物化。〔註87〕

　　莊子對於夢的關注點，與尼采、佛洛德不同。從夢中醒來的經歷，是一個
人再次成爲自我的經歷，且是一種只能從內部認識的經驗。「不管一個人在經驗
上對醒是否會弄錯，對一個虛假的醒的糾正性理解只能從內部作出。從夢中醒
來的經歷是自我認識和自我糾正的。」〔註88〕

　　對於漢學家愛蓮心所看重的「認識維度」，我們不見得贊成，但他從促進和
描述心靈轉化的角度理解莊子，頗可賞味。他反覆論證說，《莊子》的全部目的，
在於讀者的自我轉化：我們必須改變我們的理解模式，猶如從夢中覺醒。

　　「忘」，一如「夢「，也是人類的日常經驗之一。通常指識記過的內容不能
被再認識和再現，或者被錯誤地再認和再現，可分爲暫時和用久兩大類。遺忘
是保持的對立面，也是鞏固記憶的一個條件。如果不遺忘那些不必要的內容，
要想記住和恢復那些必要的材料是困難的。記和忘是一對矛盾，而選擇的作出
似乎是本能自動完成的。這是否意味著人的本能比所謂知識、意見等更加可靠
呢？《莊子》文本中頻繁出現「忘」字，屠友祥統計「凡八十二見，其義大體
一致，或忽略，或無覩，或遺忘，皆出於無心」〔註89〕，愛蓮心從漢字的構形
上，以「去心」釋讀，指出英文譯作 forgetting，很多時候並不準確。忘，從心

〔註86〕郭慶藩撰《莊子集釋》第一冊，中華書局 1982 年版，第 105 頁。

〔註87〕這裏採納的是經過愛蓮心調整語句順序後的這段莊子的文字，關於爲什麼如此調
　　　　整，他有詳細的論證。見愛蓮心《嚮往心靈轉化的莊子：內篇分析》，周熾成譯，
　　　　江蘇人民出版社 2004 年版，第 91 頁。筆者認爲，既然只有這樣調整才解釋得通，
　　　　就應當贊成這是符合莊子原意的。

〔註88〕〔美〕愛蓮心《嚮往心靈轉化的莊子：內篇分析》，周熾成譯，江蘇人民出版社 2004
　　　　年版，第 90 頁。

〔註89〕屠友祥《言境釋四章》，上海古籍出版社 2004 年版，第 183 頁。

從亡，亡表義兼表音，《說文解字》云：「忘，不識也。」《詩經·小雅》中有「中心藏之，何日忘之」。筆者認為莊子以修辭思維看待「忘」，這也是《莊子》行文的慣技，他總是在文字中述諸讀者的日常生活經驗，把日常經驗的模式，擴大到對於抽象事物，形上觀念的理解，這差不多成了進入莊子的「方便法門」。

　　荃者所以在魚，得魚而忘荃；蹄者所以在兔，得兔而忘蹄；言者所以在意，得意而忘言。吾安得夫忘言之人而與之言哉！（《莊子·外物》）

　　善遊者數能，忘水也。

　　忘足，屨之適也；忘要，帶之適也。（《莊子·達生》）

　　有治在人，忘乎物，忘乎天，其名為忘己。忘己之人，是之謂入於天。（《莊子·天地》）

　　泉涸，魚相與處於陸，相呴以濕，相濡以沫，不如相忘於江湖。與其譽堯而非桀也，不如兩忘而化其道。

　　孔子曰：魚相造乎水，人相造乎道。相造乎水者，穿池而養給；相造乎道者，無事而生定。故曰，魚相忘乎江湖，人相忘乎道術。

　　顏回曰：回益矣。仲尼曰：何謂也？曰：回忘仁義矣。曰：可矣，猶未也。他日，復見，曰：回益矣。曰：何謂也？曰：回忘禮樂矣。曰：可矣，猶未也。他日，復見，曰：回益矣。曰：何謂也？曰：回坐忘矣。仲尼蹴然曰：何謂坐忘？顏回曰：墮肢體，黜聰明，離形去知，同於大通，此謂坐忘。（《莊子·大宗師》）〔註90〕

《大宗師》結尾的「坐忘」，大約與《齊物論》開頭的「吾喪我」意思相近，莊子對於語言的態度，章太炎認為與佛教唯識論接近，所以他以佛解莊，「齊物者，一往平等之談，詳其實義，非獨等視有情，無所優劣，蓋離言說相，離名字相，離心緣相，畢竟平等，乃合齊物之義。」〔註91〕

　　人無法成為自己的某種意識的消失的見證者，這一點與入眠相類，我們無法見證自我沉入夢鄉。畢來德認為，莊子是「另一種類型的哲學家。他這樣關注活動機制的變化，關注意識的不連續以及隨之而來的諸種悖論，乃是在探求

〔註90〕郭慶藩撰《莊子集釋》第一冊、第二冊、第三冊、第四冊，中華書局1982年版。

〔註91〕傅傑編《章太炎學術史論集》，雲南人民出版社2008年版，第303頁。

一種我們可以稱之為『主體性的基礎物理學』的學問。而要讀懂莊子，則必須意識到這一點。」〔註92〕

《莊子》獨特的修辭方式，體現於他的三言——寓言、重言、卮言，這是莊子的賦、比、興。言在彼而意在此，謂之寓言。人與人常常有爭勝心理，同輩者不肯承認，只好以寓言出之。「重言」是藉重古先聖哲或者當時名人的話，來壓抑時論。但莊子對於名人的態度，並不認真，不論是誰，他要你充做什麼，你就不得不充做什麼。「卮言」，乃無心之言，卮是圓形酒杯，也有人認為是漏斗。「空滿任物，傾仰隨人」，就是無成見之言，自然的傳聲筒。宋代黃震曾說：「莊子以不羈之才，肆跌宕之說，創為不必有之人，設為不必有之物，造為天下必無之事，用以眇末宇宙，戲薄聖人，走弄百出，茫無定蹤，固萬世詼諧小說之祖也。」〔註93〕把莊子當小說讀，是一個絕妙的主意，只是對於讀者的閱讀能力，要求較高。

《莊子》原有五十二篇，現存三十三篇，其中包含了二百二十四個故事，這些故事分別發生在百餘地點，涉及近四百人物，篇幅十萬餘字。大多數人物的名字只出現在一個頁次中，出現最多的是孔子，六十頁次。名字出現五個頁次以上的人物有孔子、子路、子貢、比干、史鰌、莊子、列子、老子、湯、堯、伏戲、紂、伯夷、武王、神農、禹、桀、盜跖、黃帝、齧缺、曾子、惠子、舜、楚王、顏淵、墨子等二十六人。

美國漢學家南樂山說，「莊子的獨特性部分在於，在所有人之中，唯有莊子消除了信仰和理性二者的直接性（immediacy）。每一種信仰都是可變的、相對化的、可笑的。莊子甚至是比尼采還世俗的哲學家，因而他對於我們這個世俗化的時代在討論神聖的救世神學的正當理由時更為有效。」〔註94〕

郭象是第一個注釋《莊子》的人，在今天許多人看來，也是對莊子歪曲最多者。據說他甚至按照自己的意思，對《莊子》的文章刪改。《莊子》一書的早期文本，竹簡、帛書之類，至今未見出土，後世注家蜂起，但所依據的文本卻

〔註92〕〔瑞士〕畢來德《莊子四講》，宋剛譯，中華書局 2009 年版，第 51 頁。

〔註93〕轉引自劉生良《鵬翔無疆：莊子文學研究》，人民出版社 2004 年版，第 203 頁。

〔註94〕〔美〕愛蓮心《嚮往心靈轉化的莊子：內篇分析》，周熾成譯，江蘇人民出版社 2004
年版，第 3 頁。

單一。焦竑認爲中國有史以來最具原創性的作品有三部，《楚辭》、《莊子》、《史記》。

劉文典著有《莊子補正》，其序云「莊子之書，齊彭殤，等生死，寂寞恬淡，休乎天均，固道民以坐忘，示人以懸解者也。以道觀之，邦國之爭，等蝸角之相觸；世事之治亂，猶蚊虻之過前。一人之生死榮瘁，何有哉！」〔註95〕

今天閱讀和理解莊子，可以在古人研究的基礎上，也可以拋開注釋家的束縛，直接面對莊子。畢來德說，「我們不再是根據這些歷代的注釋去理解《莊子》，除非是在一些細節上，而是反過來，讓《莊子》引導我們去評判其注釋者。讀他創作的對話，可以想像他對他們當中大部分的人會有何感想。這一顛轉，恢復了一種久遭覆蓋的根本性的內部矛盾，使中國思想史重新產生張力，形成磁場。隨著時間的推移，將來或許能產生一種大的視野轉換。」〔註96〕

六、

《易傳·繫詞》云：「古者包犧氏之王天下也，仰則觀象於天，俯則觀法於地；觀鳥獸之文，與地之宜，近取諸身，遠取諸物，於是始作八卦，以通神明之德，以類萬物之情」。〔註97〕

大概人類所有的語言，皆以隱喻爲其生命。隱喻一失，語言不能獨存。在科學取代神話的「祛魅」時代，潛藏於語言之中的隱喻，也正在發生習焉不察的變化。維科認爲，「一切語種裏大部分涉及無生命的事物的表達方式都是用人體及其各部分以及用人的感覺和情欲的隱喻來形成的。」〔註98〕又道，「一般地說，隱喻構成全世界各民族語言的龐大總體。」〔註99〕

與日常語言中隱喻在使用上的微妙變化比起來，人類對於隱喻的認知，特別是它在語言中的核心價值的認識，是二十世紀下半葉之後語言學和修辭學的重要成果。考恩認爲，「隱喻滲透了語言活動的全部領域並且具有豐富的思想歷

〔註95〕《劉文典詩文存稿》，黃山書社 2008 年版，第 41 頁。

〔註96〕〔瑞士〕畢來德《莊子四講》，宋剛譯，中華書局 2009 年版，第 122 頁。

〔註97〕朱熹注《周易》，上海古籍出版社 1987 年版，第 64 頁。

〔註98〕〔意〕維科《新科學》，朱光潛譯，人民文學出版社 1986 年版，第 181 頁。

〔註99〕同上，第 205 頁。

程，它在現代思想中獲得了空前的重要性，它從話語的修飾的邊緣地位過渡到了對人類的理解本身進行理解的中心地位。」〔註100〕

漢語的修辭研究，長期以來將隱喻理解爲一種辭格，是比喻的一種。張志公認爲，「在漢語修辭中大量用『比』，用得多，用的方面廣。……大量的、多方面的用『比』，反映漢民族文化傳統的一個側面。有些比，許多年來長期使用，幾乎成了一種定型的慣用語，甚至濃縮爲一個常用詞，如『推敲』『琢磨』等。在漢語辭彙裏有一部分詞，實質上就是用比的方法構成的。不少文章整篇是一個比喻，用來闡明一種道理。這個事實是漢語用比特別多的一個有力證明」。〔註101〕

分門別類，羅列現象，這個傳統很古老。劉勰《文心雕龍·比興》曰，「夫比之爲義，取類不常：或喻於聲，或方於貌，或擬於心，或譬於事」。〔註102〕

宋代陳騤的《文則》分比喻爲十種：直喻、隱喻、類喻、詰喻、對喻、博喻、簡喻、詳喻、引喻、虛喻——以上種種，白話文講修辭格的書，已經沒有那麼複雜了。他所說的直喻，就是中學教科書的明喻。對於隱喻，他給出的定義是「其文雖晦，義則可尋」，最奇特是「虛喻」，「既不指物，亦不指事」，似乎不可理解。〔註103〕

明代徐太元，搜羅歷代譬喻的資料，編成百二十卷《喻林》。啓功這樣介紹：

> 範圍是早自經史，晚到小說，旁及佛典，凡古人用作比喻的話，少自片語，多至成篇，無不採擇，眞可謂洋洋大觀。當然不能説古代譬喻盡收無遺，更不包括語言詞、句本身原始的比喻部分。讀者從這書裏可知比譬的作用多麼大，被用的時間多麼久，方面多麼廣，方法多麼巧妙複雜。僅止書面上記載的古代比喻資料竟有一百多卷，似乎可稱完備了，其實這只可算九牛一毛。因爲它們只是狹義的比喻，事物或道理的比喻，或説生活事物中的比喻。如果按前邊

〔註100〕轉引自保羅·利科《活的隱喻》譯者序，汪家堂譯，上海譯文出版社 2004 年版，第 6 頁。

〔註101〕《中國大百科全書·語言文字卷》，中國大百科全書出版社 1988 年版，第 165 頁。

〔註102〕周振甫《文心雕龍注釋》，人民文學出版社 1981 年版，第 395 頁。

〔註103〕郭紹虞主編《文則·文章精義》，人民文學出版社 1960 年版，第 12 頁。

說過的語言文字範圍中，每一個語音，每一個字形都是從比擬而來的道理去探求，那麼即要說明每一事物的命名、每一名的發音都爲甚麼？從何而來？每一字形成，它在歷史上形的變化是怎麼發生的？簡言之，對每一物一事，用聲比擬、用形比擬的確切情況，要都能說明所以然，那恐怕許慎復生，也會無所措手；而擴大重編《喻林》，再有若干倍的一百二十卷也將容納不下的。〔註104〕

今天的研究者，有人提出「微隱喻」和「宏隱喻」的概念，認爲「隱喻不僅是修辭現象而且是廣泛的文化現象，修辭學意義的隱喻是微隱喻，文化學意義上的隱喻是宏隱喻。宏隱喻體現著微隱喻的文化學含義，微隱喻凸顯出宏隱喻的修辭學特性，二者之間的關係是普遍與特殊的關係。」〔註105〕終於脫離具體的辭格來談論比喻現象了。

其實無論言說抑或寫作，往往不是「微隱喻」和「宏隱喻」之間區分，而是兩者的打通。爲什麼人們認爲象徵主義並不僅指文學的一派，而是世界範疇的語言現象？因爲人類的語言根基，正是隱喻。

英國學者查德維克說，「今天，如此眾多的文學所描寫的那個既具有奇特的真實而又非真實的世界，這些作品試圖用來創造某種感情狀態而非傳達知識信息的那些方法，以及這些作品如此經常地採用的那些標新立異的形式，在今後的年代裏將證明，這一切都是在很大程度上蒙受了十九世紀後半期法國象徵主義詩歌的恩澤」。〔註106〕

一九二六年，王獨清致友人書信說，「我們現在唯一的工作便是鍛鍊我們的語言。我很想學法國象徵派詩人，把『色』（Couleur）與『音』（musique）放在文字中，使語言完全受我們底操縱。我們須得下最苦的功夫，不要完全相信什麼 Inspiration（靈感——引者案）」。〔註107〕

漢字和漢語大約是世界上最適合寫詩的語言和文字，這一斷語不含主觀

〔註104〕啓功《漢語現象論叢》，中華書局 1997 年版，第 95 頁。

〔註105〕季廣茂《隱喻視野中的詩性傳統》，高等教育出版社 1998 年版，第 177 頁。

〔註106〕轉引自金絲燕《文學接受與文化過濾——中國對法國象徵主義詩歌的接受》，中國人民大學出版社 1994 年版，第 6 頁。

〔註107〕王獨清《再譚詩——寄給木天、伯奇》，楊匡漢等編《中國現代詩論》上卷，花城出版社 1985 年版，第 103 頁。

色彩和神秘主義信念，因為漢字的形音義之間的關聯複雜，可供造成奇巧效果的的手段特別多、前人積累的經驗極富，擅長利用文字本身的巧妙而有所創作的作品，歷代不絕。怎奈早期的白話詩人多受外國詩的影響，不懂得利用漢字的特長。象徵主義詩歌運動，在二十世紀三十年代的中國曇花一現，隨即夭折了。從外國的象徵派得到靈感，固無不可，但實踐起來，還要依靠在漢字上的功夫和創造性的發現。

《論語‧雍也》云，「能近取譬，可謂仁之方也。」可見孔子已經懂得重視隱喻的價值，這句聖人之言，今天應該修改為「能近取譬，可謂詩人之方也」。

與隱喻不同，象徵（symbol）是一個外來概念，季廣茂認為，「隱喻和象徵都涉及到兩類事物或情狀，兩類事物或情狀之間具有文化上、心理上、語言上的聯繫，或者是在一類事物的暗示之下感知、體驗、想像、理解、談論另一類事物，或者用一類事物暗示另一類事物，也都可以生成意義。所不同的是，隱喻是用『彼類』事物暗示『此類』事物，『彼類』事物只是理解『此類』事物的背景，『此類』事物才是主體關切的焦點；而文學意義上的象徵則是用『此類』事物暗示『彼類』事物，『此類』事物只是理解『彼類』事物的背景，『彼類』事物才是主體關切的焦點，『此類』事物充其量也只是要求予以充分的注意而已。如果把隱喻和文學意義上的象徵比作一個劇場的話，隱喻使人關注正在表演的舞臺，象徵則使人神往於幕後。」〔註108〕

這一區分頗令人解頤，隱喻也好，象徵亦罷，無非是「言在此而意在彼」，既以彼此稱之，其中的「彼此」實在是彼此彼此，本可以互換，豈能以胡越視之。隱喻其實就是象徵，象徵亦就是隱喻。隱喻是中國本有的概念，象徵是引入的說法，其內涵的差異，似應從中西文化的不同上去探尋。

季廣茂從隱喻的角度對於漢語文獻中政治修辭學和審美修辭學的區分，卻是有意義的。只是看到兩者的「截然不同」而外，還要注意它們千絲萬縷的聯繫和你中有我我中有你的滲透。政治教化、道德教化以及審美教化，在中國文化中以渾然一體的面目出現。以詩教統政教和德教，恰是中國教化的獨特成就。毛澤東「文藝為政治服務」的現代要求，與中國傳統並不違背，從八股到黨八股過渡得十分自然，胡風看到的卻正是「精神奴役創傷」。蔡元培以美育代宗教

〔註108〕季廣茂《隱喻視野中的詩性傳統》，高等教育出版社 1998 年版，第 85～86 頁。

的設想，由來有自，亦不是空穴來風。

耿占春認爲隱喻和隱喻思維是宗教、儀式、巫術、習俗、信仰等人類古老生活的基礎：

> 隱喻不僅是一種詩的特性，不僅是語言的特性，它本身是人類本質特性的體現，是人類使世界符號化即文化的創造過程。隱喻不僅是詩的根基，也是人類文化活動的根基。隱喻不僅是語言的構成方式，也是我們全部文化的基本構成方式。正像隱喻總是超出自身而指向另外的東西，它使人類也超出自身而趨赴更高的存在。語言的隱喻功能在語言中創造出超乎語言的東西，隱喻思維使人類在思維中能思那超越思維的存在。隱喻思維使得人類把存在的東西看作喻體去意指那不存在的或無形的喻意。〔註109〕

隱喻何嘗不是現代生活的基礎呢？

雷考夫和詹森合著《我們賴以生存的隱喻》一書，強調隱喻不僅僅是語言問題，更應當把它理解爲「隱喻概念」；隱喻的本質在於「通過某事物來理解和體驗另一不同種類的事物」；就人類思維、行動而言的「普通概念系統」歸根結底具有隱喻的本質特性，人類語言即爲其主要證據。〔註110〕一切哲學的工作，以韋恩・布斯的話說，是哲學家們「細緻地批判」前輩或同行所使用的隱喻。而依照培帕的觀點，甚至科學本身亦是在四種「根隱喻」基礎上類推來構想認識世界的。〔註111〕

凱西爾認爲，「全部理論認知都是從一個語言在此之前就已賦予了形式的世界出發的；科學家、歷史學家以至哲學家無一不是按照語言呈現給它的樣子而與其客體對象生活在一起的。」〔註112〕既然隱喻是語言的生命，那麼不同的語言，應建立在不同的隱喻之上，也會具有不同的生命。

索緒爾認爲大眾有一種膚淺的理解，只把語言看作一種分類命名集，即一

〔註109〕耿占春《隱喻》，東方出版社 1993 年版，第 5 頁。

〔註110〕轉引自張沛《隱喻的生命》，北京大學出版社 2004 年版，第 203 頁。

〔註111〕同上，第 195 頁。

〔註112〕〔德〕凱西爾《語言與神話》，甘陽譯，生活・讀書・新知三聯書店 1988 年版，第 55 頁。

份與同樣多的事物相當的名詞術語表，這就取消了對它的性質作任何探討。他的看法是，「語言是一種表達觀念的符號系統，是一種社會制度。」〔註113〕

七、

在西方的幾種主要語言中，都有類似的說法，就是把一種完全不能理解無法釋讀的東西叫做中文。這是相隔遙遠歷史上缺少交往造成的，同時也因為漢語漢文與西方的語言文字差距太大。

漢語是異常獨特的語言，英國東方學家塞斯（Archibald Henry Sayce）認為，「漢語語法，除非我們把歐洲語法學那一套名稱術語連同它們所表示的觀念本身統統拋棄掉，我們就永遠也不會理解它。」〔註114〕

提及語法，容易想到名動形和主謂賓、詞類劃分和句子成分，前者稱形態學或詞法，後者稱造句法，完全是從西方語言那裏搬過來的。漢語是非形態語言，為什麼要以舶來品強己所難呢？

朱德熙認為，「在中國的傳統的語言學領域裏，音韻學、文字學、訓詁學都有輝煌的成就，只有語法學是十九世紀末從西方傳入的。所以漢語語法研究從一開始就受到印歐語語法的深刻影響。早期的漢語語法著作大都是模仿印歐語語法的，一直到本世紀四十年代，才有一些語言學者企圖擺脫印歐語的束縛，探索漢語自身的語法規律。儘管他們做了不少有價值的工作，仍然難以消除長期以來印歐語語法觀念給漢語研究帶來的消極影響。這種影響主要表現在用印歐語的眼光來看待漢語，把印歐語所有而為漢語所無的東西強加給漢語。」〔註115〕

「用印歐語的眼光看待漢語」是在這個時代最奇特之事了，尤其是那些從來沒有學過外語，不知印歐語為何物的人，也能用印歐語的眼光看待漢語。表現方式倒不是發表什麼明確的語言觀、語法論，而是在說話寫文章的時候，不把漢語當漢語使，不能做到清通自然。其中一條是歐化句式的氾濫，雖然也可以理解，但就是感覺彆扭。

〔註113〕〔瑞士〕索緒爾《普通語言學教程》，高名凱譯，商務印書館1999年版，第37頁。
〔註114〕轉引自張志公《漢語辭章學論集》，人民教育出版社1996年版，第28頁。
〔註115〕朱德熙《語法答問·日譯本序》，商務印書館1985年版，第3頁。

在張志公看來，「漢語有語法，但是漢語語法沒有形態學和造句法這樣兩個部分。」他認為，「漢語的語法就是組合法。」他把漢語語法的特點概括為三項，第一，漢語的組合有二合、三合、多合，但以二合為主。第二，漢語組合簡便，容易，依靠語義、邏輯事理、約定俗成，強制性規則少，可選擇性規則多，靈活性大。第三，漢語各級語言單位的組合具有一致性。從語素與語素的組合、詞與詞的組合、短語與短語的組合，到句與句的組合，組合方式和組合關係基本一致。最主要的兩種組合手段，一是語序，二是虛詞。因此，語序和虛詞，就是漢語語法的核心。這樣的語法體系，的確跟西方的體系相差很遠。〔註116〕

郭紹虞也有相近的看法，他把漢語的語法特徵概述為三，「一、簡易性；二、靈活性；三、複雜性。」他說，「找尋漢語脈絡的方法，不外兩途，一個是片語，一個是虛詞。說穿了，中國以前的駢文，是可在片語中找句法的脈絡的；以前的所謂『古文』是可在虛詞中找出它的脈絡的。」〔註117〕。

他反覆強調，「漢語的語法可說經常與修辭結合的。結合是正常的，不結合是部分的。所以講漢語語法一方面比較簡易，簡直不煩多語，一說就明；但是也有它的艱難複雜處，就在結合修辭這些方面。」〔註118〕

把語法和修辭合起來講，始於二十世紀五十年代初呂叔湘朱德熙合著的《語法修辭講話》，作者在《序》中說，「最初打算只講語法。後來感覺目前寫作中的許多問題都是修辭上的問題，決定在語法之後附帶講點修辭。等到安排材料的時候，又發現這樣一個次序，先後難易之間不很妥當，才決定把這兩部分參合起來，定為六講。」〔註119〕這六講的標目分別為，（一）語法的基本知識，（二）辭彙，（三）虛字，（四）結構，（五）表達，（六）標點。第一講而外，每標目下，語法和修辭是合起來講的。「但是修辭部分只限於句子範圍，並且以消極方面為主」，這是作者給自己限定的範圍。陳騤有言，「鼓瑟不難，難於調弦，作文不難，難於鍊句。」〔註120〕

〔註116〕張志公《漢語辭章學論集》，人民教育出版社 1996 年版，第 77～79 頁。

〔註117〕郭紹虞《漢語語法修辭新探》上冊，商務印書館 1979 年版，第 7、14 頁。

〔註118〕同上，第 6 頁。

〔註119〕呂叔湘、朱德熙《語法修辭講話》，開明書店 1952 年版，第 1 頁。

〔註120〕郭紹虞主編《文則‧文章精義》，人民文學出版社 1960 年版，第 27 頁。

　　語法管的是把話說對頭，把句子寫正確。對於以漢語為母語的人來說，甚至不需要什麼語法理論，所以語法書可以編得很薄。張志公說，和語法相對待的學科——漢語辭章學，卻肯定會編得很厚。辭章學管的是把話說好，而好是沒有止境的。況且什麼是好，恐也不易有統一的標準。當初《語法修辭講話》在《人民日報》上連載，作者首句就把目標定為「幫助學習寫文章的人把文章寫通順」，並有所說明：「不說把文章寫好，因為要有好文章必得先有好內容，要有好內容又得先有豐富而正確的社會實踐；這裏只就使用語言說話，所以只說是把文章寫通順。」〔註121〕「好內容」與「正確的社會實踐」是那個年代巨大的修辭發明，兩位是語言學家，有意無意地迴避著。

　　古人云詞章之學，見之易盡，搜之無窮。張志公從二十世紀六十年代初開始提倡建立「辭章之學」，他認為，「凡是寫作（作詩和作文）中的語言運用問題，無論關乎語法修辭的，關乎語音聲律的，還是關乎體裁風格的，都屬於辭章之學。就中談得最多，在寫作實踐中最注意的，是鍊字鍊句的工夫，再就是所謂文章的『體性』。」「鍊字鍊句是掌握語言的根基，是語法修辭之學和語音聲律之學的綜合運用；所謂文章的體性，無非是表達效果的集中表現。」〔註122〕《文心雕龍·章句》曰：「夫人之立言，因字而生句，積句而成章，積章而成篇。篇之彪炳，章無疵也；章之明靡，句無玷也；句之清英，字不妄也；振本而末從，知一而萬畢矣。」〔註123〕從字詞到段落、篇章，句是關鍵。漢語的句子，從修辭的角度，可以劃分為「音句和義句」，這名稱是郭紹虞提出來的。周振甫說「句有兩意，一就語氣言，語意未完語氣可停的是句；一就語意言，語意完足的是句。古人的句就語氣說，如《詩經·周南·關雎》：『關關雎鳩，在河之洲。窈窕淑女，君子好逑。』就語意說是兩句，就語氣說是四句。」〔註124〕就語氣而言，實際上就是音句。徐通鏘稱之為「形句」、「意句」，古人則作「讀」（dòu）與「句」。漢語的「句」與英文「sentence」本不同，後者以「主語—謂語」為基本模式，前者則是「話題—說明」式。

　　辭章之學的英文，張志公定作 The Art of Writing: a Linguistic Approach，直

〔註121〕呂叔湘、朱德熙《語法修辭講話》，開明書店 1952 年版，第 1 頁。

〔註122〕張志公《漢語辭章學論集》，人民教育出版社 1996 年版，第 13、14 頁。

〔註123〕周振甫《文心雕龍注釋》，人民文學出版社 1983 年版，第 375 頁。

〔註124〕同上，第 380 頁。

譯為「寫作藝術：從語言學角度探索」。雖不能說與內容無關，但其側重於語言的運用，或說偏重於文章的形式。

依照張志公的看法，古代有關辭章之學的材料異常豐富，大致散見於四類書籍中。一是歷代學者作家的學術論著或文集，其論文、書箚或雜記間或談到；二是歷代筆記小說；三是歷代的「詩話」、「詞話」；四是宋元以來的詩文選本和專集評注本，其中的評批，多是談論辭章的。「前三類範圍太廣，涉獵為難，過去有過些輯錄彙編的書，多少可以提供一些便利，例如《詩人玉屑》、《詩話總龜》、《歷代詩話》、《清詩話》、《詞林紀事》、《文學津梁》等。第四類數量也很多，比較通行的如《古文觀止》、《唐詩三百首》、《讀杜心解》等。」〔註125〕這是就材料的搜集而言，給出的一個範圍。

陳望道一九三二年出版《修辭學發凡》，他給自己要求是「搜集事實材料」，即修辭的諸般用法，「和研究別的科學一樣地，盡力觀察、分析、綜合、類別、說明、記述」，「可以說是一種語言文字的可能性的過去試驗成績的一個總報告」。在結語中他說：「我們生在現代，固然沒有墨守陳例舊說的義務，可是我們實有採取古今所有成就來作我們新事業的始基的權利。而且鳥瞰一下整個的修辭景象，也可以增加我們相當的知識和能力，免得被那些以偏概全或不切不實的零碎語所迷惑，於寫說也非絲毫無補。」〔註126〕

以筆者看法，鳥瞰固不可少，透視更為必要。特別是把那些過去沒有劃入修辭範圍但又實在是至關重要的內容，我想到的是傳統的小學，習字以及書法藝術，蒙童讀物，比如說《聲律啟蒙》《龍文鞭影》《幼學瓊林》《增廣賢文》等等這些東西，甚至包括「三百千千」。

欲作文必先識字，識字的意思不是簡單知道其讀音，瞭解其大意，識字意味著懂得起碼的文字學的常識。六書、四體的演變，漢字的理據，形音義的關係，區分四聲不僅可以別義，運用平仄還能夠諧聲，《說文解字》的五百四十個部首，現在歸納為大約二百個偏旁，與英文的相同數目的字根一樣，可以方便識字記憶，同一字族之間的漢字有很深的意義關聯。自古以來，習字的目的從來不是學會寫這個漢字，把筆劃寫對，而是要寫好它。書法藝術的普及與蒙童的識字過程相伴而行，書法家的童子功，皆是這一差不多人人參與的普遍訓練

〔註125〕張志公《漢語辭章學論集》，人民教育出版社1996年版，第13、14頁。

〔註126〕陳望道《修辭學發凡》，上海教育出版社2006年版，第275頁。

而無意造就的。今天的心理學研究表明，幼兒是學習語言的最佳時期，假如錯過這一時期，在人的一生中會造成無法彌補的損失，中國兒童的習字課，集語言文字的認知教育和書法藝術練習於一體，培養孩子對於文字美的感悟，無意之中樹立起來的牢固的審美趣味和審美習慣，會成爲他終身的財富，這些無疑會體現在他日後的寫作當中。提起文字之美，自然首先是漢字形體結構之美，筆法、筆勢、筆意之美。漢字的實用性和它的藝術性，是那樣的水乳交融，親密無間，窮達咸宜。即便從最俗的意義上說，考科舉須寫好八股文，還得練好館閣體，窮秀才落第之後，往往坐館授徒，教人寫文章練書法，再不濟也混得個鬻字糊口。看不起科場的才子，代不乏人，文章之道與法書之藝，如高山大海，令你曲盡其致，還有詩詞歌賦，供你呈才使性，展示鋒芒。「文之英蕤，有秀有隱。隱也者，文外之重旨者也；秀也者，篇中之獨拔者也。隱以複意爲工，秀以卓絕爲巧，斯乃舊章之懿績，才情之嘉會也。夫隱之爲體，義主文外，秘響傍通，伏采潛發，譬爻象之變互體，川瀆之韞珠玉也。」〔註127〕

這些幼童時期的訓練，在過去的幾千年裏，從來沒有中斷過，漢語文脈能延續不絕，跟這種基礎教育的傳承不斷關係很大。

有了上面的基礎，就可以鑽研《說文解字》《昭明文選》《文心雕龍》了。等把這三本書熟讀之後，才可以談寫作。《古文辭類纂》、《古文觀止》之類，不必看。「修辭立誠」的教條，也可不理會，因爲你既可以「爲情而造文」，也同樣可以「爲文而造情」。

《周易》曰：「鼓天下之動者，存乎辭。」「子曰，君子居其室，出其言善，則千里之外應之，況其邇者乎？居其室，出其言不善，則千里之外違之，況其邇者乎？言出乎身，加乎民，行發乎邇，見乎遠。言行，君子之樞機。樞機之發，榮辱之主也。言行，君子之所以動天地也，可不愼乎。」〔註128〕

第三節　著述傳統與寫作倫理

一

蓋文章經國之大業，不朽之盛事。年壽有時而盡，榮樂止乎其

〔註127〕范文瀾《文心雕龍注》下卷，人民文學出版社 1958 年版，第 632 頁。

〔註128〕朱熹注《周易》，上海古籍出版社 1987 年版，第 59 頁。

身，二者必至之常期，未若文章之無窮。是以古之作者，寄身於翰墨，見意於篇籍，不假良史之辭，不託飛馳之勢，而聲名自傳於後。

古人賤尺璧而重寸陰，懼乎時之過已。而人多不彊力，貧賤則懾於飢寒，富貴則流於逸樂。遂營目前之務，而遺千載之功，日月逝於上，體貌衰於下，忽然與萬物遷化，斯志士之大痛也。融等已逝，惟幹著論成一家言。〔註129〕

曹丕的《典論》，刻石立於廟門之外及太學，作者親自謄寫贈送孫權和張昭。曹丕活了三十九歲，在位七年。曹氏父子三人俱能文，有詩文著作傳世，曹植據說有八斗之才，漢語中的「才」字，不加介定的話乃指文才，才子即擅長寫文章之人，在漢語語境下，文學才能之於人的諸多才能中，似乎天然具有首要地位。

司馬遷《高士傳》云，「遷聞君子所貴乎道者三：太上立德，其次立言，其次立功。」《左傳》有這樣的故事：

二十四年春，穆叔如晉。范宣子逆之，問焉，曰：「古人有言曰『死而不朽』，何謂也？」穆叔未對。宣子曰：「昔匄之祖，自虞以上，為陶唐氏，在夏為御龍氏，在商為豕韋氏，在周為唐杜氏，晉主夏盟為范氏，其是之謂乎？」穆叔曰：「以豹所聞，此之謂世祿，非不朽也。魯有先大夫曰臧文仲，既沒，其言立。其是之謂乎！豹聞之：『大上有立德，其次有立功，其次有立言』，雖久不廢，此之謂不朽。若夫保姓受氏，以守宗祊，世不絕祀，無國無之，祿之大者，不可謂不朽。」〔註130〕

臧文仲任職魯國，春秋時期的政治人物，並無個人著述，他所謂「立言」，依劉暢的看法，不過是「立德」「立功」的另一表達而已。有論者認為，「穆叔雖然把『立言』的地位放在『立德』、『立功』之後，但畢竟把『立言』與『立德』『立功』區別開來，肯定其獨立地位及垂諸永久的價值。這種認識，

〔註129〕曹丕《典論・論文》，郭紹虞主編《中國歷代文論選》第一冊，上海古籍出版社1979年版，第159頁。

〔註130〕《左傳・襄公二十四年》，江蘇廣陵古籍刻印社1995年影印阮元校刻《十三經注疏》下卷，第1979頁。

常被後世文學批評用來作爲討論文學的地位和作用的理論依據。」〔註131〕這個結論實際上誇大了這裏「立言」的地位和作用。劉暢認爲，「『三不朽』之說帶有鮮明的『公天下』的色彩，而這種『公天下』的思想核心是以處於宗法制度上一級的利益爲公，下一級的利益爲私，它本能地要求立言緊緊依附於立德與立功。『立言不朽』並非如某些學者所說，獲得了獨立的地位。」〔註132〕

立言而外，由孔子、屈原、司馬遷開創的著述傳統，是中國文學發展的引擎，直至曹雪芹、蒲松齡、魯迅，仍是此一傳統的承續。假若以周作人的兩分法視之，可以清晰看到立言、載道、紀功與著述、言志、抒情的分別。

魯迅的第二部小說集《彷徨》，引《離騷》作題詞，「朝發軔於蒼梧兮，夕余至乎縣圃；欲少留此靈瑣兮，日忽忽其將暮。吾令羲和弭節兮，望崦嵫而勿迫；路曼曼其修遠兮，吾將上下而求索。」〔註133〕據五十年代初參觀過北京的魯迅故居的人回憶說，在魯迅書房的牆上，有一幅對聯，爲喬大壯所書，魏碑的味道很足，「望崦嵫而勿迫，恐鵜鴃之先鳴」，乃是集《離騷》之句而成。

中國歷史上的第一位詩人是屈原，但第一個明確論述這一著述傳統的人，是司馬遷，在《屈原賈生列傳》中他說：

> 屈平之作《離騷》，蓋自怨生也。《國風》好色而不淫，《小雅》怨誹而不亂。若《離騷》者，可謂兼之矣。上稱帝嚳，下道齊桓，中述湯武，以刺世事。明道德之廣崇，治亂之條貫，靡不畢見。其文約，其辭微，其志絜，其行廉，其稱文小而其指極大，舉類邇而見義遠。其志絜，故其稱物芳。其行廉，故死而不容。自疏濯淖汙泥之中，蟬蛻於濁穢，以浮游塵埃之外，不獲世之滋垢，皭然泥而不滓者也。推此志也，雖與日月爭光可也。〔註134〕

假如說「怨生《離騷》」這一判斷，所指乃屈原一人、《離騷》一文，其《太史公自序》則建構了由來已久的發憤著述的統緒，究諸史實雖未必盡合，但《史

〔註131〕王運熙、顧易生《先秦兩漢文學批評史》，上海古籍出版社1996年版，第47頁。

〔註132〕劉暢《三不朽：回到先秦語境的思想梳理》，載《文學遺產》2004年第5期。

〔註133〕1926年北新書局初版《彷徨》題詞誤作「縣國」，《魯迅全集》改爲「縣圃」。

〔註134〕司馬遷《屈原賈生列傳》，《史記》第八冊，中華書局1959年版，第2482頁。

記》的寫作，卻建立在對這一統緒有意識地加以認同的基礎上。

> 七年而太史公遭李陵之禍，幽於縲紲。乃喟然而歎曰：「是余之
> 罪也夫！是余之罪也夫！身毀不用矣。」退而深惟曰：「夫詩書隱約
> 者，欲遂其志之思也。昔西伯拘羑里，演《周易》；孔子戹陳蔡，作
> 《春秋》；屈原放逐，著《離騷》；左丘失明，厥有《國語》；孫子臏
> 腳，而論兵法；不韋遷蜀，世傳《呂覽》；韓非囚秦，《說難》《孤憤》；
> 《詩》三百篇，大抵聖賢發憤之所為作也。此人皆意有所鬱結，不
> 得通其道也，故述往事，思來者。」於是卒述陶唐以來，至於麟止，
> 自黃帝始。〔註135〕

董允輝《中國正史編纂法》認為，「太史公作《自序》，不特歷述先世與自
記生平事業而已，且藉以明述作之本旨，見去取之從來。」〔註136〕

魯迅《漢文學史綱要》評價《離騷》「逸響偉辭，卓絕一世」，緣此「欲遂
其志」的著述傳統，魯迅闡釋得清醒自覺：「較之於《詩》，則其言甚長，其思
甚幻，其文甚麗，其旨甚明，**憑心而言，不遵矩度**。故後儒之服膺詩教者，或
訾而紬之，然其影響於後來之文章，乃或在三百篇以上。」〔註137〕不過，魯迅
引的是《報任安書》，其文字與上引《太史公自序》相近，這封書信因《漢書·
司馬遷列傳》的引用，而得以保存了下來。

> 所以隱忍苟活，函糞土之中而不辭者，恨私心有所不盡，鄙沒
> 世而文采不表於後也。古者富貴而名摩滅不可勝記，惟倜儻非常之
> 人稱焉。蓋西伯拘而演《周易》；仲尼厄而作《春秋》；屈原放逐，
> 乃賦《離騷》；左丘失明，厥有《國語》，孫子臏腳，《兵法》修列。……
> 《詩》三百篇，大抵聖賢發憤之所為作也。此人皆意有所鬱結，不
> 得通其道，故述往事，思來者。及如左丘無目，孫子斷足，終不可
> 用，退論書策，以舒其憤，思垂空文以自見。僕竊不遜，近自託於
> 無能之辭，網羅天下放失舊聞，考之行事，稽其成敗興壞之理，凡

〔註135〕司馬遷《太史公自序》，《史記》第十冊，中華書局1959年版，第3300頁。

〔註136〕轉引自楊燕起等編《歷代名家評〈史記〉》，北京師範大學出版社 1986 年版，第
749 頁。

〔註137〕魯迅《漢文學史綱要》，上海古籍出版社 2005 年版，第 20 頁。

百三十篇。亦欲以究天人之際，通古今之變，成一家之言。草創未
就，適會此禍，惜其不成，是以就極刑而無慍色。僕誠已著此書，
藏之名山，傳之其人，通邑大都，則僕償前辱之責，雖萬被戮，豈
有悔哉？然此可謂智者道，難爲俗人言也！⋯⋯〔註138〕

引過這話之後，魯迅評說司馬遷，「恨爲弄臣，寄心楮墨，感身世之戮辱，傳畸人於千秋，雖背《春秋》之義，固不失爲史家之絕唱，無韻之《離騷》矣。惟不拘於史法，不囿於字句，發於情，肆於心而爲文」。〔註139〕

在魯迅看來，發奮著述的傳統，等於「寄心」的傳統，他在《河南五論》以及爲完成的《破惡聲論》中，反覆強調「心聲」的重要，在東京打算創辦的第一份文學刊物，取名爲《新生》，即「心聲」之謂也。發抒一己之心聲，個人方可獲得新生，正是魯迅那時相信的文學樹人之路。

《摩羅詩力說》云，「如中國之詩，舜云言志；而後賢立說，乃云持人性情，三百之旨，無邪所蔽。夫既言志矣，何持之云？強以無邪，即非人志。許自繇於鞭策羈縻之下，殆此事乎？」〔註140〕「言志」與「寄心」是一致的，但後賢所謂的「持人性情」卻是另一回事了。魯迅一生的著述活動，須當放在屈原司馬遷所開創的「寄心」與「言志」的偉大傳統中加以理解。

韓愈因其《原道》的寫作和提倡，一向被目爲載道派，實際上並不盡然。其《送孟東野序》提出了與「發憤著述」相近的「不平則鳴」式的寫作觀：

大凡物不得其平則鳴，草木之無聲，風撓之鳴，水之無聲，風
蕩之鳴，其躍也或激之，其趨也或梗之，其沸也或炙之。金石之無
聲，或擊之鳴。人之於言也亦然，有不得已者而後言，其歌也有思，
其哭也有懷。分出乎口而爲聲者，其皆有弗平者乎！⋯⋯凡載於《詩》
《書》六藝，皆鳴之善者也。周之衰，孔子之徒鳴之。其聲大而遠。
傳曰：「天子將以夫子爲木鐸」，其弗信矣乎！其末也，莊周以其荒
唐之辭鳴。楚，大國也，其亡也，以屈原鳴。臧孫辰、孟軻、荀卿，

〔註138〕司馬遷《報任少卿書》，班固《漢書·司馬遷列傳》，《漢書》第九冊，中華書局
1962年版，第2733～2735頁。

〔註139〕魯迅《漢文學史綱要》，上海古籍出版社2005年版，第52～53頁。

〔註140〕魯迅《摩羅詩力說》，《魯迅全集》第一卷，人民文學出版社1981年版，第68頁。

以道鳴者也。〔註 141〕

　　韓愈身上即使有道學氣，亦與宋儒不同，《石鼓歌》曰「陋儒編詩不收入，二雅褊迫無委蛇。孔子西行不到秦，掎摭星宿遺羲娥。嗟余好古生苦晚，對此涕淚雙滂沱。」〔註 142〕這樣唐突孔子的詩，宋人便寫不出。韓愈於宋詩的走向，產生了大影響，然而其詩名終被其文名所遮蓋，八大家云云，是後人弄出的名堂，與韓文公何涉？

　　蒲松齡爲《聊齋誌異》而寫的《自志》，彷彿是對這一發憤著述傳統的總結，他的筆觸表面描摹花妖狐媚，實則寫盡世態人情，講述了帝王將相的官史之外的另一部民間的歷史，他仿照司馬遷的做法，在故事講完後大發議論，抨擊權貴，直言不諱，每以「異史氏」自稱。

　　　披蘿帶荔，三閭氏感而爲騷；牛鬼蛇神，長爪郎吟而成癖。自鳴天籟，不擇好音，有由然矣。松落落秋螢之火，魑魅爭光；逐逐野馬之塵，魍魎見笑。才非干寶，雅愛搜神；情同黃州，喜人談鬼。聞則命筆，因以成編。久之，四方同人，又以郵筒相寄，因而物以好聚，所積益多。甚者：人非化外，事或奇於斷髮之鄉；睫在眼前，怪有過於飛頭之國。揣飛逸興，狂固難辭；永託曠懷，癡且不諱。展如之人，得毋向我胡盧耶。然五父衢頭，或涉濫聽；而三生石上，頗悟前因。放縱之言，有未可概以人廢者。松懸弧時，先大人夢一病瘠瞿曇，偏袒入室，藥膏如錢，圓黏乳際，寤而生松，果符墨志。且也少羸多病，長命不猶。門庭之棲寂，則冷淡如僧；筆墨之耕耘，則蕭條似缽。每搔頭自念：勿亦面壁人果吾前身耶？蓋有漏根因，未結人天之果；而隨風蕩墮，竟成藩溷之花。茫茫六道，何可謂無其理哉！獨是子夜熒熒，燈昏欲蕊；蕭齋瑟瑟，案冷疑冰。**集腋爲裘，妄續幽冥之錄；浮白載筆，僅成孤憤之書：寄託如此，亦足悲矣**！嗟乎！驚霜寒雀，抱樹無溫；弔月秋蟲，偎欄自熱。知我者，其在青林黑塞間乎！〔註 143〕

〔註 141〕韓愈《送孟東野序》，郭紹虞主編《中國歷代文論選》第二冊，上海古籍出版社1979 年版，第 125 頁。

〔註 142〕《全唐詩》（增訂本）第五冊，中華書局 1999 年版，第 3817 頁。

〔註 143〕蒲松齡《聊齋誌異》，但明倫評，齊魯書社 1994 年版，第 7 頁。此節文字刊出時三

二

體現個人自由的「寄心」「言志」著述活動，與專制王權是不相容的。漢唐文禁鬆弛，個人發抒的空間較大，司馬遷、王充、李白這樣的特異之才，尚能夠衝破羈縻，後世文網愈來愈密，並以高官厚祿相誘，把人硬逼到以富貴為心的路上去。

周作人認為，凡專制王權穩定的時期，載道派占上風，遇到權力周期循環，打破些罈罈罐罐，便給了言志派機會，所以春秋末期、魏晉南北朝、五代十國、宋元之際、明末，直至清末民初，思想和文學格外活躍。在漫長的歷史上，從秦始皇焚書開始，便有大量個人作品遭到毀禁，作者受到迫害，這是另一種傳統。明清兩朝，文字獄被發明出來，彷彿不行恐怖政治不足以壓制人們發自心底的言論自由。

放膽為文口出狂言的李卓吾，辭官之後，不歸故土，四方漫遊，求友講學，小心翼翼與各地官員周旋，贏得一點個人自由。因著《焚書》《續焚書》《藏書》《續藏書》《史綱評要》《初潭集》《四書評》等書，李卓吾以「敢倡亂道，惑世誣民」罪被捕，萬曆三十年春，七十六歲在北京獄中自刎。

為逃避體制的管束，他欲以「流寓客子」的個人名份，在王權的秩序下尋求合法的個人生存空間，屢屢不能如願，落髮為僧，仍未能免禍善終。

> 夫人生出世，此身便屬人管了。幼時不必言；從訓蒙師時又不必言；既長而入學，即屬師父與提學宗師管矣；入官，即為官管矣。棄官回家，即屬本府本縣公祖父母管矣。來而迎，去而送，出分金，擺酒席；出軸金，賀壽旦。一毫不謹，失其歡心，則禍患立至，其為管束至入木埋下土未已也，管束得更苦矣。我是以寧飄流四外，不歸家也。其訪友朋求知己之心雖切，然已亮天下無有知我者；只以不願屬人管一節，既棄官，又不肯回家，乃其本心實意。特以世人難信，故一向不肯言之。然出家遨遊，其所遊之地亦自有父母公祖可以管攝得我。故我於鄧鼎石初履縣時，雖身不敢到縣庭，然彼以禮帖來，我可無名帖答之乎？是以書名帖不敢曰侍生，侍生則太尊己；不敢曰治生，治生則自受縛。尋思四字回答之，曰「流寓客

子」。夫流寓則古今時時有之，目今郡邑志書，稱名宦則必繼之以流
寓也。名宦者，賢公祖父母也；流寓者，賢隱逸名流也。有賢公祖
父母，則必有賢隱逸名流，書流寓則公祖父母等稱賢矣。宦必有名
乃紀，非名宦則不紀，故曰名宦。若流寓則不問可知其賢，故但曰
流寓，蓋世未有不是大賢高品而能流寓者。晦庵婺源人，而終身延
平；蘇子瞻兄弟俱眉州人，而一葬郟縣，一葬潁州。不特是也，邵
康節范陽人也，司馬君實陝西夏縣人也，而皆終身流寓洛陽，與白
樂天本太原人而流寓居洛一矣。誰謂非大賢上聖而能隨寓皆安者
乎？是以不問而知其賢也。然既書流寓矣，又書客子，不已贅耶？
蓋流而寓矣，非築室而居其地，則種地而食其毛，欲不受其管束又
不可得也。故兼稱客子，則知其為旅寓而非真寓，如司馬公、邵康
節之流也。去住時日久近，皆未可知，縣公雖欲以父母臨我，亦未
可得。既未得以父母臨我，則父母雖尊，其能管束得我乎？故兼書
四字，而後作客之意與不屬管束之情暢然明白，然終不如落髮出家
之為愈。〔註144〕

李贄做過姚安知府，致仕之後仍有俸祿，依照大明律，拘禁四品以上官員，
須經皇帝親自批准，這一限制，曾使許多欲制之於死地的權貴遲疑無奈。

王夫之，李贄歿後十七年出生，湖南衡陽人，二十四歲考取明崇禎朝舉人，
組織匡社，明亡後抗清失敗，隱居湘西石船山，七十四歲完髮以終，懷抱孤憤
著書，其著作在清代被列為禁書，身後百餘年方刊行面世，即曾國藩兄弟所刻
之《船山遺書》，百餘種，四百餘卷。譚嗣同推為「五百年來真通天人之故者，
船山一人而已」，劉獻廷稱他「其學無所不窺，於六經皆有發明」。其生前自擬
墓誌銘曰，「抱劉越石之孤憤而命無從致，希張橫渠之正學而力不能企。幸全歸
於茲丘，固銜恤以永世。」〔註145〕

王永祥一九三四年所作《船山學譜‧自序》云：

余束髮受書，即好深湛之思。憶負笈離家之初，家大人授以梁
任公所輯《德育鑒》一書，謂之曰，「此當今之《近思錄》也。孺子
讀此而身體力行之，庶於進德修業少有裨益，其勉行之。」其後校

〔註144〕李贄《焚書‧續焚書》，中華書局1975年版，第185～186頁。
〔註145〕王之春《船山公年譜》，《船山全書》第十六冊，嶽麓書社1996年版，第397頁。

課之餘，每為披覽。雖覺其中不無老生常談，而所採船山先生諸條，則獨以為在語錄中別開生面，啟發實多。予之有會於船山，實自此始。迨年事漸長，稍研史學，時同學輩恒取坊本《綱鑑》為自修之助，家大人則又授以司馬光《資治通鑑》，並張天如《歷代史論》、王船山《讀通鑑論》二書。張氏諸論只便記憶，無甚精彩，家大人雖責以每篇背誦，不足以張興致也。於先生書則開卷躍然，使人忘倦，終日咿唔，不絕於口，於是船山之印象益深。丙辰之春，因疾輟學，離平赴津。臨行之前，慮病床無以遣悶，至廠肆選購書籍，入門而《船山遺書》四字首觸余目，亟購之以歸，挑燈快讀，驚喜欲狂，不自知疾疢之在體也。自是厥後，困頓床褥幾及三載，瘦骨伶仃，累瀕於危，家中長老咸為惴惴，而予則胸懷坦然，意氣益復奮發，靜室獨居，書冊縱橫，仰首高吟，俯枕構思，人皆謂為輾轉呻吟之苦，而不知予之樂有非局外人所能領略者，蓋予是時已服膺船山先生盈虛屈信往來原反之說，將生死一關早為勘破矣。病癒之後，轉學津門，講習西哲名著，益覺先生之學，條理細密，體大思精，在古代哲人中實為特出之才。居恒謂歷來理學諸儒，偏重行為修養，乃於宇宙心性認識論等諸大問題，皆未能從純粹知識方面作嚴密之探討、精細之闡發，大都零碎語錄，簡略不詳，隨興而談，不加組織。自宋儒提倡道學以來，理學之書，雖汗牛充棟，而皆爛翻舊帳，不脫前人窠臼，求如船山先生之說理深邃，鞭闢入裏，新有創發，完成統系者，實難其選。〔註146〕

李卓吾、王船山，從落筆為文的那一刻起，即知其著作皆為後世之人而寫，他們無法預料的是，不到五百年，這個國家的讀書人和所謂精英分子，已經到了普遍疏於閱讀自己民族著作的地步了。

加達默爾說，「文字流傳物並不是某個過去世界殘留物，它們總是超越這個世界而進入到它們所陳述的意義領域。正是詞語的理想性（Idealitat）使一切語言性的東西超越了其他以往殘存物所具有的那種有限的和暫時的規定性。因此，流傳物的承載者決不是那種作為以往時代的證據的手書，而是記

〔註146〕王永祥《船山學譜·自序》，《船山全書》第十六冊，嶽麓書社 1996 年版，第 977 ～978 頁。

憶的持續。正是通過記憶的持續，流傳物才成為我們世界的一部分，並使它所傳介的內容直接地表達出來。凡我們取得文字流傳物的地方，我們所認識的就不僅僅是些個別的事物，而是以其普遍的世界關係展現給我們的以往的人性本身。」〔註146〕

三

在加達默爾看來，「語言的自然狀態決定了不再可能對人類還沒有語言時的原始條件進行探詢。因此關於語言起源的真正問題便統統取消了。他贊成赫爾德和威廉·馮·洪堡的觀點：語言在本質上是人的語言，人在本質上是一個語言存在物，這個見解對於人類的世界觀具有根本意義。」〔註147〕

羅蘭·巴爾特說，「語言不能被看做思想的簡單工具，無論是實用的還是裝飾的。不管是作為族類還是個體，人都不是先於語言存在的。」從來沒有一個人能夠脫離語言而存在，然後為了表達自己頭腦中的思想而創造語言，是語言界定了人，而不是人界定了語言。〔註148〕

回顧二十世紀，中國最大的功利主義，就是語言上的功利主義！

有此功利主義想法在前，必有白話文運動行其後。工具主義的語言觀直至今日，在漢語當中，依然是占統治地位的語言觀，或習焉不察，或視作當然，語言使用上的工具主義一日不破除，寫作倫理則一日無從建立。

白話文運動成功地使大部分國人不識文言，識了白話，也未見得能寫好白話。文言白話曾並存千年，自然而然，沒有想過主從尊卑，遣詞造句，立誠達意而已。一句之中，文白夾雜，一段之內，雅俗莫辨。古人云，物相雜，故曰文。文言成熟早，乃漢語書面語之根本，依憑豐富的字形彌補字音的相對貧乏，與此相應，形成中國特有的認知經驗，目治重於耳治。歷史的演進，白話地位漸重，在文字和書面表達中占的份額加大是情理中事，晚清白話文運動，意味

〔註146〕〔德〕加達默爾《真理與方法》下卷，洪漢鼎譯，上海譯文出版社2004年版，第504頁。

〔註147〕〔德〕加達默爾《美的現實性》，張志揚等譯，生活·讀書·新知三聯書店1991年版，第129頁。

〔註148〕轉引自耿幼壯《書寫的神話：西方文化中的文學》，中國人民大學出版社2006年版，第3～4頁。

著這一趨勢的加速，至五四時代，文化激進主義大張其幟，爲了國家主義政治動員，整套意義系統被人爲地驟然更替，白話文運動造成的語言震盪至今猶在。由於激進的語言政策所導致的白話主義，已不可逆轉，文言作爲漢語的精華與書面語言的主體，幾乎要從漢語中退場了。假若中國眞的有什麼非物質文化遺產的話，文言的讀和寫乃是最大的一筆。於公眾而言，不是將要失傳，而是已經失傳了。

宇文所安認爲，「在二十世紀，我們常常考慮的是如何『保存』傳統文化。然而，當它變成一個被『保存』的東西的時候，傳統文化已經被深刻地改變了。」〔註149〕

使白話文運動的「消極成果」加倍「消極」的，是現代傳媒的過分發達，雖然包括古籍在內的圖書，比任何時代印刷得都多，發行亦廣，但讀書的機會尤其是閱讀古書的幾率，卻大爲減低，其顯著的後果不容忽視，就是語言生態的惡化，書面語言生態的惡化，是這一國家這一時代文化整體危機的一個突出的表徵。

報紙、廣播、電視、以及互聯網、手機短信、微博、微信等，在語言的使用上共鑄了超強的模式，構成技術主宰時代的統治話語，其傳播速度之快之廣，遠非過去所謂「文明三利器」可以比擬。新的混合型的意識形態，迅速取代了傳統的意識形態，這是當代最大的體制。當代的漢語寫作，其個人化程度遠遠低於五四運動之後的二三十年代，以殘缺的語言教養，面對如此強勁的趨勢，甚至連表面上的反叛性表述，亦是對這一統治話語的屈服，每日產出的海量文本，基本上可視作這一新興意識形態的自我複製。

> 不精純的語言的特徵之一，在於它的慣性（套路化）和意識形態性——由於缺少對習慣語式的反思性偏離，它的辭彙來源、意義使用方式，它的句法和腔調都被一種沿襲性的模式所限制，因而它幾乎必定是類型化的。而那種對意識形態和習成語言的簡單反叛，事實上也寄生在它所要反對的語式之上，並且把該語式的粗糙性全部繼承了下來。這種不成熟的語言反叛，其底下的經驗方式也仍然

〔註149〕〔美〕宇文所安《他山的石頭記》，田曉菲譯，江蘇人民出版社2006年版，第281頁。

處在意識形態的界限之內，亦即只是一種倒轉了的意識形態。〔註150〕

當代社會突出的現象之一，是成年人的普遍幼稚化，這與漢語的不成熟狀態有直接關聯。其表徵是國人與母語產生了疏離和隔閡，歐洲成年人的基本含義是能閱讀，或說具有閱讀能力，依照這樣的標準衡量，時下的中國，找不到太多的成年人。文言教育的薄弱，使受過高等教育的人最終不能無障礙地閱讀古典文獻，加之現代傳媒的過於強大，既非口語又非書面語的一種媒體語言甚囂塵上，在如何言說的問題上，即使獲得高學位高職稱的人，在其專業領域成績驕人的專家，開口說話，談論公共話題，立刻辭不達意，捉襟見肘，更莫要說滿口主語皆是「我」的那些停不下來的知識人了，知識分子單向度的品性令人觸目驚心。為什麼我們的學者不理解藝術，為什麼我們的藝術家缺乏人文素養，為什麼我們的公民有了些文化修養，卻連最基本的語言教養都沒有？有一個古老的中國，存身於現實的中國當中，歷史已經越來越成為當下失去教養的一種反差。

當代漢語寫作的難度在於，作者需要證明其文字配得上同樣寫白話文的曹雪芹與吳敬梓。魯迅個人的寫作活動，或許比整個白話文運動更有價值。

抵禦現代混合型意識形態的侵襲，到常人不及的語言富礦中汲取資源，古籍、多種經典白話的慢讀，留意方言和真正的口語。在現代媒體還沒有侵染的偏僻鄉村，或許保留著語言的原始生態。自我放逐的漢語，需經幾代人的努力，才能回到正路上去。生活在白話文運動所創立的臨時漢語中的我們，從出生之日起，就成為被傳統漢語拋棄的一代，這是無法選擇的命運，也許漫長也許短暫的波折之後，我們的後人會與我們的先輩會合，彼此投緣。

四

近代以來的中國，至少從理論上講，存在一個超越於黨派和意識形態之上的國家主義政治，它似乎是左右兩派以及哪派都不是的人所達成的基本共識，是陳獨秀、李大釗，胡適、傅斯年，陳寅恪、馮友蘭贊成的一種政治。章太炎、鄧實、劉師培等提出國粹，宣導國學，胡適、魯迅那一代強調國語，同時整理國故、改造國民性，與白話文運動、新文學運動相始終的還有一個國語運動，

〔註150〕一行《詞的倫理·自序》，上海書店出版社2007年版，第9頁。

通過國語的建設，促成現代國家的誕生。而後開始建構國史，錢穆著《國史大綱》，張蔭麟著《中國史綱》，馮友蘭寫《中國哲學史》等等。近代以來的學術研究、思想探討、文學創作皆圍繞這一國家主義政治。

但這一政治的實質，不可避免地要成爲全球化資本主義世界政治的一部分。因爲民族國家的建立，並不是中國社會自發的內部要求或者必然性，而是源自歐洲蔓延世界各地的一種政治組織方式，事實上是對於資本主義在全球擴張的某種應對措施。面對帝國主義入侵，中國不得不匆忙國家化。爲了完成這個外部世界強加給我們的任務，中國人不得不對自己的歷史文化有所取捨，倉促之間，將幾千年的民族歷史和民族文化國家化，功利之下難免浮泛，語言文字上的應對錯謬叢出。

這是一種外部壓力之下後發的現代性，模仿的現代性，也有稱之爲反現代的現代性。

從白話文運動發軔之初，它就滲透進來，對於歐洲近代歷史的模仿，不僅是明顯的，甚至是公開申明的。拉丁文的退席，歐洲各民族語言的成立，宛如世界歷史給我們出的一個上聯，善於應對的國人，即刻以文言白話分別應之。嫌不夠工，欲將漢字拼音化，走世界文字共同的道路。什麼叫世界文字，有這樣的事物麼？從前就是世界本身的中國，難道連世界的一部分也不能夠成爲麼？漢字數千年歷史還不能自證是適合自己的，反倒要跟歐洲文字相較，精通小學的章太炎不肯這麼做，五四一代知識分子信心不足僅僅根源於知識不夠麼，白話文運動明確是服務於國家主義政治的，這一點從胡適、陳獨秀到魯迅、周作人皆從不諱言。

反思和清算白話文運動，必須反思這一國家主義政治的思路，因爲它把語言當作其建設和動員的工具。

洪堡特說「語言絕不是產品，而是創造活動。」他認爲，每個民族不可避免以某種獨特的主觀意識帶入語言，從而在語言中形成一種獨特的世界觀，這種語言世界觀反過來又可能制約著人們的非語言行動。各種語言的世界觀既是精神屏障，又是精神的起點，他說，「每種語言都具有接受一切事物並且把這一切再付之於表達的靈活性。在任何時候，任何情況下，一種語言對人來說都不可能形成絕對的桎梏。」〔註151〕

〔註151〕胡明揚主編《西方語言學名著選讀》，中國人民大學出版社 1988 年版，第 45 頁。

把中國在中西碰撞中的失敗失策，歸咎於語言文字是方便的。啓動國家主義政治所要求的近代化進程，立即發現事事不如人，標準在別人那裏，自家便不惜焚琴煮鶴，這是方向性的錯誤。抵抗外侮、維護主權完整的目的是什麼？依照自己的價值觀和習俗生活，自主決定其道路，保持自我的語言文字的延續和生機。所謂西學東漸，離不開帝國主義殖民主義的擴張背景，從這個意義上講，白話文運動是對於中國傳統語言文字的背叛。一個民族，甚至可以背叛自己的思想、宗教，但無法背叛自己的語言、文字。

章太炎所定義的國粹包括三項，語言文字、典章制度、人物事蹟，這是民族歷史文化凝聚之所在，如今，典章制度已不存，習俗幾被蕩盡，人物事蹟只剩下戲說的娛樂價值。文字還在，但肢體殘缺，魂魄已失，所謂繁榮昌盛的國家究竟是什麼，先烈們付出生命夢寐以求的新中國在哪裏？

加達默爾認為，「其實不是歷史屬於我們，而是我們屬於歷史。早在我們以反思的方式理解自己之前，我們已經以自然而然的方式在我們所生存的家庭、社會和國家這樣的環境裏理解自己了。」〔註152〕如今我們只好說，不是我們拋棄了歷史，而是歷史拋棄了我們。

這是陳夢家一九四七年講的看法：

> 記得一二年前芝加哥開了次中國學生的夏令營，請一美國的中國學教授去講演。此人講前告訴我他所要說的大意如下。「你們遠道來此，爲的是學習西方的文明，但有一事在你們未來以前必已有了研究的，即是你們自己的歷史文化，在某一方面說是遠勝過我們的，是爲我們所渴求學習的。有了它，你們才能權量輕重，知道你們在此最應該學取的，以及如何將它和固有文化配合起來，庶幾乎不像我們現在的情況。你們雖求學於此，但同時也有一種責任來答覆所遇到的美國人對你們的問題。他們希望知道中國。所以我希望你們不論所習何科，皆都已具備上述的資格來做交換文化的使者」云云。此人所說的，以及未說的含意，皆極顯然。我對於他之譏刺中國留學生的忘本逐末，實是非常贊同的。在外國，我們希望他不但做一個好學生，而且是中國學生；在國內，我們希望他不但做一

〔註152〕轉引自張隆溪《走出封閉文化圈》，生活・讀書・新知三聯書店 2004 年版，第 8 頁。

個好的中國學生，而且是現代的。無論如何，我盼望我們時時刻刻
不要忘記多多學習中國的文史。〔註153〕

陳先生是詩人、文字學家和史學家，六十多年前說出的這番話，如今無
人能言。「要作中國人，必須知道中國是什麼，若於中國文史毫無涉獵，那只
是中國所出的草木石頭。」「我只說凡爲中國人必須對他自己的歷史文化有所
瞭解，必須由研究此等文化而發生眞正愛國之心，而致使其人有理想懷抱而
不作惡敗壞國家。」這頗似章太炎當年所言「用國粹激動種姓，增進愛國的
熱腸」。因爲在文化上失掉了自己的傳統，中國有重新陷入半殖民地半封建的
危險，三座大山不是那麼輕易可以推倒的，反帝、反封建的路很可能比任何
人想像的都漫長。

還是章太炎的話，「故僕以爲民族主義，如稼穡然，要以史籍所載人物制度、
地理風俗之類，爲之灌漑，則蔚然以興矣。不然，徒知主義之可貴，而不知民
族之可愛，吾恐其漸就萎黃也」。〔註154〕

一個民族在自己的語言上如果沒有創造力，只能是這個民族活力衰退的表
現，毛澤東的成功，在於他爲那個時代的國家主義意識形態注入了革命的靈魂。

語言關切著每位個人的生存狀況和品質。從消極的意義上講，只要耐得住
寂寞，抵制住混合型意識形態的侵襲，當代人終能獲得投身藝術的機會，而這
是一九四九年以來知識分子夢寐以求卻終身未能如願的。薩義德在《知識分子
論》中認爲：

讓我以自己爲例來說明這一點：身爲知識分子，我在觀衆或訴
求對象之前提出我的關切，但這並不只關係著我如何發表它們，也
關係著自己作爲嘗試促進自由、正義的理念的人士所代表的。我把
這些形諸言詞或筆墨，是因爲經過再三省思後這些是我所相信的，
而且我也要說服別人接受這個觀點。因此，這裏就出現了個人世界
與公共世界之間的複雜的混合———一方面是來自我的經驗的個人
的歷史、價值、寫作、立場，另一方面是這些如何進入社交世界，
人們在其中辯論、決定有關戰爭、自由、正義之事。純屬個人的知

〔註153〕陳夢家《論習文史》，《夢甲室存文》，中華書局2006年版，第261頁。
〔註154〕章太炎《答鐵錚》，陳平原編《中國現代學術經典·章太炎卷》，河北教育出版社
1996年版，第627頁。

識分子是不存在的，因爲一旦形諸文字並且發表，就已經進入了公共世界。僅僅是公共的知識分子——個人只是作爲某個理念、運動或立場的傀儡、發言人或象徵——也是不存在的。總是存在著個人的變化和一己的感性，而這些使得知識分子所說或所寫的具有意義。最不應該的就是知識分子討好閱聽大眾；總括來說，知識分子一定要令人尷尬，處於對立，甚至造成不快。

　　總之，重要的是知識分子作爲代表性的人物：在公開場合代表某種立場，不畏各種艱難險阻向他的公眾作清楚有力的表述。我的論點是：知識分子是以代表藝術爲業的個人，不管那是演說、寫作、教學或上電視。而那個行業之重要在於那是大眾認可的，而且涉及奉獻與冒險，勇敢與易遭攻擊。我在閱讀薩特或羅素的作品時，他們特殊的、個人的聲音和風範給我留下的印象遠超過他們的論點，因爲他們爲自己的信念而發言，不可能把他們誤認爲藉藉無名的公務員或小心翼翼的官僚。〔註155〕

五

　　漢語的聲音特別豐富：節奏（頓）、四聲（平仄）、重音、韻、長短、單音、多音、疊韻、疊字，包括方言和口語，無不要求適恰而巧妙的配置，其難度猶如作曲家把握和聲對位及音樂創作的全部細節一樣。

　　老舍說，「我寫文章，不僅要考慮每一個字的意義，還要考慮到每個字的聲音。不僅寫文章是這樣，寫報告也是這樣。我總希望我的報告可以一字不改地拿來念，大家都能聽得明白。雖然我的報告作的不好，但是念起來很好聽，句子現成。比方我的報告當中，上句末一個字用了一個仄聲字，如『他去了』，下句我就要用個平聲字。如『你也去嗎？』讓句子念起來叮噹地響。好文章讓人家願意念，也願意聽。」

　　「好文章不僅讓人願意念，還要讓人念了覺得口腔是舒服的。隨便你拿李白或杜甫的詩來念，你都會覺得口腔是舒服的，因爲在用那一個字時，他們便

〔註155〕〔美〕愛德華・W・薩義德《知識分子論》，單德興譯，生活・讀書・新知三聯書店 2002 年版，第 17～18 頁。

抓住了那個字的聲音之美。……為什麼不該把平仄調配的好一些呢？當然，散文不是詩，但是要寫得讓人聽、念、看都舒服，不更好嗎？有些同志不注意這些，以為既是白話文，一寫就是好幾萬字，用不著細細推敲，他們吃虧也就在這裏。」〔註156〕

將意義視作形式（而不是內容），使意義溶解為語言的形式，既是天才說話者的本分，也是語言觀念的突破。龐德談及韻律強調「不要讓文字的含義分散讀者對於節奏的注意」。羅布・格里耶在《未來小說的道路》中說，「我們必須製造一個更實體、更直觀的世界，以代替現有的這種充滿心理的、社會的和功能意義的世界。讓對象和姿態首先以它們的存在去發生作用，讓它們的存在駕臨於企圖把它們歸入任何體系的理論闡述之上，不管是感傷的、社會學的、佛洛德主義，還是形而上學的體系。」〔註157〕喬伊絲的實驗，正可印證這種努力。

王世貞云「首尾開闔，繁簡奇正，各極其度，篇法也。抑揚頓挫，長短節奏，各極其致，句法也。點掇關鍵，金石綺綵，各極其造，字法也。篇有百尺之錦，句有千鈞之弩，字有百鍊之金。文之與詩，固異象同則。」〔註158〕出聲朗讀這樣的語言理論，正是老舍所謂「口腔的舒服」。其實漢語的妙要無須龐德提醒——不讓文字含義分散讀者對於節奏的注意——優秀的漢語是當讀音鏗鏘之時，「文字的含義」才可飽滿而清晰。

語言之所以是語言，當它獲得好的言說時，方才成其為語言——反之亦然——這是言說的倫理，也是寫作倫理，其最高體現，則在於那垂範後世的文學作品。

魯迅《答北斗雜誌社問》說：「寫完後至少看兩遍，竭力將可有可無的字、句、段刪去，毫不可惜。寧可將可作小說的材料縮成 Sketch，決不將 Sketch 材料拉成小說。」〔註159〕魯迅談及自己的寫作，向來謙抑而簡單，但這寥寥數語，

〔註156〕老舍《關於文學的語言問題》，劉錫慶、朱金順《寫作通論》，北京出版社 1983 年版，第 141～142 頁。

〔註157〕呂同六主編《20 世紀世界小說理論經典》上卷，華夏出版社 1995 年版，第 521 頁。

〔註158〕王世貞《藝苑巵言》卷一，《歷代詩話續編》第十六卷，上海文明書局 1943 年版，第 9 頁。

〔註159〕《魯迅全集》第四卷，人民文學出版社 1981 年版，第 289 頁。Sketch 原指畫家的

難能可貴，今時多少作家語文水準荒蕪貧瘠，恐怕未必知道如何審斷自己文章裏哪些是「可有可無的字、句、段」，更不知「毫不可惜」的刪去。

魯迅和周作人終生以毛筆書寫，文言改為白話後，毛筆未經廢除，周氏兄弟和毛澤東，沒有改用新式的鋼筆、自來水筆之類——此大有深意。毛筆書寫固然費時費力，速度緩慢，謄寫費工，磨墨須得耐煩，文房四寶不可缺一。但毛筆書寫天然蘊涵著手工操作的莊重之感與人文氣息，文字，是這一切的目的與結晶，滿寫一紙，乃是鄭重其事的修煉，猶如儀式，亦且調節氣息，養護身體。每一字，一筆一劃，節奏有度，字體有形，同時思路縝密，字斟句酌，文章於是一紙一紙宛然成稿，連綴成篇。魯迅與作人的手稿，正筆小楷，略近行書，內斂而蘊藉，豎排，繁體，字跡工致，文面雅淨，識讀爽然，值得留存傳誦。文字與文學雖概念不同，然文學存身於文字，目遇之為形，心得之為義。周作人魯迅不以書家自賞，卻是獨具風神的文人字，這樣的書法涵養了其文字，而這樣的文字，乃有其文風與文學。

盧輔聖說，「在文字中，符號的指涉意義是直接的、明晰的、原生型的，呈現為一種『聚焦』現象；在書法中，符號的指涉意義卻是間接的、混沌的、衍生型的，呈現為一種『變焦』現象。」涵養就在這「聚焦」和「變焦」所產生的張力空間中。中國文化而有毛筆，非同小可。「勢來不可止，勢去不可遏，惟筆軟則奇怪生焉。」（蔡邕《九勢》）「任何硬筆的運動方式，都被限制在平動的基本範疇內，只有毛筆的錐毫，可以在此之外再兼具絞轉和提按功能，鉅細收縱，幻化無窮，加上枯濕濃淡遲速之變，所畫線形具有隨心宛轉、神奇莫測的表現性。線結構平面靜止的形相，在它的點化下，頓時成了律動流走的體勢氣脈。」〔註160〕

　　西方文化藝術，其所以不與中國相同——表現不出生動的氣韻、遒媚的點畫、高深的境界，正是由於不懂毛筆，不會使用毛筆，不理解毛筆的性能功用之奇妙。沒有毛筆，不僅僅是中國藝術不會是「這個樣子」的，就連整個中國文化的精神面貌，也要大大不

初稿，是以後成熟作品的基礎，這裏指結構簡單的作品。速寫的特點是勾勒場景、人物或事件，不必是全部情節和精細的人物塑造。

〔註160〕盧輔聖《書法生態學》，浙江美學學院出版社 1992 年版，第 5～10 頁。

同。……毛筆不是錘子、刀子……它能「通靈」，具有靈性。否則，
它如何那麼擅長表現使用者個人千變萬化的不同氣味、氣質、性情、
意志、精神世界、生活態度……筆是中國文豪藝匠的心和氣，是血
肉相連的生理的一個「組成部分」。這一點需要文化的消化與悟知。
沒有毛筆（名稱、概念、理解、使用實踐）的異文化，當然無法承
認中國有「五大」發明創造。因為「四大」皆是形而下的科技文化，
所以西方能曉能用能估價。至於毛筆，已是涉入於形而上的物情事
理了，因而異文化對它就十分陌生而無法認識評估了。〔註161〕

　本人曾在故宮武英殿面對蘇東坡尺牘原件長久凝視，無可如何。書法，
是抽象抑或具象？其筆意拂鬱，筆勢縹緲，其「輕拂徐振，緩按急挑，挽橫
引縱，左牽右繞」（成公綏語），董其昌跋曰：「東坡真跡，余所見無慮數十卷，
皆宋人雙勾廓填。坡書本濃，既經填墨，蓋不免墨豬之論，唯此二帖（新歲、
人來）則杜老所謂須與九重真龍出，一洗萬古凡馬空也」。隔著玻璃凝望著那
老舊宣紙上的每一漢字，點畫筆跡，清晰生動，若在昨天，想像那握筆之手，
似乎並沒有遠去，擴大這想像，擴至蘇軾文集、詩集、詞集中的每一字，皆
為其人以心凝神，親手寫在紙端，遺諸後世，那一刻必然懂得珍惜它們、珍
愛它們了。「吾文如萬斛泉源，不擇地而出，在平地滔滔汩汩，雖一日千里無
難。及其與山石曲折，隨物賦形，而不可知也。所可知者，常行於所當行，
常止於不可不止，如斯而已矣。其他雖吾亦不能知也」。〔註162〕

　漢字的形體演變與文言文的發展幾近同步。漢字被稱為「衍形文字」，「衍
形文字並不比只有少數字母的拼音文字容易固定，而要經過漫長的字體演變過
程。由篆而隸，有隸而楷，是縱向時空的演變；由正而草，由草而正，是橫向
時空的演變。縱向時空的演變，使字體從繁趨簡，橫向時空的演變，使從繁趨
簡的軌跡保持『之』字形前進的活力。」「文字演變的活力，一方面催化著書法
藝術的不斷自覺，一方面又在書法藝術的自覺中，發掘和攫取著新的文字演變
活力。書法藝術生命與文字演變活力之間，有著一種互為體用、同源並流的密

〔註161〕周汝昌《筆墨是寶》，轉引自申小龍《漢語與中國文化》，復旦大學出版社 2008 年
　　　　版，第 16～17 頁。

〔註162〕蘇軾《自評文》，《蘇軾文集》第五冊，中華書局 1986 年版，第 2069 頁。

切關係。」〔註163〕

　　尼采是西方第一位從修辭學的古典傳統中開拓出清晰而強勁的修辭思維之人。從一八七二年寫下第一部著作《悲劇的誕生》起，他的修辭思維就極端活躍，直至一八八八年出版的《瞧，這個人》，他哲學的核心概念酒神精神、日神精神、永恆輪迴、悲劇精神、超人、權力意志等，俱是具有極大闡釋力的修辭發明。他生前未出版的《權力意志》手稿，後來經過維茨巴赫編輯，以《重估一切價值》爲名出版，中譯本由林茹翻譯，展示了尼采晚年思想的風貌。尼采生活在十九世紀後期，與晚清白話運動相埒，尼采敏感於歐洲文脈的劫難在即，企圖揭穿柏拉圖以來的西方修辭策略，尤其致力於解構基督教的修辭。

　　「所有文學衰微的特徵是什麼？那就是，生命不再存在於整體之中。詞勝過於句子而躍出句子之外，而句子則因其伸展太遠以至於模糊了一頁的含義。而後者的生命又以犧牲整體爲代價。」〔註164〕

六

　　魯迅《吶喊・自序》中有一個「鐵屋子」的隱喻：

　　　　假如一間鐵屋子，是絕無窗戶而萬難破毀的，裏面有許多熟睡的人們，不久都要悶死了，然而是從昏睡入死滅，並不感到就死的悲哀。現在你大嚷起來，驚起了較爲清醒的幾個人，使這不幸的少數者來受無可挽救的臨終的苦楚，你倒以爲對得起他們麼？

　　　　然而幾個人既然起來，你不能說決沒有毀壞這鐵屋子的希望。

　　　　是的，我雖然自有我的確信，然而說到希望，卻是不能抹殺的，因爲希望是在於將來，決不能以我之必無的證明，來折服了他之所謂可有，於是我終於答應他也做文章了，這便是最初的一篇《狂人日記》。〔註165〕

　　多數理解將「鐵屋子」視作封閉的傳統中國社會，那大嚷的人，是首先覺悟的革命者，較爲清醒的幾位，是革命者的同黨。這樣的闡釋失之簡陋。魯迅

〔註163〕盧輔聖《書法生態學》，杭州，浙江美學學院出版社1992年版，第5～10頁。

〔註164〕轉引自〔美〕馬斯洛《人類價值新論》，胡萬福等譯，河北人民出版社1988年版，第79頁。

〔註165〕《魯迅全集》第一卷，人民文學出版社1981年版，第419頁。

於「鐵屋子」的描述，是「絕無窗戶而萬難破毀的」，就中國社會而言，在五四時期則已經破毀，辛亥革命雖沒能建立真正的民國，但舊的封建秩序已瓦解，繼續說它是鐵屋子，不大像。其次，魯迅的《吶喊》是十多篇小說，並不是號召革命的煽動性文章，與鄒容陳天華的著作不同，而且以小說號召政治革命，也太間接了，魯迅在「河南五論」發表十年之後，慎重地選擇了寫小說弄文學，有他自己的成熟的考慮，特別是基於對語言本身的深思熟慮和清醒判斷。

羅蘭·巴爾特一九七七年一月七日在法蘭西學院主持文學符號學講座時的就職演說中說：

> 現代的「天真」，把權力說成似是而非的東西，我們也曾認為權力是典型的政治事物，現在認識到它也是意識形態的對象。潛入那些人們不易即刻理會的地方，潛入教育和教學機構中，但總的說來，它卻總是一個對象。

> 有時我們猜測權力存在於社會交往的最微小機制中，不僅在國家、階級、集團中，而且存在於流行習俗、大眾輿論、演出、遊戲、體育、新聞傳播、家庭和私人關係，直至企圖反對它的解放力量之中。

> 某些人希望我們這些知識分子在任何情況下反對（大家的）「權力」；但我們真正的戰鬥，而是另外一種；我們的戰鬥是針對權力具體形式的戰鬥，而這並不是輕而易舉的。因為在社會範圍內作為具體形式的權力，均衡地、長期地存在於歷史時間進程中，儘管聲明狼藉，虛弱不堪，但也會再生，永不消亡，即使經過一場摧毀性的革命仍舊復活。它之所以持久不竭、無所不在，因為權力是同全部人類歷史，而不只是政治史和史學史相聯繫的跨社會機體的寄生物。這種在人類永恆性中被稱為權力的東西，就是言語（langage），或更精確地以不得不採用的說法，就是語言（Langue）。

> 我們沒有看到存在於語言中的權力，因為我們忘記了每一種語言是一種分類，而分類是強制性的。〔註166〕

> 在語言結構中，奴役和權勢必然混合在一起。如果我們說自由

〔註166〕〔法〕羅蘭·巴爾特《文學符號學》，鈕淵明譯，載《哲學譯叢》1987年第5期。

不只是指逃避權勢的能力，同時尤其是指不使別人屈從自己的能力，那麼這種自由就只能存在於語言之外。遺憾的是人類語言沒有外部，它「禁止旁聽」(un huis clos，薩特有同名劇本，亦譯《他人即地獄》)。我們只能求諸不可能之事來越出語言之外……對我們這些既非信仰的騎士又非超人的凡夫俗子來說，唯一可做的選擇仍然是用語言來弄虛作假和對語言弄虛作假。這種有益的弄虛作假，這種躲躲閃閃，這種輝煌的欺騙使我們得以在權勢之外理解語言，在語言永久革命的光輝燦爛之中來理解語言。我願把這種弄虛作假稱作文學。〔註167〕

　　文學認為對不可能事物之欲望是合理的。它賦予知識以間接的地位，而這種間接性正是文學珍貴性之所在。文學所聚集的知識既不是完全的，也不是最終的，它不說它知道什麼，而是說它聽說過什麼，即它知道許多有關人的一切。

　　文本似乎成為去權勢化的編織本身。文本揭掉了那個沉甸甸地壓在我們集體性話語上面的普遍性、道德性、非區別性的蓋子。〔註168〕

從羅蘭·巴爾特對於抗拒權勢的文學定義上看，我們可以將魯迅的「鐵屋子」，讀作「語言」，或者說語言結構中的權勢，「話一旦說出來了，即使它只在主體內心深處，語言也要為權勢服務」(羅蘭·巴爾特語)而逃避語言結構中的權勢的唯一途徑，就是對於語言的超常使用——文學。

只有從這個意義上看待文學這一特殊的語言活動，才能理解文學家反抗權勢的苦心和倫理追求上的潔身自好。不以任何權勢的名義開口說話，容易被理解，在語言活動中拒絕與潛藏在語言結構中的權勢合作，既不易做到，亦不易被瞭解！魯迅堅持嚴格的文學立場，始終「賦予知識以間接的地位」，在魯迅的文字中，由於擔心讀者誤解了他的意思而造成傷害，他總是一再地消解自己的結論，或者乾脆避免提供任何結論。「鐵屋子」隱喻的核心，實際上隱藏在這段文字的後半截，「驚起了較為清醒的幾個人」。由於大嚷而將他人從沉睡中「驚

〔註167〕〔法〕羅蘭·巴爾特《法蘭西學院文學符號學講座就職講演》，《符號學原理》，李幼蒸譯，生活·讀書·新知三聯書店1988年版，第6頁。

〔註168〕〔法〕羅蘭·巴爾特《文學符號學》，鈕淵明譯，載《哲學譯叢》1987年第5期。

起」，說得準確一些，是喚醒。

在魯迅看來，文學是沉睡因素的喚醒，文學始終止於做喚醒的力量，喚醒之後的決定是由被喚醒者本人做出的，且是在清醒的狀態下的自主行為，文學既不公開也不隱蔽地組織他人從事某種類似社會革命的活動，文學於自身的喚醒作用始終保持節制。這一點與《莊子》中對於夢醒模式的利用，可以說是如出一轍。《紅樓夢》的總體寓意，即在於這一夢醒之後的個人「悔悟」和對於夢境的逼真描述。

使用語言，又嚴格地約束自己的使用方式，拒絕成為權勢的合謀或者奴役他人的工具，自覺地抵制意識形態，這大概稱得上是文學的貞節了，現代以來有貞操的漢語作家究竟有幾位呢，我看見的只有魯迅。

世間的事情往往會越出文學的界限，弄成政治或者群眾運動。政治鬥爭中，能夠依賴的似乎只有權勢和權勢對於人的控制，或者說政治運動的目標，就是權勢以及權勢對人的控制，語言在政治當中所扮演的，不過是權勢的工具而已。

尼采是魯迅皆推崇的哲人，他的全部著作，是作為詩人哲學家的個人宣言，極具文學品質的表達，修辭思維的結構。它不如《共產黨宣言》那樣，號召全世界無產者聯合起來，使用暴力革命推翻壓迫階級的統治，而是要一些清醒的個人，少數有勇氣且有才力者，擺脫陳詞濫調的統治，從語言的束縛中爭脫出來，特別是從時代加諸語言的限制中解脫出來，成為你自己！——與其說人存在於所謂階級關係、經濟關係之中，不如說人寄身於語言之中。金錢和物質財富的佔有量，的確表達了個人顯在的社會屬性，而個人與語言的關係——即修辭思維水準，包括使用語言的方式，自我表述、潛在的自我意識，對於人生價值和意義的感受，對於事物的判斷、自我評價等等，才以隱微的方式顯示出個人存在的深度和廣度。人的作為和存在，離不開語言，或者說首先就是語言的作為和存在。

在此十分願意引用尼采的話：

> 保持獨立，這是極少數人的事情，——它是強者的一個特權。
> 誰嘗試這樣做，還帶著最好的權利，但又不必這樣做，誰就以此證明了：他很可能不僅強大，而且其大膽已到了放縱的地步。他進入了一個迷宮，他使生命本身已經導致的許多危險增長千倍，這些危

險中並非最小的危險是：沒有人用眼睛看到他如何和在何處迷路，變得孤獨，並且一塊一塊地被良心的半人半牛的怪物所撕碎。假定這樣一個人毀滅，那麼，這情況之發生是出於人們的理解：他們對此既無感覺，又無同情；——而他不再能夠返回！他也不再能夠返回到人們的同情！

神經病在個人那裏是某種少見的東西，——但在集團、黨派、民族、時代那裏，它是規則。

誰從根本上是教師，誰就只在與他的學生的關係中嚴肅對待一切事物——甚至他本身。

如果不是在通向認識的道路上有如此多的羞恥要被克服，那麼，認識的吸引力是微不足道的。

並非強大，而是偉大的感受的持續，造成了偉大的人。

完全沒有道德現象，而只有對現象的一個道德的解釋。

我們在醒著時也像在夢中一樣做相同的事。我們僅編造和虛構我們與之交往的人。——並立即忘掉這件事。〔註169〕

尼采著作的漢語譯本近年多了起來，好幾家出版社均推出了《尼采全集》，《箋注本尼采著作全集》《尼采未刊文稿選刊》及域外研究尼采的專著彙編《閱讀尼采》文庫，雖均未齊全，數量已相當可觀。本人收集的尼采著作譯本和尼采研究譯本已過百餘，據說繆朗山譯《悲劇的誕生》二十世紀五十年代出版，八十年代中期，尼采著作忽然解禁，但譯介無多，徐梵澄譯《蘇魯支語錄》版於九十年代初，是第一波次的收尾。新舊世紀交替前後是尼采著作中譯本出版的第二潮，尼采文集頻出。近年的多種《全集》是第三波。三十年來，每隔十年一次熱潮，就譯文品質和學術價值而言，本人認為《尼采注疏集》（華東師範大學出版社出版）較為可取。

尼采對於自己的全部著作雖有很高的期許，但生前賣得並不好，他曾經明確說過，自己是寫給一百年後的人讀的。尼采死後一百餘年，其全集的中文譯本正陸續出版，這恐怕是尼采本人也未必料想的。尼采思想在法國的傳播，對於福柯、德里達、德勒茲、羅蘭·巴特等人的出現和這些思想家的面貌，可說

〔註169〕〔德〕尼采《善惡之彼岸》，程志民譯，華夏出版社2000年版，第32～83頁。

具有決定性的影響。尼采的影響力，在英語世界中雖有朗佩特、彼肖普等人竭力鼓吹，但遠不及德法。漢語學界可以拿魯迅與尼采作一篇論文，但第二篇就很難做出來。

尼采認爲他是在死後才誕生的，這等於說他眞正的生命在他的文字當中。如今隨著各種中文版《尼采全集》的全版，尼采應該第一次在漢語中獲得了較爲完整的生命，這是譯者賦予他的生命，好在每一種著作，都有不止一個譯本供尼采和讀者選擇（《查拉圖斯特拉如是說》至少已有十種不同的中譯本），尼采眞正期待的，還是從讀者那裏獲得生命，爲數不必多，他在寫作之時，曾想像過他們，他的「命中注定的讀者」，尼采說：「事件要成其偉大，必須同時具備兩個方面：成事者的偉大官能和受事者的偉大官能。」〔註170〕

第四節　風雅久不作，何日興再起？

荀子曰：「言而當，知也；默而當，亦知也。」在過分的喧囂中，假如想保持沉默，終生需要捍衛的就是缺席的權利。莊子所期待的忘言之人忘名之士，我們有幸得而與之言嗎？

蟄伏於歷史深處的一種寫作衝動正在醞釀，完整的古今一致的漢語，以對於當今世界的感受和對生命的思考將獲得表達。地球村的現實，使我們距離世界任何一個國家、一種異域文化從沒有像今日這麼近，同時距離我們自身的歷史文化也從沒有像今昔這麼遙遠。百年以來，言說主體的地位似乎特別突出，語言始終是爲工具，今天它正從我們的手中掙脫出來，自己成爲言說的主體，在沉默的深處，會有一個聲音從寂靜中響起麼？

一

白話文運動之初，一些膾炙人口的文獻中，隱藏著許多被當時和後來有意無意地忽視的段落，歷史總是通過壓制一種聲音放大另一種聲音來選擇方向的，重溫這些當年未被人們聽到的文字，或許可以幫助我們理解歷史的嚴酷和肇事者的無奈。這些文本屬於五四新文化運動，卻從來不屬於白話文運動，後

〔註170〕〔德〕尼采《悲劇的誕生：尼采美學文選》，周國平譯，生活讀書新知三聯書店1986年版，第109頁。

者正是通過遮蔽這些微弱的聲音而成爲它自己的。本書的論證已然結束，該是
將那些曾經發出過的一切能尋找到的聲音，放大給這個時代的時候了。劉半農
在《我之文學改良觀》（黑體字爲引者所加重，下同。）中認爲：

> 文言白話可暫處於對待的地位。何以故？曰：以二者各有所
> 長，各有不相及處，未能偏廢故。胡陳二君重視「白話爲文學之
> 正宗」，錢君之稱「白話爲文章之進化」，不佞深信不疑，未嘗稍
> 懷異議。但就平日譯述之經驗言之，往往同一語句，用文言則一
> 語即明，用白話則二三句猶不能瞭解。是白話不如文言也。然亦
> 有同是一句，用文言竭力做之，終覺其呆板無趣，一改白話，即
> 有神情流露，「呼之欲出」之妙，則又文言不如白話也。今既認定
> 白話爲文學之正宗與文章之進化，則將來之期望，非做到「言文
> 合一」或「廢文言而用白話」之地位不止。此種地位，既非一蹴
> 可幾。**則吾輩目下應爲之事，惟有列文言與白話於對待之地，而
> 同時於兩方面，力求進行之策。**進行之策如何？曰：於文言一方
> 面，則力求其淺顯使與白話相近；於白話一方面，除竭力發達其
> 固有優點外，更當使吸收文言所具之優點，至文言之優點，盡爲
> 白話所具，則文言必歸於淘汰，而文學之名詞，遂爲白話所獨據，
> 固不僅正宗而已也。或謂白話爲一種俚俗粗鄙之文字，即充分進
> 步，至於施曹之地，亦未必竟能取縝密高雅之文言而代之。吾謂
> 白話自有其縝密高雅處，施曹之文，亦僅能稱雄於施曹之世。**吾
> 人自此以往，但能破除輕視白話之謬見，即以前此研究文言工夫
> 研究白話，雖成效之遲速不可期，而吾輩意想中之白話新文學，
> 恐尚非施曹所能夢見。**〔註171〕

半農先生所不曾夢見的是，文言迅速退場，早已不與白話相對待，研究文
言的功夫盡失，所以白話自身也難以爲繼，「吾輩意想中之白話新文學」，亦成
泡影。

傅斯年《文言合一草議》云：

〔註171〕劉半農《我之文學改良觀》，胡適《中國新文學大系·建設理論集》，上海良友圖
書公司 1935 年版，第 67 頁。

文辭遠違人情，語言切中事隱，月前著文，抒其梗概，今即不復贅言。廢文辭而用白話，余所深信而不疑也。雖然，廢文詞者，非舉文詞之用一括而盡之謂也。用白話者，非即以當今市語爲已足，不加修飾，率爾用之也。文言分離之後，文詞經二千年之進化，雖深蕪龐雜，已成陳死，要不可謂所容不富。白話經二千年之退化，雖行於當世，恰合人情，要不可謂所蓄非貧。**以白話爲本，而取文詞所特有者，補苴罅漏，以成統一之器，乃吾所謂用白話也。**正其名實，與其謂「廢文詞用白話」，毋寧謂「文言合一」，較爲愜允。

〔註172〕

孟眞先生的設想不可謂不周全，但其前提是用白話者須要十分熟悉「文詞所特有者」，方可以去取，否則就眞的是「廢文辭而用白話」。「文言合一」的理想終於變成空想。

劉永濟《對於改良文字的意見》（署名今非）一九二零年刊於《太平洋》第二卷第三號上：

關於文的：一、體無駢散；二、用無古今；三、境有虛實；四、意有深淺；五、法有工拙；六、言有眞假。

關於字的：一、體無雅俗；二、用無死活；三、習有生熟；四、形有正誤；五、音有通轉；六、義有本借。

關於改良文字應有下列六種書：一、由淺入深的字典；二、由淺入深的文法；三、由淺入深的成語字典；四、修詞學；五、發音學；六、文學史。

其中關於「文學史」他說的是，「用最明的眼、最公的心、最密的法，尋出條理，使古今文學所以遞變的理，一代風俗政教所以盛衰的故，原原本本，考察清楚，著爲專書。」〔註173〕他的期待，實在不應該落空。

二

《新青年》雜誌第二卷第二號通信欄目發表了胡適提出的「文學革命須從

〔註172〕傅斯年《文言合一草議》，胡適《中國新文學大系·建設理論集》，上海良友圖書公司1935年版，第121頁。

〔註173〕劉永濟《文學論·默識錄》，中華書局2010年版，第355～357頁。

八事入手」，第四號刊登了常乃惪的不同意見，這段文字不易閱見，本人在中科院圖書館頂層輕輕翻動發黃的八十年前的雜誌，全文筆錄如下（黑體字為引者所加重，下同。）：

獨秀先生座右：前從友人處假得新青年二卷一、二兩號讀之，偉論精言，發人深省。當舉世混濁之秋，而有此棒喝，誠一劑清涼散也。惟僕於二號通信中，胡適君論改革文學一書，竊有疑義，願為先生及胡君陳之，乞裁正焉。胡君所陳改革八事，除五八二項先生已論及外，其餘若二六兩項，什極端贊成，亦無庸贅言。惟一三四七各項，咸有一二疑義，不敢自默也。**吾國於文學著作，通稱文章。**文者對質而言，章者經緯相交之謂。則其命名之含有美術意義可知，夷考上古文之一字，實專指美術之文而言。**其他說理之文謂之經。紀事之文謂之史。各有專稱，不相混淆。**降至漢晉，相沿勿衰，故觀江都龍門諸子所為紀事說理之文，要皆錫以專名。而如文選所載，雖多浮豔之詞，實文之正體也。**自韓退之氏，志欲標異，乃創為古文之名。**後人推波助瀾，復標文以載道之說，一若除說理文而外，即不得謂之文者。摧殘美術思想，莫此為甚。**胡先生以古文之敝，而倡改革說，是也。若因改革之故，而並廢駢體，及禁用古典，則期期以為不可。**夫文體各別，其用不同，美術之文，雖無直接之用，然其陶鑄高尚之理想，引起美感之興趣，亦何可少者。**譬如高文典冊，頌功揚德之文，以駢佳乎，抑以散佳乎？此可一言決矣。**僕以為改革文學，使應於世界之潮流，在今日誠不可緩。然改革云者，首當嚴判文史之界（今假定非美術之文，命之曰史。）面，改革史學，使趨於實用之途。一面改良文學，使卓然成為一種完全之美術，不更佳乎？若六朝之弊，非因駢體，實用駢而無法以部勒之敝也。譬如衣木偶以華衣，華衣累木偶乎？木偶累華衣乎？今若取古文之法以御駢文，斯可矣。嘗觀今之老師宿儒，動倡保存國粹之論，其所謂國粹者，乃指道德學說而言，然愚以為道德學說乃世界之公物，非一國所得私有，即不得目為國粹。眞正之國粹，正當於此等處求之。**吾國之駢文，實世界最唯一最優美之文。**（他國文學，斷無有能於字數、音節、意義三者對整而無參差者。）而非

可以漫然拋棄者也。至專以古典填塗，而全無眞義御之，如近世浮薄詩家所爲，固在必革之列。然若因此而盡屏古典，似不免矯枉過正。詩文之用古典，如服裝之御珍品，偶爾點綴，未嘗不可助興，但不可如貧兒暴富，著珍珠衣過市而已。若用俗字入文一項，愚意**此後文學改良，說理紀事之文，必當以白話行之，但不可施於美術之文耳**。憶某報文藝話中，曾有一則，謂白話小說不如韻文能寫高尚之情，即如京戲譜可謂鄙俚，其詞句亦有非白話所可代替者。如「走青山望白雲家鄉何在」一語，寫思家之情，斷非白話所能形容云云。愚謂他日白話體進步，此種語情未必不可表出。但今日之白話，則非其倫耳。**爲今之計，欲改革文學，莫若提倡文史分途。以文言表美術之文，以白話表實用之文，則可不致互相牽掣矣**。且白話作文，亦可免吾國文言異致之弊，於通俗教育，大有關係。較之乞靈羅馬字母者，似亦稍勝也。詩文須有眞性情，獨標我見，不相依傍，自是作文要訣。然此第於平日之蓄養致力可耳。若於執筆作文之際，乃懷不落窠臼之見，此與所謂文以載道之習氣，實無以異。誠恐人見雖除，而支離之弊又起也，未審然否。惠年未及冠，智識非所敢言，惟願以其不完全之理想議論，敬乞長者爲之完成耳。或亦先生之所許乎。

北京高等師範預科生晉後學常乃惠上言

再觀先生駁康南海書一文，亦有愚見，略陳左右。先生之駁康南海書是也，獨其中有「孔教與帝制有不可離散之因緣」一語，未審所謂孔教云者，指漢宋儒者以及今之號爲孔教孔道諸會所依傍之孔教云乎？抑指眞正孔子之教云乎？（教者教訓非宗教也。）如指其前者，則僕可以無言，如指其後者，則竊以爲過矣。孔子之教，一壞於李斯，再壞於叔孫通，三壞於劉歆，四壞於韓愈，至於唐宋之交，孔子之眞訓，遂無幾微存於世矣。所可考見者，惟其一生之行跡耳。然亦經儒之塗附而令人迷所選擇。孔子一生歷干七十二君，豈忠於一主者乎？公山佛皆欲應召，豈拘泥叛名者乎？**其所以扶君權者，以當時諸侯陪臣互爭政柄，致成眾人專制之象，猶不若一人專制之爲愈也**。所以尊周室者，以當時收拾時局在定於一，而

周室於理最順故也。豈忠於周哉？孟子以繼孔自命，而獨不倡尊周，且大張民權之說，斯可知矣。又文中引論語民可使由及天下有道二節，似有不慊於原文者。僕以為所謂天下有道，則庶人不議云者，謂無可議也。原非近世民賊獨夫之鉗制輿論也。代議政治，本非郅治極軌，則孔子之言，亦未可非也。至民可使由之不可使知之一節，則純係對於當時立論，非可範圍後世，且平心論之，**今世學者，競言民權矣。其實言民權毋寧言士權之為愈**，必欲於今世求可言民權之國，惟德意志，其或庶幾。（以其國民皆士也。）若其他諸國，則遠遜矣。若於吾國則所謂民權者，亦等於專制之稱天而已，而不然者，試以吾國之國政，盡公諸四萬萬人，而求所謂大多數之民意者，誠恐蓄辯用舊曆廢學校復拜跪諸政將繼續而頒行矣。然則苟非世界大同，人盡聖哲，民權未易言也。孔子之言，又何可非哉？〔註174〕

面對這樣一個不足二十歲的大學預科學生，陳獨秀的回信很講道理的，並不是如他本人宣稱的那樣不容商量，以自己為絕對之是，他人為絕對之非：

> 章實齋分別文史，誠為卓見。然此為著作體裁而言，足下欲經稱說理紀事之應用文為史，此名將何以行之哉？足下意在分別文學之文與應用之文作用不同，與鄙見相合，惟鄙意固不承認文以載道之說，而以為文學美文之為美，卻不在駢體與用典也。結構之佳，擇詞之麗，（即俗語亦麗，非必駢與典也）文氣之清新，表情之真切而動人，此四者其為文學美文之要素乎？應用之文，以理為主，文學之文，以情為主，駢文用典，每易束縛情性，牽強失真，六朝之文，美則美矣，即犯此病，後人再踵為之，將日惟神話妄言是務。文學之天才與性情，必因以汨沒也。又如足下所謂高文典冊，頌功揚德之文，二十世紀之世界，其或可以已乎？**行文偶爾用典，本不必遽禁。胡君所云**，乃為世之有意用典者發憤而道耳。足下對於孔教觀念，略同於顧實君。筆鄙意以為，佛耶二教，後師所說，雖與原始教主不必盡同，且較為完美繁瑣，而根本教義，則與原始教主之說不殊。如佛之無生，耶之一神創造是也。其功罪皆應歸之原始

〔註174〕《新青年》第二卷，第4號。

教主聖人。後人之繼者，決非嚮壁虛造，自無而之有。孔子之道，亦復如是。足下分漢宋儒者以及今之孔教孔道之孔教，與眞正孔子之教爲二。且謂孔教爲後人所壞。愚今所欲問者，漢唐以來諸儒何以不依傍道法楊墨，人亦不以道法楊墨稱之，何以獨與孔子爲緣而復敗壞之也。足下可深思其故矣。愚於來書所云，發見一最大矛盾之點，是即足下一面既不信孔子教與帝制有不可離散之因緣，意謂後人所攻者，皆李劉叔孫韓愈所敗壞之孔教，眞正孔教非主張帝王專制者也。一面又稱孔子扶君權，尚一人專制，又謂代議政治非郅治極軌。民權未易言，孔子之言未可非。**由足下之言，更明白證實孔子主張君主專制**（無論孔子主張君主專制，爲依時立論與否，吾輩講學，不可於其學說實質以外，別下定義），**較之李斯叔孫通劉歆韓愈，樹義猶堅矣。**足下所謂孔教壞於李斯叔孫通劉歆韓愈者，不知所指何事，含混言之，不足以服古人。足下能指示一二事爲劉李叔孫通韓愈之創說而不發源於孔孟者乎？今之尊孔者，多醜詆宋儒，猶之足下謂孔教爲後人所壞。不知宋儒中朱子學行不在孔子之下，俗人詆以尊古而抑之耳。**孔門文史，由漢儒傳之，孔門倫理道德，由宋儒傳之，此事彰著，不可謂誣**，謂漢宋之人獨尊儒家，墨法名農諸家皆廢，遂至敗壞中國則可，謂漢宋僞儒敗壞孔教則不可也。足下謂孔子一生歷七十二君，非忠於一主，愚則以爲可惜者，孔子所干有七十二君，而無一民也。足下揣測孔子之意，以爲眾人專制，不若一人專制，竊以爲眾之與專，爲絕對相反之形容詞，既爲眾人，何云專制，此亦甚所不解者也。足下又謂天下有道，庶幾人不議云者，無可議也，非鉗制輿論，此語尤覺武斷，上古有道之世界，一無可議，如足下所想像者乎？古代政治，果善於歐美近代國家乎？古代文明進化，果伏於二十世紀而完全無缺乎？不然，何得謂之無可議耶？（吳稚暉先生有言，成周三代曾隆，漢唐之治曾盛，所謂滿清康熙乾隆朝曾極治者，而其所遺留人間之幸福，即以洛陽長安北京之街道而言，天晴一香爐，下雨一醬缸而已。使吾民拖泥帶水，臭穢鬱蒸之氣，數千年祖祖宗宗，鼻管親嘗而已。見十

一月八日中華新報，此可爲天下有道之寫眞。）且足下不觀庶人不
議之上文乎？孔子意在獨尊天子，庶人無權議政，亦猶之諸侯無權
征伐，合觀全文，寧有疑義？足下又謂民可使由之不可使知之一節，
乃對當時立論，何獨孔子一人。正以其立論不能範圍後世，則後世
亦不能復尊之耳。愚尚有一言正告足下及與足下同一感想之人曰，
寧取共和民政之亂，而不取王者仁政之治，蓋以共和民政爲自動的
自治的政制，導吾人於主人地位，於能力伸展之途，由亂而治者也，
王者仁政爲他動的被治的政制，導吾人於奴隸地位，於能力萎縮之
途，由治而亂者也。倘明此義，一切舊貨骨董，自然由腦中搬出，
讓自由新思想以空間之位置時間之生命也。尊見如何，尚希續教。
獨秀。〔註175〕

　　在隨後的《新青年》中，刊登過另外兩封常與陳的通信，話題集中在孔教
上，雖然彼此敬重，但各持己見，互不相讓。

　　《新青年》三卷六號刊登的《陳獨秀答馮維鈞》（一九一七年八月一日），
對於讀者提出的「應讀何書，獲益可期最多，進步可期最速」，陳獨秀回答說，
「具有中學國文程度者，應讀《馬氏文通》《助字辨略》《文字蒙求》《經傳釋詞》
《古書疑義舉例》等書，庶幾於用字造句之法，稍有根底。具有高等大學國文
程度者，倘志在文學，研究名家詩文集，自不待言。而《爾雅》揚氏《方言》
許氏《說文》《論衡》《廣雅》《文心雕龍》《史通》《藝苑卮言》《文史通義》等
書，亦不可不精讀也。」〔註176〕

　　以陳獨秀開出的書目看，他於傳統文字之學以及文章之道造詣頗深，在這
封信中明確提出「大學文科，自應以小學爲主要科目。」「求深造之士，未可以
『小學』之名而輕之也。」陳獨秀於「小學」的興趣貫徹其一生，他一九四零
年代在獄中、出獄後，於貧病中撰成《小學識字教本》，內容包括《中國古代語
言有複聲母說》,《廣韻東冬鍾匯中之古韻考》,《中國古史表》,《老子考略》,《禹
治九河考》,《荀子韻表考釋》,《實庵字說》等，刊登在《東方雜誌》上，商務
印書館打算給他出單行本，並預付了稿酬。時任國民黨教育部長的陳立夫閱過，

〔註175〕《新青年》第二卷，第5號。

〔註176〕《新青年》第三卷，第6號。

建議將書名中「小學」兩字加以更改,陳獨秀斷然拒絕。他說「陳立夫懂得什麼?『小學』指聲音訓詁、說文考據,古來有之,兩字一字也不能改。」

「行無愧怍心常坦,身處艱難氣若虹。」 這是陳獨秀贈朋友的一副對聯,也是他一生的寫照。

三

一九一五年曾毅在上海泰東書局出版過一部《中國文學史》,他讀了《新青年》之後,寫信給陳獨秀,並把自己的上述專著寄給陳請教。也許是料到收件人未必會有時間通讀贈書,他特地將自己書的結論一節抄錄在信中,後來與陳獨秀的回信一起收入《獨秀文存》卷三。

> 中國之文,壞於用意摹仿。自揚雄著其端,而所師尚在乎意。至明清襲其習,而所法全在乎形。(中略)文至於貌同是求,而後虛薄浮泛之文,乃充塞於藝苑矣。

> 中國之文,尤壞於濫用典故。聖作明述,吐詞為經;語意淵涵,初無襯墊。戰國諸子,明事達情,妙於取象,偶一遣用,意主佐證,用兼隱括,初無意於篆刻也。西漢猶少,東京始繁。自是以來,比興之義亡,鋪張之情亟;恣意漁獵,漫塗粉黛;鶴脛續鳧,張冠戴李;炫博者務為獺祭,好奇者竄入蠶叢;以古官代今名,託僻典為影喻;幾使讀者茫然不知真意之所在,文至此蓋可云一大劫矣!

> 因摹仿之足崇,故文範之論起。歸震川之史記錄本,趙秋谷之聲調譜,揣摩聲音章句之間,規其所以似古人者,幾於無微不至。陋者從而效之,徒以抑揚轉折為事,略為文之本,而後文以病而益荒。**文本天地之元氣也**。天有陰陽寒暖,地有燥濕平陂,人有剛柔緩急,應乎理以為言,自然中節而有秩,無所謂法也。文之有法,聊為初學者示捷徑可耳,而必執之以為高,則有流於機械而無變化之用矣,豈不謬哉!

> 因典故之是尚,故文料之書繁,摘屈宋之豔辭,採史漢之儶語,分類纂輯,用資取求,可省記憶之勞,可蓋楞腹之醜,事至便也。其初也意本乎訓蒙,其極也遍行於場屋。或則數典忘祖,或以襲謬因訛。原書束而不觀,空疏衍而彌甚。就令博記,而學兼斷錦,何

與通才？自非劃除，則眞氣雅言，終於沉晦。故欲盡文之能事，不於本求之，區區拾古人之牙慧，無當也。

文本於學，孔老釋迦，非所計也。觀古今文人，莫非學人。苟非學人，即亦不足爲文人。而後之人不於學加深研，營逐於文字之末，何者爲漢魏，何者爲唐宋，宜其刊敝而不振也。文本於字，字不明而欲能文，譬之舌蹇而求能辯也。雖許鄭戴段不以文名，而能文者未有不稍具許鄭戴段之學者。辭賦如揚馬，文章如韓歐，其深明字義，常人之所不逮，而後之人不於小學加考求，惟以剝竊爲工夫，塗抹爲牆壁，是猶卻步而求及前人也。夫有學無字，則辭不雅馴；有字無學，則文爲空衍。二者兼具，乃可言文。今之人動曰文荒矣，而不知實學荒也，字荒也。古人餘力學文，孩提學書，今則壯不知字，老不知學，豈不悖哉？韓昌黎云務去陳言，予以爲尤貴去陳理。去陳言本乎字，去陳理本乎學。溫故知新，宣尼所重，後人徒知好古，無意更新，苟能出新，定能不朽。前人已言者，吾改頭換面言之，何取乎災梨而害棗也？前人所未言者，吾能從而發明之，若是乎文乃可貴矣。**文貴通裁，辭貴達意，通故道明，達故用顯。**奇辭奧義者非通，鈎章棘句者不達；居今飾古者非通，假甲爲乙者不達；宜雅而俗者非通，蕪詞累氣者不達；當隸爲篆者非通，以經書券者不達。**昌黎文之佳者，在於文從字順；六經文之美者，在於意味深長。**典謨之文，惟唐虞宜之，王莽效之則陋矣；淵雲之文，惟漢時宜之，李何效之則襲矣。對揚廟廷，則宜莊重典雅；諭譬黎庶，則宜明白曉暢。要其貴於通達，以適時用，古今中外一也。

知文之貴於通，散可也，駢可也，駢散兼行亦可也；知文之要於用，法古可也，用典可也，二者並斥亦無不可也。處今之世，尤亟務焉。一國之興廢，視民智之多寡高下以爲準。文之爲用，淪民智之利器，鼓學術之風爐。明道彌教，治官察民，端賴於是。察鄰國之文，能適於淺，而吾國乃好爲高古也；能進於整，而吾國乃日滋冒濫也；此非文病，學先病耳。（中略）鄉使西學不束，猶是閉關卻掃，一二學者，亦惟是起伏於古人之窠臼而已，其能有所振拔耶？

顧亭林有言：「詩文之所以代變，有不得不變者。一代之文沿襲已久，不容人人皆道此語。」然則今之文學之敝也，殆已達窮變通久之運者乎？一代之盛也，必先之以共同醞釀之功，而其衰也，常在於菁華已竭之後。東漢爲西京之醞釀，趙宋本唐代之調和。明三百年上承宋，下啓清。明而未融，故其敝尤著。今之文運，適與李唐朱明等觀。混合之時，而非化合之候。吾人生丁此際，偏於西不可，偏於中不能，但務調劑中西之精英，以適於現今之實用。一旦兩質融化，發生特別之光華，若宋之所謂理學者，又何患文之不至哉？議者苟嗤吾說失中，謂中國代傳之美文，何可盡廢。夫以今學術之分科發達，文欲存漢魏六朝之體，詩欲追葩經樂府之遺，特設一科以供嗜古玩者之求，無不可也；安所取滔滔者而皆學科斗篆隸之書也乎？夫文出乎學而要乎用，文之本職也。但使人人能儘其本職，雖不美，庸何傷？〔註177〕

《齊東野語》載山谷言，士大夫子弟，不可令讀書種子斷絕，有才氣者出，便當名世矣。士大夫早已不存，斯文掃地，讀書種子斷絕，曾是教育革命追求的基本目標。古人有言，夫學，殖也。不學將落。當今白話文之寫手，普遍無學殖，其進德修業之難，不下於爲無米之炊。欲求德成於上，藝成於下，何其難也。《禮記·學記》云，雖有至道，弗學不知其善也。荀子曾說，「人皆知以食愈饑，不知以學愈愚。」

曾毅在給陳獨秀的信中談到，「僕向者嘗慨吾國文學之壞濫，纂輯文學史一小冊。其中取材雖浮濫，而其義則獨抒鄙見者，實占十之七八。又竊自幸同於足下與胡君適之所主張者，亦十之七八。當僕命筆之時，實亦挾改革文學之志願。」距曾毅的《中國文學史》首版，快一百年了。如今不論是由誰來撰寫《中國文學史》，都不可能再那樣「獨抒鄙見」，因爲百年以來，大家接受的文學教育是那樣的一致，所讀的書是那般相同，聲調又怎麼可能不同呢？

四

在至少精通一種外語之後，於母語有意識地採取客觀冷靜的立場，觀察其

〔註177〕轉引自水如編《陳獨秀書信集》，新華出版社1987年版，第127～130頁，內部發行。

語言學事實，描述其特徵，總結其規律，獨立的研究和判斷，其有成就者，趙元任、李方桂、呂叔湘、朱德熙、王力諸公，閱讀他們的著作，能夠培養對於語言結構、語言現象的精細感受和精密分析，他們與章太炎的不同，乃是語言學家和語文學家的不同。

尼采說，「古典於語文學最重要的步伐永遠不可以遠離理想的古代，而必須走向理想的古代，並且恰恰在人們妄論聖壇傾覆之時，建立起新的、更加高貴的聖壇。」〔註178〕

語文學家的出發點並不是客觀的理智興趣，而是愛國的歷史情懷。章太炎在一九零六年認為：「為甚提倡國粹？不是要人尊信孔教，只是要人愛惜我們漢種的歷史。這個歷史，是就廣義說的，其中可以分為三項：一是語言文字，二是典章制度，三是人物事蹟。」〔註179〕

美國人沒有國粹這個概念，但所謂愛國主義教育並不少見，且大致亦是同樣的內容。張旭東說，「從羅蒂的邏輯出發，藝術家和知識分子的天職在於通過構造民族歷史和優秀人物的敘事和形象來不斷地為民族認同和立國理念增添新的活力。」〔註180〕

馬建忠著《馬氏文通》之時，有意以印歐語系的語法為參照，尋找適用於不同語系之間的共同的語法規律，這是一種比較語言學的方法，亦可以稱之為歷時性分析。漢語文言的基本語法，約兩千年沒有太大的變化，白話文起，現代漢語出，在共時性研究為主的世界潮流面前自然不能不屈服。在語言學家那裏，對現代漢語或者通行的口語進行共時性的結構主義式描寫，不僅是有價值的，也是可行的，為了研究句法而暫時排除語義和語用的干擾，有時也是必要的。語言當然可以成為少數人的研究對象，但它一刻也不能停止成為全民日常生活和交際的依託，成為文學寫作的資源。

漢語不同於西方任何語言的重要的特徵，是其歷時性的資源特別豐富，如果置之不顧，企圖成立一種純粹的現代漢語，只能是掩耳盜鈴。歷史上的典章

〔註178〕轉引自淩曦《早期尼采與古典學》，中山大學出版社2012年版，第315頁。

〔註179〕章太炎《東京留學生歡迎會演說辭》，湯志鈞編《章太炎政論選集》上卷，中華書局1977年版，第276頁。

〔註180〕張旭東《知識分子與民族理想》，理查・羅蒂《築就我們的國家》附錄，生活・讀書・新知三聯書店2006年版，第112頁。

制度人物事蹟，早已融會於語言文字之中。成語的文言性質用不著爭論，白話文在最白的時代裏也沒有宣稱禁絕成語的使用，中國人如何定義自我？共時性令人生活在當下，歷時性才能歸還人以過去和未來。

運動一詞，古已有之，乃轉動運行之義。漢代董仲舒《雨雹對》有：「運動抑揚，更相動薄。」陸賈《新語・愼微》云：「因天時而行罰，順陰陽而運動。」《後漢書・梁統傳論》曰：「夫宰相運動樞極，感會天人，中於道則易以興政，乖於務則難乎御物。」

近現代以來，「運動」一詞頻繁使用，太平天國運動、禁煙運動、洋務運動、義和團運動、農民運動、工人運動、學生運動、五四運動、新文化運動、新文學運動、新文字運動、國語運動、大眾語運動、新生活運動、大生產運動、整風運動、土改運動、掃盲運動、愛國衛生運動、消滅四害運動、人民公社化運動、三反五反運動、反右運動、社教（四清）運動、直至文化大革命這一集大成的終結性運動，此後運動成強弩之末，尚有批林批孔運動、反擊右傾翻案風運動、四五運動等等。

一九九三年商務印書館出版《漢語新詞語詞典》解釋「運動」之第四義，「指社會運動，一種有組織、有目的、規模較大的群眾活動。」「運動員」這個詞，喻指歷次政治運動中那些「挨整」的人，受害者。「運動」從不憑空而起，但運動發起者往往藏身幕後，操縱運動，使依照其意圖運行。各類「運動」異常複雜，有自發性的也有刻意爲之，有革命性並伴隨武裝衝突，有以學術爲基礎，有政府提倡群眾參與，有秘不示人，有公開或半公開，所謂一波未平，一波又起。

運動的目的是政治。中國數千年來或許只有一種政治的可能，即集權或者獨裁──「運動之樞極」。取得了獨裁的權力之後，不停地發動運動，鞏固權力比追求權力複雜，要貫徹統治者的個人意志，普天下之人的無私，才能成就一人之私，運動的本源在此。具體的運動口號，則因時因地而宜。巴金說，「大家對運動也有看法，不少人吃夠了運動的苦頭。喜歡運動的人可能還有，但也不會太多。根據我的回憶，運動總是從學習與批判開始的。運動的規模越大，學習會上越是殺氣騰騰。所以我不但害怕運動，也害怕學習和批判（指的是批判別人）。」〔註181〕

〔註181〕巴金《真話集》，人民文學出版社 1986 年版，第 96～97 頁。

近代以來的運動中，至今與每個人關係密切甚至生死與共者，唯有此白話文運動。從出生之日起我們便承受著它所造成的後果，白話文是人人不得不去就的範。語言學家可以冷靜面對當代語言這一巨大的人為變動，研究國家的語言政策於語言使用產生的影響。語文學家鍾情的，乃是這一語言之中的魂魄，那曾經憲章文武、陶鑄堯舜的古文，已經離我們而去。

尼采不是語言學家，他是出色的語文學家，在《朝霞》的前言中他說：

> 語文學是一門讓人尊敬的藝術，要求其崇拜者最重要的是：走到一邊，閒下來，靜下來和慢下來——語文學是詞的金器製作術和金器鑒賞術，需要小心翼翼和一絲不苟地工作；如果不能緩慢地取得什麼東西，語文學就不能取得任何東西。但也正因為如此，語文學在今天比任何其他時候都更為不可或缺；在一個「工作」的時代，在一個匆忙、瑣碎和讓人喘不過氣來的時代，在一個想要一下子「幹掉一件事情」、幹掉每一本新的和舊的著作的時代，這樣一種藝術對我們來說不啻沙漠中的清泉，甘美異常：——這種藝術並不在任何事情上立竿見影，但它教我們以好的閱讀，即，緩慢地、深入地、有保留和小心地，帶著各種敞開大門的隱秘思想，指頭放慢一點，眼睛放尖一點地閱讀。〔註182〕

五

一九一九年五月四日發生在北京的學生抗議活動和遊行示威，包括章宗祥的被打傷，曹汝霖住宅被火燒，六十名學生被逮捕，一千多人不肯散去。當局儘管採取了封鎖消息的措施，還是有學生設法透過天津租界的一個外國機構，以電報的形式，把它捅了出去。一則只有幾十字的新聞，刊登在了上海第二天的各大報紙的頭版上。這個消息在上海引發的聲援活動，包括罷課、遊行、罷工、罷市等，幾天之內蔓延全國，迫於壓力，北京政府令三名親日官員辭職，釋放了被捕的學生。

這一結果出乎意料，對學生來說，極大鼓勵了他們對於功課以外事務的熱情，中國的校園從此進入多事之秋。在蔡元培兩次離任時代理北大校長的蔣夢

〔註182〕尼采《朝霞‧前言》，田立年譯，華東師範大學出版社 2007 年版，第 5 頁。

麟在回憶這段往事時寫道：

　　教員如果考試嚴格或者贊成嚴格一點的紀律，學生就馬上罷課反對他們。他們要求學校津貼春假中旅行費用，要求津貼學生活動的經費，要求免費發給講義。總之，他們向學校予取予求，但是從來不考慮對學校的義務。他們沉醉於權力，自私到極點。

　　學生運動中包含各式各樣的分子。那些能對奮鬥目標深信不疑，不論這些目標事實上是否正確，而且願意對他們的行動負責的人，結果總證明是好公民，而那些鬼頭鬼腦的傢伙，卻多半成為社會不良分子。〔註183〕

　　北京大學前身是京師大學堂，創立於一八九八年，是戊戌變法的產物，而且是這一百日維新運動的唯一遺留物。五四運動發生時，擔任北大校長的是虛懷若谷的蔡元培，他一九一七年一月上任，推行相容並蓄的政策，被保守派指責為「三無主義」——無政府、無宗教、無家庭。

　　五月四日的抗議活動發生後，他於五月九日辭去校長之職，由蔣夢麟代理，張國燾曾作為學生會代表前往迎接蔣校長。去職期間蔡元培曾於八月發表《告北京大學學生暨全國學生聯合會書》，九月復職。回任之時亦有《回任北京大學校長在全體學生歡迎會演說》，十月，再次去職。赴歐洲考察教育，並為北大採購儀器，出國期間由蔣夢麟第二次代理校長。

　　蔡元培臨出國前有《與北京大學學生話別》的言說。其中談到，「五四而後，大家很熱心群眾運動，示威運動。那一次大運動，大家雖承認他的效果，但這種驟用興奮劑的時代已過去了。大家應做腳踏實地的工夫。」〔註184〕此時距五四運動發生一年有半。後來的歷史表明，蔡先生的判斷是完全錯誤的，「驟用興奮劑的時代」才剛剛開始，而且用興奮劑把學生組織起來，也需要「做腳踏實地的工夫」。從我們的觀察來看，歷史沒有跟著教育走，而是跟著政治走。

　　一九二零年五月，五四運動一週年的時候，許多大學都舉辦了紀念活動。蔡元培做了一篇短文《去年五月四日以來的回顧與今後的希望》：

〔註183〕蔣夢麟《西潮》，天津教育出版社 2008 年版，第 121 頁。

〔註184〕《蔡孑民先生言行錄》，嶽麓書社 2010 年版，第 264 頁。

從罷課的問題提出以後，學術上的損失，實已不可限量。至於因群眾運動的緣故，引起虛榮心、依賴心，精神上的損失，也著實不小。然總沒有比罷課問題的重要。

就上頭所舉的功效和損失比較起來，實在是損失的分量突過功效。依我看來，學生對於政治的運動，只是喚醒國民的注意；他們運動所能收的效果，不過如此，不能再有所增加了，他們的責任，已經盡了。

現在學生方面最緊要的是專心研究學問。試問現在一切政治社會的大問題，沒有學問，怎麼解決？有了學問還恐怕解決不了嗎？所以我希望自這週年紀念日起，前程遠大的學生，要徹底覺悟：以前的成效萬不要引以為功。以前的損失，也不必再作無益的愧悔。「從前種種譬如昨日死，以後種種譬如今日生。」打定主義，無論何等問題，絕不再用自殺的罷課政策。專心增進學識，修養道德，鍛鍊身體。如有餘暇，可以服務社會，擔負指導平民的責任，預備將來解決中國的——現在不能解決的——大問題，這就是我對於今年五月四日以後學生界的希望了。〔註185〕

朱希祖，浙江海鹽人，長魯迅兩歲，官費留日，章門弟子中卓然有成者，歷史學家。一九二零年時任北京大學國文研究所主任，當年夏天起擔任北大歷史系主任，直到一九三二年。他的《五四運動週年紀念感言》發表在一九二零年出版的《新教育》第二卷第五期上。從行文看，是五月四日當天對學生的一個演說，在哪一所大學未詳。大約是因為學生以罷課的方式在紀念這一運動，所以朱希祖對於罷課一事在演講中批評較多，這一點與蔡校長相同。「學生的學課，就是國家的滋補品，就是一種最大的運動。……我們中國的學生，現在為了一個校長要罷課，為了一個省長或督軍要罷課，為了外交的不利要罷課，不問輕重，總以罷課為利器，所謂『以珠彈雀』未免太不經濟了。」他沒有提為了收講義費而罷課，乃是長者之仁。

現在學生中，有一部分就要畢業的。畢業之後，斷不可為政府考試的羈縻，政黨權利的籠絡，選舉的收買，報館的豢養——指政

〔註185〕《蔡孑民先生言行錄》，嶽麓書社 2010 年版，第 144 頁。

府及官僚的機關報──可以做普及教育的事業，地方自治的聯絡，
發展有益的實業，傳佈文化的文章，研究精深的科學，組織有力的
團體，監督政府，指導社會。其餘離畢業尚遠的，一面恢復學業，
永不罷課，爲積極的運動，儲根本的實力。一面多出報紙，傳佈思
想，製造輿論，批評群治，轉移人心。政府朝禁一報，則學生夕出
十報。又與各處學生及畢業生聯絡一致，勸告講演，多方並進，成
就比較現在宏大。

今天卻好是五四運動的週年，就此可以清算賬目，重整門面，
明後天就可以開課了。不種田是不行的，不吃飯是不值得的，今天
換一種方法進行，以前就算失敗，卻看最後的勝利是誰！〔註186〕

蔡校長、朱教授的意見比較一致，二人均把偉大的五四運動，看得稀鬆平
常，甚至認爲得不償失，特別是再三告誡學生，回到學業上來。二人說話的口
氣都十分自信，這種自信來自於作爲教育者對教育本身的價值毫不懷疑的信
念。這是一種眞正的理想主義情懷，我們不清楚這一珍貴的情懷在師生之間是
怎麼傳遞的，但我們從當時的學生領袖傅斯年、羅家倫等人身上，看到了同樣
的情懷。

週年紀念之時，後來教科書上對於五四運動的評價以及這一百年來不斷的
再評價，還完全不存在，因爲切近，它的眞實氣息還能被感知到，還處於與這
一運動發生之時相同的語境裏，我們讀了覺得十分眞切。

《告北京大學學生暨全國學生聯合會書》是蔡元培在五月九日辭去校長職
務後，九月復職前寫的公開信，表達他個人的以教育爲本位的思想，特別明晰。

我國輸入歐化，六十年矣：始而造兵，繼而練軍，繼而變法，
最後乃始知教育之必要。其言教育也，始而專門技術，繼而普通學
校，最後乃始知純粹科學之必要。諸君以環境之適宜，而有受教育
之機會，所以對吾國新文化之基礎，而參加於世界學術之林者，皆
將有賴於諸君。諸君之責任，何等重大！

他再次談到了喚醒民眾的問題，完全是啓蒙者的立場。

然以僕所觀察，一時之喚醒，技止此矣，無可復加。今若爲永

〔註186〕《朱希祖文存》，上海古籍出版社2006年版，第13頁。

久喚醒，則非有以擴充其知識，高尚其志趣，純潔其品性，必難幸

致。〔註187〕

可惜我們的新中國沒有從教育中誕生，而從革命中誕生。這是一個歷史性的錯誤，將錯就錯的結果是，我們把教育縮小為革命教育，把培養人的偉大目標，縮小為培養革命事業的接班人。

雖然北大還在，但教育早已不存在了。

蔡元培在《北京大學二十二週年開學式之訓詞》（一九一九年九月）中說：

諸君須知大學，並不是販賣畢業的機關，也不是灌輸固定知識的機關，而是研究學理的機關。所以大學的學生，並不是熬資格，也不是硬記教員講義，是在教員指導之下自動的研究學問的。為要達上文所說的目的，所以延聘教員，不但是求有學問的，還要求於學問上很有研究的興趣，並能引起學生的研究興趣的。不但世界的科學取最新的學說，就是我們本國固有的材料，也要用新方法來整理他。〔註188〕

以蔡先生對於大學的這番要求來衡量，如今中國哪一所高等院校敢說自己夠得上大學的資格？當年蔡先生發起北大進德會，於不嫖、不賭、不娶妾之外，加上不作官吏，不作議員，方有資格成為乙種會員，對於今天大學的師生們，前三戒涉及個人隱私暫不深究，作官吏當代表不僅趨之若鶩，而且還享有無尚的光榮。

教育先在大學失敗，然後在全社會失敗。一個社會不能築基於大學教育之上，不能跟從大學的引導選擇其走向，反而是大學按照社會的需求調整自己的教學計劃、培養方案、人才目標，教育行業早已視自己為服務業了，權勢階層，本來可以裝出一副尊重教育遠離教育的模樣，但他們的虛榮心和學位癖，令大學喪盡了最後的廉恥，學術在當下的意思就是不學無術。

五四新文化運動的精神遺產是什麼？這是一個我們回答不了的問題。我們只知道，曾經有一位校長，一位教授，在五四運動週年紀念的時候，分別發表過一個簡短的講話或者文章。那時候，去五四未遠，他們對於教育如此有信心，

〔註187〕《蔡孑民先生言行錄》，嶽麓書社 2010 年版，第 176 頁。

〔註188〕同上，第 153 頁。

這使我們感到意外，因為自那時起，這個時代最清醒的頭腦，逐漸認識到了教育的不可能。發動民眾，改造社會是可能的，抗敵禦侮也能找到適當的辦法，教育能夠真的實施的條件越來越差，直到沒有立錐之地。本人真的不知道蔡元培那一代人，以及下一代人，是如何放棄他們曾經有過的以教育為本位的理想的，再往下，已不知教育為何物。

這樣的陳述，不是在想像民國，更沒有把它理想化，又豈是時下流行的所謂「民國範兒」之浮泛之論所可限拘？對於民國的懷想，是我們始終自覺抵制的意識形態。

六

修辭批評，意味著解構形形色色的意識形態，在這一過程中，提高公眾的修辭意識，或可間接推動文字和閱讀能力的進步。

白話文運動是當代社會最大的一項修辭發明，被歷史教科書弄成了一個關於進步和革命的神話，我們剖析它的歷史形成，揭示它的工作原理和機制，戳穿它的意識形態真相，目的在於維護漢語的完整，清除它加給文言的污蔑之詞。

語言文字之中那些適宜於修辭的因素始終存在，靜靜地等候在那裏，猶如蘊藏豐富的礦脈，沉睡在大地的深處，那懂得在語言中採冶之士，或許還沒有到來。巨大的事物是無聲的，山嶽不響，大地沉寂，深處的礦脈，千萬年如斯。文人得典籍之資，猶如畫家得江山之助，「陽春昭我以煙景，大塊假我以文章」，漢語寫作，是一件終日不語的工作，既不孤獨也不寂寞，因為你膽敢為文，就已經置身於群星之間，假如你無法從無聲的事物那裏得到力量，又怎麼驅除周身的黑暗，把自己變成光明之所在呢？

周作人說「我不是傳統主義的信徒，但相信傳統之力是不可輕侮的。」這傳統之力，即寄身於語言文字中。《中華字海》收錄了八萬漢字，常用字加次常用字，還不足其十分之一。識字意味著知其音、解其義，但漢字往往有不止一個讀音。有文讀白讀的差異，有方言發音的差別，讀不出音，卻不影響理解義，據形構義的漢字，根據其偏旁結構，大體可以判斷其意義。逐頁翻閱《中華字海》，會感受漢字天然具有超語言的符號功能。文字學論文和著作，多以手寫影印出版，因為需要討論的大量漢字，是尚未能確定其歸屬的字形。閱讀典籍，

要選擇善本，在傳寫過程中一字不可移易，必須學會一個字一個字地閱讀，小心翼翼地辨析，還需見多識廣，才有能力潛入文本的細節，事實上這亦是歷史的細節，歷史除了寄身於浩如煙海的文本外，無處尋覓。識字的歷程沒有止境，除了規範漢字外，還存在大量異體字，報刊上難覓其蹤，舊籍中卻無處不在。這些異體字為追求特殊效果的寫作者，提供了龐大的可選擇性，一些被沾染得一無是處的字，想避開它的流行意義，換個面貌，不失為一種辦法。

　　章學誠《文史通義》卷四內篇《說林》的論述，最接近本書所界定的修辭思維。「『出辭氣，斯遠鄙悖矣』。悖者修辭之罪人，鄙則何以必遠也？不文則不辭，辭不足以存，而將併所以辭者亦亡也。諸子百家，悖於理而傳者有之矣，未有鄙於辭而傳者也。」〔註189〕他生於乾隆初年，卒於嘉慶六年，早於尼采一個世紀，雖出入文史，辨別源流，以學識見長，卻深通修辭。當時風氣，將天下學術分為義理、考據、辭章三途，章氏批評各家之弊曰：「學博者長於考索，豈非道中之實積？而驚於博者，終身敝精勞神以徇之，不思博之何所取也。才雄者健於屬文，豈非道體之發揮？而擅於文者，終身苦心焦思以搆之，不思文之何所用也。言義理者，似能思矣，而不知義理虛懸而無薄，則義理亦無當於道矣。此皆知其然，而不知其所以然也。」〔註190〕

　　天下不能無風氣，風氣不能無循環。能救風氣之失者，學術研究也。能救白話文風氣之失者，修辭思維也。

　　在漢語修辭中，「興」佔有特別的地位。「興、觀、群、怨」的「興」，讀平聲，朱熹解釋為「感發志意」；「賦、比、興」的「興」，讀去聲，朱熹解釋為「先言他物以引起所詠之詞也」。許慎《說文解字》云：「興，起也。從舁從同，同力也。」有「共同舉起」和「起始」之義。《論語‧泰伯》云：「興於詩，立於禮，成於樂。」

　　周作人一九二六年在《揚鞭集‧序》中說，「新詩的手法我不很佩服白描，也不喜歡嘮叨的敘事，不必說嘮叨的說理，我只認為抒情是詩的本分，而寫法則覺得『興』最有意思，用新名詞來講或可以說是象徵。讓我說一句陳腐話，

〔註189〕章學誠《文史通義》（全譯本）上冊，嚴傑、武秀成譯注，貴州人民出版社 1996年版，第 453 頁。
〔註190〕同上，第 176 頁。

象徵是詩的最新的寫法，但也是最舊，在中國也『古已有之』，我們上觀國風，下察民謠，便可以知道中國的詩多用興體，較賦與比要更普通而成就亦更好。……這是外國的新潮流，同時也是中國的舊手法；新詩如往這一路去，融合便可成功，眞正的中國新詩也就可以產生出來了。」〔註191〕

魯迅《摩羅詩力說》云：

> 蓋詩人者，攖人心者也。凡人之心，無不有詩，如詩人作詩，詩不爲詩人獨有，凡一讀其詩，心即會解者，即無不自有詩人之詩。無之何以能解？惟有而未能言，詩人爲之語，則握撥一彈，心弦立應，其聲澈於靈府，令有情皆舉其首，如？曉日，益爲之美偉強力高尚發揚，而污濁之平和，以之將破。平和之破，人道蒸也。〔註192〕

魯迅此言說在百年之前，那攖人心者缺席，造成了我們心中無詩。社會上惟有運動。劉勰《文心雕龍‧比興》曰：

> 《詩》文弘奧，包韞六義，毛公述《傳》，獨標興體；豈不以風通而賦同，比顯而興隱哉！故比者，附也；興者，起也。附理者，切類以指事；起情者，依微以擬議。起情，故興體以立；附理，故比例以生。比則蓄憤以斥言，興則環譬以託諷。

> 楚襄信讒，而三閭忠烈，依《詩》製《騷》，諷兼比興。炎漢雖盛，而辭人誇毗，詩刺道喪，故興義銷亡。〔註193〕

黃侃《文心雕龍札記》注釋說：「案《離騷》諸言草木，比物託事，二者兼而有之，故曰『諷兼比興』也。」

> 題云比興，實側注論比，蓋興義罕用，故難得而繁稱。原夫興之爲用，觸物以起情，節取以託意，故有物同而感異者，亦有事異而情同者，循省六詩，可榷舉也。

> 自漢以來，詞人鮮用興義，固緣詩道下衰，亦由文辭之作，趣以喻人，苟覽者恍惚難明，則感動之功不顯，用比忘興，勢使之然，

〔註191〕鍾叔河編《周作人文類編》第三卷，湖南文藝出版社1998年版，第740～741頁。

〔註192〕魯迅《摩羅詩力說》，《魯迅全集》第一卷，人民文學出版社1981年版，第68頁。

〔註193〕祖保泉《文心雕龍解說》，安徽教育出版社1993年版，第696頁。

雖相如、子雲，未如之何也。〔註194〕

　　劉永濟於這文字的「釋義」說，「比者，著者先有此情，亟思傾洩，或嫌於徑直，乃索物比方言之。興者，作者雖先有此情，但蘊而未發，偶觸於事物，與本情相符，因而興起本情。前者屬有意，後者出無心。有意者比附分明故顯，無心者無端流露故隱。」由於體裁的限制，後世能繼承興者，乃是詩詞。「唐詩宋詞，託興尚多，而漢魏辭賦，興義轉亡，體實限之也。」〔註195〕

　　李重華《貞一齋詩說》曰，「興之為義，是詩家大半得力處。無端說一件鳥獸草木，不明指天時而天時已恍在其中；不顯言地境而地境宛在其中。」〔註196〕

　　在上述的這些論析之中，「興」是被當作技巧來理解的。

　　羅蘭·巴特認為，

　　　　技巧是一切創作的生命。因此，結構主義與某種技巧密不可分地聯繫在一起的程度也就是結構主義與其他分析或創作方式相區別而存在的程度：我們重建客體是為了使某些功能顯示出來，可以說，是方法造成作品；這是為什麼我們必須說結構主義活動，而不說結構主義作品。〔註197〕

　　劉勰的《文心雕龍》成書於公元六世紀初，是中國真正偉大的修辭學著作，全書十卷五十篇，約三萬八千字。劉勰字彥和，東莞莒人。約生於南朝宋明帝泰始元年，即公元四六七年，早孤，篤志好學，家貧不婚娶，依沙門僧祐，與之居處，積十餘年，博通經論。《文心雕龍》寫成後，不為時流所稱，劉勰負其書，等候在沈約出入必經之途，「干之於車前，狀若貨鬻者」，沈約讀了之後，十分器重，以為深得文理，常陳諸几案。劉勰曾擔任昭明太子蕭統宮中的通事舍人，主管章奏。晚年出家，改名慧地，卒於梁武帝蕭衍大同四年（公元五三八年），享年七十二歲。黃叔琳說：「劉舍人《文心雕龍》一書，蓋藝苑之秘寶也。觀其包羅群籍，多所折衷，於凡文章利病，抉摘靡遺。綴文之士，苟欲希風前秀，未有可捨此而別求津逮者。若其使事遣言，紛綸

〔註194〕黃侃《文心雕龍札記》，華東師範大學出版社1996年版，第219～220頁。

〔註195〕劉永濟《文心雕龍校釋》上卷，中華書局2007年版，第127頁。

〔註196〕轉引自林東海《詩法舉隅》（修訂版），上海文藝出版社2004年版，第157頁。

〔註197〕〔法〕羅蘭·巴爾特《結構主義——一種活動》，袁可嘉譯，載《文藝理論研究》1980年第2期。

葳蕤，罕能切究。」〔註 198〕

　　《文心雕龍》五十篇，皆以駢文寫成，非刻意呈才，一時之風尚也。每一篇的結尾，都有一簡短的讚語。本人尤喜其《物色篇》的讚語。

　　贊曰：「山沓水匝，樹雜雲合。目既往還，心亦吐納。春日遲遲，秋風颯颯。情往似贈，興來如答」，〔註 199〕僅此而已。

〔註 198〕范文瀾《文心雕龍注》上卷，人民文學出版社 1958 年版，第 2 頁。

〔註 199〕范文瀾《文心雕龍注》下卷，人民文學出版社 1958 年版，第 695 頁。

結　語

　　生年不滿百，常懷千歲憂。惟漢字識得此憂，英法德意西諸文，未逾千載，
朝菌不知晦朔，蟪蛄未識春秋，固然之理也。漢人每下筆爲文，立言傳世，期
之千年凝錦。嘔心經營，名山事業，片石之添，何其難也。義理存乎識，辭章
存乎才，徵實存乎學。屬意立文，心與筆謀，才爲盟主，學爲輔佐。主佐合德，
文采比霸，才學偏狹，雖美少功。

　　流風時尚，起於因緣際會，一朝成勢，難以阻逆。自來隨波逐流者眾，披
波斬浪者鮮，然文心文脈，不絕如縷，才才輝映，燈燈相照。龍蟲並雕，由來
久矣，文白雙流，雅俗相得，濯纓濯足，聽憑君便。或秀或隱，亦莊亦諧，豈
能拘於一格，識文斷字，當積追溯本原之功，吟詩塡詞，須通格律平仄之道。
常弄閒於才鋒，賈餘於文勇。使刃發如新，湊理無滯，雖非胎息之萬術，斯亦
衛氣之一方也。

　　文章千古之事，得失不易知也。章實齋云「風氣之開也，必有所以取，學
問、文辭與義理，所以不無偏重畸輕之故也。風氣之成也，必有所以敝，人情
趨時而好名，徇末而不知本也。是故開者雖不免於偏，必取其精者，爲新氣之
迎；敝者縱名爲正，必襲其僞者，爲末流之託。此亦自然之勢也。」〔註1〕驗諸
白話文運動之開與成，古之人不吾欺也。

〔註 1〕章學誠《文史通義全譯》上卷，《原學・下》，嚴傑、武秀成譯注，貴州人民出版
　　　社 1997 年版，第 176 頁。

積習避難就易，因陋就簡，與文章之道，適得其反。白話之劫，得時代之助，釀成文患，危機四伏，字以俗爲正，文以簡爲工，粗糙、粗陋、粗鄙之風蔓延，辭章之衰，非同小可，風雅不作，駢散歇絕，江山爲之失色，乾坤以是黯淡，草木因之而凋零，有史以來所未見。語言文字，生民之所倚，傳承數千年，葉茂根深，一朝頓失，何枝可依？歎今日域中，舞文弄墨之徒，讀書太少，搖舌鼓唇之士，名利過多，立誠本旨，達意功夫，幾失其傳，幸墳典未亡，文獻尚存，供好學深思者徜徉，得窺古人堂奧。

魯迅雜文，毛氏公牘，爲有根之白話，故能枝繁葉茂，時人仰之，以爲楷模，然揆諸己，徒具樹形，而無生機，神采盡失，危若累卵，改弦更張，正其時乎？余豈好辯，不得已也。翻箱倒篋，劍拔弩張，採故實於前代，觀通變於當今，理不謬搖其枝，字不妄舒其藻。正文章之宜，而不謀其利，明作者之道，何計其功也。

天地悠悠，古往今來，逝者如斯，誰人能易？道術已裂，陰陽消長，仁歟義歟，迭用柔剛，一代無文，何足掛齒。逐物實難，憑性良易，百年生死，且暮之間。傲岸泉石，咀嚼文義，與古爲徒，頻有不忍釋卷者，諷誦未畢，長夜已徹，愼終追遠之思，未能盡吐。東方欲曉，天工開物，振衰起弊，寄諸來哲。

全文完

二○○九年三月初稿
二○一三年三月二稿

附錄：本書涉及的百餘年來語言文字及文學大事簡表

1872：《申報》創刊。《聖經》官話譯本在湖北發行。曾國藩逝世，他是科舉出
身的最後一位文章與事功兼能的人物。清政府設招商局，始派留學生。

1873：梁啓超（1873～1929）生。康有爲16歲。

1879：陳獨秀（1879～1942）生。

1881：魯迅（1881～1936）生。章太炎12歲。陀思妥耶夫斯基（1821～1881）
逝世。

1883：卡夫卡（1883～1924）生。

1885：周作人（1885～1967）生。雨果（1802～1885）逝世。

1887：黃遵憲撰《日本國志》。

1889：康有爲撰《廣藝舟雙楫》。廣學會發行《萬國公報》。俞樾將石玉昆所述
《三俠五義》刪改重編爲《七俠五義》。日本公佈憲法。

1890：上海新教傳教士大會成立三個《聖經》翻譯委員會，分別用文言、淺近
文言、白話翻譯《聖經》，這些譯本後陸續出版。

1891：胡適（1890～1962）生。

1892：盧戇章《一目了然初階》在廈門出版，這是第一個由中國人自己創制的
字母式漢語拼音方案。韓邦慶在上海創辦主要發表他個人作品的文學刊

物《海上奇書》，本年出版 15 期，《海上花列傳》（署名花也憐儂）連載刊行。本雅明（1892～1940）生。

1893：毛澤東（1893～1976）生。

1894：中日甲午戰爭。《日本國志》刻成，薛福成爲之序，「此奇作也，數百年來，少有爲之者」。李慈銘臨終前將日記七十餘冊交沈曾植請爲刊刻，成讀書札記《越縵堂日記》六十四冊。

1895：公車上書。康有爲《新學僞經考》成書，康有爲籌設強學會。《萬國公報》創刊。甲午海戰敗，中日《馬關條約》簽訂，割讓臺灣。恩格斯逝世於倫敦。

1896：譚嗣同《仁學》成書。嚴復翻譯《天演論》成稿。子弟書作者韓小窗逝世。

1898：戊戌變法失敗，六君子遇害。京師大學堂創立。第一份白話文報紙《無錫白話報》創刊，主編裘廷梁發表《論白話爲維新之本》，明確提出「崇白話而廢文言」的主張。第一部語言著作《馬氏文通》問世。張之洞印行《勸學篇》。甲骨文在安陽小屯被發現。

1899：瞿秋白（1899～1935）生。聞一多（1899～1946）生。章太炎《訄書》出版。

1900：留日學生最早的刊物《譯書彙編》在東京創刊。尼采（1844～1900）逝世。

1901：廢名（1901～1967）生。李鴻章逝世。梁啓超《清議報》停刊，共出一百期。

1902：梁啓超在日本創辦《新民叢報》（半月刊），每期銷售萬份，「新民體」散文隨之問世。黃遵憲提倡「詩界革命」。章太炎在東京發起中夏亡國 242 年紀念會。《大公報》創刊於天津。

1903：梁啓超創辦《新小說》，倡導「小說界革命」「文界革命」，四大遣責小說（李寶嘉《官場現行記》吳沃堯《二十年目睹之怪現狀》劉鶚《老殘遊記》與曾樸《孽海花》）問世。魯迅以文言翻譯、改寫的歷史小說《斯巴達之魂》、雨果的短篇小說《埃塵》刊載於《浙江潮》。《中國白話報》創刊於上海。

1904：陳獨秀創辦並主編《安徽俗話報》，共發行 22 期。商務印書館的《東方
　　　雜誌》在上海創刊，至 1949 年止，曾五度停刊，屢僕屢起，實際刊行半
　　　個多世紀。

1905：科舉制度廢除。鄧實、黃節主編的《國粹學報》創刊於上海。黃遵憲逝
　　　世。陳天華蹈海，鄒容病逝獄中。《民報》創刊，孫中山撰寫創刊詞，正
　　　式提出民族、民權、民生三大主義，此為三民主義第一次見諸文字。

1906：章太炎出獄後於東京講學，旋主編《民報》。章太炎主編《民報》刊載朱
　　　執信摘譯的《共產黨宣言》。章太炎發表《文學論略》、《諸子學論略》、《論
　　　語言文字之學》。據阿英《晚清戲曲小說目》統計，本年有創作小說 45
　　　種，翻譯小說 101 種，戲曲 14 種。趙樹理（1906～1970）生。

1907：梁啓超《飲冰室詩話》連載於《新民叢報》。魯迅籌備《新生》雜誌，未
　　　成。吳敬恒等在巴黎創辦《新世紀》。《京報》創刊。本年是晚清小說刊
　　　行最多的一年，據阿英統計，創作小說 60 種，翻譯小說 130 種。《申報》
　　　出售給華人經理席子佩。俞樾逝世。秋瑾遇害。

1908：慈禧太后、光緒帝卒。章太炎在《國粹學報》發表《駁中國改用萬國新
　　　語說》，不贊成採用拼音文字。魯迅《摩羅詩力說》、《文化偏至論》等文
　　　刊載於《河南》。王國維《人間詞話》發表。劉師培《論中土文字有益於
　　　世》發表。胡適主編《競業旬報》。

1909：周作人、魯迅合譯的《域外小說集》第一、二集出版。南社成立。

1910：《教育今語雜誌》在東京創刊。章太炎《國故論衡》出版。《小說月報》
　　　在上海創刊。胡適赴美國入康乃爾大學農科。托爾斯泰（1828～1910）
　　　逝世。李長之（1910～1978）生。

1911：武昌起義。魯迅創作文言小說《懷舊》。著名報人汪康年病逝於天津。

1912：清帝退位，清朝 268 年統治結束。教育總長蔡元培發表《對於新教育之
　　　意見》。王國維撰成《宋元戲曲考》。蘇曼殊《斷鴻零雁記》在《太平洋
　　　報》連載。史量才接辦《申報》。

1914：《禮拜六》雜誌在上海創刊，為鴛鴦蝴蝶派代表刊物，第 1 期售出 2 萬冊
　　　以上，前後共出 200 期。章士釗《甲寅雜誌》在日本創刊。徐枕亞主編
　　　《小說叢報》創刊。章太炎著《檢論》，手定《章氏叢書》。

1915：《科學》（月刊）雜誌在上海創刊，是我國最早的橫排刊物，到 1949 年，
　　　共刊行 32 卷。胡適萬字長文《論句讀及文字符號》在《科學》雜誌發表。
　　　陳獨秀《青年雜誌》創刊，第二卷起更名爲《新青年》。陸費逵、歐陽溥
　　　存等編著《中華大字典》由中華書局出版，收 48000 多字，比《康熙字
　　　典》多 1000 多字。

1916：《新青年》雜誌開始使用兩種標點符號（句號、頓號）。胡適《寄陳獨秀》
　　　發表於《新青年》，「文學革命」口號與「八不主義」出籠。中華民國國
　　　語研究會在北京成立。蔡東藩《清史通俗演義》出版。梁啓超《飲冰室
　　　全集》出版。王闓運逝世，後有《湘綺樓全集》結集。索緒爾《普通語
　　　言學教程》在巴黎出版。章太炎《菿漢微言》完成。

1917：胡適在《新青年》發表《文學改良芻議》，明確主張以白話文代替文言
　　　文，成爲白話文運動的公開信號。陳獨秀以《文學革命論》響應胡適
　　　的主張。林紓《論古文之不當廢》發表於上海《民國日報》。蔡元培發
　　　表《以美育代宗教說》。周瘦鵑以文言翻譯的《歐美名家短篇小說叢刊》
　　　（三卷 50 篇）出版。蔡元培任北大校長。

1918：陳獨秀、李大釗創辦《每周評論》，發行至次年 8 月止，刊行 36 期。胡
　　　適發表《建設的文學革命論》，魯迅發表《狂人日記》。《新青年》發表胡
　　　適、劉半農、沈尹默等的白話新詩。胡適獨幕劇本《終身大事》發表。
　　　周作人編寫《歐洲文學史》並出版。謝无量《中國大文學史》出版。蘇
　　　曼殊逝世。

1919：五四運動。《新青年》出版「馬克思主義專號」。本年採用白話的刊物達
　　　400 餘種。國語統一籌備會成立。《國民》雜誌創刊（1921 年 5 月停刊，
　　　共出 8 期），《新潮》雜誌創刊（1922 年 3 月停刊，共出 12 期）。胡適《中
　　　國哲學史大綱》上卷出版。胡適挑起「問題與主義」之爭。周作人新詩
　　　《小河》發表。傅斯年《怎樣做白話文》發表。魯迅譯尼采《察拉圖斯
　　　忒拉的序言》發表於《新潮》。毛澤東《湘江評論》創刊。劉師培逝世。
　　　《章氏叢書》出版。少年中國學會成立，《少年中國》月刊創刊，存在 1
　　　年，刊出 12 期。胡適發表《新思潮的意義》。

1920：教育部訓令全國各國民學校將一、二年級國文改爲語體文，稱「國語」。

胡適評論說「這個命令是幾十年來第一件大事。他的影響和結果，我
們現在很難預先計算。但我們可以說：這道命令把中國教育的革新，
至少提早了 20 年。」教育部發佈《通令採用新式標點符號文》。劉復
《中國文法通論》出版。錢玄同在《新青年》發表文章，提倡簡體字。
北京成立國語講習所。胡適《嘗試集》出版。毛澤東在湖南創辦文化
書社。張愛玲（1920～1995）生。北京大學馬克思學說研究會成立。

1921：文學研究會在北京成立。創造社在東京成立。《阿 Q 正傳》連載於《晨
　　　報副刊》，隨後周作人發表評論。《胡適文存》出版。《章太炎的白話文》
　　　出版。沈知方在上海創建世界書局。

1922：胡適創辦《努力周報》，蔡元培、胡適、梁漱溟等 16 人發表《我們的政
　　　治主張》，鼓吹「好人政府」。《學衡》雜誌創刊。爲紀念《申報》創刊五
　　　十年，胡適撰寫長文《五十年來中國之文學》，梁啓超則寫了篇短文《五
　　　十年中國進化概論》，對於白話文運動未置一詞。陳獨秀在上海被捕，旋
　　　獲釋。

1923：胡適撰寫《國學季刊》的「發刊宣言」。魯迅《中國小說史略》成稿。7
　　　月 19 日魯迅與周作人斷交，8 月 2 日從八道灣 11 號遷出至西城磚塔胡
　　　同 61 號。小說集《吶喊》出版。周作人文集《自己的園地》出版。郭沫
　　　若發表《我們的文學新運動》，被視作「革命文學」的前奏。

1924：黎錦熙《新著國語文法》出版。孫伏園等人的《語絲》周刊創刊，胡適
　　　等人的《現代評論》周刊創刊。魯迅有《致李秉中》信。列寧逝世。黃
　　　埔軍校成立。孫中山系統講演三民主義，民族主義六講，民權主義六講，
　　　民生主義四講後因故停止。

1925：章士釗《甲寅》周刊在北京復刊，專力於文言作品。張恨水《金粉世家》
　　　在《世界日報》連載。魯迅赴西安講學《中國小說的歷史變遷》。孫伏園
　　　的《京報副刊》徵求「青年必讀書」，魯迅的答覆引起爭議。孫中山逝世，
　　　留有《國是遺囑》、《家事遺囑》、《給蘇聯政府遺囑》。五卅慘案發生。毛
　　　澤東發表《中國社會各階級的分析》。

1926：「三‧一八」慘案發生。魯迅《彷徨》出版，《紀念劉和珍君》發表於《語
　　　絲》周刊。著名報人邵飄萍、林白水在北京先後遇害。

1927：太陽社在上海成立。王國維自沉。毛澤東《湖南農民運動考察報告》發

表。李大釗在北京遇害。魯迅《野草》出版,校勘輯印《唐宋傳奇集》,其講義《漢文學史綱要》整理完成,在香港發表演講《無聲的中國》。周作人《談龍集》《澤瀉集》出版。

1928:《新月》在上海創刊。《國語羅馬字拼音法式》正式公佈。趙元任《現代吳語的研究》出版。楊樹達《詞詮》出版。朱自清散文集《背影》出版。胡適《白話文學史》出版,張蔭麟發表《評胡適〈白話文學史〉上卷》。聞一多《死水》出版。國民黨公佈《訓政綱領》。

1929:胡適發表《人權與約法》等文,受到國民黨當局的警告。張恨水《啼笑因緣》出版。瞿秋白寫成《中國拉丁化字母方案》。朱自清在清華大學創立並開設「中國新文學研究」課程。梁啓超逝世。

1930:以周作人爲核心的《駱駝草》在北平創刊。中國左翼作家聯盟在上海成立,提出「文藝大眾化」問題。楊樹達《高等國文法》出版。國民政府通令推行注音符號。郭沫若《中國古代社會研究》出版,中國社會性質問題論戰和中國社會史問題論戰爆發。

1931:中國文字拉丁化第一次代表大會在海參威召開,拉丁化新文字開始由蘇聯遠東邊區新字母委員會在僑蘇的 10 萬工人中推行,作爲掃盲和普及教育的工具。《北斗》雜誌在上海創刊,丁玲任主編。魯迅請內山嘉吉講授木刻藝術。魯迅主編的《十字街頭》創刊。

1932:胡適與丁文江等在北平創辦《獨立評論》,最高發行 3 萬份,到 1937 年 7 月停刊,刊出 244 期。綜合性文學月刊《現代》在上海創刊,1935 年停刊,刊出 34 期。左聯的機關刊物《文學月報》創刊,共刊出 6 期。陳望道《修辭學發凡》出版,金兆梓《實用國文修辭學》出版。周作人《中國新文學的源流》出版。林語堂《論語》雜誌半月刊在上海創刊,1949 年 5 月停刊,刊出 177 期。廢名《莫須有先生傳》出版。鄒韜奮等創辦生活書店。陳獨秀被捕,公開審判,章士釗爲其辯護。

1933:魯迅、鄭振鐸合編《北平譜箋》刊行,魯迅以文言爲序。瞿秋白撰《魯迅雜感選集序言》。胡適《四十自述》出版。

1934:汪懋祖發表《禁習文言與強令讀經》、《中小學文言運動》,許夢因發表《文言復興之自然性與必然性》、《告白話派青年》,大眾語討論開始。

魯迅發表《中國語文的新生》。朱起鳳《辭通》出版。黎錦熙《國語運動史綱》出版。周作人發表《五十自壽詩》，引起風波。艾思奇《哲學講話》（後更名爲《大眾哲學》）連載於《讀書生活》雜誌。劉半農逝世。魯迅主編的《譯文》創刊，出至 1937 年 6 月，刊出 29 期。陳望道主編《太白》半月刊創刊，1935 年 9 月停刊，刊出 24 期。《申報》總經理史量才被暗殺。

1935：《中國新文學大系》（1917～1927）出版。鄭振鐸主編《世界文庫》出版。王新命等十教授發表《中國本位的文化建設宣言》。上海組織「手頭字推行會」，中國最早的新文字刊物《Sin Wenz 月刊》創刊。國民政府教育部公佈《第一批簡體字表》324 個。中國新文字研究會在上海成立，《我們對於推行新文字的意見》徵求簽名，蔡元培、魯迅等 688 人簽名，毛澤東對《意見》大加讚賞。瞿秋白遇害。黃侃逝世。唐蘭《古文字學導論》出版。周作人《苦茶隨筆》出版。李長之《魯迅批判》發表。曹禺1933 年完成的《雷雨》出版。《宇宙風》文藝半月刊創刊，前後共刊出152 期。《大眾生活》周刊創刊，最高時發行 20 萬份，刊出 16 期後被封禁。鄭振鐸《世界文庫》。

1936：王力《中國文法學初探》發表，文法革新大討論開始。王力《中國音韻學》出版。高本漢《中國音韻學研究》中譯本出版。舒新城、張相《辭海》上冊出版。容庚《簡體字典》出版，收 4445 字。周作人發表《關於魯迅》《關於魯迅之二》，該年出版《苦竹雜記》和《風雨談》。徐開壘應《新少年》徵文獲獎。《文藝界同人爲團結禦侮與言論自由宣言》發表。梁啓超《飲冰室合集》40 冊由中華書局陸續出版，錢穆《先秦諸子繫年》出版，趙家璧《中國新文學大系》、李長之《魯迅批判》出版。《迎中國的文藝復興》出版，艾思奇《大眾哲學》和新啓蒙運動，國民黨通令收回上年 8 月公佈的「第一批簡體字表」。容庚《簡體字典》（收字 4445個）陳光堯《常用簡字表》（收字 3150 個）出版。王力《中國文法初探》出版。《新詩》月刊在上海創刊。劉麟生《中國駢文史》由上海商務印書館出版。高爾基逝世。章太炎逝世。魯迅逝世。「國防文學」與「民族革命戰爭的大眾文學」兩個口號之爭。

1937：陳獨秀發表《我對於魯迅之認識》。街頭劇《放下你的鞭子》演出。《駱駝祥子》出版。黎錦熙、錢玄同主編的《國語辭典》出版。該書是我國第一部描寫性詳解型現代漢語詞典。國共兩黨及國民政府先後公祭黃帝陵，林伯渠宣讀毛澤東起草的《四言詩‧祭黃帝陵》。《解放》周刊創刊於延安，一度發行 5 萬份，1941 年 8 月 31 日，共出版了 134 期。

1938：中華全國文藝界抗敵協會在武漢成立。《魯迅全集》（二十卷）出版。陳望道在上海發起關於文法革新問題的討論。張世祿《中國音韻學史》出版。胡適出任駐美大使。魯迅藝術學院在延安成立。中共中央根據周恩來建議，作出黨內決定，以郭沫若為魯迅的繼承者，中國革命文學界領袖，並由全國各地黨組織向黨內外傳達。

1939：光未然組詩、冼星海作曲的《黃河大合唱》發表。關於文藝民族形式的討論從延安開始。錢玄同逝世。郭紹虞發表《新文藝運動應走的新途徑》，毛澤東《紀念白求恩》發表。埃德加‧斯諾採訪毛澤東。

1940：《中國文化》在延安創刊，艾思奇主編，毛澤東在創刊號上發表《新民主主義論》。吳玉章發表《新文字與新文化運動》。李長之《道教徒的詩人李白及其痛苦》出版。

1941：李長之《西洋哲學史》出版。毛澤東《改造我們的學習》發表。《解放日報》在延安創刊。

1942：呂叔湘《中國文法要略》上卷出版。毛澤東發表《整頓黨的作風》《反對黨八股》講話發表，中宣部發出《關於在全黨進行整頓三風學習運動的指示》。李長之《迎中國的文藝復興》發表。李長之批評文集《苦霧集》、《批評精神》在重慶出版。王實味《野百合花》發表於《解放日報》。陳獨秀逝世。

1943：王力《中國現代語法》上冊出版。《小二黑結婚》《李有才板話》發表。張愛玲《傾城之戀》《金鎖記》發表。李長之《德國的古典精神》出版，譯著《文藝史學和文藝科學》（瑪爾霍茲著）出版。毛澤東《在延安文藝座談會上的講話》發表於《解放日報》。

1944：呂叔湘《文言和白話》發表於《國文雜誌》。張愛玲《傳奇》、《流言》出版。周作人《我的雜學》發表。毛澤東《為人民服務》發表。李長之《迎

中國的文藝復興》出版。廢名《新詩講稿》出版。

1945：趙樹理《李家莊的變遷》出版。周作人出版文集《立春以前》。毛澤東《愚公移山》發表。李長之《夢雨集》出版。

1946：李長之《韓愈》出版。胡適就任北大校長。

1948：周立波《暴風驟雨》出版。李長之《司馬遷之人格與風格》出版。廢名《莫須有先生坐飛機以後》在《文學雜誌》上連載。

1949：中華全國文學藝術界聯合會成立。中國文字改革協會正式成立。唐蘭《中國文字學》出版。《自由中國》在臺灣創辦，胡適任發行人。周作人譯著《希臘的神與英雄與人》成稿。廢名《一個中國人民讀了新民主主義論後歡喜的話》完成。

1950：中國科學院語言研究所成立。周作人翻譯《伊索寓言》成稿。7 月 11 日《人民日報》發表李立三翻譯的斯大林《論馬克思主義在語言學中的問題》，認為語言不是社會的上層建築，語言只有全民性，沒有階級性，對馬爾學派的錯誤論點有尖銳的批評。此文對中國語言學界影響很大。8 月，時代出版社出版了由草嬰翻譯的《斯大林論語言學問題》。

1951：《人民日報》發表社論《正確地使用祖國的語言，為語言的純潔和健康而鬥爭！》。呂叔湘、朱德熙合著的《語法修辭講話》在《人民日報》連載，12 月 15 日全部登完。中央人民政府出版總署發佈《標點符號用法》。5 月 20 日，《人民日報》發表社論《應當重視電影武訓傳的討論》，此後在全國展開對《武訓傳》的批判。周作人開始寫作《魯迅的故家》和《魯迅小說中的人物》。《毛澤東選集》第一卷出版，印行 200 萬冊。李長之《李白》出版。陸志韋《北京話單音詞詞彙》出版。曹伯韓《新語文運動中的一些思想》在《人民教育》發表，鼓吹以推行拼音文字迎接新的文化高潮。

1952：呂叔湘、朱德熙合著的《語法修辭講話》由開明書店出版單行本。《中國語文》雜誌創刊，開始連載中國科學院語言研究所語法小組編撰的《語法講話》，後來更名為《現代漢語語法講話》（丁聲樹主編），1961 年出版。《毛澤東選集》第二卷出版。

1953：魏建功主編的《新華字典》由人民教育出版社出版。李長之《陶淵明傳

論》（署名張芝）出版。《毛澤東選集》第三卷出版。

1954：《文藝報》轉載《文史哲》發表的李希凡、藍翎《關於〈紅樓夢簡論〉及其它》一文，並加編者按語，批判俞平伯的《紅樓夢研究》。批判胡適開始。張愛玲《秧歌》、《赤地之戀》英文版及中文本在香港出版。李長之《中國文學史略稿》出版。

1955：中國報紙開始實行橫排。趙樹理《三里灣》發表。《人民日報》社論《爲促進漢字改革、推廣普通話、實現漢語規範化而努力》發表。批判胡風開始。

1956：發佈《漢字簡化方案》，發佈《關於推廣普通話的指示》，發表《漢語拼音方案》。毛澤東在最高國務會議上提出「百花齊放，百家爭鳴」的文藝方針。李長之《孔子的故事》出版。廢名《和青年談魯迅》出版，李長之《文學史家的魯迅》發表。

1957：《魯迅的青年時代》出版，署名周啓明。陳夢家《略論文字學》《愼重一點改革漢字》《關於漢字的前途》發表。李長之發表《關於簡化字討論的發言》。趙樹理《我與漢字》發表。

1958：全國人民代表大會批准《漢語拼音方案》。周恩來《當前文字改革的任務》發表。趙樹理《語言小談》發表。胡適就任中研院院長。

1959：八卷本《胡適思想批判》由三聯書店出版。《人民日報》社論《大規模地收集全國民歌》。胡適勸蔣介石不要再連任總統。

1960：《毛澤東選集》第四卷出版。

1962：臺灣出版《中文大字典》。胡適在臺北逝世。周作人《知堂回想錄》完成。

1963：周作人翻譯《路吉阿諾斯對話集》成稿。

1964：《簡化字總表》頒布。周作人《八十自壽詩》、《知堂年譜大要》成稿。

1965：姚文元在《文匯報》發表《評新編歷史劇海瑞罷官》。

1966：6月13日，中央通知將本年高等院校招生工作推遲半年進行，實際上廢除了高考制度，直至1977年恢復。8月7日毛澤東《炮打司令部——我的一張大字報》印發八屆十一中全會，8月17日，作爲「中央文件」下發，傳達至縣團級，在全國廣爲傳抄張貼。8月中央制定了加速趕印毛澤東著作的計劃，《毛澤東選集》在會後的兩年印行3500萬部。《毛澤東

著作選讀》甲種本、乙種本和單行本由各省、市、自治區印刷。8 月 18 日到 11 月 25 日，毛澤東在天安門 8 次檢閱紅衛兵。老舍自殺，傅雷夫婦自殺。

1967：周作人逝世。廢名逝世。

1970：趙樹理逝世。

1976：毛澤東逝世。《魯迅書信集》（上下冊）出版。

1977：《第二次漢字簡化方案》發表。《毛澤東選集》第五卷出版。詩人穆旦逝世。

1978：李長之逝世。《現代漢語詞典》出版。

1979：計算機漢字編輯排版系統主體工程研製成功。

1980：四卷本《趙樹理文集》出版。

1984：廢名《談新詩》出版。

1985：中國文字改革委員會更名爲國家語言文字工作委員會，仍爲國務院直屬機構。十八卷《王力文集》（收入其語言學著作 30 餘種，論文 200 餘篇）出版。

1986：《漢語大字典》開始分卷出版，收漢字 56000 多個。二簡方案廢止。周作人自編文集 28 種由嶽麓書社陸續出版。李榮《漢字的演變與漢字的將來》發表。羅竹風主編的《漢語大詞典》分卷出版。

1990：漢語水平考試（HSK）通過鑒定。

1993：八卷本《毛澤東文集》出版。十三卷本《建國以來毛澤東文稿》出版。

1994：皇冠出版公司《張愛玲全集》15 冊出版。

1995：張愛玲逝世。

1998：十卷本《周作人文類編》出版。

2000：廢名寫於 1943 年的《阿賴耶識論》首次出版

2002：國家語言文字法頒布。

2006：十卷本《李長之文集》出版。《木心作品集》陸續在中國大陸出版。

2009：六卷本《廢名集》出版。《周作人散文全編》出版。張愛玲遺著《小團圓》出版。

主要參考文獻

A

1. 阿英（署張若英）《中國新文學運動史資料》，光明書局 1934 年版。

2. 〔美〕艾爾曼《從理學到樸學——中華帝國晚期思想與社會變化面面觀》，趙剛譯，江蘇人民出版社 1997 年版。

3. 〔意〕埃科《符號學和語言哲學》，王天清譯，百花文藝出版社 2006 年版。

4. 〔英〕安德魯·本尼特、尼古拉·羅伊爾《關鍵詞：文學、批評與理論導論》，汪正龍、李永新譯，廣西師範大學出版社 2007 年版

5. 〔美〕愛德華·薩丕爾《語言論——言語研究導論》，陸卓元譯，商務印書館 2002 年版。

B

1. 北京師範學院中文系漢語教研組編著《五四以來漢語書面語言的變遷和發展》，商務印書館 1959 年版。

2. 〔英〕彼得·伯克《語言的文化史》，李霄翔、李魯、楊豫譯，北京大學出版社 2007 年版。

3. 〔德〕本雅明《發達資本主義時代的抒情詩人》，張旭東、魏文生譯，生活·讀書·新知三聯書店 1989 年版。

4. 〔德〕本雅明《德國悲劇的起源》，陳永國譯，文化藝術出版社 2001 版。

5. 〔德〕本雅明《技術複製時代的藝術作品》，胡不適譯，浙江文藝出版社 2005 版。

6. 〔美〕保爾·德·曼《閱讀的寓言：盧梭、尼采、里爾克和普魯斯特的比喻語言》，沈勇譯，天津人民出版社 2008 年版。

7. 〔法〕波德萊爾《波德萊爾美學論文選》，郭宏安譯，人民文學出版社 1987 年版。

8. 〔丹〕勃蘭兌斯《十九世紀文學主流》，張道眞等譯，人民文學出版社 1988 年版。

9. 〔日〕柄谷行人《日本現代文學的起源》，趙京華譯，生活・讀書・新知三聯書店 2003 年版。

10. 〔美〕伯爾曼《法律與宗教》，梁治平譯，生活・讀書・新知三聯書店 1991 年版。

11. 〔美〕保羅・亨利・朗《十九世紀西方音樂文化史》，張洪島譯，人民音樂出版社 1982 年版。

12. 〔美〕本傑明・李・沃爾夫《論語言、思維和現實》，高一虹等譯，湖南教育出版社 2001 年版。

C

1. 蔡尚思《中國現代思想史資料簡編》，浙江人民出版社 1982 年版。

2. 曹聚仁《中國學術思想史隨筆》，生活・讀書・新知三聯書店 1999 年版。

3. 曹聚仁《文思》，生活・讀書・新知三聯書店 2002 年版。

4. 常乃惪《中國思想小史》，上海古籍出版社 2005 年版。

5. 陳獨秀《我們斷然有救》，東方出版社 1998 年版。

6. 陳寅恪《柳如是別傳》，上海古籍出版社 1980 年版。

7. 陳寅恪《寒柳堂集》，上海古籍出版社 1980 年版。

8. 陳寅恪《金明館叢稿初編》，上海古籍出版社 1980 年版。

9. 陳寅恪《金明館叢稿二編》，上海古籍出版社 1980 年版。

10. 陳寅恪《元白詩箋證稿》，上海古籍出版社 1980 年版。

11. 陳世驤《陳世驤文存》，遼寧教育出版社 1998 年版。

12. 陳望道《修辭學發凡》，新文藝出版社 1955 年版。

13. 陳望道《陳望道文集》，上海教育出版社 1980 年版。

14. 陳夢家《夢甲室存文》，中華書局 2006 年版。

15. 陳伯達《人民公敵蔣介石》，華北新華書店 1949 年版。

16. 陳崧《五四前後東西文化問題論戰文選》，中國社會科學出版社 1989 年版。

17. 陳來《傳統與現代——人文主義的視界》，北京大學出版社 2006 年版。

18. 陳以愛《中國現代學術研究機構的興起：以北大研究所國學門爲中心的探討》，江西教育出版社 2002 年版。

19. 陳萬雄《五四新文化的源流》，生活・讀書・新知三聯書店 1997 年版。

20. 陳平原編《中國現代學術經典・章太炎卷》，河北教育出版社 1996 年版。

21. 陳平原編《章太炎的白話文》，貴州教育出版社 2003 年版。

22. 陳平原《觸摸歷史與進入五四》，北京大學出版社 2005 年版。

23. 陳平原《中國現代學術之建立》，北京大學出版社 2005 年版。

24. 陳平原《從文人之文到學者之文：明清散文研究》，生活‧讀書‧新知三聯書店 2004 年版。

25. 陳平原主編《中國文學研究現代化進程二編》，北京大學出版社 2002 年版。

26. 陳子善編《作別張愛玲》，文匯出版社 1996 年版。

27. 程會昌《文論要詮》，開明書店 1948 年版。

28. 〔法〕茨維坦‧托多羅夫《巴赫金、對話理論及其他》，蔣子華、張萍譯，百花文藝出版社 2001 年版。

29. 〔法〕茨維坦‧托多羅夫《象徵理論》，王國卿譯，商務印書館 2004 年版。

30. 〔法〕程抱一《中國詩畫語言研究》，涂衛群譯，江蘇人民出版社 2006 年版。

D

1. 丁聲樹等《現代漢語語法講話》，商務印書館 1979 年版。

2. 〔法〕德里達《文學行動》，趙興國等譯，中國社會科學出版社 1998 年版。

3. 〔法〕德里達《馬克思的幽靈：債務國家、哀悼活動和新國際》，何一譯，中國人民大學出版社 1999 年版。

4. 〔法〕德里達《書寫》，張寧譯，生活‧讀書‧新知三聯書店 2001 年版。

5. 〔法〕德里達《論文字學》，汪家堂譯，上海譯文出版社 2005 年版。

6. 〔法〕德里達《論精神——海德格爾與問題》，朱剛譯，上海譯文出版社 2008 年版。

7. 〔日〕島田虔次《中國近代思維的挫折》，甘萬萍譯，江蘇人民出版社 2008 年版。

E

1. 《20 世紀的書：百年來的作家、觀念及文學——〈紐約時報書評精選〉》，李燕芬等譯，生活‧讀書‧新知三聯書店 2001 年版。

2. 〔德〕恩斯特‧卡西爾《語言與神話》，于曉等譯，生活‧讀書‧新知三聯書店 1988 年版。

3. 〔德〕恩斯特‧卡西爾《人論》，甘陽譯，上海譯文出版社 1985 年版。

F

1. 范文瀾《文心雕龍注》（上、下），人民文學出版社 1958 年版。

2. 馮友蘭《中國哲學簡史》，涂又光譯，北京大學出版社 1985 年版。

3. 方孝岳《中國文學批評》，生活‧讀書‧新知三聯書店 1986 年版。

4. 方朝暉《「中學」與「西學」：重新解讀現代中國學術史》，河北大學出版社 2002 年版。

5. 費錦昌《中國語文現代化百年記事（1892～1995）》，語文出版社 1997 年版。

6. 傅傑編《章太炎學術史論集》，雲南人民出版社 2008 年版。

7. 〔瑞士〕費爾迪南‧德‧索緒爾《普通語言學教程》，高名凱譯，商務印書館 1980

年版。

8. 〔葡〕費爾南多‧佩索阿《惶然錄》，韓少功譯，上海文藝出版社 1999 年版。

9. 〔美〕費正清《偉大的中國革命（1800～1985）》，劉尊棋譯，國際文化出版公司 1989 年版。

10. 〔澳〕費約翰《喚醒中國：國民革命中的政治、文化與階級》，李恭忠等譯，生活‧讀書‧新知三聯書店 2004 年版。

G

1. 郭紹虞《語文通論》，開明書店 1941 年版。

2. 郭紹虞《學文示例》，開明書店 1946 年版。

3. 郭紹虞《語文通論續編》，開明書店 1949 年版。

4. 郭紹虞《漢語語法修辭新探》，商務印書館 1979 年版。

5. 郭紹虞主編《中國歷代文論選》四卷，上海古籍出版社 1980 年版。

6. 郭紹虞《照隅室語言文字論集》，上海古籍出版社 1983 年版。

7. 郭紹虞《照隅室古典文學論集》，上海古籍出版社 1983 年版。

8. 郭錫良《漢語史論集》，商務印書館 2005 年版。

9. 郭錦桴《漢語與中國傳統文化》，中國人民大學出版社 1993 年版。

10. 郭湛波《近五十年中國思想史》，上海古籍出版社 2005 年版。

11. 辜正坤《互構語言文化學原理》，清華大學出版社 2004 年版。

12. 耿德華《被冷落的繆斯：中國淪陷區文學史（1937～1945）》，張泉譯，新星出版社 2006 年版。

13. 耿占春《在美學和道德之間》，山東文藝出版社 2006 年版。

14. 耿占春《失去象徵的世界——詩歌、經驗與修辭》，北京大學出版社 2008 年版。

15. 耿雲志、聞黎明《現代學術史上的胡適》，生活‧讀書‧新知三聯書店 1993 年版。

16. 甘陽《古今中西之爭》，生活‧讀書‧新知三聯書店 2006 年版。

17. 高爾泰《尋找家園》，北京十月文藝出版社 2011 年版。

19. 郜元寶《在語言的地圖上》，文匯出版社 1999 年版。

18. 郜元寶《惘然集》，湖北教育出版社 2004 年版。

20. 郜元寶《在失敗中自覺》，中國人民大學出版社 2004 年版。

21. 葛兆光《漢字的魔方：中國古典詩歌語言學札記》，復旦大學出版社 2008 年版。

22. 高辛勇《修辭學與文學閱讀》，北京大學出版社 1997 年版。

23. 顧黃初《中國現代語文教育百年事典》，上海教育出版社 2001 年版。

24. 顧長聲《從馬禮遜到司徒雷登——來華新教傳教士評傳》，上海書店出版社 2005 年版。

25. 〔瑞典〕高本漢《中國語與中國文》，張世祿譯，文史哲出版社 1985 年版。

26. 〔德〕顧彬《二十世紀中國文學史》，范勁等譯，華東師範大學出版社 2008 年版。

27. 〔德〕顧彬《關於「異」的研究》，曹衛東譯，北京大學出版社 1997 年版。

H

1. 胡適《白話文學史》，新月書店 1929 年版。

2. 胡適《中國新文學大系·建設理論集》，上海良友圖書印刷公司 1935 年版。

3. 胡適《中國章回小說考證》，實業印書館 1942 年版。

4. 胡適《嘗試集》，人民文學出版社 1984 年版。

5. 胡適《胡適講演》，中國廣播電視出版社 1992 年版。

6. 胡適《胡適學術文集·新文學運動》，中華書局 1993 年版。

7. 胡適《胡適學術文集·語言文字研究》，中華書局 1993 年版。

8. 胡適《胡適學術文集·哲學與文化》，中華書局 1993 年版。

9. 胡適《胡適說文學變遷》，上海古籍出版社 1999 年版。

10. 胡適《讀書與治學》，三聯書店 1999 年版。

11. 胡適《中國的文藝復興》，外語教學與研究出版社 2001 年版。

12. 胡適《國語文學史》，安徽教育出版社 2006 年版。

13. 胡明主編《胡適精品集》（十六卷），光明日報出版社年版。

14. 胡頌平《胡適之先生晚年談話錄》，新星出版社 2006 年版。

15. 胡奇光《中國小學史》，上海人民出版社 2005 年版。

16. 胡河清《靈地的緬想》，學林出版社 1994 年版。

17. 胡蘭成《今日夕何日兮》，三三書坊 1990 年版。

18. 胡蘭成《建國新書》，遠流出版事業股份有限公司 1991 年版。

19. 胡蘭成《中國的禮樂風景》，遠流出版事業股份有限公司 1991 年版。

20. 胡蘭成《閒愁萬種》，遠流出版事業股份有限公司 1991 年版。

21. 胡蘭成《今生今世：我的情感歷程》，中國社會科學出版社 2003 年版。

22. 胡蘭成《中國文學史話》，上海社會科學院出版社 2004 年版。

23. 胡蘭成《山河歲月》，廣西人民出版社 2006 年版。

24. 何九盈《漢語三論》，語文出版社 2007 年版。

25. 何九盈《中國現代語言學史》，商務印書館 2008 年版。

26. 何紹斌《越界與想像：晚清新教傳教士譯介詩論》，上海三聯書店 2008 年版。

27. 黃侃《文心雕龍札記》，華東師範大學出版社 1996 年版。

28. 黃開發編《知堂書信》，華夏出版社 1995 年版。

29. 韓少功《暗示》，人民文學出版社 2002 年版。

30. 〔美〕韓南《中國近代小說的興起》，徐俠譯，上海教育出版社 2004 年版。

31. 〔美〕洪長泰《到民間去：1918～1937年的中國知識分子與民間文學運動》，董曉萍譯，上海文藝出版社1993年版。

32. 〔美〕漢娜‧阿倫特編《啓迪——本雅明文選》，生活‧讀書‧新知三聯書店2008年版。

J

1. 金聖歎《金聖歎評點才子全集》，光明日報出版社1997年版。

2. 金岳霖《邏輯》，生活‧讀書‧新知三聯書店1961年版。

3. 蔣寅《中國詩學研究的思路與實踐》，廣西師範大學出版社1991年版。

4. 蔣寅《古典詩學的現代詮釋》中華書局2002年版。

5. 蔣寅《金陵生小言》，廣西師範大學出版社2004年版。

6. 季廣茂《隱喻視野中的詩性傳統》，高等教育出版社1998年版。

7. 江藍生、侯精一《漢語現狀與歷史的研究》，中國社會科學出版社1999年版。

8. 〔法〕吉爾‧德勒茲、菲力克斯‧迦塔利《什麼是哲學？》，張祖建譯，湖南文藝出版社2007年版。

K

1. 〔德〕康德《歷史理性批判文集》，何兆武譯，商務印書館2005年版。

2. 〔德〕康德《判斷力批判》上、下，宗白華譯，商務印書館1987年版。

3. 鄺新年《中國20世紀文藝學學術史》，上海文藝出版社2001年版。

4. 〔德〕卡爾‧曼海姆《意識形態與烏托邦》，艾彥譯，華夏出版社2001年版。

L

1. 梁啓超《梁啓超哲學思想論文選》，北京大學出版社1984年版。

2. 梁啓超《梁啓超選集》，人民文學出版社2004年版。

3. 梁啓超《中國之美文及其歷史》，東方出版社1996年版。

4. 梁宗岱《宗岱的世界》，廣東人民出版社2003年版。

5. 呂叔湘《漢語語法分析問題》，商務印書館1979年版。

6. 呂叔湘《呂叔湘文集》，商務印書館2004年版。

7. 陸宗達《陸宗達語言學論文集》，北京師範大學出版社1996年版。

8. 陸宗達《訓詁簡論》，北京出版社2002年版。

9. 劉師培《中國中古文學史》，人民文學出版社1984年版。

10. 劉師培《國粹與西化》，上海遠東出版社1996年版。

11. 劉師培《中古文學論集》，中國社會科學出版社1997年版。

12. 劉半農《劉半農文選》，人民文學出版社1896年版。

13. 劉復《中國文法通論》，中華書局 1939 年版。

14. 劉復《半農雜文》，河北教育出版社 1995 年版。

15. 劉永濟《十四朝文學要略》，中華書局 2007 年版。

16. 劉永濟《唐人絕句精華》，中華書局 2007 年版。

17. 劉大杰《中國文學發展史》，上海古籍出版社 1982 年版。

18. 劉夢溪《學術思想與人物》，河北教育出版社 2004 年版。

19. 劉夢溪《中國現代文明秩序的蒼涼與自信》，中華書局 2007 年版。

20. 劉夢溪《中國現代學術要略》，生活・讀書・新知三聯書店 2008 年版。

21. 劉夢溪《論國學》，上海人民出版社 2008 年版。

22. 劉夢溪《書生留得一分狂》，作家出版社 2011 年版。

23. 劉再復、林崗《傳統與中國人》，生活・讀書・新知三聯書店 1988 年版。

24. 劉亞猛《追求象徵的力量：關於西方修辭思想的思考》，生活・讀書・新知三聯書店 2004。

25. 劉亞猛《西方修辭學史》，外語教學與研究出版社 2008 年版。

26. 劉進才《語言運動與中國現代文學》，中華書局 2007 年版。

27. 林語堂《語言學論叢》，開明書店 1933 年版。

28. 陸儉明、沈陽《漢語和漢語研究十五講》，北京大學出版社 2004 年版。

29. 藍英年《歷史的喘息》，中央編譯出版社 2005 年版。

30. 李長之《李長之文集》（十卷），河北教育出版社 2007 年版。

31. 李澤厚《中國近代思想史論》，人民出版社 1979 年版。

32. 李澤厚《中國古代思想史論》，人民出版社 1981 年版。

33. 李澤厚《走我自己的路》，安徽文藝出版社 1994 年版。

34. 李澤厚《中國現代思想史論》，天津社會科學院出版社 2003 年版。

35. 李澤厚《實用理性與樂感文化》，生活・讀書・新知三聯書店 2005 年版。

36. 李何林《中國文藝論戰》，陝西人民出版社 1984 年版。

37. 李世濤《知識分子立場：激進與保守之間的動盪》，時代文藝出版社 2002 年版。

38. 林同奇《人文尋求錄：當代中美著名學者思想辨析》，新星出版社 2006 年版。

39. 羅崗《危機時刻的文化想像》，江西教育出版社 2005 年版。

40. 欒梅建《二十世紀中國文學發生論》，廣西師範大學 2006 年版。

41. 羅孚編《轟紺弩詩全編》，學林出版社 1999 年版。

42. 呂若涵《論語派論》，上海三聯書店 2002 年版。

43. 魯迅《魯迅全集》（十卷）人民文學出版社 1957 年版。

44. 魯迅《魯迅全集》（二十卷）人民文學出版社 1973 年版。

45. 魯迅《魯迅全集》（十六卷），人民文學出版社 1981 年版。

46. 魯迅《魯迅全集》（八卷），新疆人民出版社 1998 年版。

47. 魯迅《魯迅自編文集》（十九冊）天津人民出版社影印 1999 年版。

48. 魯迅《魯迅輯錄古籍叢編》（四卷）人民文學出版社 1999 年版。

49. 〔美〕林毓生《中國傳統的創造性轉化》，生活・讀書・新知三聯書店 1988 年版。

50. 〔美〕劉禾《語際書寫：現代思想史寫作批判綱要》，上海三聯書店 1999 年版。

51. 〔美〕劉禾《跨語際實踐：文學，民族文化與被譯介的現代性（中國，1900～1937）》，宋偉傑等譯，生活・讀書・新知三聯書店 2002 年版。

52. 〔德〕雷德侯《萬物：中國藝術中的模件化和規模化生產》，張總等譯，生活・讀書・新知三聯書店 2005 年版。

53. 〔匈〕盧卡奇《歷史和階級意識：馬克思主義辯證法研究》，張西平譯，重慶出版社 1989 年版。

M

1. 毛澤東《毛澤東論文藝》，人民文學出版社 1958 年版。

2. 毛澤東《毛澤東論文學和藝術》，人民文學出版社 1965 年版。

3. 毛澤東《毛澤東書信選集》，人民出版社 1983 年版。

4. 毛澤東《毛澤東早期文稿》，湖南出版社 1990 年出版（內部發行）

5. 毛澤東《毛澤東選集》（四卷），人民出版社 1991 年版。

6. 毛澤東《建國以來毛澤東文稿》（十三卷），中央文獻出版社 1992 年版。

7. 毛澤東《毛澤東文集》（八卷），人民出版社 1996 年版。

8. 冒榮《科學的播火者：中國科學社述評》，南京大學出版社 2002 年版。

9. 〔美〕米琳娜《從傳統到現代：19 至 20 世紀轉折時期的中國小說》，北京大學出版社 1991 年版。

10. 〔斯洛伐克〕瑪利安・高利克《中國現代文學批評發生史（1917～1930）》，陳聖生等譯，社會科學文獻出版社 1997 年版。

11. 〔日〕木山英雄《文學復古與文學革命》趙京華譯，北京大學出版社 2004 年版。

N

1. 倪海曙《中國語文的新生：拉丁化中國字運動二十年論文集》，時代出版社 1949 年版。

2. 聶紺弩《語言・文字・思想》，大風書店 1937 年版。

3. 〔美〕諾姆・喬姆斯基《語言與心理》，牟小華、侯月英譯，華夏出版社 1989 年版。

4. 〔加〕諾斯洛普・弗萊《神力的語言：聖經與文學研究續編》，吳持哲譯，社會科學文獻出版社 2004 年版。

5. 〔德〕尼采《人性的，太人性的》，楊恒達譯，中國人民大學出版社 2006 年版。

6. 〔德〕尼采《查拉圖斯特拉如是說》，楊恒達譯，譯林出版社 2007 年版。

7. 〔德〕尼采《不合時宜的沉思》，李秋零譯，華東師範大學出版社 2007 年版。

8. 〔德〕尼采《快樂的科學》，黃明嘉譯，華東師範大學出版社 2007 年版。

9. 〔德〕尼采《朝霞》，田立年譯，華東師範大學出版社 2007 年版。

O

1. 〔英〕奧斯卡·王爾德《獄中記》，孫宜學譯，廣西師範大學出版社 2000 年版。

P

1. 潘文國《字本位與漢語研究》，華東師範大學出版社 2002 年版。

2. 潘文國《危機下的中文》，遼寧人民出版社 2007 年版。

Q

1. 錢基博《現代中國文學史》，中國人民大學出版社 2004 年版。

2. 錢鍾書《管錐編》，中國書局 1979 年版

3. 錢鍾書《談藝錄》，中華書局 1984 年版。

4. 錢鍾書《七綴集》，上海古籍出版社 1985 年版。

5. 錢理群《周作人研究二十一講》，中華書局 2004 年版。

6. 錢冬父《唐宋古文運動》，上海古籍出版社 1962 年版。

7. 瞿秋白《多餘人心史》，東方出版社 1998 年版。

8. 瞿秋白《瞿秋白文集》，人民出版社 1998 年版。

9. 裘錫圭《文字學概要》，商務印書館 2002 年版。

10. 啓功《漢語現象論叢》，中華書局 1999 年版。

11. 丘爲君《戴震學的形成：知識論述在近代中國的誕生》，新星出版社 2006 年版。

12. 丘振中《書法的形態與闡釋》，中國人民大學出版社 2005 年版。

13. 〔日〕前野直彬《中國文學史》，駱玉明等譯，上海古籍出版社 1995 年版。

R

1. 任重《文言、白話、大眾語論戰集》，民眾讀物出版社 1934 年版。

2. 饒宗頤《固安文錄》，遼寧教育出版社 2000 年版。

3. 饒宗頤《符號·初文與字母——漢字樹》，上海書店出版社 2000 年版。

4. 〔法〕讓－雅克·盧梭《論語言的起源》，洪濤譯，上海人民出版社 2003 年版。

5. 〔英〕R.H.羅賓斯《簡明語言學史》，許德寶等譯，中國社會科學出版社 1997 年版。

S

1. 石峻《中國近代思想史參考資料簡編》，生活·讀書·新知三聯書店 1957 年版。

2. 孫民樂博士論文《二十世紀中國文學中的「語言問題」》，北京大學 1997 年（未出版）

3. 孫郁《魯迅與周作人》，遼寧人民出版社 2007 年版。

4. 沈衛威《「學衡派」譜系：歷史與敘事》，江西教育出版社 2007 年版。

5. 沈啓《無近代散文抄》，東方出版社 2005 年版。

6. 沈有鼎《沈有鼎集》，中國社會科學出版社 2006 年版。

7. 舒蕪《周作人概觀》，湖南人民出版社 1986 年版。

8. 申小龍《中國語言學：反思與前瞻》，河南人民出版社 1993 年版。

9. 申小龍《申小龍自選集》，廣西師範大學出版社 1999 年版。

10. 申小龍《漢語與中國文化》，復旦大學出版社 2008 年版。

11. 石鳳珍《文藝「民族形式」論爭研究》，中華書局 2007 年版。

12. 〔美〕舒衡哲《中國啓蒙運動：知識分子與五四遺產》，劉京建譯新星出版社 2007 年版。

T

1. 唐蘭《中國文字學》，上海古籍出版社 2005 年版。

2. 唐作藩《漢語史學習與研究》，商務印書館 2001 年版。

3. 唐弢《回憶・書簡・散記》，上海文藝出版社 1979 年版。

4. 唐弢《文章修養》，生活・讀書・新知三聯書店 1983 年版。

5. 田家英《學習「爲人民服務」》，學習雜誌社 1951 年出版。

6. 唐小兵《再解讀：大眾文藝與意識形態》，北京大學出版社 2007 年版。

7. 譚彼岸《晚清的白話文運動》，湖北人民出版社 1956 年版。

8. 譚載喜《西方翻譯簡史》，商務印書館 1991 年版。

9. 〔美〕童明《現代性賦格》，廣西師範大學出版社 2008 年版。

10. 〔美〕唐德剛《胡適口述自傳》，安徽教育出版社 2005 年版。

11. 〔日〕藤枝晃《漢字的文化史》李運博譯，新星出版社 2005 年版。

V

1. 〔俄〕維・什克洛夫斯基《散文理論》，劉宗次譯，百花洲文藝出版社 1994 年版。

2. 〔俄〕維果茨基《思維與語言》，李維譯，浙江教育出版社 1997 年版。

3. 〔意〕維柯《新科學》，朱光潛譯，商務印書館 1997 年版。

W

1. 王筠《文字蒙求》，中華書局 1962 年版。

2. 王國維《宋元戲曲史》，華東師範大學出版社 1995 年版。

3. 王國維《王國維文集》，北京燕山出版社 1997 年版。

4. 王力《漢語史稿》，中華書局 1980 年版。

5. 王力《中國現代語法》，商務印書館 1985 年版。

6. 王力《王力文集》（十八卷），山東教育出版社 1990 年版。

7. 王力《中國語言學史》，復旦大學出版社 2007 年版。

8. 王元化《文心雕龍創作論》，上海古籍出版社 1984 年版。

9. 王堯《「文革」對「五四」及「現代文藝」的敘述與闡釋》，文史哲出版社 2005 年版。

10. 王曉明《無法直面的人生：魯迅傳》，上海文藝出版社 1993 年版。

11. 王曉明《二十世紀中國文學史論》，東方出版中心 2003 年版。

12. 王振昆、謝文慶、劉振鐸編《語言學資料選編》，中央廣播電視大學出版社 1983 年版。

13. 王富仁《中國反封建思想革命的一面鏡子》，北京師範大學出版社 2000 年版。

14. 王宏志《魯迅與「左聯」》新星出版社 2006 年版。

15. 王希杰《漢語修辭學》，北京出版社 1983 年版。

16. 王風編《廢名集》（六卷），北京大學出版社 2009 年版。

17. 汪暉《反抗絕望》，河北教育出版社 2000 年版。

18. 汪暉《現代中國思想的興起》（四卷），生活·讀書·新知三聯書店 2004 年版。

19. 汪暉《去政治化的政治》，生活·讀書·新知三聯書店 2008 年版。

20. 汪暉《別求新聲》，北京大學出版社 2008 年版。

21. 汪曾祺《汪曾祺文集·文論卷》，江蘇文藝出版社 1993 年版。

22. 吳俊《魯迅評傳》，百花洲文藝出版社 1992 年版。

23. 吳海勇《中古漢譯佛經敘事文學研究》，學苑出版社 2004 年版。

24. 《文學運動史資料》（五冊），上海教育出版社 1979 年版。

25. 〔法〕汪德邁《新漢文化圈》，陳彥譯江西人民出版社 1993 年版。

26. 〔瑞士〕沃爾夫岡·凱塞爾《語言的藝術作品》，陳銓譯上海譯文出版社 1984 年版。

X

1. 夏曉虹、王風等《文學語言與文章體式：從晚清到「五四」》，安徽教育出版社 2006 年版。

2. 解志熙《摩登與現代——中國現代文學的實存分析》，清華大學出版社 2006 年版。

3. 宣浩平《大眾語文論戰·續編》，上海益智書局 1934 年版。

4. 許寶強、袁偉《語言與翻譯的政治》，中央編譯出版社 2001 年版。

5. 徐梵澄《徐梵澄隨筆：古典重溫》，北京大學出版社 2007 年版。

6. 徐時儀《漢語白話發展史》，北京大學出版社 2007 年版。

7. 徐通鏘《漢語結構的基本原理：字本位和語言研究》，中國海洋大學出版社 2005年版。

8. 徐通鏘《語言學是什麼》，北京大學出版社 2007 年版。

9. 徐通鏘《歷史語言學》，商務印書館 1991 年版。

10. 徐通鏘《語言論：語義型語言的結構原理和研究方法》，東北師範大學出版社 1997年版。

11. 〔美〕許倬雲《從歷史看人物》，廣西師範大學出版社 2007 年版。

12. 〔美〕許倬雲《從歷史看時代轉移》，廣西師範大學出版社 2007 年版。

13. 〔美〕夏志清《文學的前途》，生活‧讀書‧新知三聯書店 2002 年版。

14. 〔美〕夏志清《中國現代小說史》，劉紹銘等譯復旦大學出版社 2005 年版。

15. 〔美〕夏濟安《夏濟安選集》，遼寧教育出版社 2001 年版。

16. 向光忠《文字學芻議》，商務印書館 2012 年版。

17. 向熹《簡明漢語史》（上、下），商務印書館 2011 年版。

Y

1. 葉蜚聲、徐通鏘《語言學綱要》，北京大學出版社 1981 年版。

2. 葉聖陶《文章例話》，生活‧讀書‧新知三聯書店 1983 年版。

3. 楊樹達《中國文字學概要‧文字形義學》，上海古籍出版社 2006 年版。

4. 姚小平《語言文化十講》，外語教學與研究出版社 2006 年版。

5. 余光中《余光中選集》卷四，安徽教育出版社 1999 年版。

6. 〔美〕宇文所安《中國文論：英譯與評論》，王柏華、陶慶梅譯，上海社會科學出版社 2003 年版。

7. 〔美〕宇文所安《他山的石頭記》，田曉菲譯，江蘇人民出版社 2006 年版。

8. 〔美〕余英時《中國思想傳統的現代詮釋》，江蘇人民出版社 1995 年版。

9. 〔美〕余英時《現代危機與思想人物，》生活‧讀書‧新知三聯書店 2003 年版。

10. 〔美〕余英時《史學、史家與時代》，廣西師範大學出版社 2004 年版。

11. 〔美〕余英時《儒家倫理與商人精神》，廣西師範大學出版社 2004 年版。

12. 〔美〕余英時《中國知識人之史的考察》，廣西師範大學出版社 2004 年版。

13. 〔美〕余英時《中國思想傳統及其現代變遷》，廣西師範大學出版社 2004 年版。

14. 〔古希臘〕亞里士多德《修辭學》，羅念生譯，生活‧讀書‧新知三聯書店 1991 年版。

Z

1. 章太炎《章太炎全集》卷三，上海人民出版社 1984 年版。

2. 章太炎《國學講演錄》，華東師範大學出版社 1995 年版。

3. 章太炎《菿漢三言》，遼寧教育出版社 1999 年版。

4. 章太炎《章太炎講國學》，東方出版社 2007 年版。

5. 趙元任《漢語口語語法》，呂叔湘譯，商務印書館 1979 年版。

6. 趙元任《中國現代語言學的開拓和發展》，清華大學出版社 1992 年版。

7. 張蔭麟《中國史綱》，上海古籍出版社 2004 年版。

8. 張蔭麟《素痴集》，百花文藝出版社 2005 年版。

9. 張家文《語言學背景下的古漢語語法研究》，燕山出版社 2000 年版。

10. 張楠、王忍之《辛亥革命前十年間時論選集》，生活·讀書·新知三聯書店 1977 年版。

11. 張灝《危機中的中國知識分子：尋求秩序與意義》，高力克、王躍譯新星出版社 2006 年版。

12. 張世祿《語言學概論》，上海中華書局 1934 年版。

13. 張中行《文言津逮》，福建教育出版社 1984 年版。

14. 張中行《文言和白話》，黑龍江人民出版社 1988 年版。

15. 張中行《散簡集存》，中國社會科學出版社 1999 年版。

16. 張旭東《全球化時代的文化認同：西方普遍主義話語的歷史批判》，北京大學出版社 2005 年版。

17. 張隆溪《走出封閉的文化圈》，生活·讀書·新知三聯書店 2004 年版。

18. 張隆溪《道與邏各斯》，江蘇教育出版社 2006 年版。

19. 張隆溪《同工異曲》，江蘇教育出版社 2006 年版。

20. 張志揚《缺席的權利：閱讀、講演與交談》，上海人民出版社 1996 年版。

21. 張志揚《瀆神的節日》，上海三聯書店 1997 年版。

22. 張志揚《禁止與引誘：墨哲蘭敘事集》，上海三聯書店 1999 年版。

23. 張志揚《創傷記憶：中國現代哲學的門檻》，上海三聯書店 1999 年版。

24. 張志揚《偶在論》，上海三聯書店 2000 年版。

25. 張志揚《現代性理論的檢測與防禦》，社會科學文獻出版社 2000 年版。

26. 張志揚《語言空間》，福建教育出版社 2000 年版。

27. 張志揚《門：一個不得其門而入者的記錄》，同濟大學出版社 2004 年版。

28. 張志揚、陳家琪《形而上學的巴別塔》，同濟大學出版社 2004 年版。

29. 張志公《修辭概要》，上海教育出版社 1982 年版。

30. 張志公《漢語辭章學論集》，人民教育出版社 1996 年版。

31. 臧克和《錢鍾書與中國文化精神》，百花洲文藝出版社 1993 年版。

32. 鄭振鐸《中國新文學大系·文學論爭集》，上海良友圖書印刷公司 1935 年版。

33. 鄭振鐸《晚清文選》，中國社會科學出版社 2002 年版。

34. 鄭師渠《晚清國粹派文化思想研究》，北京師範大學出版社 1997 年版。

35. 鄭奠、譚全基《古漢語修辭學資料彙編》，商務印書館 1980 年版。

36. 鄭子瑜《中國修辭學史》，文史哲出版社 1990 年版。

37. 鄭家建《中國文學現代性的起源語境》，上海三聯書店 2002 年版。

38. 張挺、江小惠《周作人早年佚簡箋注》，四川文藝出版社 1992 年版。

39. 朱自清《古詩歌箋釋三種》，上海古籍出版社 1981 年版。

40. 朱自清《詩言志辨》華東師範大學出版社 1996 年版。

41. 朱自清《文學的標準與尺度》，山東文藝出版社 2006 年版。

42. 朱光潛《詩論》，生活・讀書・新知三聯書店 1984 年版。

43. 朱競編《漢語的危機》，文化藝術出版社 2005 年版。

44. 朱剛《二十世紀西方文論》，北京大學出版社 2006 年版。

45. 朱德熙《朱德熙文集》卷四，商務印書館 2004 年版。

46. 朱德熙《語法答問》，商務印書館 2007 年版。

47. 朱慶之《佛教漢語研究》，商務印書館 2009 年版。

48. 周祖謨《周祖謨文字音韻訓詁講義》，天津古籍出版社 2004 年版。

49. 周作人《中國新文學的源流》，上海華東師大出版社 1995 年版。

50. 周作人《周作人日記》（影印本）上、中、下，大象出版社 1996 年版。

51. 周作人《周作人自編文集》（二十八種），河北教育出版社 2002 年版。

52. 周作人《知堂回想錄》上、下，安徽教育出版社 2008 年版。

53. 周振甫《文心雕龍注釋》，人民文學出版社 1981 年版。

54. 周憲《中國文學與文化的認同》，北京大學出版社 2008 年版。

55. 周有光《二十世紀的華語和華文》生活・讀書・新知三聯書店 2002 年版。

56. 止菴《周作人講演集》，河北人民出版社 2004 年版。

57. 鍾叔河編《周作人文類編》（十卷），湖南文藝出版社 1998 年版。

58. 鍾叔河編《周作人文選》（四卷），廣州出版社 2006 年版。

59. 趙仁珪等編《啟功講學錄》，北京師範大學出版社 2004 年版。

60. 《中國當代文學研究資料・趙樹理專集》，福建人民出版社 1981 年版。

61. 〔美〕周策縱《五四運動：現代中國的思想革命》，周子平等譯，江蘇人民出版社 1996 年版。

致　謝

　　這份書稿思考於十餘年前。初稿寫作一年餘，二零零九年初春以之爲博士論文答辯之後，修改擴充歷時四年。

　　感謝指導老師劉夢溪先生，他逐字過目二十餘萬字的初稿，寫出了詳細的審讀意見。感謝中國藝術研究院，我在此工作學習十餘載，這是使我成長的地方，感謝幫助過我的人。

　　感謝蔣寅先生的鼓勵，在西方，古典學和語文學，是一切人文學科的基礎，當今的中國諸學科，也正在回歸正途，古典文學研究的學問深地位重是必然的。感謝陳丹青先生的熱誠，本書寫作年長，陳序所引書稿的一些原文，已在修訂中刪去。

　　感謝溫儒敏、耿占春、朱良志、王列生、梁治平、張慶善、丁亞平、摩羅諸先生的評價和意見，它們常置案頭，幫助我思考。感謝論文答辯委員會主席汪暉先生在書稿修改期間，給予的尖銳批評與誠懇幫助。還記得多年前第一次閱讀《科學話語共同體》時受到的思想衝擊，後來於語言學著作的重視與日本漢學家的閱讀，均受其影響，但我的學術立場，尤其於白話文運動的態度，始終與先生有著深刻的分歧。

　　這些年寫作過程與《魯迅全集》相伴，直面魯迅，我時時感覺，魯迅個人的寫作，或許比整個白話文運動更爲有價值，如今像他那樣思考的人不多，如今他那樣的文人使人懷想，其深沈偉岸的人格，慷慨溫厚的熱忱，純良眞摯的情感，特別是他絲毫不僞飾、不拜勢的風骨，使其片言隻語亦彪炳獨樹。

　　感謝林冠夫、林東海、陳四益、黃永厚等諸位先生，他們的舊學造詣與品

行修養培育了我。特別是他們的老師朱東潤、劉大杰、郭紹虞諸先生，承五四「整理國故」之餘緒，使我得紹先賢。感謝周勳初、魯國堯、張伯偉、武秀成等先生。九十年代中期遊學南京大學古典文獻研究所，在六朝舊都鑽研文獻目錄學、研讀昭明文選、參加素心會。「人似秋鴻來有信，事如春夢了無痕」，我至今受益於當年學到的文獻學理論與方法，此後無論面對多麼繁雜的史料，都不敢稍有輕縱之心。

我感恩親愛的父親母親。他們培育我愛敬他人的美德，崇尚個體獨立，在逆境中安而處之，勤勉向上，做正派的人！父母親於一九四八年大學畢業，滿懷摯情投身社會，遭遇的是那代知識分子的共同命運，他們被迫深陷其中，歷盡磨難，沒有錯過上世紀五十年代以來任何一場政治運動，亦即語言的運動！這部書有不成熟的地方，我已竭盡全力了，這是我一生為耄耋之年的雙親能夠做的像樣兒點的事。這部勉力之作，獻給父親母親，獻給五四前後那幾代清正之士！

我自幼喜歡繪畫，每見好畫，難以為懷。當代的中國繪畫，不知為何大抵卻不好看，將西來的觀念生吞活剝，未能改變什麼。古人云氣韻生動，今人的畫，有氣無韻，所謂「氣」，亦多為土氣、霸氣、俗氣、濁氣、浮氣與匠氣。藝術的傳統要求對傳統的藝術始終抱持恰當的態度，筆墨無限重要，藝術是終生的自修，繪事於我，意味著臨摹舊迹，藉此由內心尋索、提煉、重構漫長的文化記憶。比起道德風尚，審美趣味更能透露世道人心的真實狀況。語言生態的不良，或可以歸咎於「白話文運動」，傳統水墨自「美術革命」以來，難道也走上了大體相近的道路？感謝繪畫上指導我的老師，藝術上的旨趣，促迫我在學術上對語言反思。

尼采說，「人必須以雷霆和煙火向遲鈍而昏睡的靈魂說話，但美卻柔聲細語，她只是悄悄潛入最清醒的靈魂！」

感謝《中山大學學報》《社會科學論壇》《江淮論壇》及臺灣《國文天地》等學刊對部分書稿內容的刊用。感謝臺灣花木蘭文化出版社的支持，本書繁體字的全文出版，是我多年的夢想！

李春陽癸巳春秒於北京